L'ANNÉE BROUILLARD

« Les appareils à viseur sont en plastique ou en verre et ne possèdent pas de système de mise au point. Le viseur est situé juste au-dessus ou à côté de la lentille et il donne une idée approximative de la photo résultante (même si certains problèmes de parallaxe, c'est-à-dire de différence entre ce que l'œil voit par le viseur et ce qui est en fait enregistré à travers la lentille, apparaissent lors du développement ou du tirage). »

Henry Horenstein,
Black and White Photography : A Basic Manual.

« La lumière du souvenir, ou plutôt la lumière que le souvenir prête aux choses est la plus pâle… »

Eugène Ionesco,
Présent passé passé présent.

1

Voici la vérité, voici ce que je sais : nous étions en train de marcher sur Ocean Beach, main dans la main. C'était un froid matin d'été ; typique de juillet à San Francisco. Le brouillard, blanc et dense, recouvrait le sable et l'océan ; la brume épaisse était si enveloppante que je voyais seulement à quelques mètres devant moi.

Emma cherchait des dollars de sable[1]. Parfois, ils s'échouent par dizaines, intacts, d'un blanc brillant ; mais, ce jour-là, la plage était constellée de fragments, de petites ou de grandes moitiés. Emma était déçue. C'est une enfant qui exige la perfection en toute chose : les dollars de sable doivent être entiers, les livres d'école comme neufs, les cheveux de son père impeccablement coupés, à la lisière de son col de chemise.

Je pensais justement à la chevelure de Jake, à la délicate frange brune qui effleurait son cou, lorsque Emma me tira par la main.

« Dépêche-toi, dit-elle.

– Pour quoi faire ?

1. Organisme vivant de la même famille que les étoiles de mer, dont l'enveloppe est une fragile coquille de forme ronde. Les *sand dollars* étaient autrefois utilisés comme monnaie d'échange aux États-Unis. *(N.d.T.)*

– Les vagues pourraient les emporter. »

Malgré notre recherche infructueuse jusque-là, Emma pensait que, plus loin sur la plage, elle trouverait un trésor de parfaits dollars de sable.

« Tu n'as pas plutôt envie d'aller chez Louis ? dis-je. J'ai faim.

– Pas moi. »

Elle tenta de dégager sa main de la mienne. Je pensais souvent, sans jamais le dire, que son père la gâtait trop. J'en comprenais la raison : c'était une enfant sans mère, et il essayait de compenser.

« Lâche-moi », dit-elle, en retirant ses doigts, avec une force étonnante.

Je m'accroupis et je la regardai droit dans les yeux. Ses yeux verts soutinrent résolument mon regard. Je savais que c'était moi l'adulte. J'étais plus grande, plus forte, plus intelligente. Mais je savais aussi que, lorsqu'elle opposait sa volonté à la mienne, elle l'emportait chaque fois.

« Tu me promets de ne pas t'éloigner ?

– Oui. » Elle sourit. Elle savait qu'elle avait gagné.

« Trouve-moi un joli dollar de sable.

– Je t'en trouverai un géant », répondit-elle, en ouvrant grands les bras.

Elle partit en sautillant. Un petit mystère âgé de six ans, une magnifique réplique féminine de son père. Elle fredonnait une chanson qui était passée à la radio quelques minutes auparavant. En la contemplant, je sentis monter en moi un mélange de joie et de peur. Dans trois mois, j'épouserais son père. Nous ne lui avions pas encore expliqué que j'allais m'installer définitivement chez eux. Que je lui préparerais son petit déjeuner, que je l'emmènerais à l'école, et que j'assisterais à ses spectacles de danse, comme le faisait sa mère. Ou plutôt, comme sa mère aurait dû le faire.

« Tu as une bonne relation avec Emma, aimait à dire Jake. Tu seras une bien meilleure mère que mon ex-femme ne l'a jamais été. »

Qu'en savait-il ? D'où tenait-il cette certitude ? Je regardais Emma, son seau jaune à la main, ses chaussures en toile bleue, sa queue-de-cheval noire qui volait au vent tandis qu'elle s'éloignait en courant ; comment allais-je faire ? Serais-je capable de devenir une mère pour cette fillette ?

Je mis le Holga contre mon œil, parfaitement consciente, en entendant l'obturateur se fermer – une seule fois, doucement, comme si c'était un jouet –, qu'Emma serait réduite à un format 6x6 flou, en noir et blanc. Elle se déplaçait trop rapidement, la lumière était insuffisante. Je tournai la molette, appuyai, tournai de nouveau. Quand je déclenchai l'obturateur une dernière fois, elle était presque partie.

2

Voici donc l'erreur que j'ai commise, l'instant qui décida de mon plus grand échec. Si chacun de nous pouvait revenir sur une de ses décisions en échange de tout ce qu'il a, voici celle que je choisirais : une forme sur le sable attira mon regard. À première vue, on aurait dit quelque chose qu'on avait jeté là, un tee-shirt d'enfant, peut-être, ou une minuscule couverture. D'instinct, je collai mon œil contre le viseur, car c'est précisément ce que je fais dans la vie : je prends des photos, j'enregistre ce que je vois. À mesure que je m'approchai, les contours se précisèrent, la tête duveteuse, le dos arqué, les taches noires sur la fourrure blanche. La petite forme était constellée de sable, sa tête tournée dans ma direction, ses nageoires reposaient délicatement sur les côtés.

Je m'accroupis à côté du bébé phoque, je tendis la main pour le toucher, mais quelque chose m'arrêta. Ses yeux noirs et brillants, grands ouverts, au regard vide, ne clignèrent pas. Quelques poils épais se déployaient en éventail autour de son nez, et trois longs cils au-dessus de chaque œil tremblaient dans la brise. C'est alors que je vis l'entaille sur son flanc, presque complètement cachée sous le sable, et je sentis une sorte d'élan maternel me tordre le ventre. Combien de temps suis-je restée avec le bébé phoque ? Trente secondes, peut-être ? Une minute ? Plus ?

Un minuscule crabe courut sur le sable près de mon orteil. Il me rappela ces créatures miniatures qui jonchaient la plage à Gulf Shores, quand j'étais enfant. Ma sœur Annabel les attrapait et les mettait dans des bocaux ; elle s'émerveillait de voir leur ventre rose lorsqu'ils grimpaient le long de la paroi pour s'enfuir ; leurs petites pattes cliquetaient contre le verre. Ce crabe-là creusa un trou et disparut ; il s'était écoulé tout au plus dix secondes supplémentaires.

Je jetai un œil en direction du parc, vers l'est, où le brouillard s'arrêtait brusquement, comme bloqué par le bleu éclatant du ciel. Moi qui étais venue du Sud ensoleillé et suffocant, pour m'installer dans cette ville, j'en étais arrivée à aimer le brouillard, son intense présence, la manière dont il étouffe les sons, dont il s'arrête tout simplement, au lieu de se dissiper progressivement, la blancheur opaque qui, tout d'un coup, laisse la place à la clarté. Quand on franchit cette frontière entre le brouillard et le soleil, on a l'impression de renaître. Faire l'opposé, c'est comme s'enfoncer dans un abysse mystérieux, tout droit sorti d'un conte de fées.

Juste après la plage, le long de Great Highway, un fourgon mortuaire menait une file de voitures vers le sud, vers Pacifica. Je me rappelai les dernières obsèques auxquelles j'avais assisté, celles d'un trentenaire en pleine santé, décédé dans un accident d'escalade ; c'était l'ami d'un ami, pas quelqu'un que je connaissais bien, mais, comme je lui avais parlé à un dîner deux semaines auparavant, il m'avait semblé justifié de me rendre à son enterrement. L'évocation de ce souvenir m'occupa encore cinq secondes.

Je regardai droit devant moi, à l'endroit où Emma était censée se trouver, mais je ne la vis pas. Je commençai à marcher. Tout était saturé de blanc froid, et les distances étaient impossibles à évaluer. Je serrai le Holga en plastique, imaginant les belles images que j'allais rapporter, le noir profond des cheveux d'Emma sur le fond blanc glacé de la plage.

Je ne pouvais m'empêcher de penser au corps du bébé phoque, à la manière dont j'en parlerais à Emma. C'était quelque chose que les mères savent faire instinctivement. Ce serait un test, le premier d'une longue série ; à ce moment-là, je ne pensais pas encore vraiment à Emma. J'accélérai le pas, pressée de savoir si elle avait vu le bébé phoque ; c'était bien qu'elle le voie ce jour-là, où elle était seule sur la plage avec moi. Je souhaitais qu'elle en soit effrayée ; je pourrais ainsi me glisser délicatement dans le rôle de la belle-mère.

Je ne sais pas à quel moment précis je compris qu'il se passait quelque chose d'anormal. Je continuai à marcher et je ne la vis pas. Je tendis les bras, tout en étant consciente de l'absurdité de mon geste, comme si mes deux mains pouvaient ouvrir une brèche dans le brouillard.

« Emma ! » appelai-je.

La panique ne m'envahit pas immédiatement. Non, il me faudrait plusieurs secondes, presque une minute entière. Au début, ce ne fut qu'un glissement progressif, un vertige grandissant, pareil à ce que je ressentais, enfant, quand je me tenais debout dans le golfe du Mexique, de l'eau jusqu'aux genoux, les yeux fermés à cause du soleil éblouissant d'Alabama, laissant les vagues éroder la plate-forme sous mes pieds. D'abord, c'était le sable sous mes voûtes plantaires qui disparaissait, puis celui auquel se cramponnaient mes orteils, et, pour finir, je perdais l'équilibre et je tombais tête la première dans l'écume, ma bouche s'emplissait d'eau de mer, mes yeux s'ouvraient d'un seul coup pour retrouver la lumière tourbillonnante du monde.

« Emma ! »

Je criai plus fort, sentant le sable se dérober, instable sous mes pieds. Je courus dans un sens, puis dans l'autre, je revins sur mes pas. Elle se cache, pensai-je. Forcément, elle s'est cachée. À quelques mètres du bébé phoque se trouvait un fragment de digue en béton, couvert de graffitis. Je courus vers le mur. Dans mon esprit, je la vis accroupie là, riant tout bas, le seau calé sur les genoux. La vision était si claire, paraissait tellement vraie, que je crus presque qu'elle était réelle. Mais lorsque j'y parvins, elle n'y était pas. Je m'adossai à la digue, sentis mes boyaux se retourner, et je vomis dans le sable.

De l'endroit où je me trouvais, je distinguais les contours des toilettes publiques plus loin sur la plage. En me précipitant dans cette direction, je sentis la peur m'envahir. Je savais, déjà, que la recherche s'était, d'une certaine manière, modifiée. Je traversai la route à double sens et inspectai les toilettes des dames ; l'obscurité y était totale ; elles étaient vides. Puis, je fis le tour jusqu'à celles des hommes. Les fenêtres en verre dépoli filtraient une lumière pâle qui tombait sur le carrelage. Je plongeai la main dans la poubelle, à la recherche de ses vêtements, de ses chaussures. Je me mis à quatre pattes, regardai derrière les urinoirs, retenant ma respiration à cause de la puanteur. Rien.

En traversant pour retourner à la plage, je me mis à trembler. J'avais les doigts engourdis, la gorge sèche. J'escaladai une dune de sable et, plantée au sommet, je tournai sur moi-même, ne voyant rien que le brouillard blanc impénétrable, n'entendant rien d'autre que le bourdonnement étouffé des voitures qui circulaient sur Great Highway. Je restai immobile un certain temps.

« Réfléchis, dis-je à voix haute. Pas de panique. »

Devant moi, encore du brouillard, huit cents et quelques mètres de plage, puis la colline au-delà de laquelle se trouvaient Cliff House, la Camera Obscura, les vestiges de Sutro Baths, et, encore plus loin, le Golden Gate Park. Derrière moi, des kilomètres de plage. À ma gauche, l'océan Pacifique, gris, écumant. Je me tenais au centre d'un labyrinthe envahi par la brume dont les murs étaient invisibles, où les possibilités étaient infinies. Un enfant disparaît sur une plage. Où va cet enfant ?

3

Je me repasserai ce moment des milliers de fois. Je tiendrai un carnet dans lequel je noterai les détails. Il contiendra de mauvais croquis, des représentations graphiques du temps et du mouvement, des pages et des pages sur lesquelles je tenterai de retrouver le passé. Je prétendrai que la mémoire est fiable, qu'elle ne s'érode pas aussi rapidement et complètement que les lignes brisées d'un dessin sur un télécran. Je me dirai que, enfoui quelque part dans les méandres tortueux de mon esprit, il y a un détail, un indice, une unique et toute petite chose qui me conduira à Emma.

Plus tard, ils voudront savoir à quel moment précis j'ai remarqué qu'elle n'était plus là. Ils voudront savoir si j'ai vu quelqu'un de bizarre sur la plage, si j'ai entendu quelque chose dans les instants qui ont précédé ou suivi sa disparition. Ils – la police, les reporters, son père – me poseront les mêmes questions des milliers de fois, leurs yeux remplis de désespoir plantés dans les miens, comme si, par la répétition, ils pouvaient peut-être raviver mes souvenirs, comme si, par la force de leur volonté, ils pouvaient faire apparaître des indices là où il n'y en a pas.

Voici ce que je leur dis, voici ce que je sais : je marchais sur la plage avec Emma. Il faisait froid et le brouillard était épais. Elle a lâché ma main. Je me suis arrêtée pour photographier un bébé phoque, puis j'ai levé les yeux vers Great Highway. Quand j'ai regardé de nouveau vers la plage, elle avait disparu.

La seule personne à qui je raconterai toute l'histoire, c'est ma sœur, Annabel. Elle seule saura que j'ai perdu dix secondes à observer un crabe, cinq à regarder passer un convoi funéraire. Elle seule saura que je voulais qu'Emma voie le corps du bébé phoque, que, juste avant qu'elle ne disparaisse, je songeais à un moyen de me faire aimer d'elle. Pour d'autres, je choisirai mes mots avec soin, faisant la part des choses entre les détails importants et les futilités qui mèneraient à de fausses pistes. À eux, je présenterai cette version de la vérité : c'est l'histoire d'une petite fille, elle s'appelle Emma, elle marche sur la plage. Je détourne les yeux, quelques secondes passent. Quand je regarde de nouveau, elle a disparu.

Ce moment précis se déploie comme une fleur sur une série de clichés en accéléré, comme un dédale d'une complicité inouïe. Je me tiens au centre du labyrinthe, incapable de voir quels sont les chemins qui mènent à des impasses, lequel conduit à l'enfant disparue. Je sais que, pour me diriger, je dois faire confiance à ma mémoire. Je sais que j'ai une chance de trouver la solution.

La première histoire que je raconterai et le premier indice que je révélerai détermineront le sens des recherches. La mauvaise information, le mauvais détail conduiront inévitablement à la confusion, alors que le bon mènera à une enfant merveilleuse. Dois-je parler à la police du facteur sur le parking, de la moto, de l'homme dans la Chevrolet orange, du van jaune ? Ou est-ce le phoque qui a de l'importance, le fourgon mortuaire, la digue, la vague ? Comment distinguer entre ce qui est pertinent et ce qui ne l'est pas ? Un faux pas dans la narration, une erreur dans la sélection des informations, et tout se désintègre.

4

Pi fois rayon au carré égale la surface d'un cercle. Le temps est un continuum infini vers le passé et vers l'avenir. C'est à l'école que j'ai appris ces choses-là.

Quand j'étais en troisième à Murphy High School, le docteur Thomas Swayze, un personnage à la fois hilarant et louche, dont la rumeur disait qu'il avait eu son doctorat dans une pochette-surprise, dessina un jour un cercle géant sur le tableau noir. Sur la circonférence du cercle et sur une droite partant du centre, il gribouilla des nombres et des formules. Ses biceps se gonflèrent, tendant la manche de son tee-shirt blanc. « Rayon, diamètre, circonférence », dit-il de sa voix d'animateur radio qui éveillait chez l'adolescente que j'étais des désirs moites. Il se retourna face à nous et fit passer le morceau de craie d'une main à l'autre, les yeux rivés sur moi.

Le soleil dardait ses rayons sur la longue rangée de fenêtres et incendiait de reflets flamboyants les cheveux cuivrés de la fille assise devant moi. Elle sentait le chewing-gum aux fruits. Ma main, posée sur le bureau, baignait dans une flaque de lumière brûlante ; tout autour de l'ongle de mon pouce, de petites taches de sang marquaient les endroits où j'avais arraché des lambeaux de peau avec mes dents. Dans ma tête résonnait un bourdonnement continu, à me rendre folle. Le docteur Swayze se retourna vers le tableau. Un objet caché formait un cercle parfait et décoloré sur la poche arrière de son jean.

« Et le plus fascinant de tous, la surface », dit-il. Mes genoux s'ouvrirent, et je sentis des gouttes de sueur qui mouillaient le siège en plastique, sous mes cuisses.

Des années auparavant, Mrs Monk, ma maîtresse de CE2, avait déplacé les aiguilles d'une gigantesque horloge en carton et exalté les vertus du temps. Les secondes étaient des grains de sable, avait-elle dit. Les minutes, des galets. Les heures étaient les briques dont étaient faits le passé, le présent et l'avenir. Elle parla de jours et d'années, de décennies, de siècles, du nouveau millénaire, quand nous serions tous adultes. Elle ouvrit grands ses bras immenses et murmura, dans un souffle, le mot *éternité*. Dans notre salle de classe provisoire, dont le climatiseur peinait à rafraîchir le mois d'avril si chaud dans notre ville de Mobile, Mrs Monk, notre maîtresse de l'année 1977, prêchait, radieuse, en sueur.

Assise à mon pupitre, les yeux levés vers cet immense disque dont les aiguilles étaient à jamais prisonnières, je me mis à pleurer. Elle posa ses doigts chauds, humides, sur ma nuque : « Abby, qu'est-ce qui ne va pas ? » J'appuyai ma tête contre son ample taille accueillante, enfouis mon visage dans les plis du tissu de polyester et lui avouai : « Je ne comprends pas le temps. » Ce n'était pas la pendule elle-même qui me déconcertait, le et-demie et le moins-le-quart, le moins-cinq et le et-dix, mais, plutôt, l'essence même du temps. Je n'avais pas les mots pour expliquer cela à Mrs Monk.

Ce qui me troublait le plus, c'étaient les longs moments perdus entre le coucher et le réveil, ces heures sombres pendant lesquelles mon esprit effectuait des voyages fantastiques et épouvantables. Je savais que le temps était un lieu où l'on pouvait se perdre, un endroit où le bonheur et l'horreur pouvaient durer indéfiniment, même si, à mon réveil, ma mère n'avait pas changé, ma sœur Annabel n'avait pas vieilli, et mon père se levait, mettait son costume et partait travailler comme si rien n'était altéré. Je croyais vivre dans un monde différent du leur ; ils dormaient pendant que je voyageais. Je me sentais investie d'une lourde responsabilité, comme si j'avais été chargée de porter un fardeau pour ma famille tout entière.

La voix de Mrs Monk continua à résonner longtemps et, des années après que j'ai appris à dire l'heure, j'étais encore troublée par le battement de l'horloge, constant et impossible à arrêter. Assise dans la classe du docteur Swayze, contemplant la triste pendule chromée accrochée au mur au-dessus du tableau, j'aurais voulu qu'il existe une manière de l'interrompre, de faire que les jours soient plus longs.

« Comment calcule-t-on la surface d'un cercle ? » demanda le docteur Swayze.

J'imagine que le cercle naît sous la forme d'une tête d'épingle cosmique, aussi petite que le corps d'une enfant. L'enfant est accroupie sur la plage, pour ramasser un dollar de sable. Une haute silhouette apparaît dans le brouillard. Une main s'écrase sur la bouche de l'enfant, un bras musclé la soulève. À chaque pas que fait l'étranger, le cercle s'agrandit. Chaque seconde qui passe élargit le champ des possibles.

Où est l'enfant ? La réponse se trouve dans une équation qui rend fou : pi fois rayon au carré.

5

La pièce est petite ; sur le sol de béton, des chaises en plastique rigide. Dans le coin, une touche incongrue, peut-être ajoutée là par une secrétaire ou une épouse attentionnée – un guéridon au plateau en mosaïque et une jolie lampe. L'ampoule grésille et bourdonne tandis qu'une mite se débat sous l'abat-jour. Une grande horloge métallique égrène les secondes. Jake est dans une autre pièce, dont la porte est fermée ; il est relié à un drôle d'appareil. Celui qui manipule le polygraphe lui pose des questions, tout en enregistrant son rythme cardiaque, à l'affût de signes qui pourraient révéler un mobile caché, un mensonge soigneusement dissimulé.

« Nous devons d'abord écarter les membres de la famille, a affirmé le détective Sherburne, la nuit dernière. Neuf fois sur dix, c'est la mère, ou le père, ou les deux. » En disant cela, il me regardait droit dans les yeux ; il attendait que je tressaille ; rien.

« Je ne suis pas la mère, dis-je. Je ne suis même pas la belle-mère. Pas encore. La mère est partie il y a trois ans, une fois qu'elle a retrouvé la forme. Vous la recherchez ?

– Nous envisageons toutes les possibilités. »

L'horloge avance, le cercle s'agrandit, et j'attends mon tour.

Il y a des flics partout dans le commissariat, seuls ou par deux. Ils sirotent du café, un gobelet en polystyrène à la main, se balancent d'un pied sur l'autre, parlent à voix basse, échangent des plaisanteries qu'ils sont seuls à comprendre. L'un d'entre eux a la main sur son arme, la paume délicatement posée sur la crosse métallique, comme si le revolver était une extension de son propre corps. Hier, Jake est rentré à toute vitesse d'Eureka ; il y était allé rendre visite à un ami. Nous avons passé la nuit au commissariat à remplir des formulaires, à répondre à des questions, à revoir tous les détails. Il est maintenant huit heures du matin. Vingt-deux heures se sont écoulées. Pendant que je suis ici, à attendre, qui cherche ?

Tout le monde sait que plus le temps passe après la disparition d'un enfant, plus il est difficile de le retrouver. Le danger augmente à chaque seconde. Le temps est l'allié le plus précieux du kidnappeur, l'ennemi le plus redoutable de la famille. À chaque minute qui passe, le ravisseur s'éloigne de plus en plus, dans une direction inconnue, et la zone qui doit être fouillée, le diamètre du champ des possibles s'agrandissent.

Hier après-midi, Sherburne est arrivé au Beach Chalet à peine dix minutes après la première voiture de patrouille, et il a immédiatement pris les choses en main. Il travaille maintenant à son bureau, vêtu d'une chemise bleu clair et d'une cravate bizarre, aux couleurs chatoyantes ; probablement un cadeau qu'il se sent obligé de porter. Je l'imagine chez lui, se préparant à aller travailler dans le chaos matinal du foyer. Je me représente une épouse heureuse, deux ou trois enfants très propres. Je trouve un certain réconfort dans sa présence. Il me rappelle Frank Sinatra, avec son front haut et sa coupe de cheveux parfaite, ses yeux bleus aux paupières tombantes. Ses mouvements sont empreints d'une sorte de grâce un peu désuète.

Je croise son regard. Il lève la main, les doigts écartés, et articule silencieusement : « Cinq minutes. » Il attrape son gobelet de café, le porte à sa bouche, boit une petite gorgée et le repose. Six secondes supplémentaires se sont écoulées. Supposons qu'Emma soit dans une voiture qui roule à une vitesse de 100 km/h. En six secondes, une voiture roulant à 100 km/h peut parcourir environ 160 mètres. Ça, au carré, multiplié par pi. Le temps qu'il avale cette gorgée de café, la zone de recherche s'est agrandie de plus de 80 825 mètres carrés. Si chaque gorgée signifie encore 80 825 mètres carrés, et s'il y a cent petites gorgées dans un gobelet, je me demande quelle taille fera le cercle quand il aura fini son café, et combien de gobelets il lui faudrait boire pour que ce cercle fasse le tour du globe.

Je réfléchis à tous les mouvements possibles des corps humains. Le ravisseur a-t-il pris Emma par la main ? L'a-t-il soulevée dans ses bras ? Si c'est le cas, de quelle taille sont ses pas ? Combien de mètres peut-il parcourir en une minute ? Et quelle distance a-t-il franchie à pied ? À combien de mètres se trouvait son véhicule ? S'est-elle débattue et, si oui, cela l'a-t-il ralenti ? Essaie-t-il de l'apaiser quand elle a faim ?

J'imagine une camionnette sur le parking d'un *diner* au bord d'une autoroute poussiéreuse. À l'intérieur sont installés un personnage indistinct et une petite fille. Ils sont en train de prendre un petit déjeuner. Peut-être qu'il veut gagner sa confiance, alors, la fillette a droit à des pancakes aux pépites de chocolat, arrosés d'une dose déraisonnable de sirop d'érable, peut-être même qu'elle boit du lait chocolaté. Est-ce qu'Emma saurait manger lentement pour nous faire gagner du temps ? Ne te presse pas, dis-je dans ma tête, essayant de lui transmettre le message par télépathie, dans le vide qui nous sépare. Mâche consciencieusement chaque bouchée. Une chanson me revient du temps où j'étais allée en camp de scouts, quand j'avais le malheur de faire partie de *Girls in action*. « Mâche cinquante fois, et une gorgée de jus de fruits pour faire glisser… » Pendant ces minutes passées à table, ils ne se déplacent pas ; l'horloge est figée, le cercle reste statique.

Ce n'est pas la seule possibilité. La police est déjà en train de pencher pour l'hypothèse de la noyade.

Hier, peu de temps après l'arrivée de la police, les gardes-côtes sont apparus. J'étais sur la plage, je répondais à des questions, tout en regardant leur bateau fendre l'eau glacée. Dans le ciel, un hélico orange sortit du brouillard par le nord et descendit. Il avait le nez incliné vers l'océan et le bruit sourd des pales me rappela des films sur le Vietnam. Des heures plus tard, à la tombée de la nuit, le bateau des gardes-côtes a disparu. L'océan était bleu noir sous un ciel très sombre, le vent s'était levé et poussait le brouillard vers l'est. Alors que le sable me piquait le visage et le cou, je m'inquiétais pour Emma, qui ne portait qu'un sweat-shirt ; pas assez chaud pour un temps comme celui-là. J'espérais qu'elle avait mis des chaussettes, mais je n'arrivais pas à me souvenir.

À un moment donné, Jake est arrivé. Je ne me rappelle plus comment cela s'est passé ; seulement que, pendant une éternité, il n'était pas là, et puis, tout d'un coup, il était là. Les gyrophares bleus et rouges trouaient la nuit qui recouvrait la plage. Il flottait une forte odeur de créosote – un feu de camp installé sous le vent. Quelques surfeurs rentraient, des corps lisses et brillants comme des phoques, dans leurs combinaisons noires. La police les interrogea l'un après l'autre.

Enfin, l'un des gardes-côtes vint vers nous. Son uniforme paraissait parfaitement repassé malgré sa journée de travail. « Il n'y a pas grand-chose que nous puissions faire, une fois la nuit tombée, dit-il. Nous reprendrons à la première heure demain matin.

– Si elle est là, quelque part, dans l'eau, demanda Jake, quelles sont vos chances de la trouver ? »

Le garde-côte baissa les yeux, fourragea dans le sable du bout de sa chaussure.

« Difficile à dire, ça dépend des marées. Parfois, après une noyade, le corps s'échoue sur le bord, mais pas toujours.

– Emma a horriblement peur de l'eau, dis-je, me tournant vers Jake en quête d'une approbation. Elle ne se serait jamais approchée du bord. »

Sherburne me regarda. Les pages de son bloc-notes jaune voletaient dans le vent.

J'expliquai que j'avais, peu de temps auparavant, emmené Emma à la fête d'anniversaire d'une petite fille tyrannique appelée Melissa, qui habitait à Millbrae. Les enfants avaient joué à la balle au prisonnier en hurlant dans la piscine carrelée de jaune, pendant qu'Emma était restée, assise en tailleur, sur un transat, à torturer une coccinelle qui était tombée dans son *ice-cream soda*. « Elle ne voulait pas aller dans la piscine », dis-je. Je voyais encore Emma dans son maillot de bain bleu, assise là. L'image était aussi nette qu'une photographie. De temps en temps, elle plissait les yeux, regardait la surface miroitante de la piscine, bougeait son pied d'un millimètre, comme si elle allait vaincre sa peur et se jeter à l'eau ; mais elle n'y entra jamais. Dans la voiture, sur le trajet du retour, quand je lui demandai si elle s'était bien amusée, elle posa ses petits pieds sur le tableau de bord et dit : « Elle m'intéresse pas, cette Melissa. »

Je lus dans le regard de Sherburne une espèce de pitié, comme pour dire que cette anecdote ne constituait en aucun cas une preuve. Mais à la manière dont il baissa ensuite la tête et posa sa main sur l'épaule de Jake, je compris qu'il voulait me croire.

« C'est une gamine vraiment maligne, dis-je, voulant à tout prix lui faire comprendre. Si la pensée qu'elle pourrait s'approcher de l'eau m'avait ne serait-ce qu'effleurée, je ne lui aurais jamais lâché la main. »

Jake se détourna de moi à ce moment-là, regarda l'océan, et je compris qu'une minuscule partie de lui était effectivement en train d'envisager cette éventualité, que quelque part, dans son esprit si rationnel, cette idée commençait à germer, une possibilité infime mais bien réelle : Emma s'était peut-être noyée.

« J'ai deux enfants, vous savez, dit Sherburne. Je vais faire tout mon possible. »

Maintenant, Jake sort de la pièce, la tête baissée. Je touche son épaule au moment où nous nous croisons. Il sursaute comme s'il avait été piqué par un insecte, puis il lève vers moi ses yeux rouges et bouffis. Il lui faut faire un effort considérable pour avancer sa main vers moi, serrer mes doigts un instant.

« Comment as-tu pu ? m'a-t-il dit, peu de temps après avoir eu la nouvelle. Mon Dieu, Abby, comment as-tu pu ? » Nous étions au téléphone, moi ici, lui à Eureka ; sa voix chevrotait, il pleurait. Je peux maintenant lire sur son visage qu'il fait un effort pour ne pas le redire, le répéter, encore et encore, ce refrain plein de colère. *Comment ai-je pu ?* La culpabilité est une sensation physique, une douleur constante, écœurante.

Le policier chargé du détecteur de mensonge se tient dans l'embrasure de la porte, les poings sur les hanches, arborant un sourire aussi détendu que celui du chaleureux petit commerçant du quartier. « Norm Dubus, dit-il en me serrant la main. Vous êtes prête ? »

La pièce est nue, blanche, surchauffée. Un radiateur placé sous la fenêtre bourdonne, la résistance rougeoie intensément. Il y règne une odeur de sueur et de café brûlé. Norm referme la porte derrière nous et m'invite à m'asseoir. Il enroule des fils électriques autour de ma poitrine, me dit de me tenir droite et ajuste la hauteur de la chaise pour que mes pieds reposent bien à plat sur le sol.

« Détendez-vous. Je vais vous poser quelques questions. »

Sur la table devant lui s'étale un bloc-notes, et, à côté, une machine dorée avec une aiguille. Il appuie sur un bouton et la machine commence à crépiter. L'aiguille se met à bouger, à dessiner quatre lignes bleues toutes droites sur le papier. Les premières questions sont banales.

Votre nom est-il Abigail Mason ?

Êtes-vous née en Alabama ?

Avez-vous fait vos études à l'université du Tennessee ?

Votre adresse actuelle est-elle le 420 Arkansas, Unit 3, à San Francisco ?

Il note les réponses sur son bloc, vérifie le tracé de l'aiguille, ajoute des annotations. Au bout d'un moment, la tonalité des questions change.

Jake et vous, vous êtes-vous disputés récemment ?

Avez-vous des enfants ?

Voulez-vous des enfants ?

Avez-vous déjà été en conflit avec Emma ?

Les cheveux de Norm sont d'un noir brillant, à l'exception de deux ou trois mèches grises sur les tempes. Il a des taches violacées à la racine des cheveux, et il dégage une odeur de pomme verte. Il s'est probablement teint les cheveux très récemment, hier ou avant-hier, peut-être même ce matin.

Cela fait une demi-heure que le test a commencé.

Avez-vous jamais puni Emma ?

Savez-vous où se trouve Emma ?

Avez-vous quelque chose à voir avec sa disparition ?

Avez-vous perdu votre sang-froid ?

L'avez-vous noyée ?

Avez-vous tué Emma ?

Quand la séance se termine, je craque. Norm me tend un mouchoir en papier et se penche pour ôter les électrodes collées sur mes points de pulsation. L'odeur douceâtre de son shampooing à la pomme devient plus forte. Je me surprends à dire qu'Emma adore la compote de pommes. Il lève un sourcil, sourit distraitement et un refrain absurde me traverse l'esprit, une de ces ritournelles phonétiques que l'on apprend au jardin d'enfants : A comme abricot, A comme Adam, A comme Abraham.

« Nous avons terminé, dit Norm. Vous pouvez y aller. » Puis, plus doucement : « C'est la routine. Seulement quelque chose que nous sommes obligés de faire.

– Je sais », dis-je.

A comme Ailleurs.

Devant le commissariat, une journaliste de Channel 7 attend avec son cameraman. Jake regarde droit dans l'objectif et parle dans le micro que lui tend la femme à bout de bras. « Si vous détenez Emma, s'il vous plaît, laissez-la partir. Déposez-la dans un lieu public. Et disparaissez. On n'a pas besoin de savoir qui vous êtes. »

La journaliste brandit le micro sous mon nez. Avec son maquillage, on dirait que son visage est recouvert d'une pellicule plastifiée brillante, et son crayon à lèvres étire sa bouche au-delà de ses contours naturels. « Quel lien vous unit à l'enfant ?

– Je suis la fiancée de son père. »

La femme se glisse entre Jake et moi. « Le mariage est-il toujours d'actualité ?

– Je veux juste retrouver ma fille », répond-il.

Elle assaille Jake de questions, sans s'arrêter suffisamment longtemps entre deux pour obtenir une réponse complète. « Que ressentez-vous ? Où est la mère d'Emma ? Savez-vous qui a pu faire une chose pareille ? » Je sais qu'elle est à la recherche du coup d'éclat – une explosion de chagrin, une déclaration impliquant la mère, la mention d'un voisin bizarre ou d'un oncle fou –, quelque chose qui rende son histoire plus intéressante.

Jake répond au pied levé, calmement, en professionnel. Pas une seule fois il ne manifeste de l'impatience ou il ne fond en larmes. Il est parfait dans ces moments de crise, ce Californien vigoureux toujours dans la maîtrise. Son arrière-arrière-arrière-grand-père était une vedette de l'équipe des *49ers* ; son père était un *49er* aussi, un héros du football dont le nom est encore parfois cité dans les pages sportives, un talent hors du commun décédé peu après l'âge de quarante ans, ravagé par l'alcool. Jake jouait au foot quand il était au lycée et il était assez bon, mais il a renoncé sans états d'âme quand son père est mort. Pourtant, il reste chez lui quelque chose du joueur de foot un peu fanfaron, une assurance sympathique qui conquiert inévitablement les gens.

En le regardant, je sais qu'il passera bien à la télévision. Le public admirera la douceur pleine de sobriété qu'il dégage, ses épais cheveux ondulés qui sont toujours un peu ébouriffés, sa lèvre inférieure pleine, qu'il mord quand il réfléchit à une question, ses lunettes fines qui le font ressembler à un intellectuel posé. Les gens aimeront les fossettes enfantines que son sourire dessine, la manière dont il regarde ses pieds quand on lui fait un compliment. Je pense aux téléspectateurs, qui nous regardent et nous jugent, tout comme je l'ai fait, en d'autres temps.

Nous rentrons en voiture jusqu'à la maison de Jake, à l'angle de la 13e Rue et de Lawton. Là, un autre reporter nous attend. Jake s'arrête pour faire une déclaration, implorant qu'Emma lui soit rendue saine et sauve. Une fois à l'intérieur, nous fermons les rideaux et restons dans le salon, dans le noir, sans parler, sans nous toucher, debout, les bras ballants, face à face. Les affaires d'Emma sont étalées partout dans la pièce : sur la table basse, une baguette magique en papier alu ; dans un panier à côté de l'escalier, un cache-pot qu'elle était en train de fabriquer pour sa maîtresse ; sous le canapé, les ballerines rouges qu'elle aimait bien porter quand elle traînait à la maison.

J'appuie ma tête contre la poitrine de Jake et je l'enlace. Cette position a toujours été notre préférée, parce que ma tête arrive à peine à son sternum, et avec ses bras autour de moi, je me sens protégée. Mais, cette fois-ci, il ne m'enlace pas. Il me tapote l'épaule, une fois, deux fois, trois fois, comme si j'étais une connaissance croisée à un enterrement.

« Je suis tellement désolée », dis-je.

Il laisse retomber sa main. « Je sais, ce n'est pas ta… »

Mais il n'arrive pas à dire que ce n'est pas ma faute, qu'il ne m'en veut pas, parce que c'est ma faute, et qu'il m'en veut.

Il passe son bras dans son dos pour détacher mes mains, puis monte au premier, va dans la chambre d'Emma, et referme la porte derrière lui. Des ressorts du sommier grincent, et ses sanglots traversent les lames du parquet. Je pense au lit d'Emma, à l'édredon jaune avec des fleurs blanches, aux petits coussins sous lesquels elle adore cacher ses trésors : des crayons, des vêtements de poupée, des billets de un dollar tout froissés. Des minutes entières passent. Puis, j'entends du mouvement en haut, une porte qui s'ouvre, des pas lourds dans le couloir, une autre porte qui se ferme, ensuite le bruit de l'eau qui coule dans le lavabo de la salle de bains.

Leslie Gray sur Channel 7 rapporte l'histoire en ces termes : « Une fillette de San Francisco âgée de six ans, la petite-fille du grand *49er* Jim Balfour, a disparu hier à Ocean Beach. Bien que le père de la fillette et sa fiancée soient encore suspectés, on a appris qu'ils étaient tous les deux passés au détecteur de mensonges, et cela avec succès. Les autorités tentent de localiser la mère de la petite fille, qui n'a plus de contact avec elle depuis longtemps. La police craint qu'elle ne se soit noyée. »

Le portrait d'Emma qui a été fait à l'école l'an dernier apparaît sur l'écran. Sa frange n'est pas très droite et elle a une barrette bleue. Il lui manque une dent devant, au milieu. Je me souviens du jour où cette photo a été prise. Je l'avais aidée à choisir la barrette, et elle m'avait convaincue de lui coiffer la frange avec un fer. J'ai placé ma main entre le fer et son front pour ne pas la brûler, comme le faisait ma mère ; tout en l'écoutant bavarder, parler d'un garçon appelé Sam qui avait empoisonné le canari de la classe, je m'étais rendu compte qu'elle commençait à bien m'aimer.

Leslie Gray fronce le sourcil d'une manière artificielle, et des rides se creusent dans son maquillage couleur pêche. « Si vous pensez avoir vu Emma, une ligne d'urgence est à votre disposition. » Un numéro de téléphone s'affiche en clignotant sur l'écran. Je prends le téléphone et je compose le numéro. La fille qui répond n'a probablement pas plus de dix-sept ans.

« Service des enfants disparus, dit-elle d'une voix enjouée. En quoi puis-je vous aider ? »

Je veux lui dire, la supplier de retrouver Emma. Je veux lui dire qu'Emma adore les frites avec du sel et du vinaigre, qu'elle prend des leçons de violoncelle. Je veux lui dire qu'Emma a eu 20 sur 20 à son dernier contrôle d'orthographe, et que j'ai commencé à lui apprendre à utiliser un appareil photo. Ma gorge se serre et je ne dis rien.

« Allô ? dit-elle. Allô ? » Sa voix guillerette se lasse. Un dernier « Allô », et elle raccroche.

6

Pour le travail, j'utilise toujours mon Leica R8. Il est facile à manipuler, et me permet un contrôle maximal sur mes images. Mais, ces derniers mois, j'ai commencé à avoir le sentiment qu'il manquait quelque chose à mes photographies, une espèce de profondeur que je ne parvenais pas à définir précisément. Je voulais essayer un appareil sans gadgets, sans lentilles spéciales ni aide à la mise au point ; c'était la raison pour laquelle j'avais choisi le Holga pour cette journée à Ocean Beach. Avec sa mise au point rudimentaire et seulement deux ouvertures relatives, le Holga est le plus simple des appareils à viseur.

Nous sommes le lendemain de la disparition d'Emma, au milieu de la nuit. Jake est dehors, parti à sa recherche. Aujourd'hui, quelques douzaines de volontaires se sont déployés dans Golden Gate Park pour fouiller les cinq cent huit hectares du parc, avec ses épaisses forêts, ses immenses terrains de football, ses jardins botaniques, ses lacs, ses terrains de jeux et ses manèges d'équitation. Une femme du nom de Bud, appartenant à la police du Park, a conduit la battue à cheval. Je l'ai reconnue ; nous l'avions rencontrée, Emma, Jake et moi, un jour où nous avions visité les écuries de Presidio au printemps. Ce jour-là, qui me paraît remonter à une éternité, l'agent Bud avait montré à Emma comment donner des carottes aux chevaux dans sa paume tendue. D'autres enfants participaient à la visite, et je m'étais sentie gênée lorsque Emma, tout excitée, avait furtivement remonté toute la file jusqu'au premier rang. Je ne me souvenais pas d'avoir jamais été aussi audacieuse quand j'étais enfant, et je m'étais demandé, avec un mélange d'amusement et d'embarras, comment évoluerait la précocité d'Emma dans les années à venir.

Quant à moi, les recherches m'ont ramenée ce soir à mon appartement, à la chambre noire, à son air frais et à ses odeurs chimiques. J'ai sorti du Holga la pellicule d'hier, extrait le film de la bobine, et je l'ai enroulé délicatement sur la spire. Ce sont des gestes que j'ai exécutés des milliers de fois, et pourtant j'ai les mains qui tremblent. J'installe la spire dans la cuve de développement, je mets le couvercle, et j'allume la lampe du plafond. Je vérifie la température du révélateur, verse les produits et fais doucement osciller le bac d'avant en arrière. Ensuite, je répète les mêmes opérations avec le bain d'arrêt et le fixateur, en chronométrant précisément chaque procédure, tant j'ai conscience que je tiens la pellicule la plus importante que j'aie jamais faite. Pour finir, j'ôte le couvercle de la cuve, je laisse couler l'eau abondamment sur la pellicule, je déroule le film et j'accroche les bandes pour qu'elles sèchent.

Il est trois heures du matin lorsque je coupe les négatifs par groupes de trois, que je les glisse dans l'agrandisseur, avant de manipuler le levier jusqu'à ce que l'image soit nette ; puis je déploie le papier photo et j'expose le film, quatre secondes par cliché. Ensuite, les bacs : révélateur, bain d'arrêt, fixateur. Et le dernier, le bain d'eau.

Chaque photographie capture l'instant avec un certain degré de précision, et, pourtant, je suis frappée par les imprécisions, l'histoire que les images ne parviennent pas à raconter. L'une d'entre elles est un plan rapproché, son visage est à quelques centimètres de l'objectif, un grand sourire, un flocon de farine sur son visage, une trace laissée par notre épisode confection de crêpes plus tôt ce matin-là. Sur la photo suivante, elle est à quelques mètres, prise de profil, penchée pour examiner un dollar de sable ; ses cheveux défaits cachent son visage. La troisième est prise de dos. On y voit une petite silhouette floue dans la partie gauche du cadre. Si un visiteur tombait sur ce cliché accroché dans une galerie ou sur le mur d'un salon, il pourrait le trouver mystérieux, plaisant : les cheveux noirs d'une enfant, le brouillard blanc, une plage immense.

Et pourtant, quelque chose d'essentiel manque à ces images. Ce qui manque, c'est la vérité, ce qui est absent, c'est la réponse. Je les examine longtemps à la loupe, cherchant une forme obscure cachée dans l'ombre. Entre les grains d'argent, je recherche un indice quelconque, un sens caché ou quelque chose d'élémentaire, d'évident qui m'aurait échappé. Je scrute jusqu'à ce que mes yeux se troublent, ne voulant pas croire qu'il n'y a tout simplement rien à trouver. Il est sept heures du matin quand je quitte la chambre noire, malade de déception.

Tout problème a une solution ; c'est un précepte que ma mère m'a inculqué quand j'étais enfant, et j'ai passé ma vie à le croire. Mais, maintenant, ce vieil aphorisme me paraît caduc – ce n'est qu'une duperie pleine d'optimisme, sans application pratique. La seule chose que je sais est la suivante ; c'est l'histoire d'une petite fille, elle s'appelle Emma, nous marchions sur la plage. Elle était là, et, ensuite, elle n'était plus là. Il n'y a aucun moyen de supprimer ce moment, aucun moyen de réécrire le script ; j'ai détourné le regard. Ce qui est fait ne peut être défait.

7

Je laisse sonner, longtemps. Je me vois comme si j'étais éloignée de moi-même, le combiné serré entre mes doigts, la bague de fiançailles avec son émeraude brillant à mon annulaire. Tout paraît impossible, comme une scène terrible appartenant à la vie de quelqu'un d'autre.

Finalement, un homme à la voie aiguë, tendue, répond. « 9 – 1 – 1, dit-il, vous avez une urgence ?

– J'ai perdu une petite fille, dis-je d'une voix tremblante.

– Quand vous êtes-vous rendu compte qu'elle avait disparu ?

– Il y a trente-cinq minutes. » J'ai les yeux rivés sur ma montre, incrédule.

Trente-cinq minutes. Que peut-il arriver à un enfant en trente-cinq minutes ?

« Où l'avez-vous vue pour la dernière fois ? demande l'homme.

– À Ocean Beach. Je suis retournée sur le parking la chercher, mais elle n'y était pas.

– Le plus important, c'est de rester calme », dit-il.

Mais je sais qu'il a tort ; le calme implique une sorte de repos, où l'on se détend, et on attend.

« Où vous trouvez-vous ?

– Au Beach Chalet.

– Parlez plus fort, je vous entends à peine.

– Au Beach Chalet. »

Le volume de ma propre voix me fait sursauter. Les gens dans le restaurant se tournent vers moi : un homme en tablier, occupé à enrouler des couverts en argent dans des serviettes, un couple aux multiples tatouages partageant une omelette, assis à côté de la fenêtre, un groupe d'étudiants allemands plongés dans l'examen de la carte. La gérante du restaurant, une femme avec un fort accent russe, se montre d'emblée empathique ; elle est debout devant moi, les mains crispées par l'angoisse.

« La petite est-elle votre fille ? demande la voix.

– Non, celle de mon fiancé.

– Quel âge a-t-elle ?

– Six ans et demi. » J'élève la voix de nouveau. « S'il vous plaît, envoyez quelqu'un. Quand allez-vous envoyer quelqu'un ?

– Il faut rester calme, madame. Je vous envoie une voiture de patrouille.

– Elle va mettre combien de temps ?

– Cinq minutes. Ne bougez pas. L'agent va venir vous retrouver. »

Il a l'air tellement sûr de lui, pas nerveux pour un sou. Je me sens vaguement réconfortée par la rigueur du protocole, imaginant l'annonce émise sur les ondes hertziennes et réceptionnée par une flopée d'agents surentraînés. En quelques secondes, ils seront en train de foncer vers Ocean Beach, toutes sirènes hurlantes, et en quelques minutes, certainement, Emma sera retrouvée.

« Je vais vous chercher du café », dit la femme russe. Elle disparaît dans la cuisine.

L'homme préposé à l'argenterie s'approche et pose sa main sur mon épaule. « Comment s'appelle-t-elle ?

– Emma. Emma Balfour. »

Il défait son tablier et le jette sur le comptoir. « Je vais aller voir dans le parc. »

Je chasse une image d'Emma avec un étranger, derrière les arbres, sur un chemin de gravier. Je regarde ma montre. Trente-neuf minutes. Elle peut être n'importe où, à présent.

Le couple tatoué enfourne les dernières bouchées de son omelette. « Que pouvons-nous faire ? demande la fille en enfilant sa veste.

– Je ne sais pas, dis-je. Je n'arrive pas à réfléchir.

– On pourrait retourner sur le parking, dit l'homme. On va relever les plaques minéralogiques. » Il est réactif, presque excité, comme s'il se retrouvait dans un film, jouant le rôle de sa vie.

« Tenez, prenez ça. » Je lui tends le Holga. « Il ne reste que cinq photos.

– On vous le rapporte dès qu'on a fini », dit la fille. Elle claque un billet de vingt sur le comptoir, et ils s'éloignent vers la porte. Les jeunes Allemands ne cessent de lever les yeux vers moi et de chuchoter, comme si tout cela était un spectacle, une pièce jouée pour eux seuls.

La femme russe revient avec une grande tasse de café, un petit pichet de crème, deux sucres emballés et une cuillère. « Votre fille, dit-elle, on va la retrouver. »

Je décroche le téléphone de nouveau et je compose le numéro du portable de Jake, espérant presque qu'il ne répondra pas. Je l'appellerai un peu plus tard, une fois que je l'aurai retrouvée. Une partie de moi se dit que, dans quelques minutes, tout cela sera terminé et la vie reviendra à la normale. Emma est tout simplement en train de jouer à cache-cache, ou elle est partie en courant chercher des toilettes, ou encore elle s'est perdue dans le brouillard et il lui a fallu un moment pour retrouver le parking. Elle est probablement là, debout à côté de la voiture ; forcément. J'aurais dû rester là-bas pour l'attendre.

Deux sonneries, trois. Je sais qu'à la minute où je lui dirai le cauchemar deviendra réalité. À la cinquième, il décroche.

« Abby ? »

J'entends des voix derrière lui, des commentateurs sportifs, le bruit ambiant d'une foule. Je ne sais pas par quoi commencer.

« Tu es là ? demande-t-il.

– Il faut que je te dise quelque chose. »

Une grande clameur s'élève dans le stade, et Jake laisse échapper un hourra. « Delgado vient de faire un *home run* ! »

« Jake, il faut que tu rentres », dis-je. En même temps, je calcule mentalement le temps qu'il va lui falloir pour parcourir les quatre cent trente kilomètres en voiture s'il part tout de suite, s'il ne respecte pas les limitations de vitesse, s'il n'a pas besoin de s'arrêter pour prendre de l'essence, s'il n'y a pas beaucoup de circulation.

« Quoi ?

– Il faut que tu rentres. C'est Emma.

– Je t'entends à peine.

– Emma », dis-je.

Le ton de sa voix change. « Quelque chose ne va pas ?

– Elle a disparu.

– Quoi ?

– Emma. Elle a disparu. »

Sa voix grimpe dans un registre aigu inédit. « Mais qu'est-ce que tu veux dire ?

– Nous étions sur la plage, nous faisions une promenade. »

Comment terminer cette conversation ? Rien concernant ce moment ne paraît vrai. Il doit y avoir des mots appropriés, mais ils me sont complètement inconnus. Tout cela est une brèche dans le temps, une erreur, une plaisanterie. D'une seconde à l'autre, Emma va entrer.

« Qu'est-ce que tu veux dire ? me demande-t-il de nouveau.

– Il y avait un phoque, un bébé phoque. J'ai détourné le regard quelques secondes, je te le jure, seulement quelques secondes. Et quand j'ai relevé la tête, elle avait disparu.

– Mais… où est-elle, maintenant ? »

Où est-elle ? Question pertinente. La question évidente. Comment répondre ?

« Perdue. » dis-je. Comme si elle s'était égarée, à la manière des enfants. Comme si elle se tenait immobile à un point fixe, en train de m'attendre. « La police est en route. »

À l'autre bout, plusieurs secondes de silence. Une voix masculine inconnue demande : « Hé, mec, ça va ? » J'apprendrai par la suite que c'est celle du vendeur de hot-dogs. Les jambes de Jake se sont dérobées sous lui. Il est debout, l'esprit absorbé par le match, tendant deux doigts pour indiquer qu'il veut deux hot-dogs. La seconde suivante, il est assis par terre – non, pas assis, à genoux, sur le ciment.

« Ce n'est pas possible, dit Jake. Comment as-tu pu, Abby ? »

En bruit de fond, le claquement d'une batte de base-ball, les hurlements de la foule.

J'ai rencontré Jake il y a un an, au lycée où il enseigne. Je présentais un diaporama sur la photographie de paysages du Sud-Ouest américain pour un groupe d'élèves de première et terminale. Avant d'éteindre les lumières, je vis un homme assis seul au dernier rang ; il avait l'air d'être là un peu par hasard. Il avait des cheveux noirs ondulés, des lunettes finement cerclées d'argent, et il portait une chemise bleue boutonnée jusqu'au col.

Quand les lumières se rallumèrent, il dressa ses deux pouces vers moi pour me féliciter.

J'invitai la salle au dialogue. Personne ne se manifesta. Le professeur d'histoire de l'art, une petite brune anorexique au front bordé d'une courte frange, posa quelques questions prévisibles pour compenser le manque d'intérêt de ses élèves. Quand la cloche sonna, ils se précipitèrent dans les allées, en se bousculant et en criant. L'activité soudaine fit émerger de déplaisantes odeurs d'adolescence – le parfum bon marché, la laque, la sueur, les désirs refoulés. Quand le brouhaha eut disparu, le type du dernier rang s'approcha de l'estrade.

« C'est vraiment bien ce que vous avez fait, dit-il.

– Vous dites ça pour être gentil.

– Vraiment, c'est un public difficile. Vous vous êtes bien débrouillée. » Il me tendit la main. « J'm'appelle Jake.

– Vous avez le droit de vous promener comme ça, sans autorisation ?

– Je viens d'avoir ma pause-déjeuner, et là, j'ai une heure de permanence. Je ne me voyais pas la passer dans la salle des professeurs. »

À ce moment-là, les lumières s'éteignirent, nous plongeant dans le noir. « Restrictions budgétaires, expliqua Jake. Toutes les lumières sont équipées de minuterie. » L'auditorium était vide, nous étions seuls. Nous tendîmes tous les deux en même temps la main vers l'interrupteur du projecteur et, quand celles-ci se touchèrent, il y eut une brève décharge d'électricité statique.

« Des étincelles... », dit-il.

Je souris.

Nous nous frayâmes un chemin dans le couloir bondé, un réseau chaotique de téléphones portables et d'iPods, une serre bourrée de phéromones. L'endroit était déconcertant, paraissait peu sûr, comme si, à tout instant, une arme à feu pouvait être dégainée ou une bagarre au couteau se déclarer. Un gamin dégingandé dans un sweat-shirt beaucoup trop grand échangea une tape amicale avec Jake, et une fille vêtue d'une minijupe en vinyle lui souffla un baiser. Plusieurs élèves crièrent son nom. Je me demandai comment il avait réussi à gagner leur confiance. Je n'avais jamais aimé les adolescents, même quand j'avais leur âge. Je supposais que la réciproque était vraie ; ils me devinaient certainement, ils devaient sentir mon antipathie et ma peur.

« Quelle matière enseignez-vous ? » demandai-je, pivotant pour éviter un chariot transportant un téléviseur, poussé dans le couloir par un garçon obèse au cheveu déjà rare.

« La philosophie.

– Et vous aimez ?

– Pour être honnête, je n'ai qu'un cours de philosophie. Le reste, c'est football et Histoire américaine.

– Un homme très cultivé…

– Plutôt un bouche-trou, dit-il. Qui vous a embringué dans ce truc ?

– J'ai eu un moment de faiblesse et je me suis portée volontaire pour la campagne "Les artistes dans les écoles". Cela ne correspond pas tout à fait à ce que je m'étais figuré ; j'avais des images de jolies petites élèves de primaire en salopette avec des queues-de-cheval.

– Quel genre de photos faites-vous ?

– Ce qui me permet de payer mes factures. Essentiellement, de l'événementiel, des mariages, et ma seconde spécialité, c'est la restauration de photos anciennes.

– Ma mère était photographe, dit Jake. Les trains, les paysages, les rues désertes. C'était juste un hobby, mais elle avait pas mal de talent. J'ai souvent regretté qu'elle ne m'ait pas transmis ce don. »

Nous passâmes de la lumière humide, fluorescente de l'intérieur, à celle du soleil. Depuis le parking, je voyais l'océan au loin, et le brouillard qui encerclait la ville, un collier d'un blanc brillant autour d'une tache bleu vif. Jake chargea le projecteur dans le coffre de ma voiture, me serra la main et dit : « J'imagine que c'est là que nos chemins se séparent. » Il paraissait attendre que je le contredise, mais cela faisait si longtemps que je n'avais pas approché un homme que je ne me souvenais plus comment on procédait pour décrocher un rendez-vous.

« Merci pour votre aide », dis-je, souhaitant intérieurement qu'il me demande mon numéro. Au lieu de cela, il me salua maladroitement et se tourna, prêt à partir.

J'étais en train d'enfoncer la clé de contact quand il réapparut à côté de ma portière, dont la vitre était baissée. Il posa ses mains sur le rebord et se pencha vers moi. « Hé, vous êtes prise demain soir ?

– En fait, j'ai deux billets pour le match des Giants. »

Jake fut surpris. « Vraiment ?

– Rendez-vous à la statue à six heures et demie.

– J'y serai », dit-il.

D'un air dégagé, je le saluai brièvement de la main, genre je-fais-ça-tout-le-temps. En rentrant à la maison, je ne pouvais cesser de penser à ses mains sur le bord de la vitre et à la manière touchante dont son pied droit était légèrement tourné vers l'intérieur quand il marchait.

Quand j'arrivai à la statue de Willie Mays le lendemain soir, Jake était déjà là. Pendant le dîner composé de hot-dogs et de frites à l'ail, il me posa des dizaines de questions, parvenant, je ne sais comment, à me charmer au point que je lui révèle la liste complète de mes emplois précédents, le temps que j'avais vécu avec mes anciens compagnons, le contenu de ma collection de CD, et même le nom du cocker crème que j'avais à l'âge de sept ans. Ni lui ni moi ne prêtâmes beaucoup d'attention au match.

Au moment où le huitième tour de batte se terminait, je balayai quelques miettes tombées sur mes genoux et dis : « J'ai l'impression de sortir d'un entretien d'embauche. »

Il haussa les épaules. « Je pose simplement des questions importantes.

– Je suis engagée ?

– Ça dépend. Vous voulez le job ?

– Je ne sais pas grand-chose de l'entreprise. »

À ce stade, les Giants menaient de huit points. « Vous êtes venue en voiture ? demanda Jake.

– Non, j'ai pris le métro.

– Bien, je vous reconduirai. »

Plus tard, nous restâmes longtemps devant la porte de mon appartement, à échanger des banalités, ne sachant ni l'un ni l'autre comment mettre fin à la soirée. Au bout de quelques minutes, il fourra ses mains dans ses poches, la tête baissée, et me demanda : « Et vous pensez quoi des enfants ? »

Je ris. « Vous allez un peu vite en besogne, vous ne trouvez pas ? Vous ne m'avez même pas encore embrassée. »

Il posa ses mains sur mes hanches, m'attira contre lui et me déstabilisa avec un long et lent baiser qui me laissa sur ma faim. « Voilà, dit-il, maintenant nous avons franchi cette étape.

– On dirait Alvy dans *Annie Hall*, dis-je, cette scène où ils rentrent à pied après leur première soirée et où il l'embrasse, histoire de se débarrasser du truc, pour qu'il n'y ait pas de gêne par la suite.

– C'est mon Woody Allen préféré, dit-il. Non, le second après *Crimes et Délits.* »

Nous nous contentâmes de nous regarder pendant quelques secondes, en souriant, embarrassés, et j'eus ce sentiment de surprise, de bonheur qui survient à l'instant où on se rend compte que le courant passe.

« Mais sérieusement, reprit-il. Vous en pensez quoi des enfants ?

– Honnêtement, vous êtes le premier homme qui m'ait jamais posé cette question dès le premier soir.

– J'aime bien dire les choses clairement.

– Disons que je veux en avoir un jour. Mais je n'en ressens pas l'urgence, si c'est ce que vous voulez savoir. »

Il m'embrassa de nouveau, plus longuement cette fois, une main appuyée au creux de mes reins tandis que l'autre me tenait par le coude d'une manière tendre et charmante. Cela faisait un an que j'avais rompu avec mon petit ami. Notre relation s'était mal terminée, des appels téléphoniques au milieu de la nuit pendant plusieurs mois. Tandis que Jake m'embrassait, je sentis une barricade intérieure s'écrouler.

D'un revers de main, il balaya mes cheveux par-dessus mon épaule. « Et si vous rencontriez un type intelligent, drôle, et beau…

– Vous en connaissez un ?

– Et si ce type avait une fille. Vous pourriez malgré tout tomber amoureuse de lui ? »

Je scrutai son visage cherchant à savoir s'il s'agissait d'une plaisanterie, mais sans résultat. « Vous êtes sérieux, on dirait.

– Elle a cinq ans. Elle s'appelle Emma. »

Je me rappelle clairement l'image qui me traversa l'esprit à ce moment-là. C'était une image naïve de Jake, une petite fille et moi. Nous étions dans un parc et je poussais la petite fille sur une balançoire. Ses cheveux volaient au vent à mesure qu'elle s'élevait de plus en plus haut. Je trouvais quelque chose de plaisant et d'étonnamment confortable à cette idée d'une famille toute faite. Ensuite, je me rendis compte que l'image était incomplète. « Et sa mère ? demandai-je.

– Lisbeth est partie il y a deux ou trois ans. Elle a rencontré un musicien d'un groupe, s'est retrouvée embarquée dans une histoire pas très nette. Ensuite, un jour, à mon retour du boulot, elle était partie. Ç'a été probablement le jour le plus horrible de ma vie. À ce moment-là, notre relation était déjà assez dégradée, mais je l'aimais encore. Ou peut-être que je pensais pouvoir la sauver, l'aider à redevenir la personne qu'elle était quand je l'avais rencontrée.

– Et maintenant, où se trouve-t-elle ?

– Je ne sais pas, dit Jake. Je n'ai eu aucune nouvelle d'elle les mois qui ont suivi son départ, puis elle s'est mise à m'appeler pour me demander de l'argent. Il y a à peu près six mois, elle a téléphoné au milieu de la nuit, en pleurnichant, en s'excusant. Elle a prétendu qu'elle était *clean*, que le type ne faisait plus partie du tableau, qu'elle voulait essayer de nouveau. Le plus triste, c'est que pas une fois elle n'a demandé des nouvelles d'Emma. Je crois que Lisbeth a toujours considéré la maternité comme un fardeau, quelque chose qui l'entravait.

– Qu'avez-vous fait ?

– Je lui ai dit de rester loin de nous, que nous nous en sortions très bien sans elle. À ce moment-là, j'avais déjà expliqué à Emma que sa mère ne reviendrait pas. Peut-être que je n'étais pas complètement guéri de Lisbeth – je ne suis pas sûr qu'on guérisse jamais de quelqu'un qu'on aime vraiment –, mais je savais qu'elle ne faisait aucun bien à Emma, et je ne voulais pas d'elle dans notre vie. »

C'est alors qu'il sourit ; c'était un sourire timide qui contrastait complètement avec ce que j'avais vu de lui ce soir-là. « Vous savez, en fait, je n'ai pas eu beaucoup de rendez-vous depuis qu'elle est partie. Je ne vous fais pas fuir au moins ? »

Tandis que nous nous tenions là, ses mains sur mes épaules, la saveur chocolat et café de son baiser encore présente dans ma bouche, je me rendis compte que ce n'était pas le rendez-vous anodin pour lequel j'étais partie quelques heures auparavant. J'effleurai la pâle cicatrice qui barrait son menton. « Comment vous êtes-vous fait ça ?

– Mike Potter. J'avais neuf ans. Une méchante bagarre au parc. »

Je me mis sur la pointe des pieds et déposai un baiser sur la cicatrice, puis je pris une grande inspiration. Je n'étais jamais sortie avec un homme qui avait un enfant. Je ne connaissais pas bien les règles. « Quand pourrai-je la rencontrer ?

– Bientôt. »

Deux semaines plus tard, un beau samedi ensoleillé, il y eut un repas de *burritos* chez Pancho Villa, puis un film pour enfants au Balboa. Emma était assise entre nous deux, un seau de pop-corn géant sur les genoux. Plusieurs fois, je plongeai la main dans le seau et j'effleurai celle d'Emma ou celle de Jake. Chaque fois qu'il me touchait, je sentais une chaleur me transpercer jusqu'aux os et quelque chose se briser en mille morceaux à l'intérieur de moi. À un moment, Emma se pencha en avant sur son siège et Jake tendit le bras, m'attrapa par la nuque et m'attira à lui. Nous échangeâmes un baiser rapide et puissant, comme des adolescents dont les parents sont tout juste au coin de la rue.

Dans les semaines qui suivirent, ces films du samedi après-midi, avec Emma, et ces baisers rapides qui me submergeaient devinrent réguliers. Jake passait son bras sur le dossier du fauteuil d'Emma, posait sa main sur ma nuque, et la laissait là pendant toute la durée du film. Quand le générique commençait à défiler, j'avais chaud dans le cou, ma vue était brouillée, mon corps alangui par le désir. Jake appuyait son pouce dans le creux au-dessus de ma plus haute vertèbre, glissait sa main dans mon col ou dessinait des arabesques du bout du doigt, et moi, je perdais le fil de l'histoire, j'oubliais le nom des personnages, je ratais des conversations essentielles qui révélaient des éléments importants. Il se passerait des heures avant que je l'aie tout à moi, des heures avant que nous rentrions chez lui, qu'Emma soit endormie dans son lit, que Jake et moi nous puissions nous déshabiller en silence, nous mettre dans le lit pour faire l'amour sous une pile de couvertures tandis que, dehors, la corne de brume gémissait comme un animal égaré.

Des mois plus tard, une fois que les films du samedi après-midi se furent espacés à raison d'une fois toutes les trois ou quatre semaines, et que la nuit fut devenue un moment de sommeil confortable aux côtés d'un corps familier, plutôt qu'une occasion de faire l'amour avec passion, je me réveillai une fois au milieu de la nuit et je vis Jake les yeux grands ouverts, allongé sur le côté, en train de me regarder.

« Tu n'arrives pas à dormir ? demandai-je.

– Je t'observe.

– Pourquoi ?

– J'attends que tu te mettes à parler dans ton sommeil et que tu me révèles tes secrets les plus intimes, les plus sombres.

– Tu les connais déjà. »

J'étais couchée sur le ventre, la tête tournée vers lui. Il tendit la main et m'effleura la nuque. « J'ai mémorisé le toucher de ta peau, dit-il, tu pourrais me bander les yeux et me soumettre une centaine de nuques, je saurais repérer la tienne. »

Je me rapprochai de lui et l'embrassai. Nous fîmes l'amour de la manière lente, fluide, que j'avais toujours imaginé être celle des gens mariés. Nous étions tous les deux fatigués, et à un moment, avant la fin, nous nous endormîmes, alors que j'étais couchée sur lui, la tête posée sur sa poitrine. Un peu plus tard, je fus réveillée par les craquements du parquet. Je levai les yeux et vis Emma dans le couloir. La salle de bains était allumée et elle était debout dans un rond de lumière pâle, les yeux baissés, sans bouger. Je mis mon peignoir et me levai. Je m'approchai d'elle, la pris par la main et la ramenai à son lit.

Elle paraissait perdue. « Tu as marché en dormant, dis-je tout en la bordant.

– Tu crois ?

– Oui. Rendors-toi.

– Tu restes avec moi ? demanda-t-elle.

– Bien sûr. » Je m'assis au bord de son lit jusqu'à ce qu'elle se rendorme.

D'une certaine manière, j'aurais déjà voulu qu'elle soit mon enfant.

8

La police s'intéresse aux faits : le mouvement de la marée, l'angle du soleil, la direction du vent, les moments et les endroits exacts. À partir de là, elle bâtit des scénarios de ces scénarios, elle extrait une série de possibilités, et les possibilités elles-mêmes, organisées dans une hiérarchie rigoureuse, deviennent des probabilités. Chaque recherche, selon le but qui lui est assigné, est soumise à un ensemble clair de règles générales qui doivent être appliquées avec précision au cas particulier. Les pistes sont repérées, puis écartées ou suivies jusqu'à leur terme logique. L'ordre et la méthode de la recherche sont primordiaux.

« La clé de tout mystère, m'explique le jeune et dynamique officier de police, réside dans la déconstruction. Le tout doit être démantelé pour mettre au jour ses différentes parties. Les parties, par conséquent, sont plus importantes que le tout. » Je sais, évidemment, que c'est faux. Le tout lui-même est exhaustif. Le tout, c'est Emma, et elle a disparu.

Il ne se passe pas une minute dans la journée sans que je retourne là-bas en pensée, à cet endroit sur la plage, à ce labyrinthe cerné par le brouillard, à cet instant précis où je me suis rendu compte qu'elle avait disparu. Chaque retour sur ce moment apporte une clarté plus grande, un ralentissement puis un arrêt du temps, un nouveau détail qui surgit, comme dans un bas-relief, sur la surface grise et plate de la mémoire : un sac en papier kraft qui s'envole dans le vent, trois pailles en plastique alignées sur le sable, un bouchon de bouteille, à l'envers, avec les mots *désolé, vous avez perdu* inscrits à l'intérieur. C'est dans cette présentation au ralenti, cette reconstruction continuelle que j'espère trouver l'indice qui me conduira jusqu'à elle. Mais je ne peux m'empêcher de me demander si les détails qui émergent chaque fois que je fais ce voyage dans mon inconscient appartiennent à la mémoire profonde, ou à l'imagination. La tâche consiste à séparer le fait du désir.

Je veux qu'elle revienne, et le désir crée la substance à partir de rien. Je me souviens du moment où j'ai contourné le mur de béton, certaine de la trouver là. Je le voulais tellement que j'ai construit une image, et cette image était frémissante de vie : Emma, accroupie, en train d'attendre derrière le mur, le seau jaune calé entre ses genoux. Quand je suis arrivée et que je n'ai pas trouvé Emma, j'ai senti la réalité me frapper comme un coup de fouet en plein visage, et, avec elle, une terreur si intense qu'elle me fit me plier en deux, l'estomac retourné.

J'ai levé les yeux vers l'escalier en ciment menant au trottoir, au parking et, plus loin, à Great Highway. Elle ne serait pas partie dans cette direction. Elle m'avait suppliée toute la semaine de l'emmener à la plage ; c'était le sable qui l'intéressait, pas la ville. Il restait donc trois directions – le nord, le sud et l'ouest. Une tâche multidirectionnelle entravée par les restrictions linéaires du mouvement. Un corps humain ne peut se déplacer que dans une seule direction à un instant donné, et la capacité des yeux à détecter le mouvement est limitée à 180°, alors que les tâches les plus importantes nécessitent un élargissement maximal, une vision à 360°.

Si je m'étais souvenue, à cet instant crucial, de la Chevrolet orange, de l'homme assis au volant, tout seul, en partie caché par son journal, peut-être aurais-je fait un choix différent ; il paraissait nous ignorer, mais, en y repensant, peut-être qu'il nous observait, attendant le moment opportun pour frapper. Ou peut-être était-ce le van jaune qui détenait la réponse, le beau surfeur debout près de la portière du conducteur, en train de passer de la wax sur sa planche, la femme entre les rideaux ouverts, saluant Emma de la main. Si j'avais pensé à eux, peut-être serais-je retournée au parking, au pas de course, immédiatement, peut-être cela aurait-il été mon premier choix. Si j'étais arrivée assez vite, peut-être aurais-je trouvé le surfeur en train de soulever Emma pour la mettre dans le van. Et le postier, perché sur le muret, en train de manger son sandwich ? J'aurais pu monter subrepticement dans son camion, fouiller frénétiquement entre les paquets pour la chercher dans ce petit réduit obscur.

Au lieu de tout cela, j'ai fouillé les toilettes, puis je suis partie vers le nord en direction de Seal Rock. Parfois Emma et moi, nous nous arrêtions sur la plage au pied de Cliff House pour écouter les phoques ; elle aimait bien leurs aboiements aigus, cette façon qu'ils avaient d'étirer le cou et de rouler les uns sur les autres comme des vacanciers nonchalants qui se prélassent au soleil. Mais j'allai jusqu'au bout de la plage et elle n'y était pas. C'est là que je me rappelai la première leçon, au cas où on se perd, l'unique chose que l'on apprend aux enfants : rester au même endroit jusqu'à ce que quelqu'un vous retrouve. C'est à ce moment que je pensai au parking, à ma voiture, à l'esprit très logique d'Emma. Elle n'est pas du genre à se laisser dominer par l'affolement. Bien sûr, me dis-je, elle est retournée à la voiture pour m'y attendre. Je me mis à courir.

Je ne sais pas exactement combien de minutes se sont écoulées avant que je grimpe les marches conduisant au parking, portée par un nouvel espoir. Bien sûr qu'Emma serait là, debout à côté de la voiture, un peu fâchée contre moi qui l'avais perdue de vue. Peut-être serait-elle en pleurs, ou, plus vraisemblablement, en train de bouder. Ou alors, elle serait assise sur le capot, en train de passer au crible son seau rempli de dollars de sable. Elle serait là, j'en étais certaine. Cette fillette que j'avais fini par aimer n'aurait pas disparu. La tragédie, si totale et bouleversante qu'elle puisse être, frappait les autres. Les filles comme Emma ne disparaissaient pas. Elles ne se noyaient pas, elles n'étaient pas enlevées. Ma panique n'avait aucun fondement. Et plus tard, pensai-je, quand le danger serait passé, je raconterais l'histoire à Jake. Nous serions assis à table, un trio, une famille, et Jake et moi, nous échangerions des regards muets, complètement émerveillés, reconnaissants, sans oser dire à haute voix à quel point nous étions passés près de l'innommable.

Il ne me fallut que quelques secondes pour repérer ma voiture, un instant de déchirement atroce après avoir vu qu'elle n'y était pas, un autre pour me rendre compte que j'avais laissé mon téléphone portable à la maison. C'est alors que je me dirigeai vers le bâtiment le plus proche, Beach Chalet, furieuse contre moi-même de n'avoir pas passé l'appel depuis Cliff House.

Maintenant je sais que quelques moments cruciaux auraient pu tout changer. Mais je ne suis plus à même de prendre ces décisions. Il faut admettre que j'ai fait tout de travers.

« Mais à quoi pensais-tu ? demandé-je à Jake la troisième nuit, allongé dans le lit, incapable de dormir ; aucun contact entre nos deux corps. À Ocean Beach, c'est un monstre.

– Ce n'étaient que quelques secondes.

– Mais Ocean Beach n'est pas comme les plages de ton enfance. Tu dois la respecter. Tu n'as pas senti les turbulences ? Tu n'as pas vu les panneaux ? »

Bien sûr que si. Des panneaux plantés à chaque kilomètre, portant des avertissements alarmants : *Vagues intermittentes de taille et de force inhabituelles. Des personnes nageant ou pataugeant ici ont été emportées et noyées.*

« Je sais qu'elle est vivante, dis-je. Je sais qu'elle ne s'est pas noyée. »

Il me tourne le dos. « Nous ne savons rien. »

À quatre heures du matin, je me réveille et je sens un vide à mes côtés ; les lumières en bas sont toutes allumées. Jake est dans la cuisine, debout devant le plan de travail, les yeux rivés sur la cafetière. Il m'apparaît que les nuits seront désormais les moments les plus difficiles. Nos journées peuvent être débordantes d'activité, avec les recherches, les appels téléphoniques, et l'organisation des équipes de volontaires, mais, à un moment donné, il nous faut bien rentrer à la maison. Chaque nuit, jusqu'au retour d'Emma, nous nous retrouverons ainsi, prisonniers et impuissants, attendant qu'arrive le matin.

« À partir de quelle heure peut-on appeler les gens ? » demande-t-il.

Il pleut. Dans la rue, un feu rouge clignote. Chaque flash se pose une seconde sur l'asphalte mouillé, écrasant le monde d'un soudain air de tristesse, d'agitation, d'insomnie. Un homme de grande taille portant un tee-shirt noir et un jean est debout devant la laverie automatique en face, il est seul.

« Mary ? » crie l'homme. Sa tête est légèrement penchée, comme si la femme à qui il parlait était à côté de lui.

De la cuisine me parvient un bruit de glissade, de chute assourdie et je me retourne ; Jake est assis par terre, les bras autour des genoux, les épaules secouées par les sanglots. Il émet un long gémissement, un cri d'impuissance venu du plus profond de ses tripes. Je vais le rejoindre, je m'agenouille et je le prends dans mes bras. Je meurs d'envie de lui donner quelque chose, mais je n'arrive absolument pas à savoir ce qui pourrait compenser l'horreur de ce que j'ai causé.

« Mais où peut-elle être ? » demande-t-il.

Où ? Le nombre des possibilités me frappe et m'anéantit. Comment savoir par où commencer ? Je vois, comme à travers la lentille d'une caméra de cinéma, un cercle sur la plage. Une femme se penche pour parler à un enfant. Ils s'écartent l'un de l'autre et la lentille s'éloigne, englobant dans son champ quelque chose de blanc, d'immobile, sur la plage. La pendule égrène les secondes. Tandis que la lentille monte de plus en plus haut, le cercle s'agrandit pour embrasser la totalité de la plage, les ruines de Sutro Baths, Great Highway, les moulins à vent brisés, le bison poilu broutant dans le parc, le Golden Gate Bridge, les voiliers éparpillés comme des boutons blancs sur le tissu bleu de la baie, les collines de Daly City et leurs rangées de fragiles maisons, les grands cimetières de Colma, les dix kilomètres de la plage déserte de Pacifica. La lentille poursuit son ascension, la zone de recherche s'agrandit à une vitesse effrayante.

« Son ami Sven donnait sa fête d'anniversaire ce soir », dit Jake. « Ils étaient censés aller à Sea Bowl.

– Nous l'y emmènerons quand elle reviendra à la maison, dis-je.

– Les chances… », commence Jake, mais il est incapable de finir sa phrase.

Il fait référence, je le sais, aux statistiques que Sherburne nous a communiquées hier : soixante mille enlèvements d'enfants sont perpétrés chaque année par des gens qui n'appartiennent pas à la famille. Cent quinze d'entre eux sont des enlèvements par des étrangers, le genre qui fait la une des journaux pendant longtemps. Sur cent quinze victimes, la moitié subit des agressions sexuelles, quarante pour cent sont assassinées, et quatre pour cent d'entre elles ne sont jamais retrouvées. Mais cinquante-six pour cent, soit soixante-quatre enfants, *sont* retrouvés. Dans mon esprit, la question ne se pose pas : Emma fait partie de ces soixante-quatre enfants. Forcément. Il ne peut pas en être autrement.

9

Après le coucher du soleil, le quatrième jour, je gare ma voiture à Fort Point, au pied du Golden Gate Bridge, à environ huit kilomètres au nord de l'endroit où Emma a disparu. Je marche le long de l'eau, cherchant des indices sur l'étroite plage de galets. Je ne sais pas exactement ce que j'espère trouver – un vêtement, sa barrette jaune, un message improbable gribouillé de sa main d'enfant ?

La dernière fois que je suis venue ici, j'étais avec Emma et Jake, il y a environ trois mois. J'ai une photo d'elle, debout au pied du pont, levant les yeux vers l'énorme arcade qui a été terminée à toute allure à l'aube de la guerre de Sécession. À six ans, Emma se préparait déjà à devenir étudiante en histoire, posant mille questions sur les soldats qui autrefois avaient occupé le fort de brique ; où dormaient-ils, que mangeaient-ils, leurs parents étaient-ils venus vivre avec eux dans le fort ?

Je m'arrête au Warming Hut pour donner des prospectus à l'employé. Un peu plus loin, je m'engage sur un ponton. Un homme est debout au bord, parfaitement immobile, le fil de sa ligne flotte dans l'eau. À côté de lui est posée une glacière, presque vide, à l'exception d'un seul poisson sur un lit de glace. Le poisson relève la tête par moments, et un frisson tord son corps argenté. « C'est ma petite fille, dis-je en brandissant le prospectus. Elle a disparu. » L'homme regarde ma bouche, pas mes yeux, et je me rends compte qu'il est sourd. Il secoue la tête et se retourne vers l'eau. Dans un moment de distraction, une seconde hors du temps, j'aurais aimé qu'Emma soit là avec moi, parce qu'elle apprend la langue des signes à l'école. Le temps que cette idée me vienne, je comprends son absurdité. Dans les semaines qui suivirent la mort de ma mère, je me surprenais à saisir le téléphone pour l'appeler, avant de me souvenir qu'elle n'était plus là. Il se passe la même chose avec Emma – chaque fois que je me retourne, je m'attends à la voir.

Vers minuit, j'atterris au Palace of Fine Arts. Les canards dans l'étang sont silencieux. Le vent souffle autour du péristyle, il est froid, mordant. Dans le clair de lune, les sculptures des femmes en pleurs au sommet des colonnes paraissent prendre vie, comme si leurs larmes étaient faites d'autre chose que de pierre. Cachés entre les urnes et les statues, des sans-abri dorment dans des sacs de couchage en loques. Je vais les voir l'un après l'autre, et je leur tends le prospectus avec un billet d'un dollar, espérant que l'un d'entre eux saura quelque chose.

Quelques heures plus tard, j'entre dans mon appartement à Potrero Hill sans allumer la lumière, je monte les escaliers à tâtons, j'enlève mes chaussures et je tombe sur mon lit comme une masse. Il me semble que je viens à peine de fermer les yeux quand le téléphone sonne. C'est ma sœur Annabel, qui m'appelle de chez elle, de Wilmington, en Caroline du Nord.

« Quelle heure est-il ? dis-je, en attrapant mes lunettes.

– Sept heures du matin, dans ton coin du monde. Tu tiens le coup ?

– Pas vraiment.

– Si seulement je pouvais venir à San Francisco », dit-elle, et je sais que c'est sincère. Elle donnerait tout pour être ici, pour contribuer aux recherches. Autrefois, c'était une grande voyageuse ; mais elle n'a pas quitté Wilmington depuis qu'on a diagnostiqué l'autisme sévère de sa plus jeune fille Ruby, l'an dernier. Ruby a cinq ans ; c'est une enfant mignonne et distante qui communique avec un système élaboré de signes de la main. Elle supporte difficilement qu'on la touche et sa sensibilité aux sons est tellement exacerbée que les téléphones et la sonnette chez Annabel sont muets, ils clignotent.

« Qu'est-ce que je peux faire ? demande Annabel. Tu as besoin d'argent ?

– J'en ai un peu sur mon compte.

– Un peu, c'est combien ?

– Pas beaucoup. J'ai annulé tous mes engagements pour le mois à venir.

– Ton loyer est de combien ?

– Il se maintient à mille deux cents dollars – merci la loi sur le plafonnement des augmentations.

– Écoute, dit-elle. Je vais te faire un virement de mille deux cents le premier de chaque mois jusqu'à ce que cette histoire soit terminée.

– Chaque mois ? dis-je, un coup au cœur. C'est déjà épouvantable d'imaginer une semaine de plus sans savoir où se trouve Emma. Je ne peux même pas concevoir l'idée que tout ça se prolonge des mois.

– J'espère que tu la retrouveras demain, mais, au moins, ça t'enlève un souci.

– Je ne peux pas accepter ton argent, Annabel.

– Ne discute pas. Rick vient de passer associé. Le sujet est clos.

– Merci. Je te rembourserai.

– Abby, demande-t-elle. Est-ce que ça va ?

– Tout s'enchaînait tellement bien, dis-je. Tout paraissait tellement parfait. »

Je raconte à Annabel que je suis allée chez Jake tôt vendredi pour être avec Emma quand il partirait. Il allait passer le week-end à Eureka avec Sean Doherty, un coturne du temps de ses études à l'université, qui venait de divorcer. Sean était dans les affres de la dépression, et Jake volait à son secours, me confiant Emma. Ce serait notre premier week-end toutes les deux. Une espèce de test. Quand Jake rentrerait, il parlerait à Emma de nos projets de mariage.

Ce matin-là, Emma et moi avions pris du pain perdu et un chocolat chaud au Tennessee Grill. Après le petit déjeuner, nous avions fabriqué une poupée de chiffon avec un kit ; on lui avait mis des pièces aux genoux, des boutons bleus en guise d'yeux, et de la grosse laine noire pour les cheveux. Dans l'après-midi, nous étions allées voir un dessin animé sur une petite fille souffreteuse d'une nationalité indéfinie qui se lie d'amitié avec un cheval et sauve son village de la destruction. Emma avait mangé trop de bonbons et, sur le chemin du retour, elle avait eu mal au ventre et s'était mise à pleurer. Il va falloir que j'apprenne à dire non, avais-je pensé, en tendant le bras pour lui caresser le dos.

Une fois arrivées chez moi, je lui avais donné un verre d'eau et elle s'était pelotonnée contre moi sur le canapé pendant que je lui lisais *Le Vieux Hasdrubal et les pirates*. Elle s'était endormie, la tête posée sur mon épaule. J'étais restée un moment assise à lire, plongée dans le bonheur douillet du livre préféré de mon enfance, comblée de sentir ainsi le poids de la tête d'Emma. Quand je l'avais prise dans mes bras pour l'emmener au lit, elle avait ouvert des yeux ensommeillés juste assez pour me souhaiter bonne nuit.

J'avais mis mon pyjama et m'étais glissée sous les draps à côté d'elle. Rien qu'à la regarder dormir, j'étais heureuse. Peut-être que la maternité était quelque chose que je pouvais vivre – ou bien, à défaut de la maternité, cette autre chose, le fait d'être belle-mère, ce rôle qui se situait quelque part entre la maternité et l'amitié. Emma était une enfant volontaire, parfois rebelle, comme je l'avais été, mais quand elle dormait, on l'aurait crue parfaitement paisible. Je pensai à ma propre mère, qui m'avait eue à l'âge de vingt-deux ans, et je la vis, debout à la porte de ma chambre dans son court peignoir en coton, les cheveux tirés en queue-de-cheval, comme chaque soir tout au long de mon enfance. Je me demandai si, elle aussi, comme moi aujourd'hui, s'était sentie soudain mûre, soudain en harmonie avec le monde, investie d'une grande responsabilité.

« C'était la première fois, depuis des années, que je ressentais un lien privilégié avec maman, dis-je à Annabel. Comme si je commençais enfin à la comprendre. J'aurais aimé qu'elle soit en vie pour pouvoir partager cela avec elle. »

Peu importaient les succès que je rencontrais dans ma carrière, les tournants intéressants que prenait ma vie, je savais que ma mère m'avait toujours considérée comme mal finie, pas vraiment adulte. Sans mari, sans enfant, à ses yeux je n'étais qu'une fille égarée.

Annabel reçoit mes confidences sur maman : « T'ai-je jamais dit ce qu'elle m'avait confié peu de temps avant de mourir ? Quand j'étais à la maison, en train de m'occuper d'elle, elle m'a fait promettre de trouver un homme bien, quelqu'un qui souhaiterait des enfants. Et j'ai fait la chose la plus idiote du monde. J'ai promis, mais en croisant les doigts dans mon dos, parce qu'à ce moment-là je ne voyais pas vraiment des enfants dans ma vie. Non pas que j'étais contre le fait d'en avoir ; ce n'était pas une priorité, voilà tout. Quel genre de personne ment à sa mère quand elle est sur son lit de mort ?

– Je suis certaine que tu n'es pas la première, me répond Annabel. De toute manière, elle savait certainement que tu faisais semblant.

– Mais le truc bizarre, c'est qu'en fait j'ai tenu ma promesse. J'ai trouvé Jake, je suis tombée amoureuse de lui, je suis tombée amoureuse d'Emma. Parfois, j'ai l'impression troublante que maman orchestre tout ça de là-haut, comme une espèce de grande plaisanterie cosmique.

– Elle en serait bien capable, à mon avis. »

Je raconte à Annabel qu'Emma et moi, nous nous étions levées tôt samedi pour faire des crêpes. « J'ai marqué des points quand je l'ai laissée casser les œufs et fouetter la pâte. J'y ai pensé en ces termes, tu vois ? Avec Emma, j'avais démarré avec des tas de points de pénalité ; je n'étais pas sa mère. Jake passait du temps avec moi, alors qu'elle avait l'habitude de l'avoir pour elle toute seule. Je n'avais pas la moindre idée de la manière dont je pouvais rendre cette enfant heureuse. Et chaque fois que j'agissais correctement, c'était un point dans la colonne des plus. Je me disais que plus j'en marquais, plus elle m'aimerait.

– Mais elle t'aime, Abby.

– Non, la question n'est même pas là. Je voulais l'obliger à m'aimer. J'avais l'impression que la moindre minute que nous passions ensemble était une sorte de test. »

Enfin, pour la première fois, je raconte à Annabel toute l'histoire, sans omettre le moindre détail : la petite pointe de bonheur que j'avais ressentie en voyant le corps du bébé phoque. La magnifique photo que je comptais faire. La belle opportunité de réconforter Emma et de lui enseigner une chose importante sur le caractère éphémère de la vie. Je lui raconte même que j'ai souri à un des types sur le parking, un surfeur qui waxait sa planche à côté d'un van jaune. Que mon sourire était peut-être un tantinet trop chaleureux, que je me suis demandé, juste une seconde, ce que ça ferait de l'embrasser.

« Ce n'est pas un crime de penser à embrasser quelqu'un, dit Annabel.

– Je sais. Ce que j'essaie d'expliquer, c'est que je n'étais peut-être pas complètement présente. J'aurais dû me consacrer seulement à Emma. Peut-être que, si j'avais été plus concentrée, ce ne serait jamais arrivé.

– Tu n'as pas le droit de t'infliger ça, » soutient Annabel.

Je pense au sympathique jeune policier qui a essayé de me consoler le premier soir, au commissariat. « Ça pourrait arriver à n'importe qui », m'avait-il dit. Ce n'est pas vrai, je le sais. Cela n'aurait pas pu arriver à Annabel. Cela n'aurait pas pu arriver à Jake. Cela ne serait jamais arrivé ni à l'un ni à l'autre, parce qu'ils n'auraient jamais détourné les yeux.

10

Ma voisine Nell Novotnoy croit que nous pouvons être sauvés par les livres. Elle vit sur le même palier que moi, dans le loft de son fils Stephen. Il y a six ans, quand il est décédé à l'âge de trente-cinq ans, il lui a laissé le loft dont il avait terminé de payer les traites avec les profits insensés du boom des start-up. Aujourd'hui, le visage défait de Nell vous regarde sur d'immenses bannières attachées à des lampadaires partout dans la ville. Elle est le porte-parole de la Marche contre le sida, du Patchwork de l'espoir, et de l'Association des mères pour la recherche contre le sida.

Elle est aussi bibliothécaire, et elle travaille depuis trente ans à la bibliothèque du Mechanics Institute sur Post Street. Tous les lundis, elle passe chez moi avec un livre qu'elle a choisi tout particulièrement pour moi. Grâce à Nell, j'ai été initiée à John Fante et Josef Skvorecky, Halldor Laxness et Lars Gustafsson, au journal intime de Robert Musil et aux essais d'Edmund Wilson. Citez n'importe quel auteur, elle sera capable de vous trouver un titre. Citez n'importe quelle année, elle saura vous donner les noms des lauréats des principaux prix littéraires.

Six jours après la disparition d'Emma, je frappe chez Nell. Il fait chaud chez elle et il y règne une odeur caractéristique de gratin de macaronis fait maison. Depuis une semaine, elle dépose des plats et des gâteaux à ma porte, me propose de s'occuper de mon linge, de m'aider de toutes les manières possibles. Elle m'ouvre, me conduit jusqu'à la table de la cuisine, me verse une tasse de café.

« Vas-y, parle, dit-elle, en repoussant une épaisse mèche de cheveux noirs qui lui est tombée sur le front. Je sais écouter.

– Je ne cesse d'essayer de savoir s'il y a quelque chose que j'ai manqué, ce jour-là, dis-je, quelque chose que j'ai vu ou entendu et que je n'arrive pas à me rappeler. Quelque chose qui paraissait insignifiant à ce moment-là, mais qui pourrait me conduire dans la bonne direction. J'ai l'impression que j'ai cette clé qui permettra de résoudre le mystère, mais qu'elle est enterrée sous des tonnes de déchets, et je ne sais pas du tout comment je peux la trouver.

– Tu sais ce qu'a dit saint Augustin ? "Immense est le pouvoir de la mémoire, excessivement immense… un vaste, infini palais intérieur". »

Elle se lève pour sortir les macaronis du four, remplit deux assiettes creuses et me tend une fourchette. « Mange. »

Je sais bien qu'ils sont délicieux – ces mêmes macaronis au fromage pour lesquels je me serais interrompue à tout moment, il y a à peine une semaine – mais, maintenant, ils semblent n'avoir aucun goût et j'ai du mal à les faire descendre.

« Tu as perdu du poids, dit Nell, en rajoutant deux cuillerées dans mon assiette encore pleine. Je sais bien que manger est le cadet de tes soucis, mais tu ne peux pas fonctionner le ventre vide. »

Elle finit son repas, puis va jusqu'à la bibliothèque. « La mémoire est une science, dit-elle en parcourant les titres. Des milliers de trucs ont été écrits là-dessus. »

En quelques minutes, la table de la cuisine se trouve couverte de livres et de dossiers : des livres sur la manière dont le cerveau stocke des informations, des articles photocopiés sur le rappel de souvenirs, des écrits sur l'art de la mnémotechnique par Aristote, Raymond Lull et Robert Fludd.

« T'as tout ça stocké dans tes étagères ? »

Nell hausse les épaules. « Une bibliothécaire, ça ne se refait pas. » Elle feuillette les livres, marquant certaines pages avec des Post-it, me montre des dessins du cerveau – l'hippocampe et ses courbes élégantes, l'amygdale en forme d'amande, le mystérieux lobe temporal. « C'est là-dedans, dit-elle en me tapotant la tête du bout du doigt, c'est là que tu trouveras la réponse. Il est bien établi que les événements traumatiques ou émotionnellement éprouvants font des dégâts dans la mémoire ; du coup, l'accès à l'information stockée dans le cerveau est difficile. Mais l'information est toujours là. Il faut juste parvenir à comprendre comment l'atteindre. »

Tard cette nuit-là, assise seule chez moi, un crayon et un calepin posés à côté de moi, je fouille dans les livres de Nell. Dans un volume récent intitulé *Strange Memory*, écrit par un célèbre professeur de psychologie appelé Stephen Perry, je tombe sur l'histoire de Sherevsky, l'homme qui ne pouvait pas oublier. Perry fait référence à un ouvrage classique, *The Mind of a Mnemonist*, dans lequel le neuropsychologue russe Alexandre Luria parle de son patient Sherevsky en l'appelant simplement S. Il me paraît étrange qu'un homme avec tant de souvenirs se trouve réduit à une seule lettre.

Que se rappelait S. ? Chaque mot de chaque conversation, jusqu'au fin fond de son enfance. Chaque repas qu'il avait pris, chaque son qu'il avait entendu, chaque trait de chaque visage qu'il avait rencontré. Alors que les amnésiques n'ont pas la capacité de mémoriser, S. souffrait de l'impossibilité d'oublier. La moindre page de texte, la moindre conversation étaient un champ de mines ; un seul mot provoquait un déferlement de souvenirs qui l'empêchait systématiquement de poursuivre son raisonnement.

Imaginez une rue dans une ville, n'importe laquelle. Maintenant, imaginez qu'une promenade le long de cette rue suscite des milliers de souvenirs permanents. Pour vous, il n'existe pas de court terme, rien que vous puissiez oublier. Vous vous rappellerez chaque vitrine, chaque personne debout derrière la vitre, chaque attitude. Disons que cette rue comporte une librairie. En passant devant le magasin, vous jetez un œil et voyez quelques titres en devanture. Ensuite, vous vous remémorerez indéfiniment non seulement les titres, mais aussi les couvertures des livres, leur disposition, la femme dans la queue prête à payer son achat, l'inclinaison de sa tête lorsqu'elle se retourne et vous aperçoit. Vous vous souviendrez de la couleur de son rouge à lèvres, rouge, de la forme de sa jambe, mince et longue, posée sur la pointe du pied, la bride de la sandale en cuir noir descendue sur son talon. Vous vous rappellerez aussi l'homme assis à la caisse, sa coupe de cheveux, la montre en or qu'il porte au poignet. Vous pressez le pas, tout en ayant conscience, que, dans les secondes qui viennent de s'écouler, vous aurez fourni à votre mémoire des milliers d'impressions que vous porterez jusqu'à votre mort. Tout en marchant, en réfléchissant à cette vérité, vous vous cognez l'orteil. Vous baissez les yeux et vous repérez le coupable, une aspérité sur le trottoir. Cela aussi restera dans votre mémoire : l'imperfection du trottoir, la sensation de douleur dans votre orteil, l'image de votre propre chaussure en mouvement. Et vous ne pourrez pas oublier le fait que, en ce jour particulier de cette année particulière, à cet endroit particulier, vous étiez en train de penser à votre propre malédiction, toute une vie à se souvenir.

Qu'est-ce qu'une recherche, si ce n'est un double exercice pris entre espoir et impuissance ? C'est l'espoir qui rend la recherche possible, l'impuissance qui la rend en même temps absurde. Je veux croire que, enfoui profondément dans la matière grise, entre les plis complexes du cortex cérébral, du corps calleux, de l'hippocampe et de l'amygdale, repose un détail unique, une minuscule particule de connaissance, un souvenir précis et majeur qui suffit à sauver un enfant disparu.

Comme Funes, le héros maudit du célèbre conte de Borges, la chose que S. désirait le plus était simplement oublier. Ce que je veux, par-dessus tout, c'est me rappeler, voir avec une clarté absolue les événements de cette journée à Ocean Beach. J'échangerais volontiers les souvenirs de toute une vie – les anniversaires, les matins de Noël, les premiers rendez-vous, les magnifiques vacances, les livres merveilleux et les jolis visages – pour l'unique souvenir qui importe, celui qui me conduira à Emma.

11

Le QG est installé dans le quartier de Castro, dans un local commercial vide qui nous a été prêté par un bon Samaritain. Les passants sont accueillis par les yeux d'Emma qui les regardent, imprimés sur des douzaines de prospectus collés sur les vitres. Les volontaires sont assis à de grandes tables, collent des enveloppes et répondent au téléphone. Tout le monde porte le même uniforme : un tee-shirt blanc avec le visage d'Emma devant, et sous la photo sont imprimés les mots *Avez-vous vu Emma ?* Au dos, en grands caractères noirs, un numéro d'urgence et, une adresse web, www.findemma.com.

La plupart des volontaires sont les élèves de Jake, mais il y a d'autres gens : des professeurs, des amis, quelques personnes qui appartiennent au monde de la photographie, des étrangers qui ont répondu à notre appel sur le site américain *craigslist*.

Une semaine a passé depuis la disparition d'Emma. Alors que j'étais dehors à parcourir frénétiquement les rues, courant en tous sens, Jake organisait les troupes. Sa démarche est méthodique, rationnelle, ordonnée – comme l'est son approche de toute chose.

Un plan quadrillé de la zone de la baie de San Francisco, ponctué de multiples punaises de couleur, couvre la plus grande partie d'un mur. Les téléphones sonnent, les voix s'élèvent, se taisent. Un gamin boutonneux aux cheveux parfaitement peignés donne des instructions à un groupe d'adolescents.

« Collez ces prospectus partout où vous pouvez dans la zone marquée, dit-il. Les cafés, les librairies, les supermarchés, par exemple. » Il fait passer une boîte à chaussures pleine de pin's avec la photo d'Emma. « Portez ça. Prenez-en quelques-uns de plus pour les distribuer. Nous voulons que son visage se grave dans tous les esprits. »

Le groupe se disperse, le gamin s'approche de moi et me serre la main.

« Abby Mason, dis-je.

– Je sais, je m'appelle Brian. » Il a le comportement à la fois très déterminé et charmant d'un délégué de classe ou du président d'une section des Jeunes Démocrates.

« Voulez-vous que je vous attribue une zone à quadriller, ou êtes-vous ici pour voir monsieur Balfour ?

– Les deux. »

Brian me donne une pile de prospectus et une carte. « Notre personne pour Colma n'est pas venue. Rencontre sportive, apparemment. Vous pouvez prendre sa place. » Il me tend une carte photocopiée, en isole une minuscule portion avec un feutre fluorescent orange. Chaque centimètre carré de la carte représente vingt-six kilomètres carrés. J'imagine mon secteur comme un immense labyrinthe rempli de magasins, d'appartements, de maisons, de fossés, de bennes à ordures, de voitures, de bosquets.

Jake me voit et s'approche.

« Rien de nouveau ?

– Pas depuis la dernière fois que nous nous sommes parlé », me répond-il.

C'était il y a une demi-heure. Nous vivons par portables interposés. Des allers-retours constants, à échanger des informations, à s'encourager mutuellement. Il y a des douzaines de pistes, mais les flics ne savent pas lesquelles suivre. Un type à Pescadero a cru la voir dans un restaurant chinois au moment où elle était repérée par un joggeur à Oakland, par un caissier d'un 7-Eleven près de Yosemite, et par un postier à San Diego. L'ex-femme de Jake, Lisbeth, n'a toujours pas été localisée.

« J'espère qu'elles sont ensemble, m'a dit Jake quand toute cette histoire a commencé. Je n'aurais jamais imaginé que je dirais ça un jour, mais, bon Dieu, j'espère qu'elles le sont. Au moins… »

Il ne finit pas sa phrase, mais je savais ce qu'il pensait. Si son ex-femme était derrière tout ça, au moins Emma serait toujours vivante.

Je me rappelle ce que Sherburne a dit plus d'une fois, concernant Lisbeth : « Ce n'est vraiment pas facile de trouver quelqu'un qui ne veut pas qu'on le trouve. »

Le visage d'Emma imprimé sur le tee-shirt de Jake me fait face. Pour moi, c'est bien Emma, avec ses éclats de rire en cascade, Emma qui peut passer du rire aux larmes en cinq secondes, Emma qui aime les sandwichs avec du pain au levain toasté, tartiné de beurre de cacahouètes et de miel ; mais, aux yeux des étrangers, elle doit ressembler à n'importe quelle petite fille aux cheveux noirs, aux yeux verts, avec des fossettes. Les appels téléphoniques nous rapprochent-ils d'elle ou nous éloignent-ils ? Emma pourrait se trouver à Pescadero, à Oakland ou à Yosemite, ou elle pourrait être à vingt mètres d'ici, enfermée dans un quelconque appartement, droguée, sonnée. Les prospectus disent : « Cheveux noirs, yeux verts. Taille : 1 mètre 20. Portant un sweat-shirt rouge, un pantalon bleu, et des baskets bleues

Paul Frank avec EMMA brodé sur le dessus. » Mais le ravisseur pourrait facilement avoir coupé et teint ses cheveux, changé ses vêtements. Elle est peut-être avec sa mère, effrayée mais relativement en sécurité, ou alors avec un psychopathe quelconque.

Jake jette un coup d'œil circulaire dans la pièce, puis il s'assoit à un bureau et appuie les paumes de ses mains sur ses yeux. Il doit regretter de m'avoir rencontrée. Je veux l'entourer de mes bras, lui dire que je suis désolée, que je sais que nous allons la retrouver, mais il y a trop de monde, trop de bruit. À mesure que les heures passent, lentement, tandis que la zone de recherche s'agrandit, la distance entre nous augmente.

Quand nous nous sommes rencontrés, nous étions tous les deux étonnés par le nombre de choses que nous avions en commun. Cela allait plus loin qu'une même affinité pour les Giants et notre capacité à citer des répliques tirées des films de Woody Allen. Nous avions tous les deux perdu notre mère, décédée d'un cancer. Nous avions tous les deux un père qui avait disparu du paysage, même si c'était pour des raisons différentes. C'était l'alcool qui avait pris celui de Jake, tandis que le mien avait trouvé une nouvelle épouse et fondé une nouvelle famille, mû par un ardent désir, après son affreux divorce, de recommencer à zéro.

La quatrième fois que nous nous sommes vus – une visite à une exposition William Eggleston au MOMA de San Francisco, puis un dîner au Last Supper Club –, Jake et moi avons longuement parlé de nos familles respectives. « Quand on est adulte, on est censé accepter tout simplement que ses parents soient partis, dit Jake, mais je n'ai jamais trouvé que c'était facile. Le fait d'être adulte n'empêche pas de se sentir orphelin. Je pense que c'est une des raisons pour lesquelles j'ai été tellement anéanti quand Lisbeth nous a quittés. J'ai décidé, il y a longtemps, que la famille serait ma première priorité, et, quand elle est partie, j'ai éprouvé un fort sentiment d'échec. Il y avait Emma, elle avait trois ans, et plus de mère ; et je ne pouvais m'empêcher de penser que c'était ma faute. »

Cette nuit-là, ce fut la première fois que je me permis de penser à l'amour, la première fois que j'acceptai que mes sentiments pour Jake fussent profonds. Après cela, tout a progressé très vite, et, tout à coup, nous étions en train de parler mariage, comme si c'était l'étape la plus naturelle du monde.

Dans les semaines qui ont précédé toute cette histoire, le mariage occupait la première place dans mon esprit. Maintenant, bien sûr, il n'a plus d'importance. Hier, le sujet est ressorti pour la première fois, et Jake et moi sommes convenus que le mariage devait être reporté. Le mot que nous ne prononçâmes ni l'un ni l'autre, c'était *indéfiniment*. Tout notre espoir est concentré sur un point variable de l'avenir, le point précis sur une chronologie invisible qui correspond au moment où on retrouvera Emma. Dans les secondes qui suivirent sa disparition, j'étais persuadée que ce serait une affaire de minutes. Au fur et à mesure que la journée s'écoulait, mes espoirs étaient devenus plus modestes, et j'avais commencé à penser en heures. Le lendemain matin, je m'étais préparée à des jours de recherche désespérée, des jours d'ignorance. Et maintenant que ces jours passent sans aucun signe d'elle, sans indice, il ne nous reste que la possibilité étourdissante que cette horreur va peut-être durer des semaines.

Au moment où je quitte le QG, un paquet de prospectus fourré dans mon sac, une chanson passe à la radio, un air entraînant que je n'arrive pas à me sortir de la tête, une chanson du groupe Wilco que l'on entend partout depuis deux ou trois semaines. Même s'il m'est déjà arrivé de fredonner la mélodie, je n'avais jamais remarqué les paroles.

« Chaque chanson est un retour », dit la voix. Et, ensuite, le refrain est répété, encore et encore, tellement accrocheur, et tellement déprimant. « Chaque moment, c'est un peu plus tard. » Je regarde ma montre et je fais les calculs, pi que multiplie le rayon au carré, une série de nombres qui s'égrènent dans ma tête.

Cela fait des années que je n'ai pas mis les pieds à Colma, et pour une bonne raison. Colma n'est rien d'autre qu'une enfilade interminable de centres commerciaux de seconde zone et d'enseignes de restaurants, de routes à quatre voies sans trottoir. J'affiche des prospectus chez Burger King et Cost Plus, Pier 1 et Home Depot, Payless Shoes, Marshalls et BevMo. Les employés, pour la plupart, sont amicaux et se montrent concernés. Au Nordstrom Rack, une femme enceinte m'en demande plusieurs et promet de les afficher à Westlake. « Les pauvres parents, dit-elle en effleurant de la main son énorme ventre, je ne peux même pas imaginer… »

Vers minuit, après avoir parlé à des centaines de commerçants, montré la photo d'Emma à tous ceux qui veulent bien y jeter un œil, j'arrive chez Target. C'est le seul endroit à Colma qui est ouvert si tard. Le magasin est illuminé de manière obscène. À la porte, une hôtesse pousse un panier vers moi, et, en échange, je lui donne un prospectus. Elle sort une paire de lunettes de sa poche, les met sur son nez et dit : « Jolie gosse. Ça brise le cœur. Cela fait quoi, une semaine ? Elle est probablement au fond d'un fossé, quelque part. »

J'erre dans les larges allées, distribuant des prospectus à la petite douzaine de clients. Soudain, je me trouve face à face avec Barbie Nuit de Rêve, vêtue d'une chemise de nuit en flanelle et de pantoufles en fourrure ; elle a un sac en plastique transparent sur l'épaule. Le sac contient un peigne, un flacon de shampooing et un minuscule cache pour les yeux. Je glisse Barbie Nuit de Rêve dans mon panier. Soudain, tous ces objets en plastique aux couleurs criardes, qui m'auraient semblé vulgaires la semaine dernière, m'attirent irrésistiblement. J'ajoute un ballon rouge, une corde à sauter en plastique rose constellée de paillettes violettes, le jeu de société Operation, et un chien à piles qui aboie, se roule par terre et court à la demande. Même les jouets spécialement conçus pour les filles et que j'ai toujours détestés deviennent soudain séduisants : le Mini-Four de chez Hasbro, la Villa de Barbie à Malibu, le kit de karaoké à l'effigie des Spice Girls.

Je suis en train de me diriger vers les caisses avec mon butin quand un écran de télévision dans la section électronique du magasin attire mon regard. La photo d'Emma apparaît en incrustation à droite de Leslie Gray. « Martin Ruiz, un ancien professeur d'anglais dans l'établissement où enseigne Jake Balfour, a été soumis à un interrogatoire. Ruiz a fait un séjour au service psychiatrique de Kaiser Permanente en février dernier. »

Je connais Ruiz ; il a fait une tentative de suicide après un divorce éprouvant – d'où l'internement. Jake l'a invité à dîner deux ou trois fois. Ruiz m'a paru être un homme profondément déprimé, essayant de cacher sa tristesse avec des plaisanteries et un peu trop d'alcool. Je l'ai tout de suite apprécié, comme Emma, pour qui il avait bâti un impressionnant château de cartes sur le parquet du salon après le dessert. Je suis certaine qu'il n'a rien à voir avec tout ça – je ne lui ai rien trouvé de bizarre ou de suspect – mais, en fait, je ne peux être sûre de rien. J'étais certaine qu'Emma serait en sécurité avec moi, certaine que, lorsque Jake rentrerait de week-end, nous formerions une famille heureuse. Tout ce que je savais, toutes les règles de base ont perdu leur sens.

Un gamin d'environ seize ans est dans le rayon des casques hi-fi et il regarde les écrans de télévision ; il est vêtu du polo rouge de chez Target. Son badge dit qu'il s'appelle Pete.

« Vous avez besoin d'aide ? demande-t-il.

– Non, merci. »

Pete se tourne vers les téléviseurs. « Ma mère est complètement accro à cette histoire. Elle pense que le père est dans le coup, elle dit que c'est juste un peu trop facile qu'il se soit trouvé loin de la ville le jour où l'enfant a disparu. Moi, je parie sur le prof d'anglais barjo. Et vous ? »

Le magasin commence à tourner tout autour de moi, et je m'appuie contre le comptoir.

« Ça va ? » demande Pete en tendant une main pour me soutenir.

Je pose le panier par terre et me tourne vers la sortie. « Hé, dit Pete, en m'emboîtant le pas. Vous ne voulez pas tout ça ? »

Le parking est presque vide. Les enseignes au néon projettent des formes sinistres sur l'asphalte luisant. Une employée se dirige vers la porte, en poussant un train de chariots. Il doit y en avoir au moins vingt ; ils forment un long serpent rouge, qui avance dans un bruit de crécelle. Une voiture pleine de jeunes traverse le parking en trombe et fait un brusque écart pour éviter les chariots. La femme hoche la tête et pousse un juron, le conducteur crie une obscénité, et des bribes de musique s'échappent des fenêtres de la voiture. C'est encore cette chanson de Wilco.

12

Il y a plusieurs années, j'ai visité New York avec une amie pour fêter son trentième anniversaire. Un type que je connaissais depuis l'université, et que j'avais aimé passionnément, y habitait. Nous ne nous étions pas parlé depuis des années, même si j'avais souvent pensé à lui. Son adresse m'était inconnue, et son numéro de téléphone était sur liste rouge. Cela ne m'empêcha pas de le chercher partout où j'allais : chez le traiteur Dean & Deluca, à un ballet au Lincoln Center, au Shakespeare Garden, dans le métro uptown.

Deux fois, de loin, je crus le voir, mais, quand je m'approchai, il s'avéra que c'était quelqu'un d'autre. Je commençai à me demander si je le reconnaîtrais au bout de dix ans. Et s'il avait pris du poids ou coupé ses cheveux ou, encore, s'il s'était découvert un goût pour les attributs de l'homme d'affaires ? Me leurrais-je en pensant que je l'identifierais uniquement à son visage, à la courbure de ses sourcils, à un geste particulier ? Étais-je en train de le chercher, lui, ou la personne qu'il était dix ans auparavant ? Je me demandai même si je ne m'étais pas trouvée à côté de lui sans m'en rendre compte, si je ne m'étais pas assise près de lui dans un restaurant, ou si je n'avais pas effleuré son bras dans la rue.

Emma, maintenant, est partout. Chaque fois que je prends un virage, chaque fois que j'ouvre la porte de mon appartement, que je vais à la banque. Je hante les parcs et les aires de jeux, les restaurants, les cinémas. Je me rends dans les motels sordides de Tenderloin, les hôtels quatre étoiles de Union Square, le chaos des boutiques de Chinatown, les cafés chics de North Beach. Aucun enfant de sexe féminin d'une taille approchant celle d'Emma n'échappe à ma curiosité et à mon espoir. Je parcours les collines de Noe Valley, examinant tous les gamins qui me croisent à vélo. Je vais dans les dispensaires de toute la ville, détaillant les visages sinistres dans les salles d'attente trop bien éclairées. Je sillonne les collines d'Oakland.

Le matin du dixième jour, je vais en voiture jusqu'à Point Reyes, je grimpe en haut du phare et je scrute, armée de jumelles, la plage et l'océan. En redescendant, je guette l'apparition d'un petit pied ou d'une petite main qui dépasserait d'une faille dans la tour. Le onzième jour, je passe au peigne fin les laveries automatiques et les fast-foods de Richmond, les artères résidentielles et peuplées de Sunset. Cette nuit-là, je reste dix heures d'affilée dans le métro, allant d'un point à un autre, quadrillant la ville en tous sens comme une folle, les *quarters* sonnant et trébuchant dans mon sac. Le douzième jour, je fais tout le réseau du BART. Le treizième, tous les arrêts du Caltrain, entre San Francisco et San Jose.

Quatorzième jour. Je prends le tramway jusqu'à Fisherman's Wharf, je me fraye un passage au milieu des touristes qui achètent des cartes postales et des caramels au beurre salé. Je me commande du crabe et je m'assois à la terrasse d'un café, en observant la foule. Les visages des étrangers ont des traits meurtriers. Je repère un homme qui sort d'une boutique de souvenirs. Il a une cinquantaine d'années, il est pâle, il porte un jean et un sweat-shirt de bon goût. Il tient sous le bras un paquet emballé dans du joli papier blanc. Je le suis, tout en sachant que cela n'a aucun sens. Les chances que cet homme soit le kidnappeur sont d'environ une sur vingt milliards. Je sais que j'ai un comportement irrationnel, et, pourtant, je ne peux pas m'en empêcher. Je marche près de lui, mais pas assez près pour attirer son attention. Je le file jusqu'à Ghirardelli Square, dans un bar, où il commande un café et une tranche de gâteau au citron. Ensuite, je lui emboîte le pas vers la trente-neuvième jetée, où il s'installe sur un banc pour lire le *Chronicle*. Finalement, un ferry Larkspur accoste et les passagers descendent. Une jolie femme italienne portant un chapeau rouge original se détache de la foule et s'avance vers lui. Ils s'enlacent, puis il lui tend son cadeau. Je m'éloigne, me sentant égarée et complètement idiote.

Le quinzième jour, j'erre le long d'Embarcadero, je remonte Stockton, je prends à gauche, Montgomery, je grimpe les étroites marches entre des appartements vieillots aux portes penchées, jusqu'au sommet de Telegraph Hill. Dans la tour, je sillonne le rez-de-chaussée, avec ses fresques aux contours doux et aux couleurs vives dépeignant la vie quotidienne de l'époque – des femmes cueillant des gouets, des hommes larges d'épaules buvant des pintes de bière, accoudés à des bars rutilants. Je monte l'escalier en colimaçon jusqu'au sommet et je contemple les rues qui descendent vers la baie, le Golden Gate Bridge, l'île d'Alcatraz. De là, l'eau paraît calme et agréable, parfaitement sûre.

Quand je ressors, j'achète à la roulotte un Coca et un hot-dog. Je paie et je tends ensuite au vendeur un prospectus. « Ma petite fille a disparu. »

Il descend une paire de lunettes sur son nez, rapproche la photo. « Je l'ai vue à la télé, dit-il, je compatis. Vraiment. » Il tend la main vers la liasse que je tiens à la main. « Vous en avez en rab ? Je veux bien les distribuer. Je vends beaucoup de hot-dogs, je parle à beaucoup de gens. »

Le seizième jour, je loue un vélo près du Presidio et je vais à China Beach, à Fort Point ; je traverse le Golden Gate Bridge et je pousse jusqu'aux Marin Headlands. Je réserve une chambre pour la nuit dans une auberge de jeunesse perchée au-dessus du Pacifique rugissant et je fouine dans les couloirs déserts. En prenant mon petit déjeuner, des œufs et du pain au levain grillé, je montre la photo d'Emma à une douzaine de routards. Ils écoutent mon histoire avec sympathie, ils me promettent d'ouvrir l'œil, puis retournent à leurs conversations animées : comment se procurer de l'herbe pas chère à Phuket, comment échapper à la dysenterie à Bombay.

Dix-septième jour. Près d'Alamo Square, je me glisse dans des bars sombres qui empestent le hasch. J'entre chez les tatoueurs et dans les boutiques hippies, avant de me diriger vers Upper Haight, où j'accroche la photo d'Emma dans des boutiques chics, où je la montre à un groupe de touristes debout devant la maison des Grateful Dead sur Ashbury. J'erre dans les grandes allées chez Amoeba Records, où nous venions, Jake et moi, pour nous détendre, et je distribue des prospectus aux jeunes branchés qui font la queue. À Cole Valley, je questionne les fleuristes et les serveuses, je fouille le patio du Reverie Cafe, et je vais parler à l'employé de chez Cole Hardware qui me vend un petit arbre de Noël depuis dix ans. Partout où je vais, je donne mon numéro de téléphone, pressant des étrangers de m'appeler s'ils voient quoi que ce soit. Tout le monde m'offre la même chose : de la sympathie, mais pas de réponses.

Le dix-huitième jour, je parcours les rues calmes de Chinatown ; mon faciès d'étrangère tranche au milieu de tous ces visages chinois. De vieux messieurs déambulent, les mains croisées dans le dos, et s'arrêtent pour me regarder. Sur Waverly Street, le bruit des dés qui roulent me parvient à travers les portes fermées des salles de jeu. Je deviens une touriste dans ma propre ville, une enquêtrice dans les quartiers, une visionneuse de visages, une espionne. San Francisco, qui m'a toujours paru si petit, me semble aujourd'hui incroyablement vaste, une immense topographie d'éléments non pertinents, contribuant tous ensemble à obscurcir la vérité. Je n'ai pas la moindre idée de ce que je cherche, pas la moindre intuition sur l'endroit où je devrais chercher, quelle rue, quel jour, et à quelle heure. Emma est partout, et elle n'est nulle part.

Pendant ce temps, Jake s'éloigne de plus en plus. Généralement, je dors chez lui. Il insiste pour que je reste là tandis qu'il sort en voiture poursuivre les recherches. « Il faut que quelqu'un reste, juste au cas où », dit-il. Au cas où quoi ? C'est comme si une partie de lui croyait qu'Emma allait tout simplement sonner à la porte.

Quand il revient de ces expéditions nocturnes, ses vêtements sont sales, ses cheveux ébouriffés, ses lunettes couvertes de traces. Sa transformation a été si rapide, si radicale, que si l'on mettait côte à côte deux photos, l'une datant de trois semaines et une autre d'aujourd'hui, on dirait deux personnes différentes. Je sais qu'il essaye de ne pas me haïr, de ne pas m'en vouloir. Mais, parfois, je le surprends à me regarder fixement – le matin à table pendant que nous prenons notre café et que nous organisons les recherches de la journée, ou la nuit, quand il sort de la salle de bains, son corps dégageant encore de la vapeur après la douche – et son visage ne ressemble en rien à celui d'un homme qui a trouvé la femme qu'il veut épouser. Il a l'air embarrassé, furieux. Je sais qu'il échangerait volontiers tous ces mois ensemble, tous nos projets, pour une seconde de plus avec Emma. Et je suis très surprise de me rendre compte que je ferais de même.

13

Une Chevrolet orange. Nouvelle peinture, vieux pneus. Les vitres à moitié baissées. La Vierge Marie suspendue au rétroviseur intérieur. À la place du conducteur, un homme. Cheveux gris. Chemise bleue, barbe de fin de journée, il lit le journal. J'ai vu la une en passant : *Tensions dans les relations avec la Chine.*

« Regarde », me dit Emma. Elle pointa le doigt sur une armée de fourmis qui se déplaçaient sur le trottoir, portant le cadavre d'un minuscule crabe de sable. Elle s'accroupit pour observer la procession, fascinée. « Où est-ce qu'elles l'emmènent ?

– À la maison.

– Oh, dit-elle, elles vont s'occuper de lui.

– Exactement », répondis-je. J'étais tout à mon émerveillement devant sa charmante innocence, quand elle fit quelque chose d'inattendu : elle brandit sa pelle en plastique rouge, l'abattit brusquement sur le crabe, et écrasa la carapace. Les fourmis ne bougèrent plus.

Elle leva les yeux vers moi ; elle jubilait : « Je les ai tuées !

– Eh oui. »

C'est alors que la carapace se remit à bouger. Cette fois, elle leva le pied et écrabouilla le crabe et les fourmis, les expédiant au pays de l'oubli éternel. « Voilà », dit-elle, en balançant son seau jaune à bout de bras. Nous poursuivîmes notre chemin sur le parking vers la plage. Je jetai un œil à l'homme dans la Chevrolet orange. Il lisait toujours son journal, en sirotant son café. Une petite danseuse hawaïenne en plastique trônait sur le tableau de bord, et il ne cessait de la faire osciller du bout du doigt tout en lisant.

Chaque jour, il me semble que je me rappelle un peu mieux le visage de l'homme, un détail supplémentaire concernant sa voiture : une égratignure sur le capot, une bande jaune sur le flanc. Mais plus les détails se précisent, plus je doute de ma propre mémoire. La mémoire, semble-il, devrait devenir plus impressionniste avec le temps qui passe, les lignes devraient s'adoucir, les couleurs se ternir, les formes devraient se mêler les unes aux autres. En fait, ce qui commence comme de l'impressionnisme évolue constamment vers de la photographie en gros plan, jusqu'à ce qu'il ne reste, au final, qu'une spécificité alarmante. Combien de ces particularités correspondent-elles à la réalité ? Lesquelles ai-je tout simplement créées ?

Pendant ma première année à l'université du Tennessee, j'ai suivi un cours obligatoire sur les méthodes d'étude. Le premier semestre a été consacré à la mémoire. J'ai presque tout oublié, mais une chose m'est restée, c'est la relation entre l'espace physique et la mémoire. Un étudiant qui s'assoit tous les jours à la même table retiendra mieux l'information qu'un étudiant qui change de place. Si on ne sait plus dans quel ordre un événement s'est déroulé, retourner à l'endroit où l'événement s'est produit peut apporter plus de clarté. En voyant la disposition des lieux et les multiples détails du décor, la mémoire temporelle peut s'en trouver rafraîchie. Si on perd quelque chose, il faut refaire le chemin inverse, repartir du dernier endroit où on se souvient d'avoir vu l'objet égaré.

C'est avec toutes ces choses en tête que je fais un pèlerinage quotidien à Ocean Beach. Emma a disparu à 10 h 37. Je retourne là-bas tous les jours de 10 heures à 11 h 10, pour qu'il y ait une fenêtre d'une demi-heure avant et après. Ce n'est pas seulement ma mémoire que j'espère retrouver en réitérant notre promenade, jour après jour. Je cherche la Chevrolet orange, le van jaune, la moto, le camion postal, une personne qui peut-être a vu Emma ce jour-là – des indices.

Je trouve beaucoup de choses sur la longue plage de sable, froide et grise, mais jamais ce que je cherche vraiment. À l'intersection de Sloat Boulevard et de Great Highway, au milieu des fragments de ciment et de pierre qui composent ce qui reste de la digue, je tombe sur une dalle de pierre rugueuse portant une inscription un peu effacée. Je peux à peine discerner les mots *en mémoire* et *mort 187*..., le dernier chiffre est illisible.

Cela me rappelle une anecdote que Jake m'a racontée un des premiers jours de notre relation. Dans les années 1800, Ocean Beach bordait une longue série de dunes de sable qui s'étendaient sur plusieurs kilomètres à l'intérieur des terres. La zone, connue sous le nom de Outside Lands, appartenait au Mexique. Ce n'est qu'en 1848 que le gouvernement américain a annexé les Outside Lands ; il se passa encore approximativement une vingtaine d'années avant qu'ils ne fassent partie de la ville. Pourtant, pour les habitants de San Francisco, cette plage lointaine, avec son brouillard dense et ses dunes inhospitalières, demeurait un pays étranger. Jusqu'à la fin du siècle, on ne trouvait sur les Outside Lands que des saloons et des cimetières.

Après 1901, quand une loi interdisant les enterrements à l'intérieur des limites de la ville fut passée, les cimetières furent délaissés. En 1950, tout avait été fermé, et la plupart des corps avaient été déplacés à Colma, vers le sud. Le cimetière municipal, où on enterrait les indigents et les gens des minorités, fut rasé en 1909. Une fois qu'elle eut enlevé les pierres tombales que personne n'avait réclamées, la ville décida de les recycler. Dans Buena Vista Park, il n'est pas rare de trouver d'étranges mots ou dates inscrits le long des caniveaux. Les vieilles photos d'Ocean Beach montrent des pentes sableuses couvertes de pierres tombales à l'abandon – une digue improvisée.

En 1912, la construction du Lincoln Park Golf Course commença par-dessus le vieux cimetière municipal. Quelquefois, nous jouâmes au golf là-bas, Jake et moi. Nous prenions Emma avec nous – elle adorait les longues marches dans les vallons verdoyants, les vues imprenables. Depuis le 17e fairway, on voyait le Golden Gate Bridge et l'entrée de la baie. Je me suis souvent demandé si les golfeurs étaient conscients de ce qu'ils avaient sous les pieds. En 1993, au cours d'un projet de rénovation, trois cents corps furent déterrés. Parmi les objets, on récupéra des dentiers, des rosaires et des Levi's. Cette découverte amena les autorités de la ville à enquêter sur ce qu'il était advenu des onze mille corps enterrés au cimetière municipal. On ne les retrouva pas à Colma. Ni nulle part ailleurs. Apparemment, ils avaient tout simplement été abandonnés là.

14

« La lentille Holga est exactement à l'opposé de ce qu'une véritable lentille optique de qualité devrait être. Elle est en plastique bon marché, et elle comporte souvent des distorsions intrinsèques. Le résultat est une mise au point imprévisible, imprécise, qui crée une ambiance, une atmosphère particulière. »

Lomographic Society International.

Je ne parviens pas à me rappeler maintenant si Emma courait ou sautillait. J'essaie de recréer ce moment dans mon esprit, cet instant où elle s'est détournée de moi. Riait-elle ? Et pourquoi ne lui ai-je pas demandé de ralentir ? Je savais qu'elle allait trop vite, qu'elle s'éloignait trop de moi. Je savais que la photo serait floue. Et pourtant, je l'ai prise, insouciante, comme si c'était n'importe quel cliché, pas indispensable. Comment aurais-je pu me douter que ce serait une des dernières photos que je prendrais d'elle ?

Maintenant, peu importe le nombre de fois où je tire la troisième photo de la pellicule d'Ocean Beach, peu importent les expériences que je tente avec la mise au point et le temps d'exposition, la surexposition et la sous-exposition pour ajuster la lumière et le contraste, l'impression sort toujours grise et granuleuse, toujours vague. Au premier plan, le bébé phoque : fourrure blanche parsemée de sable, taches noires, le C que dessine sa colonne vertébrale. Au loin, Emma. La pellicule noir et blanc et l'effet adoucissant de la lumière brumeuse rendent les photos mystérieuses, oniriques.

Chaque photographie est un moment unique, apparemment achevé, mais ce qui manque, c'est le contexte : l'absence de respiration, l'immobilité absolue, le fait que le bébé phoque est mort. Ce qui manque, c'est l'enlèvement, qui s'est joué hors de mon champ de vision.

Dans les jours qui suivirent la disparition d'Emma, tandis que mon esprit s'égarait dans des milliers d'endroits terribles, je la voyais piégée dans les profondeurs mouillées d'une vague, roulant dans les ténèbres, aspirant de l'eau salée jusque dans ses poumons. J'imaginais l'affreuse panique qu'elle avait ressentie à mesure que l'eau l'entraînait vers le fond. Mais je sais que ce n'est pas ce qui s'est passé. Jake et moi, nous avions emmené Emma des dizaines de fois à la plage avant ce jour-là. Jamais elle ne s'était approchée de l'eau, pas même pour y tremper un doigt de pied. Ce que Jake dit d'Ocean Beach est vrai – les vagues sont impétueuses, imprévisibles – mais tout de même, pour qu'elle puisse se noyer, il aurait fallu qu'Emma s'approche très près. Et ce n'est tout simplement pas quelque chose qu'elle aurait fait.

15

Vingtième jour. Il est onze heures du soir et je suis de nouveau au téléphone avec Annabel.

« Où es-tu ? me demande-t-elle.

– Aux bassins de pêche.

– Quoi ?

– Dans Golden Gate Park.

– Tu es folle ou quoi ? dit-elle. Ce n'est pas un endroit sûr.

– J'ai ma bombe.

– Mais qu'est-ce que tu fais là-bas ?

– La police dit qu'ils ont fouillé le moindre recoin du parc, mais ce n'est pas possible. Il est trop grand. »

Emma, Jake et moi, nous sommes venus une fois ici, un samedi, pour un cours de pêche à la mouche. C'est parce qu'il veut qu'Emma essaie constamment de nouvelles choses que Jake est un si bon père. Ce jour-là, les trois immenses bassins en ciment étaient lisses, éclairés par le soleil qui filtrait entre les branches des conifères. Ce soir, ils sont enveloppés de brume. Je me rappelle Emma qui me serrait la main très fort ce jour-là, immobile à plusieurs mètres des bassins, et me demandait : « C'est profond ? »

Ma voix paraît étrange dans le silence de cet endroit. Je ne parle pas à Annabel de la grande trappe à l'extrémité ouest du bassin ; je ne lui raconte pas que j'ai essayé de soulever la lourde dalle et que j'ai été surprise de la trouver déverrouillée ; que je l'ai ouverte, que j'ai braqué ma lampe de poche dans les ténèbres, et que j'ai descendu avec précaution les marches humides. Je ne lui raconte pas que, encore éveillée, hier soir, dans mon lit, j'ai pensé aux bassins, à la trappe, et que j'ai imaginé Emma accroupie là, en dessous, grelottant dans le noir, prisonnière d'un quelconque maniaque.

J'ai crié son nom en descendant les marches. L'écho de ma propre voix m'est revenu. Je suis allée jusqu'au fond et je n'ai rien trouvé.

À présent, je tiens dans le creux de ma paume une minuscule mouche en bois, peinte en violet iridescent, avec des plumes blanches et une fourrure étonnamment phosphorescente. Je sens, dans ma main, son poids d'une légèreté extrême et je scrute les ténèbres des bassins. Serait-il possible de cacher un corps là-dedans ?

« Je veux que tu retournes à ta voiture immédiatement, tu m'entends ? dit Annabel. Je ne raccroche pas tant que je ne suis pas certaine que tu es en sécurité. »

Je dépasse l'Angler's Lodge, je suis les sentiers de lavande et de romarin. Au loin, le dôme de cuivre du nouveau M.H. De Young Museum apparaît au-dessus de la cime des arbres, étincelant étrangement dans le clair de lune. Je monte dans ma voiture et je claque la portière.

« Tu as verrouillé ? demande Annabel.

– On dirait maman. »

Elle soupire. « Bon sang, tu me fais peur, par moments. »

Je démarre et me dirige vers la maison. Autrefois, j'adorais parcourir le parc en voiture, la nuit. Dans le noir, on aurait dit plutôt une espèce de jungle aux confins du monde qu'une oasis urbaine. Aujourd'hui, il me paraît tout simplement dangereux, un refuge pour désaxés et meurtriers en tout genre.

« Hé, dit Annabel. J'ai réfléchi. Tu te souviens de Sarah Callahan ?

– Bien sûr. Je l'avais complètement oubliée ; et, quand tout cela est arrivé, son histoire m'est revenue immédiatement en mémoire.

– Je pense à elle constamment, dit Annabel. Est-ce que je t'ai dit qu'elle me laissait copier sur sa feuille pendant les interros de maths ? Elle le faisait seulement parce qu'elle voulait vraiment que nous soyons amies. Juste quelques semaines avant sa disparition, elle m'avait invitée à venir avec elle au cinéma pour son anniversaire. J'avais inventé une excuse pour ne pas y aller. »

Bien que j'aie rarement parlé à Sarah, je me souvenais de son visage. Nous allions dans une petite école privée de filles où tout le monde se connaissait. Les clans étaient clairement définis, et on y restait rigoureusement. Ce qui marginalisait Sarah, c'était qu'elle n'appartenait à aucun groupe. Et, à ma connaissance, elle n'était liée à personne.

« Elle apportait toujours la même boîte Tupperware rouge à l'école, poursuivit Annabel. Elle contenait de plus petits Tupperware. Tous les jours, elle étalait les petites boîtes par terre, son sandwich, ses chips, ses cookies, et elle piochait dans chacune, tour à tour, jusqu'à ce qu'elles soient toutes vides. Elle ne buvait rien tant qu'elle n'avait pas mangé la dernière miette. »

Un mardi, vers le début du semestre de printemps, le principal était un jour entré dans notre classe et avait demandé si quelqu'un avait vu Sarah ou lui avait parlé la veille. Personne n'avait répondu. « Réfléchissez », avait-il dit. Toujours pas de réponse. « O.K., avait-il conclu, l'air sombre. Reprenez le travail. »

Cette après-midi-là, il était allé dans toutes les classes et avait posé la même question, recevant partout la même réponse. Avant la fin de la journée, la rumeur disait que monsieur et madame Callahan avaient vu Sarah pour la dernière fois tôt le lundi matin, quand ils étaient partis travailler. Le lundi soir, les Callahan étaient rentrés tard après un dîner à l'extérieur et Sarah n'était toujours pas là.

Le chauffeur de bus rapporta que Sarah ne se trouvait pas à l'arrêt du bus le lundi matin. Le mardi après-midi, deux policiers étaient venus à l'école, accompagnés des parents de Sarah, et ils avaient posé mille questions. Je ne me souviens pas bien des parents de Sarah, seulement du fait que son père paraissait affolé et que sa mère portait une grosse écharpe bleue, malgré la chaleur. Les filles racontaient toutes des histoires différentes. Peut-être que Sarah avait été kidnappée par un tueur en série. Peut-être qu'elle s'était enfuie avec un type plus âgé, quelqu'un d'une vingtaine d'années, qui était son amant. Peut-être qu'elle était dans un bus en route vers New York, pour y mener une vie de déchéance qui pouvait aller jusqu'à la prostitution, ou y devenir une star de Broadway. Peut-être que ses parents savaient quelque chose qu'ils ne disaient pas.

Dans les jours qui avaient suivi sa disparition, Sarah avait joui d'une toute nouvelle célébrité. Mais, quelques semaines plus tard, la nouveauté s'était estompée. Les professeurs cessèrent de citer son nom, et les élèves, avec le temps, l'oublièrent plus ou moins. En avril, son corps fut découvert au milieu d'un bosquet de chênes dans Blakeley State Park. La cordelette qui avait servi à l'étrangler était toujours autour de son cou, et elle était nue en dessous de la ceinture. L'homme qui l'avait tuée avait laissé des indices flagrants derrière lui et il fut vite arrêté. Quand elle fut trouvée, aucun enseignant à l'école ne fit le moindre commentaire ; peut-être pensaient-ils qu'il valait mieux qu'on ne parle pas de sa mort. C'était comme si elle n'avait jamais existé.

« Je me suis toujours demandé s'il y avait quelque chose que j'aurais pu faire pour elle, disait maintenant Annabel. Je me souviens de ce policier à la télévision quelques jours après sa disparition. Il avait dit que chaque jour qui passait diminuait significativement les chances de la retrouver vivante. Au bout d'un mois, c'était comme si la police avait complètement laissé tomber. Mais quand ils ont arrêté le coupable, il a avoué qu'il l'avait gardée vivante pendant sept semaines. Nous aurions dû tous être là, dehors, à la chercher. »

Si Sarah avait été populaire, il est probable que les élèves de l'école auraient organisé des recherches. Nous nous serions retrouvées sur le parking de Delchamps, avec plusieurs parents pour nous accompagner, et nous aurions sillonné la ville par groupes, en distribuant des prospectus et en frappant aux portes. En fait, Sarah a disparu rapidement de notre mémoire collective, s'évanouissant dans une obscurité encore plus profonde que lorsqu'elle était parmi nous.

« Pourquoi tu me racontes ça ?

– Parce que tu ne peux pas commettre l'erreur que nous avons faite avec Sarah.

– La police ne cesse de vouloir imposer son hypothèse, selon laquelle elle se serait noyée. Même Jake commence à lui accorder un certain crédit.

– Tu dois faire confiance à ton instinct, tu te fous de ce que tout le monde dit. »

J'entends une voix d'enfant dans la pièce, à côté du téléphone. « Alex chéri, dit Annabel, mais qu'est-ce que tu fais debout ?

– Il doit être tard, chez toi, dis-je.

– Dis bonne nuit à tante Abby. »

La voix endormie d'Alex résonne dans le téléphone. « Bon'nuit, Abby.

– Bonne nuit. »

Ensuite, comme s'il venait juste de se rappeler quelque chose, il ajoute : « Quand est-ce que je vais voir Emma ?

– Bientôt », dis-je, la gorge serrée.

Annabel reprend le combiné.

« Tu ne leur as pas dit ?

– Je pense toujours que je n'en aurai pas besoin, répond-elle, que, si j'attends assez longtemps, tout cela sera terminé.

– Moi aussi…

– Je t'appelle demain. »

16

L'après-midi du vingt-troisième jour, j'entre chez Jake sans m'être annoncée. La maison est étrangement silencieuse, à l'exception d'une bouilloire à thé qui siffle sur la cuisinière. J'entre dans la cuisine et j'éteins le feu.

« Jake ? »

Pas de réponse.

Je monte à l'étage. Je suis dans le couloir quand j'entends une voix, étouffée, pas une voix en pleine conversation, plutôt un chant ténu, monotone. Je glisse un œil dans la chambre sombre de Jake. Il est agenouillé à côté du lit, dos vers moi, ses coudes bougent légèrement. Le plancher craque sous mes pieds et il se retourne, ahuri. Son visage est inondé de larmes. Il tient un rosaire.

« Oh, dis-je, excuse-moi. »

Il hoche la tête et soutient mon regard quelques instants, avant de se détourner et de reprendre sa prière. Je referme la porte et je reste dans le couloir, adossée au mur, éberluée par la solennité du moment. Depuis que je connais Jake, jamais je ne l'ai vu pratiquer une religion. Il a grandi dans un environnement catholique mais il a abandonné l'Église quand il était adolescent, quand il a commencé à s'intéresser sérieusement à la philosophie.

Je pense aux églises baptistes de mon enfance, aux monologues du pasteur avec sa voix grave pendant l'exhortation. « Jésus vous appelle. Qu'attendez-vous ? » disait-il, tandis que, derrière lui, le chœur en longues robes blanches oscillait doucement en chantant « Venez à moi ». Je sentais le parfum trop sucré que portait ma mère, je sentais la pression légère de sa main dans mon dos. J'étais certaine que le pasteur me regardait, moi, quand il était debout sur les marches devant le lutrin, et qu'il attendait.

Je savais exactement ce que voulait ma mère : elle voulait que je quitte le banc, que je m'avance dans l'allée centrale jusqu'à l'autel. Elle voulait que je prenne la main du pasteur, que je pleure tandis qu'il passait son bras autour de mes épaules pour me conduire au salut. Si j'étais capable de faire cela, de regarder en face l'assemblée des fidèles, d'exprimer ma profession de foi, elle m'aimerait complètement. Mais, si je désirais ardemment entendre l'appel de Dieu, je n'en étais pas capable. Alors, j'étais restée là, semaine après semaine, année après année, à écouter les voix douces du chœur, à sentir le parfum de ma mère, sa main au creux de mon dos sans que je me décide. J'attendais que le Saint-Esprit me parle à l'oreille, mais plus le temps passait, plus j'étais certaine que je n'irais jamais.

Aujourd'hui, debout devant la chambre de Jake, tandis qu'il prie et pleure au pied du lit où nous avons fait l'amour si souvent, je ressens de nouveau cette nostalgie ancienne et familière, ce désir d'être profondément touchée par la mystérieuse main de Dieu. Non, ce n'est pas tant Dieu que je désire, c'est la communion que la foi peut m'apporter, une communion non pas avec une puissance supérieure, mais avec l'homme que j'aime.

Pendant toute mon enfance, mon incapacité à entendre la voix de Dieu m'a isolée de mes parents ; elle a bâti un mur très haut, infranchissable, entre nous. Même Annabel a connu un moment, dans sa jeunesse, avant que la rébellion ne se déclare, où elle remontait l'allée jusqu'à l'autel, prenait la main du pasteur, pleurait et priait, et était déclarée sauvée. Peu importaient les fossés qui se creusaient entre elle et mes parents, et ils étaient nombreux, je savais qu'ils penseraient toujours à elle comme étant celle de leurs filles qui avait été sauvée, celle pour qui l'espoir demeurait, tandis que je serais pour toujours une créature étrange qu'ils ne pouvaient pas comprendre.

Le jour suivant, Jake me persuade d'aller à la messe. C'est le dernier endroit où j'ai envie de me rendre, mais je n'ai pas le droit de lui refuser quoi que ce soit, maintenant.

Dans une église immense à quelques blocs d'Ocean Beach, nous faisons mille génuflexions, tandis qu'un homme vêtu d'une longue tunique bizarre parle d'une voix douce. Lors de la communion, Jake me touche le coude, me pressant d'y aller. Je le suis dans l'allée et j'attends mon tour dans la file. Jake s'agenouille devant le prêtre, fait le signe de croix et reçoit l'hostie sur la langue. Dans l'église, on grelotte, l'orgue joue fort. Je regarde Jake, sa nuque pâle inclinée, l'attendrissante frange de cheveux noirs et je me rends compte que je ne le connais plus.

À mon tour, je m'agenouille, je me signe avec gêne, j'ouvre la bouche devant la main d'un étranger et sens le goût salé de son doigt. L'hostie est sèche et fade, la moquette rêche sous mes genoux. Quand je lève les yeux vers le regard inexpressif du prêtre, j'ai le sentiment de commettre une grave offense. Je suis Jake qui se dirige vers un autre prêtre ; celui-ci essuie le bord d'un lourd bol en argent et le porte à mes lèvres. L'orgue continue à résonner.

Par la suite, de retour dans la voiture, Jake déclare : « Je sens que tout me revient.

– Quoi, tout ?

– La foi.

– Tu es sûr que tu n'es pas en train de chercher quelque chose qui te faciliterait la vie ?

– Peut-être. Mais cela ne veut pas dire que ce n'est pas réel. »

Nous arrivons à un feu rouge. Une femme traverse devant nous, avec trois enfants sur les talons. L'un d'eux, une petite fille, se tourne vers nous et sourit. L'espace d'un instant, ses cheveux clairs deviennent noirs, son visage me paraît familier et je suis en train de sourire, non pas à l'enfant d'un étranger, mais à Emma. En une fraction de seconde, l'illusion prend fin.

« Tu as forcément ressenti quelque chose, dit Jake, en me regardant, plein d'espoir.

– Non.

– Ça ne se fait pas en une fois. Reviens la semaine prochaine.

– C'est une perte de temps.

– Cela ne dure qu'une heure. »

Le feu passe au vert, nous avançons doucement. J'ouvre la boîte à gants, je la referme, histoire de faire quelque chose. « Je ne peux pas faire semblant de croire en ce qui ne signifie rien pour moi. »

Jake met son clignotant et prend Lawton, à gauche. « On ne peut pas traverser tout ça seuls.

– Nous ne sommes pas seuls, dis-je. Nous sommes là, l'un pour l'autre. Qu'est-il advenu de ton solide agnosticisme ? Qu'est-il advenu de la philosophie ? »

Il soupire. « Je l'admets, c'est un peu bizarre. Ne croie pas que je n'aie pas été en proie au doute. Mais il faut que je trouve un moyen pour que tout cela prenne un sens.

– Peut-être qu'il n'y en a pas. Il existe sur terre des gens horribles, l'un d'entre eux détient Emma, et c'est à nous de la trouver. »

Il bifurque dans l'allée devant la maison. La porte du garage s'ouvre, puis se referme en grinçant derrière nous. Tandis que nous restons assis dans la pénombre du garage, Jake pose ses mains sur ses genoux et lève les yeux vers le plafond. « Elle est très petite. Une vague a pu l'emporter. Cela expliquerait pourquoi tu n'as vu personne sur la plage, pourquoi tu n'as rien entendu.

– Il y a d'autres explications.

– Mais la police pense…

– Je m'en fiche de ce que la police pense. » Je lutte pour contrôler le timbre de ma voix.

« Elle n'est pas leur fille.

– Elle n'est pas ta fille non plus. » Il ouvre la portière de la voiture, sort et disparaît dans la maison.

Je reste là une demi-heure, peut-être plus, au milieu des odeurs d'huile de moteur, des vieux journaux qui sont entassés dans la poubelle des recyclables. Dans ma tête, les secondes s'égrènent, le cercle des possibles s'élargit, à mesure qu'une voiture imaginaire emmène Emma de plus en plus loin de nous.

Plus tard, dans le lit, l'agitation de Jake me réveille. Quand je l'entoure de mes bras, je me rends compte qu'il est trempé de sueur. J'abaisse le drap pour dénuder ses épaules. Il se réveille.

« Tu es couvert de sueur », dis-je.

Il cligne des yeux et se passe la main dans les cheveux. Pendant quelques instants, il me regarde, je le jure, comme s'il ne m'avait jamais vue auparavant. « Je n'arrive pas à trouver une bonne position, dit-il. Je vais dormir en bas.

– Si quelqu'un doit dormir sur le canapé, c'est moi.

– Non, non, j'y vais. C'est juste pour cette nuit. Rendors-toi. »

Il serre son oreiller contre sa poitrine, prend une couverture dans le placard et descend. Il allume la lumière, s'installe sur le canapé. J'entends ensuite le son étouffé de la télévision.

Quand je descends à six heures du matin, il est déjà parti. Je sais qu'il erre dans les rues comme tous les matins. Qu'il jette un coup d'œil par les fenêtres des maisons, des appartements et des voitures garées. Bientôt, je partirai dans une autre direction et je ferai la même chose.

17

Un jour, vers la fin de mon premier semestre à l'université du Tennessee, ma mère m'a raconté une histoire. Nous étions dans la Chevrolet Impala, tractant une remorque pleine de livres, de vêtements, tout ce que j'avais, avec tant d'enthousiasme, emporté pour ma nouvelle vie à l'université. Ma mère était arrivée chez moi la veille et m'avait annoncé qu'elle me retirait de l'université jusqu'à l'automne suivant. Elle me passa un savon terrible, je refusai de partir, mais elle me rappela que je n'avais ni argent ni travail, et donc aucun moyen de payer le loyer.

Il se trouve qu'elle était tombée sur une série de clichés que mon petit ami, Ramon, avait faits de moi l'année précédente. Quand les photos avaient été prises, j'avais seize ans, Ramon en avait vingt-sept, et elle tenait là un témoignage flagrant de ce que nous faisions tous les deux. Après une longue conversation avec le guide spirituel des jeunes de leur église, mes parents avaient conclu que je souffrais de pulsions sexuelles anormales.

« Nous t'avons inscrite dans un groupe, me dit-elle le jour où elle débarqua dans mon appartement.

– Quel genre de groupe ?

– Un groupe de thérapie pour les drogués du sexe.

– Les drogués du sexe ?

– Ton père et moi, nous avons vu les photos, Abby. Ces choses ne sont pas normales.

– Comment avez-vous pu faire une chose pareille ? C'est ma vie privée. »

J'étais furieuse. Je refusais catégoriquement la vie vers laquelle ma mère me ramenait. À ce moment-là, Ramon n'était déjà plus de ce monde – tué dans un accident de moto à peine quelques mois plus tôt. Je trouvai insupportable la vision de mes parents en train de fouiller les souvenirs de notre relation, les considérant comme des preuves sordides de je ne sais quoi.

Nous étions sur la route dès midi le lendemain. Nous traversâmes une série d'averses pendant plusieurs heures, de ces orages subits si fréquents dans le Sud profond. Par moments, nous luttions contre une pluie diluvienne, les essuie-glaces balayant le pare-brise à la vitesse maximale, la route imprécise et dangereuse, et, la minute suivante, nous nous trouvions au soleil, sur une route sèche bordée de kilomètres de verdure à perte de vue. Elle ne cessait de parler, tandis que je gardais les yeux rivés sur les grands espaces vides qui défilaient et faisais semblant de ne pas entendre.

Près de Linden, en Alabama, la pluie tombait si dru que nos essuie-glaces étaient inutiles ; ma mère quitta alors l'autoroute et se gara sur le parking de chez Stuckey's. Nous prîmes deux cafés et la friandise préférée de ma mère depuis toujours, la barre aux noix de pécan. Il n'y avait personne d'autre dans le bistrot, à l'exception de la femme derrière le comptoir et un chauffeur de poids lourd qui avait l'air d'une brute, avec trois croix en or dans chaque oreille. Ma mère s'installa sur la banquette face au chauffeur, pour qu'il ne puisse pas me voir.

Le café était bouilli et il n'y avait pas de crème, seulement des petites dosettes de crème pasteurisée tellement vieilles que leur contenu s'était solidifié. Tandis que nous étions assises là, humides et épuisées, en attendant que la tempête prenne fin, j'essayai d'organiser un plan de fuite. Quand j'étais partie pour l'université en août, j'avais trouvé que, finalement, il se passait de belles choses. Ensuite, quand Ramon était décédé en septembre, c'était comme si tous les liens avec ma vie d'avant, à l'exception d'Annabel, avaient été brisés. Assise chez Stuckey's avec ma mère, j'avais l'impression désespérante d'être en train de reculer dans le temps.

« Tu te rappelles quand nous sommes allés à Gatlinburg ? dit ma mère en ôtant l'emballage de sa barre de céréales.

– Non, c'était quand ?

– Tu avais dix ans. »

J'étais allée à Gatlinburg une fois avec *Girls in action*, mais je ne me rappelais pas y être allée en famille. Ma mère souriait pourtant, et l'évocation de ce souvenir paraissait l'adoucir, alors je n'insistai pas.

« Nous nous sommes tellement amusés, dit-elle. Nous avons fait la route de nuit, vous dormiez sur les sièges arrière, et nous sommes arrivés à Gatlinburg tôt le matin, tu te rappelles ? Notre hôtel était à côté de la Little Pigeon River. Nous avons pris un télésiège jusqu'au sommet de la montagne et nous nous sommes fait prendre en photo dans une de ces vieilles boutiques de photographe. Ensuite, nous sommes descendus à skis et nous avons pris un chocolat chaud dans un vieux fourgon qui avait été transformé en restaurant. Le serveur vous a offert, à Annabel et à toi, des tranches de gâteau aux pommes. »

Ces images de bonheur familial avaient un air si touchant. Progressivement, la mémoire me revint. Alors que la pluie battante continuait à tomber et que le chauffeur fredonnait à mi-voix, j'échangeai des souvenirs avec ma mère. C'était la première conversation aimable que nous avions depuis des mois. « L'eau était glaciale », dis-je, me souvenant du moment où j'avais barboté dans la Little Pigeon River, dans laquelle les grandes pierres étaient recouvertes de neige.

« Tu te rappelles la descente avec ton père ? » demanda-t-elle.

Bien sûr. J'étais assise devant, sur la luge, il avait passé ses bras autour de ma taille et nous avions dévalé la montagne, le vent nous sifflant aux oreilles. « Et j'ai acheté une petite poupée indienne dans un magasin de souvenirs », dis-je, me rappelant les tresses raides, la minuscule coiffe rebrodée de perles, les yeux qui se fermaient et l'odeur de plastique.

La pluie cessa. Ma mère fourra le dernier morceau de noix de pécan dans sa bouche et nous retournâmes à la voiture. « Je vais conduire », dis-je. À ma grande surprise, elle y consentit ; peut-être les choses avaient-elles changé entre nous. Un jour ou deux après notre arrivée à la maison, je la convaincrais d'oublier ce délire sur la thérapie destinée aux drogués du sexe, et de me laisser retourner à la fac. Mais, quand nous prîmes la bretelle de l'autoroute, elle se cramponna au tableau de bord et siffla entre ses dents : « Regarde où tu vas. » Le charme était rompu.

Nous ne parlâmes plus jusqu'à la fin du trajet, et elle n'oublia pas les raisons pour lesquelles elle m'avait ramenée à la maison. Ainsi, j'allais passer les mois suivants assise dans une salle minuscule avec un conseiller chrétien du nom de Sam Bungo, qui nous donnait la chair de poule, et une douzaine de drogués du sexe. À la décharge de ma mère, elle n'aurait pas pu prévoir que mon éducation sexuelle commencerait pour de bon dans le groupe de Sam Bungo, que les élèves se retrouveraient le week-end dans des voitures et des chambres d'hôtel miteuses. À dire vrai, mes pulsions sexuelles jusque-là étaient restées dans la moyenne, rien d'exceptionnel. Puis, soudain, je passais du temps avec ces gens qui pensaient au sexe vingt-quatre heures sur vingt-quatre. J'étais comme un joueur de poker occasionnel qui se retrouvait à Las Vegas, obligé de traîner autour d'une table où on misait gros.

Quelques années après cette conversation chez Stuckey's, Annabel profita de ses congés de printemps pour venir me voir à San Francisco. Une après-midi, je lui parlai des vacances à Gatlinburg.

« Et moi, j'étais où ? demanda Annabel.

– Qu'est-ce que tu veux dire ? Tu étais là.

– Je n'ai jamais été à Gatlinburg.

– C'est impossible. Nous ne serions pas partis sans toi.

– J'appelle maman, dit-elle. Je le jure, tu es en train d'inventer. »

Elle composa le numéro de maman et mit le haut-parleur. Annabel passa sous silence le fait qu'elle était avec moi.

« Où j'étais quand vous êtes allés en vacances à Gatlinburg ? demanda Annabel.

– Quelles vacances ?

– Abby a dit que, quand elle avait dix ans, nous sommes tous partis en vacances. Mais je suis sûre que je ne suis jamais allée là-bas. »

Il y eut un long silence. Puis ma mère répondit : « Oh, ça. Elle a mis ça sur le tapis ? Dis-moi, chérie, ça va à l'école ?

– Ça va. Ne change pas de sujet.

– C'était il y a des années. Je ne me souviens plus.

– Maman, pourquoi je n'y étais pas ? »

J'entendais ma mère manger à l'autre bout du fil. On aurait dit du pop-corn. Elle avait toujours été maigre comme un clou, mais, chaque fois que je l'avais au téléphone, elle mangeait. Nous ne savions pas, à ce moment-là, que le cancer s'était déjà implanté – un petit amas de cellules enragées qui se multipliaient sous sa peau.

Maman prit une gorgée de quelque chose et se mit à sucer de la glace. « Est-ce que tu peux garder un secret ? »

Annabel se tourna vers moi et sourit. Je montai le volume du haut-parleur. « Bien sûr.

– Nous ne sommes jamais allés à Gatlinburg.

– Mais Abby a dit…

– Je sais. Jure-moi que tu ne lui diras rien ; j'ai tout inventé.

– Mais pourquoi t'as fait une chose pareille ? demanda Annabel.

– Peut-être que tu ne t'en souviens pas, mais ta sœur était une adolescente très difficile. Elle pensait que j'étais la marâtre de Cendrillon, ou une autre de ces mères cruelles. Je voulais qu'elle ait au moins un bon souvenir de son enfance.

– Alors, tu as menti ?

– À t'entendre, ça paraît tellement vilain. Je voulais juste qu'elle ait un souvenir heureux, en particulier après l'affaire avec ce satyre, Raul. »

C'est là que j'entrai dans la conversation. « C'est Ramon, et ce n'était pas un satyre. C'était mon petit ami.

– Qu'est-ce que tu fais là ? fit maman. Tu m'as bien eue…

– Cela n'a aucun sens, poursuivis-je. Je me souviens du fourgon converti en restaurant et de la Little Pigeon River et du télésiège.

– Ce sont les images qui te restent de ton excursion avec *Girls in action*, voilà tout. » C'était bien elle, d'afficher tant de désinvolture après avoir été prise en flagrant délit de mensonge.

« C'est impossible. Impossible que je me trompe à ce point sur mes souvenirs.

– Ben, on n'y est jamais allé. C'est la vérité. Mais tu dois admettre que c'était une belle histoire. »

Plus tard, j'emmenai Annabel boire un verre chez Sadie's. Elle était parfaitement à son aise ; elle commanda une vodka Martini avec une rondelle de citron comme un pilier de bar aguerri, tout en faisant de l'œil à un type qui portait un pantalon en cuir. « C'est assez drôle, quand on y repense, dit-elle. Je me demande s'il y a d'autres inventions dans tout ce qu'elle nous a raconté. »

Cette nuit-là, je ne parvins pas à dormir. Annabel était partie à une fête avec le type en cuir, et j'étais seule dans mon studio dans le quartier de Mission, au milieu du rap et des pétarades qui résonnaient sous ma fenêtre. Je restai éveillée longtemps, les yeux rivés au plafond, à me rappeler d'autres moments qui faisaient partie de *ma* version de ma vie, des choses dont je me souvenais très clairement ; ainsi, je me voyais traverser, sur une bicyclette verte, un nouveau lotissement où toutes les maisons étaient inoccupées, cueillir des noix de pécan avec Annabel dans la propriété de mes grands-parents en Alabama, manœuvrer le bateau sur les conseils de mon père lors d'une sortie en famille à Petit Bois Island. Qu'est-ce qui était vrai dans tout cela ? Je savais que je devais accepter le mensonge de ma mère sans me démonter, le prendre comme une histoire drôle que je raconterais pour prouver à quel point ma famille était détraquée, mais, finalement, j'avais le sentiment de m'être fait escroquer. Je ne pouvais pas avoir confiance en ma mère ; pire, je ne pouvais pas me fier à ma propre mémoire.

Peut-être est-ce une des raisons pour lesquelles je suis attirée par le media de la photographie. Si quelque chose apparaît sur une photo, à supposer qu'elle n'ait pas été retouchée, c'est que c'était vraiment là. C'est une version de l'histoire qu'on peut croire, même si ce n'est que l'histoire vue par les yeux d'une personne. Malgré les inévitables éléments de distorsion, malgré la différence entre ce que voit l'œil et ce que l'appareil enregistre, une photographie reste une preuve, un témoignage historique, un moment figé dont l'exactitude concrète est plus précise que la mémoire.

Pourtant, même les photographies sont sujettes à l'erreur humaine. Je regarde, encore et toujours, les photos de cette journée à Ocean Beach. Les derniers clichés, pris par le jeune couple sur le parking quarante-cinq minutes environ après la disparition d'Emma, ne révèlent rien. Quand je leur ai tendu l'appareil, j'ai oublié de leur parler d'une des bizarreries du Holga. Alors que la plupart des appareils sont conçus pour éviter les expositions multiples, le Holga permet de déclencher autant de fois que vous le voulez sans faire avancer la pellicule. Le van n'apparaît pas sur les photos, la Chevrolet orange, le camion postal, la moto non plus. On y voit les contours estompés des voitures, des visages étrangers, indistincts, superposés les uns aux autres. Sur chaque photo, il y a aussi un doigt dans le cadre, ou une mèche de cheveux.

18

Voici une partie de la vérité, une chose que je sais : il y avait un van Volkswagen jaune, rouillé par endroits. Sur les vitres, des rideaux bleus vaporeux, tirés sur le côté. Une femme regardait par l'une d'elles ; son visage était très bronzé, ses cheveux blonds coupés court. Elle salua Emma de la main. Emma lui rendit son salut. Quelque chose dans le geste de cette femme – l'inclinaison de la tête, le menton levé en souriant – me parut familier. J'eus l'impression de l'avoir déjà vue quelque part.

Nous étions sur le parking au-dessus de la plage. Il faisait froid. Les vagues s'écrasaient en grondant sur le rivage. Il était presque désert – juste quelques joggeurs, des gens avec des chiens, les sans-abri qui vivaient là, et deux ou trois touristes vêtus de sweat-shirts orange fluorescent proclamant *J'ai survécu à Alcatraz*. Emma me tenait par la main et je me sentais extraordinairement bien, comme si ma vie, à trente-deux ans, avait enfin commencé. J'adorais ce froid, cette odeur salée, le gris brumeux de ce matin d'été. J'adorais cette enfant.

La porte coulissante du côté du conducteur était ouverte. Un homme se tenait devant, il portait une combinaison bleu marine mouillée qu'il avait descendue jusqu'à la taille. Sur sa poitrine glabre était tatouée une vague déferlante ; elle s'enroulait par-dessus son téton droit. Il était en train de passer de la wax sur un longboard, qui était appuyé contre le van. La planche était d'un rouge terni, avec une espèce de symbole au centre. Les lents mouvements circulaires du surfeur faisaient gonfler ses biceps. Il était diablement beau, quoiqu'il eût bien besoin de se laver. Son bronzage était profond et doré, ses cheveux blonds auraient gagné à être peignés.

« Bonjour, mesdemoiselles », dit-il. Son sourire fit apparaître trois fossettes – une sur chaque joue, et une sous l'œil gauche.

« Salut », répondis-je.

Il fit un clin d'œil à Emma et elle tourna vers moi des yeux interrogateurs : elle savait bien qu'il ne fallait pas être familière avec les inconnus. Je serrai sa petite main.

« Salut », dit-elle, lui lançant un de ces sourires à la Emma, avec le côté droit de la bouche un peu plus haut que le gauche. Puis, nous descendîmes sur la plage. L'échange tout entier ne dura pas plus de vingt secondes.

Je racontai tout cela au détective Sherburne le soir de la disparition d'Emma. Je tus le fait que, tandis qu'Emma et moi marchions vers la plage, je m'étais demandé quelle odeur pouvaient dégager les cheveux du surfeur, une odeur de sel et de soleil.

Sherburne avait hoché la tête, les bras croisés sur son étroite poitrine. De temps en temps, il les décroisait pour gribouiller quelque chose sur un bloc jaune.

« Difficile de trouver un véhicule quand on n'a pas le numéro, dit-il.

– Il était jaune. Rouillé. Des rideaux bleus aux fenêtres. Ce couple avait quelque chose de bizarre, je n'arrive pas à mettre le doigt dessus. Et, quand je suis retournée au parking après la disparition d'Emma, le van n'était plus là.

– Et la Chevrolet ?

– Partie aussi. Et le postier qui était assis là, il était parti, lui aussi. Tout comme la moto. »

En le répétant pour la nième fois, je commençai à me poser des questions sur mon propre récit – la chronologie des événements, les détails infimes. Et si, avec la répétition, mon histoire s'était légèrement modifiée, si l'ordre avait changé, si un détail avait été remplacé par un autre ? Serait-ce une raison valable pour que la police l'ignore totalement ? J'avais déjà vu ça. Les parents disent une chose un jour, quelque chose de légèrement différent le lendemain, et soudain, l'enquête s'immobilise. Toute l'énergie est focalisée sur la famille, tandis que les autres pistes sont négligées. Je savais que les recherches pour retrouver Emma dépendraient de ma mémoire, d'un art imprécis. Sa vie dépendait du fait que je ne me trompe sur aucun détail, jamais.

Sherburne fit un mouvement de la tête vers une photo d'Emma accrochée sur un panneau d'affichage. « Écoutez, elle est mignonne, cette petite. Les gens sont gentils avec les enfants mignons. Ça ne veut pas dire que ce sont des kidnappeurs. »

Le panneau recouvrait la moitié d'un mur et présentait des centaines de visages d'enfants saisis à un moment quelconque – à l'école, à des pique-niques, sur des aires de jeux. Le côté droit du panneau était réservé aux cas les plus récents, aux enfants qui avaient disparu dans les six derniers mois. Sous chaque photo, on pouvait lire une date, griffonnée au gros marqueur noir. La photo d'Emma figurait en haut de cette série. Je fus étonnée de me rendre compte que, dans cette multitude de visages, le sien ne ressortait pas particulièrement ; sur le panneau, elle paraissait être juste une victime de plus, une autre enfant disparue.

L'extrémité gauche présentait les cas résolus – en travers de chaque photo, on pouvait lire le mot TROUVÉ en majuscules, tamponné à l'encre rouge. On y voyait aussi quelques messages de remerciements envoyés par les parents, des articles découpés dans les journaux, avec, par exemple, le titre suivant : « La petite fille de San Rafael a été retrouvée. » Mais la plupart des visages occupaient le vaste milieu – c'étaient ceux des enfants qui avaient disparu en Californie dans les cinq dernières années, et dont on ne savait pas ce qu'ils étaient devenus. Certaines photos étaient accompagnées de croquis tenant compte de l'âge – les cheveux un peu plus longs ou un peu plus courts, les tempes plus creusées, les lèvres plus fines. Sur ces derniers, les regards semblaient hantés, en attente. Je me demandai où allaient ces photos au bout de cinq ans. J'imaginai une immense armoire à archives dans une pièce en sous-sol, des milliers de photos jaunissant dans des dossiers en papier kraft, qui ne seraient plus jamais ouverts.

19

Vingt-sixième jour. La réunion a lieu dans une salle de classe du City College de San Francisco. J'arrive avec vingt minutes d'avance. Pour tuer le temps, je fais à pied le tour du campus. C'est un triste ensemble urbain – des bâtiments tout en angles avec trop peu de fenêtres, disposés apparemment sans le moindre souci esthétique. Sur la pelouse à l'entrée trône une statue en ciment d'un quelconque saint catholique qui tend les mains vers Phelan Avenue pour la bénir.

À sept heures quarante-cinq, j'arrive à Cloud Hall, et me force à passer le seuil. À l'intérieur règne une odeur d'humidité et de renfermé. Le sol est en ciment brut, les murs peints d'un vert institutionnel. Je monte les escaliers jusqu'au troisième étage et je trouve la salle 316, dans laquelle un homme est en train de disposer les tables en cercle. Il me sourit et me tend la main. « David.

– Abby.

– Cela fait combien de temps ?

– Trois semaines et cinq jours. Et vous ?

– Sept ans. »

Je calcule rapidement. Dans sept ans, Emma aura treize ans, elle sera adolescente. Elle aura l'âge d'être réglée, de rencontrer des garçons, d'aller au cinéma avec des amis. Je ne peux pas imaginer sept ans d'absence. Je ne peux pas imaginer comment cet homme arrive à continuer.

« Fille ou garçon ? demande-t-il.

– Une petite fille. Elle a six ans. Et vous ?

– Jonathan aurait douze ans. Comment s'appelle votre petite fille ?

– Emma. »

Il hoche la tête. « Bien sûr. Je me disais bien que je vous avais déjà vue quelque part. Je suis toute l'histoire. »

Je devrais dire à David que je ne suis pas seulement venue là pour le soutien moral, pour mettre mon âme à nu et pleurer sur l'épaule de quelqu'un. Ce que j'espère trouver est d'une nature beaucoup plus pratique. Je veux discuter avec quelqu'un qui a eu la même expérience, pour qu'il me dise comment poursuivre les recherches. Je veux savoir quelles sont les erreurs à éviter, ce que ces gens auraient fait différemment.

David va jusqu'à une table dans un coin, verse du café en poudre dans un filtre. Il me tend la cafetière. « Ça vous ennuierait d'aller remplir ça à la fontaine ? »

Mes pas résonnent dans le long couloir. Nous sommes mercredi soir et les salles sont presque toutes vides. Les murs sont couverts d'offres pour des tutorats en anglais et des cours de taekwondo. La fontaine à eau se trouve à l'autre bout du couloir ; un vieux chewing-gum est collé au bord. Cela me rappelle une après-midi au zoo il y a presque un an, Jake, Emma et moi sur le sentier devant la cage du tigre. Le fauve prenait le soleil, allongé sur un rocher. Il nous regarda, plissa les yeux. « J'ai soif », dit Emma. Une fontaine à eau se trouvait à quelques mètres. « On fait la course ? » demandai-je. Je la laissai me battre, puis je la soulevai pour qu'elle puisse boire. Elle portait un petit haut sans manches, et la peau de ses aisselles était douce et humide.

Je n'avais rencontré Jake que quelques semaines auparavant, et la situation évoluait très vite. En prenant Emma dans mes bras, je compris que, si je tombais amoureuse de Jake, je devais aussi tomber amoureuse de sa fille. Jake n'arrivait pas seul ; il y en avait deux pour le prix d'un. Je m'émerveillai de la facilité avec laquelle elle m'avait fait confiance, elle tendait les bras pour que je la prenne. J'étais soufflée par la complétude inattendue de cette enfant – la manière dont elle pencha son cou frêle pour boire au petit filet d'eau, comment elle battit des pieds pour me faire comprendre qu'elle en avait eu assez et qu'il était temps que je la repose. Pour moi, les enfants n'avaient jamais été des personnes à part entière, ils étaient plutôt des créatures mystérieuses qui n'avaient que des besoins, et qui cheminaient vers quelque chose de plus grand. Mais à ce moment où je portais Emma, je voyais une fille dont la personnalité était déjà en train de se former, qui avait ses propres façons de regarder le monde et de l'habiter. Je la posai par terre. Elle repartit en courant vers son père. Il la souleva et la fit tournoyer. Elle laissa échapper un grand éclat de rire. Je ressentis une intense émotion, au plus profond de moi – la peur, l'excitation, la joie. *Mon Dieu*, me dis-je, *je suis en train de tomber amoureuse de ces deux-là.*

Une fois revenue dans la salle de classe, je verse l'eau dans la machine à café et j'appuie sur le bouton. L'eau commence à gargouiller.

« Comment vous vous en sortez ? Comment vous faites pour continuer les recherches ?

– Je ne cherche plus, me répond-il. Plus aujourd'hui. Jonathan a été retrouvé en octobre. Il a été identifié par sa denture. Enterré dans une ferme à Gilroy.

– Je suis tellement désolée.

– Je continue à venir à ces réunions parce que j'ai besoin de voir des gens qui ont fait la même expérience. Quand on vous prend votre enfant, vous avez l'impression de vivre dans un pays étranger dont vous ne parlez pas la langue. Vous ouvrez la bouche pour dire quelque chose, et c'est comme si personne ne comprenait. Les gens que vous connaissiez avant – les parents des amis de votre enfant, en particulier – vous évitent. Vous êtes le témoin en chair et en os de leur plus grande peur. On dirait que tous ceux que vous rencontrez voient que vous n'êtes pas comme eux.

– Peut-être qu'on a un air particulier, dis-je. Peut-être que nous dégageons une espèce de parfum de tragédie.

– Crème, sucre ? demande David.

– Non, merci. »

Il me tend une tasse de café noir, puis s'installe à un pupitre en bois. Je m'assois en face de lui. On dirait que je suis revenue au lycée – les pupitres trop petits, la salle à l'aspect toujours vieillot, l'odeur de vieille gomme.

« C'est étrange, dis-je. J'ai toujours mis de la crème et du sucre dans mon café, et, depuis la disparition d'Emma, je le bois pur.

– C'est normal. Après la disparition de Jonathan, je n'arrivais pas à me rappeler que je devais porter une cravate au boulot. Mes chaussettes étaient toujours dépareillées. J'oubliais de me nettoyer les ongles, d'arroser les plantes, de mettre de l'essence dans la voiture. Tous les détails de la vie courante perdent leur sens. »

Il sirote son café. Je regarde la pendule. Il reste cinq minutes avant l'heure officielle du début de la réunion. Quelle distance peut-elle parcourir en cinq minutes ?

« Votre femme, elle ne vient jamais aux réunions ?

– Nous nous sommes séparés deux ans après l'enlèvement de notre fils. » David pose ses mains bien à plat sur le bureau, les regarde, ferme les poings. « Tout le monde dans ce groupe est soit divorcé soit séparé. Jane et moi formions le couple parfait, tout au moins, c'est ce que nous pensions. Après la disparition de Jonathan, la souffrance était trop grande. Nous étions l'un pour l'autre un rappel constant de ce que nous avions perdu. Et puis, il y a toujours la responsabilité qu'on fait porter à l'autre.

– Comment ça s'est passé ? » J'étais soudain captivée par son histoire, de la même manière que d'autres doivent être attirés par celle d'Emma.

« Jane était dans le Minnesota chez sa mère, et j'avais emmené Jonathan à la Russian River pour un week-end de la fête des pères. Nous faisions une balade en canoë avec plusieurs autres pères et leurs fils. Pendant que je montais notre tente, j'ai laissé Jonathan aller chercher des grenouilles avec quelques autres gamins. Ils ne se sont pas absentés plus de dix ou douze minutes. Je plantais la dernière sardine quand les deux autres gamins sont sortis du bois en courant, pris de panique. À l'instant où je les ai vus, j'ai su que quelque chose de terrible s'était produit. Ils avaient été approchés par un type armé d'un fusil. L'homme, pour une raison quelconque, a choisi mon fils.

– Je me souviens d'en avoir entendu parler. La chasse à l'homme a duré des semaines.

– Frénésie médiatique. C'est sinistre la manière dont les gens entrent dans votre histoire, mais on s'accommode de l'insistance des reporters et de la curiosité parce qu'on pense que ça peut aider. Avec tous ces gens qui écoutent, qui l'apprennent aux nouvelles de cinq heures, on se dit que son enfant va être retrouvé. »

Mon cœur se serre quand je me rappelle les foules de volontaires qui ont passé les bois au peigne fin, armés de lampes torches et de talkies-walkies. L'émission *America's Most Wanted* avait couvert l'histoire, ainsi que CNN. Il y avait des affiches, des prospectus et des battues nocturnes. Même avec tout cela, ils n'étaient pas parvenus à trouver son fils.

« Jane ne m'a jamais pardonné de l'avoir laissé s'éloigner hors de ma vue. Si elle avait été à ma place, cela n'aurait rien changé, parce que je ne me suis jamais pardonné à moi-même. Tous les matins, au réveil, la première chose à laquelle je pense, c'est à cette fichue tente. Si seulement j'avais dit à Jonathan d'attendre que j'aie fini…

– Il y avait ce bébé phoque, dis-je. Il était mort. Je suis obsédée par lui, j'y pense chaque minute tous les jours. Et s'il n'y avait pas eu ce bébé phoque ? Et si je n'avais pas eu mon appareil photo ? J'ai détourné les yeux d'Emma quarante secondes, peut-être une minute.

– Nous sommes tous maudits de cette manière – réduits à penser aux secondes.

– Et puis, il y a eu ce convoi funéraire sur Great Highway, dis-je ensuite. Ce n'étaient pas mes affaires, je n'avais pas besoin de regarder, mais je n'ai pas pu m'en empêcher. C'est toujours la même chose avec les enterrements et les accidents de voiture épouvantables ; c'est déprimant, c'est morbide et, même si on sait qu'il faut respecter l'intimité des gens impliqués, on n'arrive pas à s'en détacher. »

David hoche la tête, compréhensif.

« Je ne suis pas sa mère, j'explique.

– Oui.

– Je suis fiancée au père d'Emma.

– Je sais. »

Je me demande si cela me donne moins d'importance à ses yeux. Quelle que soit la culpabilité que je ressens, quel que soit mon chagrin, je ne peux peut-être pas vraiment comprendre la souffrance d'un parent qui a perdu un enfant.

« Votre fiancé ne voulait pas venir ? demande-t-il.

– Il est occupé. Au QG.

– Et alors ? dit David, comme s'il pouvait lire dans mes pensées.

– Il estime que le groupe de soutien, c'est une perte de temps. Je crois qu'il commence à se dire que je suis une perte de temps, moi aussi. Nous étions si bien ensemble, mais, bien sûr, la situation est très différente, maintenant. Et je ne lui en veux pas. Je ne cesse de penser que, lorsque nous la retrouverons, tout peut revenir à la normale.

– Vous connaissez les statistiques », dit David doucement, en prenant ma main dans la sienne. Sa main est fraîche, un peu humide. « Il faut vous préparer au pire. » Tandis qu'il referme sa main sur la mienne, je regrette de lui en avoir dit autant.

Une femme apparaît à la porte, et David retire sa main. La chemise et le pantalon de la femme sont froissés, ses yeux sont cernés. Il y a quelque chose qui ne va pas avec ses cheveux – clairsemés à certains endroits, épais à d'autres, une calvitie au-dessus d'une oreille.

« Sharon », dit David, en se levant. Il va à la porte, passe son bras autour des épaules de la femme et l'accompagne jusqu'à la table. Elle se tourne vers moi, le regard vide.

« Bonsoir, dit-elle.

– Salut. »

Je la reconnais. Son affaire a fait beaucoup de bruit pendant quelques semaines, avant de sombrer dans l'oubli. J'ai honte de me rendre compte que j'ai oublié l'histoire de cette jeune pompom girl qui a disparu dans un cinéma un samedi après-midi, sans laisser la moindre trace.

Elle tire sur ses cheveux. Plusieurs mèches lui restent dans la main, mais elle ne paraît pas s'en apercevoir. « Quatorze mois, trois semaines, deux jours, dit-elle spontanément. Elle s'appelle Tanya. Elle aura quinze ans demain. »

20

Parmi les lectures que m'a données Nell, il y a un livre intitulé : *Lost Time : The Problem of Forgetting.* Le livre cite un extrait de l'essai d'Aristote *De la mémoire et de la réminiscence* : « Il arrive souvent qu'on ne puisse pas se rappeler quelque chose immédiatement, mais qu'on puisse chercher ce qu'on veut trouver et finir par le trouver.[1] »

Vingt-huit jours après la disparition d'Emma, j'appelle Nell à la bibliothèque et je lui demande un exemplaire de l'essai d'Aristote. Elle me le rapporte le soir même. La recherche, dit Aristote, est menée de la meilleure façon en procédant de manière séquentielle. « Mais il faut bien tenir son point de départ », écrit-il. On parvient à chercher et trouver en tentant de se rappeler un événement du début à sa fin, « quand on commence différents mouvements, jusqu'au moment où on trouve, finalement, celui qui aboutira à l'objet de sa recherche. »

Ce que je dois donc déterminer, c'est le « point de départ » qui mènera au « fait » ou à l'indice – ce qu'il faut que je me rappelle. Mais cette méthode suppose que le chercheur a une idée de la nature de ce qu'il cherche, et c'est là que je bute. Je ne

1. *De la mémoire et de la réminiscence*, 452a. *(N.d.T.)*

sais pas si je devrais tenter de me souvenir des traits du visage d'un étranger, de la plaque minéralogique d'une voiture, d'une voix dans le lointain, ou de quelque chose de complètement différent. La seule chose dont je sois certaine, c'est que j'ai perdu Emma et que je dois la retrouver. La seule issue acceptable est la suivante : Emma, de retour à la maison, indemne. Mais tout ce qui conduit à cette issue recherchée, les étapes déterminantes par lesquelles je dois passer pour y arriver demeurent pour moi un mystère.

Il m'apparaît que mon point de départ est peut-être faux. Toutes ces semaines, je me suis concentrée sur ces terribles instants à la plage. Mais peut-être l'histoire commence-t-elle avant, peut-être quelque chose m'échappe-t-il parce que je suis restée prisonnière dans une trop petite bulle de temps. Peut-être l'indice se trouve-t-il ailleurs, dans les jours et les semaines précédant la disparition elle-même. Je ressors le carnet noir dans lequel je consigne le moindre souvenir, le moindre détail. Les pages sont couvertes de dessins, de graphiques, de noms, de notes sur tous ceux avec qui je suis régulièrement en contact, y compris l'employé de chez Trader Joe's, le livreur d'UPS, la femme qui promène son grand danois près de la maison de Jake tous les matins.

J'ouvre une page vierge et j'essaie de nouveau de me remémorer mes faits et gestes, un à un, en commençant par la veille de sa disparition. Tous les magasins dans lesquels je suis entrée, toutes les personnes à qui j'ai parlé, tous les déjeuners, tous les dîners, tous les clients. Soudain, au milieu de la nuit, je me réveille, le bloc-notes posé sur les genoux, les jambes repliées. Quand j'essaie de les bouger, j'ai l'impression que des milliers de minuscules épingles me transpercent la peau. Je relis mes notes – le récit de cinq jours de menus détails –, explorant ces particules infimes à la recherche d'une parcelle de vérité. Rien.

Le soir suivant, je vais chez Jake pour coller des enveloppes. Nous sommes assis à la table de la salle à manger, sans parler. Nous envoyons des prospectus aux stations de radio, aux chaînes de télévision, dans tout le pays, aux commissariats de police, aux shérifs, aux universités. Aujourd'hui, nous en sommes aux hôpitaux. Le temps que nous passons ensemble est toujours le même – en silence, absorbés dans une tâche quelconque, qui nous occupe les mains. Quand Jake me parle, ce n'est que pour dire que le montant de la récompense a augmenté ou que la police a reçu un autre appel signalant qu'on l'avait repérée. Ces révélations conduisent toujours à des impasses, comme nos conversations.

« Nous devrions sortir », dis-je. Je pense que si nous arrivions à nous échapper une heure ou deux, si nous pouvions passer un tout petit bout de temps ensemble dans un endroit autre que le QG ou cette maison sinistre, nous pourrions trouver un moyen de recréer le lien, et, ce faisant, nous pourrions trouver une façon de nous soutenir dans cette épreuve.

« Quoi ?

– Juste toi et moi. Pour dîner. À l'un de nos endroits préférés. Au Park Chow, peut-être, ou au Liberty Cafe.

– Pour quoi faire ? demande-t-il, en me regardant comme si j'étais devenue folle.

– Manger quelque chose qui ne sorte pas du micro-ondes. Boire un verre, nous détendre, nous parler. Nous n'avons pas arrêté une minute depuis… » Je ne sais pas comment finir ma phrase. Le mot *enlèvement* est trop terrible, mais, d'une certaine manière, *disparition* paraît encore pire.

« Je ne suis pas prêt à sortir. Pas encore. » Il décolle la bande d'une enveloppe, la replie et pose la lettre dans le panier à courrier.

« Au groupe de soutien, ils disent qu'il faut maintenir un semblant de normalité dans sa vie.

– De normalité ? » dit Jake, la voix chevrotante. Il attrape le panier, le retourne et vide le contenu sur la table entre nous. « Chacune de ces enveloppes va être ouverte par un employé, dans un hôpital, qui va comparer la photo d'Emma avec les cadavres non identifiés qu'ils ont à la morgue. Et nous sommes censés agir normalement ? »

Je rassemble les enveloppes et je les remets dans le panier.

Il secoue la tête. « J'ai l'impression que tout fout le camp.

– Je suis désolée. Je sais. »

Nous reprenons notre tâche silencieuse avec les enveloppes. Mon esprit est déjà parti ailleurs. Je reprends là où j'ai arrêté la nuit précédente : cinq jours avant la disparition d'Emma. Je déroule mes activités une par une – les endroits où Emma et moi sommes allées ensemble, les gens à qui nous avons parlé. Cinq jours. Six. Sept.

Huit jours avant l'événement : un rendez-vous avec un client à mon studio. Un mariage au Presidio. Ensuite, le récital de violoncelle d'Emma, puis la glace chez Polly Ann's, où on peut choisir son parfum ou s'en remettre au hasard en tournant la roue. Emma, toujours téméraire, choisit de faire tourner la roue et se retrouva avec « malabar à la banane ». Je partis pour « parcours semé d'embûches ». Emma n'aimait pas la sienne et, comme à son habitude, insista pour que nous échangions. Nous avions du temps à tuer avant le retour prévu de Jake à la maison. Où sommes-nous allées ?

« Bien sûr », dis-je.

Jake lève les yeux, ahuri. « Quoi ? » Il n'y a aucune ambiguïté dans son regard : il est plein d'espoir.

« Huit jours avant, j'ai passé une journée avec Emma, tu te souviens ? Tu avais une réunion à l'école. Emma et moi sommes allées à l'office du tourisme en face d'Ocean Beach pour qu'elle puisse voir les peintures murales.

– Celui qui est en dessous du Beach Chalet ?

– Oui. Je suppose que j'ai oublié parce que nous y allions souvent ; pas de quoi en faire un plat. Il n'y avait quasiment personne. Seulement Emma et moi, le gamin derrière le comptoir et cette femme blonde. Dans les trente-cinq, quarante ans – elle donnait l'impression d'avoir eu la vie dure, d'avoir fumé un million de cigarettes. Elle parlait à l'employé, et elle lui a dit qu'elle était là en vacances avec son mari. La seule raison pour laquelle je l'ai remarquée, c'est qu'elle parlait particulièrement fort. Elle portait un pantalon de jogging satiné, du genre qui fait un bruit de froissement à chaque mouvement. Le gamin lui a demandé combien de temps ils comptaient rester à San Francisco, et elle a dit qu'elle ne savait pas. Ils faisaient la route, ils prenaient les choses comme elles venaient.

– Et qu'est-ce que tout cela a à voir avec Emma ? demande Jake.

– Cette femme n'arrêtait pas de tapoter ses doigts sur le comptoir, tout en regardant partout dans la pièce. À un moment, son regard s'est fixé sur Emma pendant quelques secondes, mais elle ne s'est jamais tournée vers moi. Ça a été tout. Ensuite, elle a tourné les talons et elle est partie.

– Je ne comprends pas, dit Jake.

– La femme dans le van jaune à Ocean Beach, celle qui a salué Emma de la main… Je crois que c'est la même femme que celle du Beach Chalet.

– Tu es sûre ?

– Je le crois vraiment. Bon, je ne l'ai pas regardée de près, mais il y avait une très forte ressemblance. »

Jake est immédiatement debout, et il décroche le téléphone mural de la cuisine.

« J'appelle le détective Sherburne.

– Vous êtes certaine ? » me demande Sherburne une minute plus tard. Il est chez lui, on entend la télévision en bruit de fond.

« Oui.

– Cela fait un mois. C'est drôle que vous vous rappeliez ça si tard.

– Je crois vraiment que c'était elle.

– Je ne veux pas jouer les rabat-joie, Abby, mais j'ai appris une chose dans ce métier, c'est que plus le rappel du détail est tardif, moins il a de chance d'être fiable.

– Je n'ai pas inventé tout ça.

– Ce n'est pas ce que je veux dire. Je crois seulement que votre esprit est peut-être en train de vous jouer des tours. Savez-vous qu'on peut se suggérer à peu près tout et n'importe quoi, quand on en a besoin ?

– Vous ne comprenez pas. Je la vois très clairement dans ma tête. De toute manière, c'est ce qu'on a de mieux, non ? Laissez-moi venir pour un portrait-robot. Je peux les décrire tous les deux – la femme et le surfeur du van jaune.

– Généralement, on fait appel à un dessinateur uniquement lorsqu'on a une piste plutôt sérieuse. »

J'imagine un grand livre de comptes planqué dans le commissariat, où des dollars et des cents sont soustraits chaque fois que de l'argent est dépensé. Peut-être qu'il n'y a pas de place, dans le budget, pour un dessinateur, dans une affaire comme celle-là. Peut-être qu'ils essaient de faire des économies pour des paris moins risqués.

« Vous avez une meilleure idée ? »

Une longue pause à l'autre bout. J'entends la femme de Sherburne, qui parle. Peut-être éprouve-t-elle de la pitié pour moi, peut-être veut-elle juste que son mari raccroche le téléphone, mais je suis quasi certaine qu'elle lui dit d'accéder à ma demande.

« O.K. Je vais prévoir un rendez-vous pour vous avec notre dessinateur, mais je ne veux pas que vous vous emballiez.

– Merci. »

Avant même d'avoir raccroché le combiné, je commence déjà à douter de ma propre histoire, à chercher des trous dans ma mémoire. Il doit y avoir des dizaines de femmes blondes, le cheveu en bataille, d'un âge indéterminé, qui passent par Ocean Beach tous les jours, sans parler des centaines de surfeurs occasionnels. Et si Sherburne avait raison, si ce n'était que mon imagination qui remplissait les blancs que la véritable mémoire a laissés ?

« Mon Dieu, j'espère que tout cela nous mènera à quelque chose », dit Jake en m'enlaçant.

J'éprouve un tel bonheur qu'il me prenne ainsi contre lui ; cela fait si longtemps, si longtemps qu'il ne m'a pas regardée avec une quelconque lueur de tendresse. J'enroule mes bras autour de sa taille et je m'agrippe à lui, respirant son odeur – un mélange d'amidon et de quelque chose qui n'appartient qu'à lui, cette odeur sucrée, particulière, qu'autrefois je respirais tous les soirs en m'endormant, le visage collé contre la peau chaude de son dos.

21

Trente-troisième jour. Son nom est Amanda Darnell et elle me demande de me détendre. Elle m'offre un café et des beignets. Ils sont encore chauds et l'odeur sucrée qui envahit la pièce me rappelle les samedis matins de mon enfance en Alabama, quand ma mère nous emmenait, ma sœur et moi, au Krispy Cream sur Government Boulevard, pour regarder défiler les rangées de beignets, dégoulinant de sucre, sur les gros rouleaux argentés.

« Ils viennent d'ouvrir un Kripsy Cream près de chez moi à Daly City, dit Amanda. J'ai pris presque trois kilos en deux mois. Maintenant, ils sont en train de construire un In-N-Out Burger. Au secours. » Elle porte un jean, un col roulé rouge et des boucles d'oreilles avec des plumes qui lui descendent jusqu'aux épaules. Elle commence par me demander ce que je fais, où j'ai grandi, si j'aime cuisiner.

« Je ne suis pas une flèche en cuisine, je confesse, mais je fais des petits pains à la sauce qui vous rendraient folle. Le truc, c'est le bacon émietté. Il faut mixer le bacon directement dans la pâte.

– J'en goûterais volontiers tout de suite. »

Nous sommes assises côte à côte sur des chaises confortables. Son bloc à dessin est posé devant elle sur la table et ouvert sur une belle page blanche. Elle tient une boîte en plastique remplie de pastels, de crayons et de gommes. Cette pièce du commissariat est d'un vert tendre, pleine de plantes feuillues dans des pots en céramique, mais il n'y a pas de photos aux murs.

« Et vous, vous cuisinez ? demandé-je.

– Je sais faire une assez bonne tourte au poulet. »

Parler de banalités comme la cuisine, c'est agréable, autant que d'être traitée comme une personne normale, et non comme une victime ou comme une criminelle. Pourtant, il n'y a aucun doute sur la raison de ma présence. Je me surprends à observer ses mains, ses ongles longs et roses, ses bagues ornées de turquoises.

« Bon, dis-je, essayant de prendre un ton détaché, comment ça marche ?

– Nous allons jouer à Monsieur Patate. » Elle pose un livret sur la table entre nous. « Voici le catalogue d'identification faciale du FBI », explique-t-elle. Il contient des centaines de photos de mentons, de pommettes, d'yeux, de nez, d'oreilles et de têtes. « Nous allons faire la femme d'abord, ensuite, nous passerons à son mec. Commençons avec la forme de la tête. Si l'une d'entre elles vous paraît correspondre, dites-le-moi. »

Je feuillette quelques pages, j'abandonne les mâchoires carrées et les fronts bas, les crânes ovoïdes, ronds et ovales.

« Là », dis-je en montrant une femme au visage étroit et au grand front.

Amanda commence à dessiner. « Parlez-moi. C'est vous qui décrivez. Dites-moi dès que quelque chose cloche. » Nous passons aux yeux, enfoncés, aux coins un peu descendants.

« Comme ça ? demande-t-elle.

– C'est la bonne forme, mais ils étaient plus écartés. »

Puis, nous en arrivons aux pommettes, peu proéminentes, ensuite le nez – étroit, un peu arrondi au bout. Elle dessine vite, levant les yeux toutes les trois secondes pour guetter ma réaction. Elle dessine et elle efface, adoucit des traits en les frottant du bout du pouce, se penche en avant pour souffler sur les résidus de gomme. Un visage commence à apparaître, reconnaissable, et mon souvenir devient de plus en plus clair à mesure qu'elle dessine. Des petites choses qui n'ont rien à voir avec le visage de la femme me reviennent : une poussette rouge vide, garée à côté du kiosque d'informations touristiques au Beach Chalet, un emballage de repas à emporter, sur le comptoir, un arbre tombé devant le motel de Golden Gate Park.

Quand nous arrivons aux oreilles, je suis perdue. Je ne me rappelle pas si elles sont petites ou grandes, décollées ou pas, et si elle portait des boucles d'oreilles.

« C'est normal, dit Amanda, la plupart des gens ont du mal avec les oreilles. »

Pour les cheveux, c'est facile : ils sont blonds, raides, rêches. Amanda ajoute des ombres sur le visage, puis elle me dit : « Montrez-moi tout ce qui ne vous paraît pas juste. Prenez votre temps. »

Au bout de deux heures, nous avons un croquis terminé. « C'est elle, dis-je, estomaquée par l'exactitude du dessin. Vous êtes vraiment douée. Vous avez fait des études artistiques ?

– J'ai pris des cours de dessin, mais j'ai surtout étudié la psychologie. Il ne s'agit pas tant d'art que de savoir écouter, poser les bonnes questions. On ne travaille pas avec son imagination, on travaille avec le souvenir de quelqu'un d'autre. »

Elle sort un autre livre de son sac et le pose sur la table ; c'est le même genre de catalogue, mais celui-ci ne contient que des visages masculins. Une heure et demie plus tard, voilà un second dessin. Ce jour-là, sur la plage, l'homme du van jaune avait l'air tellement normal, tellement pareil à des dizaines d'autres surfeurs. Est-ce le dessin ou ces longues semaines d'attente, de colère et de peur qui rendent ce visage moins amical, moins avenant ? Les traits qui m'avaient séduite – cet œil languissant, ces cheveux ébouriffés par le vent, ces pommettes hautes et ces lèvres pleines – me semblent aujourd'hui suspects. En regardant ce visage, toute la journée me revient : le sable froid, le brouillard blanc, l'espoir qui me comble de joie, tandis que je marche main dans la main avec Emma. Puis, la panique, l'impression que le monde s'écroule complètement.

« Et maintenant, qu'est-ce qui va se passer ?

– Je vais les donner au détective Sherburne, me répond-elle, et il va envoyer des copies à son correspondant au FBI, qui les fera parvenir à tous les bureaux du FBI dans tout le pays. Vous en aurez un exemplaire aussi, bien sûr. »

Cette nuit-là, dans mon appartement, incapable de dormir, je sors de l'album une photo d'Emma, je m'assois sur le canapé et je tente de la dessiner. Je commence par la forme de son visage, large et rond, puis je m'attaque à ses grands yeux, aux longs cils noirs, au nez retroussé, à la petite bouche. Je suis en train de travailler sur un sourcil levé quand je m'arrête net, incapable de continuer. À deux heures du matin, j'avale quatre somnifères. Quand je me réveille le lendemain matin sur le canapé, j'ai des crampes dans les jambes et j'ai la tête lourde, comme si elle était enflée. Le dessin est posé sur mes genoux ; les traits maladroits sont tellement flous qu'il est impossible de dire si c'est un garçon ou une fille. Ce n'est pas du tout Emma. Je me demande combien de temps il faudrait pour que le souvenir que j'ai de son visage s'efface de ma mémoire, pour que je ne repère plus les inexactitudes d'un mauvais dessin.

22

« Dis-moi quelque chose que je ne sais pas », demandai-je un jour à Jake. Nous nous fréquentions depuis trois mois. J'étais amoureuse, mais je ne le lui avais pas encore dit. Nous étions en train de dîner au Foreign Cinema, dehors, sous la grande marquise ; un lampadaire chauffant bourdonnait au-dessus de nos têtes. Nous avions commencé le repas par des huîtres, et nous avions déjà bien entamé la bouteille de chardonnay. Les échos du *Dernier tango à Paris* nous parvenaient du fond du restaurant, où un jeune Marlon Brando plein d'assurance dansait dans un bar bondé. Emma était à la maison avec la baby-sitter.

« Longtemps avant les Giants, il y avait les San Francisco Seals, dit Jake. Pour une seule et étrange raison, en 1914, ils ont joué à Ewing Field, à l'ouest de Masonic Avenue. Il y avait tellement de brouillard que, pendant le match, il a fallu envoyer une mascotte sur le terrain pour dire à Elmer Zachar, un joueur des Oakland Commuters, que son tour de batte était terminé.

– Intéressant, répondis-je, mais je voulais dire quelque chose sur toi.

– C'est plus difficile.

– Réfléchis.

– O.K. Je suis arrivé second au championnat national du Rubik's Cube en 1984.

– Tu plaisantes ?

– Non.

– Pourquoi tu n'en as jamais parlé avant ?

– Tu t'attendais à quoi ? Salut, je m'appelle Jake, et il y a vingt ans, j'étais balaise au Rubik's Cube ?

– Si j'étais toi, je glisserais cette information dans la conversation à la moindre occasion.

– Pour résoudre le Rubik's Cube, il faut juste de la patience et une démarche systématique. Tu sais combien il y a de combinaisons possibles ? »

Jake écrivit un nombre sur sa serviette : 43.252.003.274.489.856.000. Les chiffres devenaient de plus en plus petits à mesure qu'il s'approchait du bord de la serviette et qu'il manquait de place.

« Comment on lit ce nombre ?

– Je ne m'y risquerais pas.

– Alors, comment tu fais pour te le rappeler ?

– Je ne le retiens pas comme un tout. Je le mémorise par unités numériques, chacune d'elles est associée à quelque chose de significatif. Par exemple, 43, c'est l'âge que mon père avait quand il est décédé. 252, c'est le nombre de *home runs* effectués par Bobby Murcer, et ainsi de suite.

– Je n'ai jamais trouvé la solution du Rubik's Cube. Jamais.

– Si je t'enfermais dans une pièce avec seulement un Rubik's Cube, de la nourriture et de l'eau, tu ne pourrais pas, au final, faire autrement que de le résoudre. C'est simplement une question de probabilités mathématiques.

– L'année où tu es arrivé second, combien de temps ça t'a pris ?

– Vingt-six secondes et neuf centièmes. Le record du monde aujourd'hui est de treize secondes et vingt-deux centièmes. Un gamin finnois du nom de Anssi Vanhala. » Il découpa un morceau de calmar et me le tendit au bout de sa fourchette.

« Si tu es si bon en maths, essaie donc de résoudre ceci. Combien de minutes crois-tu qu'il va nous falloir pour payer l'addition et rentrer chez toi ?

– Pour faire une estimation grossière, je dirai environ trente-quatre. Plus cinq pour payer la baby-sitter et la faire partir. » Il leva le bras pour faire signe au serveur.

Plus je connaissais Jake, mieux je comprenais qu'il ait été si bon au Rubik's Cube. Dans sa vie, il aborde chaque chose comme une tâche qui, finalement, sera menée à bien, aussi longtemps qu'il suit sa voie. Tout est méthodique, régi par la logique. Il croit peut-être qu'une bonne dose de persévérance et d'organisation lui permettra de résoudre n'importe quel problème ; d'où son assurance. Cette fois, pourtant, son système se désagrège. Cinq semaines, vingt mille prospectus, une vingtaine d'interviews à la radio, deux cent quarante-sept volontaires, deux croquis de « personnes d'intérêt », et, malgré tout, nous ne nous sommes pas rapprochés d'Emma. Lisbeth n'a pas encore été localisée, et Jake a presque perdu tout espoir qu'elle soit avec elle.

La nuit dernière, je suis allée chez Jake avec mon sac et l'intention de rester. Je revenais de Channel 4, où je m'étais rendue avec les croquis du couple du van, mais la productrice du journal de six heures avait décrété que le programme était complet. C'était ma troisième tentative pour obtenir que l'on passe les croquis, mais sans succès. Même si elle ne l'a pas dit, la productrice doit avoir décidé qu'Emma, c'est du passé.

« Qu'est-ce que c'est que ça ? demande Jake en voyant mon sac.

– Cela fait un bout de temps que je n'ai pas passé la nuit ici, je pensais…

– Ce soir, ce n'est pas le bon moment.

– Il n'y aura jamais de bon moment. » J'enlevai mon manteau et le posai sur le dossier d'une chaise. « Je ne veux pas te perdre, toi aussi. »

À peine les mots étaient-ils sortis de ma bouche que je sus que ce n'était pas ce qu'il fallait dire. Je me sentis soudain honteuse de mon sac, honteuse d'avoir pensé que je pouvais lui faire oublier, au moins quelques minutes, que j'avais fichu sa vie en l'air.

« Je sors, dit-il.

– Où ?

– Je ne sais pas.

– Tu viens me rejoindre chez moi, plus tard ? »

Il ne répondit rien ; il se contenta d'enfiler une veste et ouvrit la porte.

« Parle-moi. J'ai besoin de savoir ce que tu ressens. »

Il était debout devant la porte ouverte, un pied à l'intérieur, un pied à l'extérieur. « J'ai le sentiment que ma vie est finie, dit-il en me tournant le dos. J'ai le sentiment d'avoir tout tenté, tout ce qui était en mon pouvoir, et rien n'a marché. Quelles que soient les épreuves que traverse mon bébé, si elle est encore vivante, j'ai l'impression d'être complètement incapable de l'aider. »

Il se tourna vers moi. « Quand tout cela a commencé, je n'avais qu'une idée en tête : trouver celui qui avait fait ça, et le tuer. J'ai juré de le faire payer. La rage m'a aidé à tenir. Mais maintenant, cela fait plus d'un mois, et je n'ai plus assez d'énergie pour être en colère. Je n'aurais jamais dû partir ce week-end-là, et je n'aurais jamais dû te permettre d'aller à Ocean Beach. C'était une idée idiote, et pour quoi faire ? Pour qu'un vieux pote qui venait de divorcer pleure sur mon épaule ? Et je ne cesse d'échafauder des raisonnements aberrants, en remontant le temps de plus en plus loin, cherchant les manières dont on aurait pu éviter ça. À un certain moment, j'ai même rendu Sean responsable de tout, parce qu'il avait trompé sa femme, ce qui l'avait conduite à le quitter, ce qui m'avait conduit à partir ce week-end-là. Et c'est moi qui les avais présentés l'un à l'autre, il y a vingt ans. Je me suis enfermé dans ce cercle infernal, où je passe mon temps à penser à ce que j'aurais pu faire différemment, et, en fin de compte, la conclusion est toujours la même : je n'aurais pas dû partir.

– Tu ne pouvais pas savoir. Personne ne pouvait anticiper un tel événement. »

Il fit un mouvement et son visage se retrouva dans la lumière ; je remarquai qu'il était hâlé. Un hâle très marqué, comme celui des ouvriers qui travaillent sur les chantiers. Je vis la démarcation au niveau de son col de chemise, où le bronzage s'arrêtait et où apparaissait la couleur naturelle de sa peau qui, en comparaison, était pâle. L'espace d'une fraction de seconde, je ne compris pas ce qui justifiait ce teint resplendissant qui, d'une certaine manière, le faisait paraître plus jeune, malgré la tension et le manque de sommeil. Puis, je me rendis compte de tout ce temps qu'il passait dehors, à parcourir les rues en tous sens pendant des heures, à la recherche d'Emma.

« Non, dit-il, mais j'aurais dû être là. Alors, dis-moi ce que je suis censé faire ? Me tuer ? Ou continuer à vivre comme ça pendant les cinquante ans à venir, à me détester, à envier tous les parents que je croise dans la rue avec leurs enfants ? Tu sais ce qui me traverse l'esprit quand je vois des filles de l'âge d'Emma ? Je me dis, *si seulement ç'avait été elle plutôt qu'Emma* ! Je me déteste tellement de réagir ainsi, j'en suis physiquement malade, mais je ne peux pas m'en empêcher. Si seulement ç'avait été un autre enfant ! »

Je tressaillis quand il haussa le ton, je sentis quelque chose se contracter au fin fond de mes tripes. Le Jake que je connaissais autrefois n'aurait jamais parlé de cette manière. Mais il avait disparu, et c'était moi la responsable de cette terrible transformation.

« Tu as l'air horrifiée, dit-il, et tu as raison. Il s'agit des enfants de l'école, des enfants d'amis que j'ai vus grandir. Je vais à l'église et je prie, et, même pendant mes prières, mon esprit est embarqué dans ces calculs, je regrette que ce ne soit pas un autre enfant, dix ou vingt autres enfants, au lieu d'Emma. Qui suis-je donc devenu ? »

Son regard s'attarda sur moi quelques secondes, puis il tourna les talons et partit, en claquant la porte. La maison était silencieuse et froide ; une légère odeur de poubelle venait de la cuisine. J'écartai le rideau et le regardai partir. J'attendis que sa voiture ait tourné le coin de la rue, puis je montai dans la chambre d'Emma. Elle et moi, on inventait souvent un jeu : on s'asseyait dans son dressing et on prétendait que c'était un vaisseau spatial. Ensemble, nous avions institué tout un tas de règles : dès que nous refermions la porte, le temps s'arrêtait ; nous cessions de vieillir, et nous n'avions plus besoin de nourriture, ni d'eau ni d'air. En fermant les yeux, nous pouvions lire l'avenir. De cette manière, nous résolvions des énigmes et devenions célèbres dans le monde entier. J'allai jusqu'au placard, repoussai la porte et essayai notre système. Je fermai les yeux et me concentrai ; je me vis dans un avenir où Emma serait assise là, à côté de moi. Dans cet avenir, elle a le même âge que le jour où elle a disparu. Dans cet avenir, elle n'a pas changé, Jake non plus. Dans cet avenir, tout va bien, et nous sommes une famille normale, menant une vie ordinaire.

23

Quarante-deuxième jour. Il est tard dans la nuit et je suis sur internet, en train de répondre à des e-mails sur le site www.findemma.com, lorsqu'on frappe à la porte. Un instant, je m'autorise à penser que c'est peut-être Jake qui vient passer la nuit avec moi. Mais en collant mon œil au judas, je ne vois personne d'autre que Nell.

J'ouvre la porte. Elle est en peignoir, les cheveux mouillés. Elle sent la menthe. « Je sais qu'il est tard, commence-t-elle, mais j'ai pensé que tu serais peut-être intéressée par cet article que je viens de trouver sur l'hypnose médico-légale. Tu savais que les souvenirs retrouvés sous hypnose ont, dans certains cas, été retenus par des cours de justice ?

– Un déca ? » dis-je.

Elle acquiesce. « Merci, oui. »

Pendant que je verse le café pour elle, sans rien y ajouter – pour moi, une goutte de Bailey's, habitude que j'ai contractée ces dernières semaines –, elle ouvre un dossier et en sort la photocopie d'un article accompagné de photos. Le visage masculin de la première photo me paraît familier, mais je n'arrive pas à l'identifier. En dessous on y voit les traits d'une jeune fille. Elle sourit, en regardant un peu à droite de la caméra. J'avais la même coupe de cheveux qu'elle quand j'étais enfant, à la fin des années soixante-dix : de longues mèches lisses, et le visage dégagé.

« Ted Bundy, dit Nell. Sa condamnation pour l'enlèvement et le meurtre de Kimberly Leach – elle tapote la photo de la petite fille du bout du doigt – a été essentiellement fondée sur une déclaration du seul témoin oculaire, un homme appelé Clarence Anderson. Anderson s'est présenté cinq mois après l'enlèvement, mais il ne pouvait se rappeler quoi que ce soit de significatif. L'assistant du procureur a demandé qu'Anderson subisse une séance d'hypnose. Ensuite, il a identifié aussi bien Bundy que la petite fille. Il a même décrit leurs vêtements. Son témoignage était la pièce manquante qui permettait de valider toutes les preuves indirectes. »

Du dossier, elle sort une carte de visite. « Je ne te mets aucune pression, dit-elle, mais ce monsieur est l'ami d'un ami. Son bureau se trouve à North Beach. »

C'est une carte de couleur blanche, sur laquelle est imprimé un nom, James Rudolph, en capitales de couleur rouge. En dessous, il n'y a qu'un mot en italique, *hypnothérapeute*, suivi d'un numéro de téléphone et d'une adresse électronique.

« Au point où j'en suis, je suis prête à essayer n'importe quoi, dis-je.

– Pourquoi ne l'appellerais-tu pas tout de suite ? »

Je saisis le téléphone. « Si tu m'avais dit il y a deux ou trois mois que je ferais appel à un hypnothérapeute, je ne t'aurais jamais crue. » Je compose le numéro et une femme répond dès la première sonnerie. « Oui ?

– Oh, dis-je, j'ai dû me tromper de numéro.

– Vous cherchez Jimmy ? demande-t-elle avec un fort accent de Boston.

– Pardon ?

– Rudolph, Jimmy Rudolph.

– Oui.

– Un instant. »

Il y a un bruissement dans le téléphone, et j'entends une voix masculine dans le combiné. « Oui ?

– J'appelle pour l'hypnose.

– Bien sûr, dit-il. Pardonnez nos hésitations. Je ne suis pas au bureau aujourd'hui et j'ai fait un transfert d'appel. Quand voudriez-vous venir ?

– Quand êtes-vous disponible ?

– Est-ce possible demain ? dit-il. À treize heures précises.

– O.K.

– Mettez des vêtements confortables. » Il raccroche.

« Alors ? demande Nell.

– Je ne suis plus aussi sûre que ce soit une bonne idée. »

Elle hausse les épaules. « De toute manière, ça vaut le coup d'essayer. On sait bien qu'un traumatisme peut bloquer les souvenirs d'un événement donné. L'hypnose est censée te permettre de dépasser tes défenses psychologiques, d'accéder à ce qui est réprimé. »

Elle feuillette le contenu du dossier et en sort une photocopie couleur d'un tableau de John William Waterhouse. Deux hommes sont allongés côte à côte ; ils sont presque identiques, à l'exception de leurs couleurs. L'un est roux, pâle, très éclairé, endormi sur l'épaule de son compagnon. L'autre a les cheveux noirs, le teint olivâtre ; il est dans l'ombre, drapé dans un linceul. L'un est accompagné de flûtes, l'autre d'une lyre.

« Hypnos, explique-t-elle, le dieu grec du sommeil, qu'on montre ici avec son frère Thanatos, le dieu de la mort. »

Nell a encore plein de choses à dire sur l'hypnose ; des affaires de justice et des cas de jurisprudence, des anecdotes curieuses, les deux théories majeures sur l'hypnose à la mode aujourd'hui. « Dans l'hypothèse de la récupération, toutes les expériences d'une personne sont stockées dans une sorte de banque de souvenirs, et l'hypnose permet d'y accéder. La construction, quant à elle, suppose que le passé est constamment reconstitué dans l'intérêt du présent et que les souvenirs sont fabriqués sur la base d'un certain nombre de facteurs. »

Une fois de plus, je m'émerveille devant la capacité de Nell à apprendre, à absorber et à traiter une grande quantité d'informations sur un sujet quelconque, n'importe quand. Je me demande toujours si sa passion pour l'information a un rapport avec la mort de son fils, si la constante absorption de faits est un ultime recours pour remplir un vide qui ne s'est jamais comblé. J'imagine son chagrin comme un trou noir, toujours béant, qui engloutit la connaissance à une vitesse effrayante. C'est le même trou noir en perpétuelle expansion qui a envahi mon esprit et mon cœur tout au long des semaines écoulées depuis la disparition d'Emma. Tandis que Nell nourrit sa souffrance par l'apprentissage, je nourris la mienne d'interminables recherches.

L'après-midi suivante, quand j'arrive à la maison, elle m'attend à la porte. « Alors ? demande-t-elle.

– Ce type était un charlatan. Il m'a fait asseoir dans un fauteuil qui aurait pu venir de l'Armée du Salut. Ça puait le cigare dans son bureau. La séance a été à peu près aussi relaxante qu'une expédition dans un centre commercial. Quand on a eu fini, il a essayé de me vendre un séminaire d'hypnose qu'il fait le mois prochain à Tahoe.

– C'est dommage, dit-elle. Ça avait pourtant l'air d'une piste prometteuse. »

Jake ne saura rien de ma tentative avec l'hypnose. La psychologie alternative n'entre pas dans sa vision du monde, et j'imagine que c'est, à ses yeux, une comédie absurde, une tentative pathétique de me raccrocher à quelque chose. Mais, en fait, je serais prête à essayer n'importe quoi aujourd'hui, je prendrais part à n'importe quelle comédie qui offrirait une promesse, si infime soit-elle. Il n'y a pas d'alternative.

24

Un jour, alors que nous étions enfants, nous économisâmes, Annabel et moi, notre argent de poche pendant tout un mois, et nous l'envoyâmes au magasin de jouets Everlasting Toy Corporation. Nous avions repéré une publicité au dos de *Highlights* pour des hippocampes miniatures, 4,95 dollars seulement plus frais d'emballage et d'envoi. Pendant plusieurs semaines cet été-là, nous campâmes sur le porche devant la maison, avec une bouteille de Kool-Aid et un jeu de Uno, attendant la venue du camion d'UPS.

Mais les hippocampes finirent par arriver sans cérémonie, par courrier, dans une enveloppe matelassée en papier kraft. Quand nous ouvrîmes le paquet, je fus déçue de voir qu'il n'était même pas écrit « hippocampes » mais « crevettes », et elles n'étaient même pas vivantes ; c'étaient des petites pépites blanchâtres dans un sachet en cellophane. L'aquarium était un mince bocal en plastique, de vingt-cinq centimètres de haut et de quinze de large. Inclus dans le kit, il y avait aussi un petit paquet de galets multicolores, que nous éparpillâmes au fond de l'aquarium. Annabel et moi espérions encore. Nous déposâmes les crevettes dans le bocal et attendîmes qu'il se passe quelque chose.

Finalement, deux ou trois heures plus tard, l'une des pépites se déploya, puis commença à frétiller et à nager. Nous ne nous donnâmes même pas la peine de lui choisir un nom, puisqu'il était clair que ce n'était pas un hippocampe, ce n'était même pas une crevette, c'était juste une espèce de crustacé mutant. En moins d'une semaine, toutes nos bestioles étaient mortes. Notre mère jeta l'eau sale dans les toilettes et dit : « Ben voilà les filles, ne me parlez plus jamais d'Everlasting Toys. »

Ce n'est que plusieurs années plus tard, lors d'une visite à Marine World avec Ramon, que je vis de vrais hippocampes. « "Hippocampe", dit-il en suivant avec son doigt le mot écrit. Du grec *hippos*, "cheval", et *campus*, qui veut dire "monstre marin". » Nous en observâmes deux qui changeaient de couleur et qui s'adonnaient à une danse élaborée. Le panneau expliquait que la plupart des espèces d'hippocampes sont monogames. Chaque jour pendant la grossesse, le mâle et la femelle échangent des salutations dansées. Après la chorégraphie, ils se séparent pour le reste de la journée.

« Sexy », commenta Ramon. Les créatures se transformaient sous nos yeux, leurs couleurs éclatantes changeaient tandis qu'elles évoluaient côte à côte et exécutaient des pirouettes pleines de grâce.

La pancarte expliquait que c'est l'hippocampe mâle, pas la femelle, qui prend en charge la grossesse, en fertilisant les œufs dans une poche-couveuse sur son abdomen et en les menant à terme. Ramon m'attrapa par les épaules, me tourna face à lui et me plaqua contre la vitre, pour rire. « Je ferais ça pour toi, dit-il, si t'acceptais de m'épouser.

– Redemande-moi ça dans dix ans.

– Il sera trop tard. »

Il me lâcha. Je compris qu'il était blessé. Il voulait que notre relation avance plus vite, que je le suive vers des horizons que nous ne verrions jamais, j'en étais convaincue. Je savais qu'il était trop âgé pour moi, et que je voulais vivre des choses qu'il n'était pas possible de partager avec lui. Jamais je n'aurais pu imaginer le peu de temps qui nous restait à être ensemble. Je ne savais pas que, moins d'un an plus tard, il serait mort.

Je feuillette un des livres de Nell sur la mémoire quand un croquis attire mon attention – un hippocampe, aux couleurs bleues et vertes éclatantes. Le titre du chapitre est le suivant : « Le rôle de l'hippocampe. » L'hippocampe est une partie courbe du cerveau située dans le lobe temporal médian, juste au-dessus de l'oreille. Son nom lui a été donné par les premiers anatomistes qui trouvaient que sa forme ressemblait à celle d'un hippocampe. Bien que sa fonction de l'hippocampe reste, en grande partie, un mystère, les spécialistes en neurosciences savent qu'il joue un rôle crucial dans l'apprentissage de faits nouveaux, le souvenir d'événements récents et le transfert d'informations nouvelles dans la mémoire à long terme. Si l'hippocampe est endommagé, les vieux souvenirs restent intacts mais il ne s'en forme pas de nouveaux.

J'ai l'impression qu'une ligne invisible partage l'espace de mon esprit et découpe le temps d'une manière indélébile : avant la disparition d'Emma et après. Une partie de mon cerveau contient toute une vie de souvenirs, un réseau complexe d'informations émotionnelles et intellectuelles – d'impressions sensorielles, de souvenirs de voix, de minividéos d'événements importants ou banals –, toute cette matière dont est faite mon histoire personnelle. Emma est là, et Jake, et Ramon, Annabel, ma mère, mon enfance. Pour vivre de nouveau un moment heureux avec quelqu'un que j'aime, il me suffit de faire resurgir l'un des milliards de souvenirs enfermés là. Et pourtant, je ne peux m'empêcher de me demander pourquoi ma mémoire a si mal fonctionné le jour où Emma a disparu. Quelle impulsion synaptique a choisi les détails à garder et ceux qu'il fallait jeter ?

25

Par un froid matin d'août, nous allons en voiture, Jake et moi, jusqu'à Sutro Baths. Seuls quelques touristes se baladent. L'air est empreint d'une légère odeur de poisson et du parfum des cyprès qui bordent les falaises voisines. Ni lui ni moi n'avons parlé de la raison qui nous a amenés ici. Ni lui ni moi n'osons formuler nos peurs tandis que nous contemplons les ruines grises, enveloppées de brume, de l'extrémité du parking.

Une équipe de recherche a couvert toute cette zone dans les quarante-huit heures qui ont suivi la disparition d'Emma, et n'a rien trouvé. Je suis déjà venue ici deux ou trois fois moi-même. Nous ne cessons de refaire les mêmes parcours, de fouiller les mêmes endroits, encore et encore.

La station balnéaire est située à l'extrémité de la péninsule. Les bains, ouverts en 1896, furent détruits par un incendie soixante-dix ans plus tard. Un bâtiment verdâtre avec un toit en verre de mille mètres carrés abritait autrefois cinq cent dix-sept vestiaires privés, six bassins contenant presque sept millions et demi de litres d'eau de mer, un amphithéâtre et un promenoir qui pouvait accueillir plus de sept mille personnes. Aujourd'hui, il ne reste plus que les bases en ciment. Cet endroit est plongé dans une atmosphère de fin du monde ; comme si l'apocalypse avait frappé cette petite portion de falaise et de plage, sans toucher le reste de la ville.

Quand la marée monte, le courant ramène tout au-delà des bains, dans la baie. Des choses restent coincées dans les décombres et y croupissent plusieurs jours avant d'être emportées de nouveau vers le large. Quand on regarde les ruines d'en haut, qu'on contemple l'océan qui roule sur la digue écroulée, on a l'impression d'être entré dans un autre siècle, un siècle de ténèbres. La grande structure circulaire, qui autrefois servait de réservoir pour l'eau de mer qu'on pompait ensuite dans les bains, est maintenant pleine d'eau de pluie stagnante, recouverte d'une pellicule de dépôt vert et gluant.

« Mon père nageait ici quand il était enfant, dit Jake. J'ai une photo de lui, debout sur un plongeoir, portant un de ces costumes de bain noirs en laine qu'on louait parce qu'il était obligatoire pour les visiteurs d'en porter un. »

J'observe le froid océan Pacifique dans les jumelles. Une barge avance dans les clapots vers la baie. Des conteneurs empilés jusqu'à trois en hauteur portent des caractères chinois géants. Je bouge les jumelles très légèrement et, soudain, je regarde non pas l'immensité de l'océan mais une cavité. Diverses choses flottent à la surface : une canette de Coca-Cola, dont l'étiquette a pâli jusqu'au rose, un vêtement en lambeaux, un livre de poche, détrempé. Je fouille les compartiments du regard, un à un, terrifiée à l'idée de ce que je pourrais y découvrir. Ceux qui commettent les actes les plus horribles doivent trouver un endroit où cacher les preuves ; régulièrement, on entend dire qu'un corps a été retrouvé dans un ravin, une benne, un bâtiment abandonné. Je ne veux même pas imaginer les milliers d'endroits où on peut dissimuler un corps d'enfant, mais il est impossible de ne pas y penser, impossible de ne pas envisager les éventualités les plus horribles.

Jake me tourne le dos. Bien qu'il ne le dise pas, je sais qu'il prie. Depuis ce jour où je suis allée à la messe avec lui, il ne m'a pas redemandé de me joindre à lui, mais je sais qu'il y va toutes les semaines, qu'il rencontre parfois un prêtre. Cela me met en colère qu'il déverse son chagrin à un étranger alors qu'il se confie si peu à moi, alors qu'il considère le groupe de soutien comme une perte de temps. J'ai été surprise, ce matin, qu'il m'appelle et me demande de l'accompagner à Sutro Baths. Je lui suis reconnaissante d'être venu me chercher, d'essayer, ainsi, de recréer le lien.

Je fouille les ruines du regard une dernière fois. « Rien », dis-je ; le soulagement me gonfle la poitrine.

Le corps tout entier de Jake se détend, comme la ficelle d'un cerf-volant qu'on relâcherait.

Nous descendons le sentier pentu qui mène au-delà des bains. Il se termine par un tunnel creusé dans le roc. À l'intérieur, la température est nettement plus basse. On y perçoit un écho, le ploc-ploc constant de l'eau qui tombe des parois dans les petites flaques sur le sol. Un cône de lumière y pénètre par l'autre extrémité. Jake me prend la main ; c'est quelque chose qu'il n'a pas fait depuis des semaines. Nous ressortons de l'autre côté. Les rochers sous nos pieds sont glissants, et l'eau tourbillonne autour d'eux. Au loin, les Marin Headlands descendent vers l'océan, leurs contours acérés sont adoucis par le brouillard.

« Tu te souviens quand nous avons amené Emma ici ? demande Jake.

– Oui.

– Elle était aux anges quand nous avons exploré le vieux fort, dit-il, en faisant cliqueter ses clés dans sa poche. Tu te souviens comme elle a insisté pour que nous retournions à la voiture chercher toutes ses poupées pour que tu les prennes en photo, assises au sommet du canon ? »

Sa voix se brise ; il passe ses bras autour de mes épaules et se serre contre moi. Si Emma était décédée, si nous avions vu l'événement se produire, si nous avions assisté à l'enterrement, nous pourrions peut-être supporter de revivre ces moments. Peut-être que nous pourrions répéter ses petites phrases, raconter nos sorties avec elle dans le détail. Peut-être, si elle était morte, pourrions-nous inventer un langage pour parler d'elle. Mais sans savoir ce qu'il est advenu d'elle, sans savoir si elle souffre, si elle est seule, si elle est terrifiée, c'est impossible. Chaque souvenir agréable que nos mots font renaître fait surgir, à l'arrière-plan, d'autres images, plus sombres, menaçantes.

Le vent fouette les cheveux de Jake autour de son visage, des gouttes d'eau de mer s'accrochent à son pull en laine, et nous restons silencieux un moment, frissonnant, à contempler l'eau glaciale.

De là nous pouvons voir les minuscules silhouettes des surfeurs bondissant sur les vagues. Je me rappelle avoir lu quelque part qu'une houle peut parcourir des milliers de kilomètres sur l'océan avant d'arriver au rivage. Les surfeurs ont l'air très détendus, à califourchon sur leur planche, mais la vérité, c'est que leur corps doit être intimement en accord non seulement avec la surface de l'eau, mais aussi avec ce qui se passe en dessous. Grâce à un moyen magique, de par leur instinct ou leur acuité visuelle, ils doivent saisir avec une très grande vigilance l'instant exact où cette houle venant de très loin racle le fond de l'océan d'une certaine manière pour former une vague. Que la vague et le surfeur parviennent ainsi à se rencontrer semble relever d'une coïncidence divine.

26

Le Holga a été inventé à Hong Kong en 1982. Son nom vient de *ho gwong*, qui veut dire « très brillant ». Cet appareil est presque intégralement en plastique et ses différentes parties ne s'emboîtent pas parfaitement. Le résultat, c'est que la lumière passe par les jointures, ce qui explique les lignes et les taches de surexposition sur les photos. Regarder une photo prise par un Holga est toujours une expérience un peu déroutante ; c'est comme si on entrait dans le rêve de quelqu'un d'autre.

La quatrième photo de la pellicule est doublement exposée, elle se compose de deux images, accolées l'une à l'autre : Emma qui s'éloigne de moi, et le phoque échoué, pris à une distance de quelques mètres. Emma paraît flotter quelques centimètres au-dessus du phoque. Entre ses petits pieds et le bébé phoque court une bande de lumière vive.

Je réfléchis à l'effet que cette image, sans légende, pourrait produire sur quelqu'un qui tomberait dessus dans des années. Sans savoir qu'elle est doublement exposée, il pourrait accepter que ces deux silhouettes, l'enfant et le phoque, aient existé dans cette position, à ce moment-là, simultanément. Peut-être qu'il imaginerait qu'elle sautait par-dessus le phoque, ce qui expliquerait l'étroite bande entre ses pieds et le corps incurvé de l'animal. Il ne soupçonnerait pas qu'à ce moment-là l'enfant est à quelques secondes de la rencontre avec son kidnappeur.

Quand nous regardons un cliché, hors contexte, hors du temps, nous cherchons automatiquement une histoire pour l'accompagner, une manière de donner un sens au sujet. Nous sommes des voyeurs, entrant dans une relation univoque avec la personne du cliché. Nous voyons ; elle est vue. Les spectateurs, en général, sont en position de supériorité.

27

Le 22 septembre. Cela fait deux mois qu'Emma a disparu.

Grâce à une vieille connaissance datant de l'université, qui travaille chez NBC, Jake réussit à se faire inviter au show *Today* avec Katie Couric. Il a pris le vol de nuit pour New York hier soir. À la télévision, il a l'air un peu différent, même si je ne sais pas bien pourquoi. Tandis qu'il raconte à Katie les détails de la disparition d'Emma et donne ses signes distinctifs – la petite cicatrice sur son avant-bras gauche, le grain de beauté à droite de son nez –, je m'aperçois qu'il est maquillé. Un peu de fond de teint, un peu d'anticernes sous les yeux. Une nouvelle transformation, tandis qu'il devient, progressivement, de moins en moins familier.

NBC projette une vidéo que nous avons tournée et dans laquelle Emma patine sur le trottoir, chaussée de Rollerblades, agitant la main lorsqu'elle passe devant la caméra. Après le clip, les yeux de Katie Couric se remplissent de larmes et elle lance la pub.

« Nous recherchons la mère d'Emma », dit Jake à un moment. Il regarde droit dans l'objectif. « Lisbeth, si tu nous regardes, il faut que je te parle. » Dans sa voix, on perçoit un ton d'étrange intimité, bien que sa prière soit diffusée à un public de millions de personnes. Je me dis, tandis qu'il parle, que c'est lui qui se raccroche à des riens. Si Lisbeth voulait qu'on la retrouve, elle se serait certainement manifestée, depuis le temps. Une photographie apparaît sur l'écran. C'est un gros plan sur son visage, la même photo que celle que Jake a donnée à Sherburne au début de l'enquête. « Une des quelques photos que j'ai gardées, m'a-t-il confié. Je me serais bien débarrassé de toutes, mais je me suis dit qu'un jour Emma pourrait avoir envie de savoir à quoi ressemblait sa mère. »

Sur la photo, Lisbeth a de longs cheveux noirs et le visage émacié. Elle sourit, mais son sourire n'est pas très convaincant. L'image a été recadrée pour l'occasion. Je me souviens de l'original et je sais ce qui a été laissé hors du cadre – Emma bébé, dans une poussette à côté de sa mère. Quand je l'ai vue pour la première fois, j'ai été frappée par le fait que Lisbeth ne regardait pas Emma, ne la touchait pas. Le cliché avait été pris dehors, un jour brumeux, et une étroite bande de lumière blanche séparait la mère de la fille.

Je n'ai jamais dit à Jake que je comprenais cette femme. Elle a des cernes noirs sous les yeux, des taches de lait là où son tee-shirt est en contact avec ses seins. Il est clair, à voir ses yeux et son attitude, qu'elle souffre encore des vingt-trois heures de travail et de la césarienne décidée en urgence, une espèce de souffrance physique que je n'arrive pas du tout à imaginer.

À midi, Jake m'appelle de La Guardia pour me dire qu'il prend le prochain avion. « Peut-être que c'est le coup de pouce dont on avait besoin », dit-il, la voix empreinte d'un optimisme prudent.

Pendant la journée, les pistes s'ouvrent par centaines, et le nombre de visites sur le site www.findemma.com grimpe en flèche. Le jour suivant, devant une pizza au Sausage Factory, à côté du QG, Jake parle de toutes les choses que nous allons faire quand

Emma sera rentrée à la maison : nous irons à Disneyland, nous ferons une croisière jusqu'en Alaska. Je ne lui rappelle pas qu'il y a seulement quelques jours il était convaincu qu'Emma s'était noyée. Avant, il était la personne la plus constante que je connaissais, il ne manifestait jamais les moindres saute d'humeur ou changement d'avis. Maintenant, sa façon de voir se modifie d'un jour à l'autre, et je ne sais jamais dans quel état je vais le trouver.

Il laisse échapper deux fois sa fourchette au cours du repas. Normalement, il est très délicat à table, là, il ne cesse de faire tomber des miettes sur sa chemise. « Ça va ?

– Je n'ai pas dormi. Depuis un bout de temps. Une semaine, peut-être. Le week-end dernier, j'ai rangé le garage. Drôle d'idée, non ? Le garage, comme si c'était important. Mais j'avais tout laissé filer depuis si longtemps, et j'ai fouillé le moindre recoin de la ville tant de fois, parlé à tous ceux à qui je pouvais parler. Je ne pouvais pas dormir, et je me suis retrouvé en train d'aller vers la chambre d'Emma, mais je ne pouvais tout simplement pas y entrer. Il fallait que je trouve quelque chose pour occuper toutes ces heures au milieu de la nuit, alors, j'ai rangé le garage. »

Je sais ce que veut dire passer le temps. David, du groupe de soutien Parents d'enfants disparus, m'a persuadée de recommencer à travailler. « Tu n'as pas besoin de reprendre à plein régime, dit-il. Juste un engagement par-ci par-là, pour te tremper les pieds, avant de te remettre complètement dans le bain. » Il dit que c'est la première étape pour recoller les morceaux de ma vie.

« Comment est-ce que je peux reconstruire ma vie quand une pièce vitale est manquante ?

– Si tu ne peux pas le faire pour toi, fais-le pour Jake, dit-il. Le travail va te rendre plus calme. Crois-moi, après le départ de Jonathan, c'est ce qui m'a sauvé. »

Je m'étais rendu compte qu'il avait peut-être raison. Et, même si ce n'était pas le cas, j'avais déjà accepté trop d'argent de la part d'Annabel. La semaine dernière, avec bien du mal, j'ai rappelé un client potentiel. Je décidai de commencer par un projet facile, pas un mariage ou un anniversaire d'enfant, seulement l'inauguration d'un restaurant.

Après le déjeuner, je vais à mon magasin de photo préféré, chez Adolph Gasser. La boutique n'a pas changé d'un pouce – tout un fatras d'instruments d'éclairage dans le fond, les appareils coûteux sous clef dans des vitrines, des livres et des stations d'impression numérique au milieu. La seule différence, c'est le portrait d'Emma affiché dans la devanture. On le trouve encore accroché aux poteaux téléphoniques et dans les vitrines dans toute la ville, et j'imagine que les gens qui passent ne le voient même plus ; pour eux, ce n'est plus que la photo d'une fillette qui a disparu il y a deux ou trois mois – une histoire bien triste, mais en aucun cas mêlée à la leur.

Marly est derrière le haut comptoir en bois, exactement là où elle était le jour précédant la disparition d'Emma. Elle a vingt-neuf ans, elle est immense, couverte de tatouages ; elle est diplômée du California College of the Arts. Depuis six ans que je viens ici, une succession apparemment infinie d'apprentis photographes ont travaillé derrière ce comptoir.

Je trouve de la pellicule, des piles et du papier photo, je les emporte jusqu'à la caisse et je tends ma carte Visa à Marly.

« Vous nous avez manqué, dit-elle en s'affairant avec la carte. Je suis tellement désolée pour Emma.

– Merci. »

Elle glisse mes achats dans un sac en papier. Ça me fait bizarre de tenir ce sac, comme si c'était un accessoire pour une pièce qui est déjà terminée.

En retournant au métro, je passe devant une rangée de téléviseurs dans la vitrine d'un magasin d'électronique, tous réglés sur la même chaîne. Le visage d'Emma passe sur les écrans. Les cheveux noirs d'Emma, le sourire et les fossettes d'Emma, la frange d'Emma, en multiple. Un shérif apparaît, debout devant un pupitre, un gros micro devant lui, entouré d'une foule de reporters et de passants. Ma gorge se serre. Les pires scénarios défilent à toute allure dans ma tête : ils ont retrouvé Emma et elle est morte.

Sur la rue derrière moi, un bus freine dans un crissement. Il déverse une foule sur le trottoir. Un bras me frôle le dos. Une fille et sa mère s'arrêtent devant la vitrine. La fille a environ quatorze ans, elle porte un jean serré et un haut qui s'arrête au nombril. « Des nouvelles de la fille disparue ? demande-t-elle.

– Je ne sais pas.

– C'est terrible, dit la mère. Des centaines d'enfants meurent au Proche-Orient tous les jours, mais ils se concentrent sur cette enfant-là. Parce qu'elle est blanche, mignonne, et américaine. » Elle hoche la tête et prend sa fille par le bras. Elles s'éloignent d'un pas nonchalant, en balançant leurs sacs de courses à bout de bras.

J'entre dans le magasin et je monte le son d'une des télévisions. Le shérif est à Morro Bay, à environ quatre heures de route d'ici. Derrière lui sont rangés des hommes en costume et en uniforme de policiers ; chacun s'efforce de rester dans le champ de la caméra. Un homme rougeaud avec quelques mèches de cheveux couvrant à grand-peine son crâne chauve fait un pas en avant, manifestement pour ajuster le micro, mais il est clair qu'il veut simplement s'approcher de la caméra.

« Nous avons des informations sur l'affaire Emma Balfour », annonce le shérif. C'est d'abord pour moi un choc, suivi de cette vieille panique si familière – le cœur qui bat la chamade, une espèce d'étau qui me serre le crâne –, puis un espoir prudent, tout cela en l'espace d'une seconde, tandis que j'attends de savoir ce que le shérif va dire. « À midi aujourd'hui, une femme s'est présentée au commissariat prétendant être Lisbeth Balfour, la mère de l'enfant disparue. Nous avons la confirmation de son identité. Elle va vous parler quelques minutes, à la suite de quoi je répondrai à toutes vos questions. »

Il me faut plusieurs secondes pour enregistrer l'information. J'éprouve un bref moment d'exaltation, immédiatement suivi de doutes. Pourquoi maintenant ? demandé-je. Pourquoi, après tant de temps, Lisbeth a-t-elle choisi ce moment pour se découvrir ?

Le shérif se racle la gorge de nouveau et se retire. Les hommes en costume font un pas de côté pour laisser passer une femme. Elle n'est pas comme je l'imaginais. Elle ne ressemble que de très loin à la femme de la photo prise il y a presque sept ans. À en juger par les descriptions que Jake m'a faites d'elle, je m'attendais aux yeux cernés d'une droguée à l'héroïne, à une articulation brouillée, à des cheveux ternes, à des hématomes, stigmates de son dernier petit ami, un mauvais choix. Mais elle n'est rien de tout cela. Elle est d'une taille moyenne, un peu potelée. Ses cheveux noirs sont bien coiffés, et elle porte une robe bleu marine très chic.

« Mon nom est Lisbeth Dalton, dit la femme lentement. Lisbeth, L-I-S-B-E-T-H. »

Elle marque une pause, elle sourit. Elle porte un rouge à lèvres rouge, des boucles d'oreilles en perles, un collier qui ne va ni avec la robe ni avec les boucles d'oreilles. C'est une femme séduisante, ressemblant aux mères au foyer de banlieue, avec un petit nez droit – le nez d'Emma – et un bronzage appuyé.

J'essaie d'imaginer Jake avec elle, mais c'est impossible. Qu'est-ce qu'il lui trouvait ? Que pouvaient-ils avoir en commun ?

« Je suis la mère d'Emma, dit-elle. Je viens juste d'apprendre cette terrible tragédie, hier en fait, quand j'ai été avisée que mon mari – pardonnez-moi, mon ex-mari – passait à l'émission *Today*. »

Je sais qu'elle ment. Il est complètement impossible qu'elle ait été à Morro Bay tout ce temps sans être au courant pour Emma. Tous les bulletins d'information en parlaient.

Lisbeth effleure une de ses boucles d'oreilles du bout d'un doigt. Je me rends soudain compte que j'ai une paire identique – Jake me les a offertes six mois jour pour jour après notre premier rendez-vous. C'était un geste adorable, mais je les porte rarement ; c'est le genre de bijou que possédait ma mère, un emblème féminin de respectabilité. Il m'apparaît que les boucles d'oreilles de Lisbeth sont probablement un cadeau de Jake aussi, et je me sens tout d'un coup idiote, et je me demande quels autres cadeaux il a peut-être offerts en double.

Lisbeth sourit ; ses fossettes apparaissent. La ressemblance entre elle et Emma est flagrante. « Je voulais juste me manifester pour dire au kidnappeur, s'il vous plaît, qui que vous soyez, rendez-la-nous. Et Emma, si tu m'entends, je t'aime, ma chérie. Je prie pour toi. Nous voulons tous que tu rentres à la maison. »

Et ça vient de la femme qui a pris un mois de vacances à Cancún au Mexique, seule, cinq mois après la naissance d'Emma. La femme qui a quitté Jake et Emma il y a trois ans, et s'est rarement donné la peine de téléphoner.

« Étiez-vous en contact avec votre fille ? demande un reporter.

– Oui, ment-elle.

– Si vous pouviez parler à la fiancée de Jake, Abigail Mason, que lui diriez-vous ? »

Elle touche sa boucle d'oreille de nouveau, regarde droit dans l'objectif. « Ce qui s'est passé me brise le cœur. Je suis anéantie. Mais je veux que cette femme sache que je lui pardonne.

– Étant donné les circonstances, auriez-vous préféré avoir eu la garde d'Emma ? demande un autre reporter.

– Bien sûr, mais on ne peut pas revenir en arrière. Tout cela, c'est du passé. À cette heure, nous devons repartir d'ici et maintenant. Il nous faut juste retrouver mon bébé. »

Ce qui transparaît au moment où Lisbeth parle dans le micro, ce n'est ni le désespoir ni le pessimisme. Chaque mot, chaque geste, paraît prémédité.

« Si on la retrouve, interroge un autre reporter, allez-vous demander sa garde ?

– C'est fort possible. Je suis sa mère, après tout. Son père et moi avons eu nos différends dans le passé, mais il est temps de mettre tout cela de côté et de retrouver notre petite fille. »

Notre petite fille ? Je sens monter une vague de colère, nourrie d'un élan possessif que je ne me connaissais pas.

J'appelle Jake avec mon portable, mais il ne répond pas. Je me fraye un chemin dans la foule sur Union Square, tellement furieuse que j'ai du mal à me concentrer sur la tâche à accomplir : le retour à la maison.

« Tu as vu la conférence de presse ? dis-je à Jake quand j'arrive à l'avoir au bout du fil.

– Oui. Je suis stupéfait.

– Quel est son but, d'après toi ?

– Difficile à dire. Sherburne l'a convoquée pour l'interroger cette après-midi. Elle a déjà donné son accord pour passer au détecteur de mensonge. » Sa voix est rauque, lasse. « Je ne cessais d'espérer…

– Je sais. »

Tout ce temps, Jake s'est cramponné à un vague espoir qu'Emma était peut-être avec sa mère, et je me suis permis de l'entretenir moi aussi par moments. Au moins, cela signifierait qu'elle est relativement en sécurité. Au moins, cela signifierait qu'elle est vivante. Mais, si Lisbeth était impliquée, elle ne tiendrait certainement pas une conférence de presse.

Ce nouveau développement a le goût d'une défaite importante. Un autre cul-de-sac. Un autre faux espoir. La zone des recherches s'élargit de nouveau, encore.

« Je viens tout de suite, dis-je.

– Je pars pour les studios de télévision pour qu'on tourne la suite de l'interview avec Katie Couric. Viens me retrouver à la maison après. »

Il raccroche. La plupart de nos conversations ces derniers temps finissent comme ça. Nous ne nous disons pas assez de choses.

J'arrive chez Jake à sept heures. Je n'avais pas prévu de trouver une voiture garée devant chez lui, un cabriolet rouge. J'essaie la porte d'entrée, mais elle est verrouillée, et, sans savoir pourquoi, je n'ai pas l'impression que je doive utiliser ma clé. Alors, je frappe. Pas de réponse. Je sonne à la porte. Jake m'ouvre et je sais qu'il se passe quelque chose quand il esquive le petit bisou habituel sur la bouche. Malgré tout, cette habitude est restée, quelque chose auquel je peux m'attendre : il m'accueillera toujours avec un petit baiser.

« Tu as de la visite ? »

Il hoche la tête et fait un pas de côté pour me laisser entrer. « Lisbeth est là. »

Je n'ai pas le temps de me préparer, de dissimuler le choc. Elle est assise sur le canapé, dans le salon, une tasse de café posée en équilibre sur un genou. « Salut, dit-elle en souriant.

– Abby, je réponds.

– Oh. » Lisbeth m'examine de haut en bas. « La fiancée. »

Je veux lui demander comment elle a pu avoir le culot de venir ici et de s'asseoir sur le canapé de Jake comme si c'était sa place, comme si les trois dernières années n'existaient pas. En fait, je bafouille : « Je vous ai vue à la télé.

– Ah bon ? J'étais tellement nerveuse. Je suis nulle devant des caméras. »

Jake me montre un fauteuil près de la fenêtre. « Assieds-toi. » Cordial, comme si j'étais seulement une voisine qui passe dire bonjour. « Un café ?

– Volontiers.

– Je vais en faire du frais. » Il disparaît dans la cuisine.

Lisbeth porte la même robe bleu marine que lors de la conférence de presse, mais elle a défait les deux premiers boutons.

« Qu'est-ce que vous faites ici ? » lui demandé-je. Il semble, à ce moment précis, que c'est la seule chose logique qui s'impose face à cette femme qui vient d'apparaître, sortie de nulle part.

Elle sirote son café. « Pardon ?

– Que voulez-vous de lui ?

– Je ne vois pas où vous voulez en venir.

– Vous l'avez quitté. Pire, vous avez quitté Emma. Quasiment pas de nouvelles depuis que vous vous êtes envolée. Ensuite, vous venez faire ami-ami devant les caméras en jouant les mères au cœur brisé. »

Elle pose sa tasse au bout de la table basse et croise les jambes. Sa robe remonte sur son mollet, découvrant une grande tache de naissance juste en dessous du genou. « Vous croyez que je ne ressens rien ? Que je n'aime pas cette petite fille ? »

Ses yeux sont d'un vert profond, beaux – ceux d'Emma. Elle se penche en avant, remonte ses manches et tend ses bras, les paumes vers le haut. Sa peau est très abîmée, une vraie carte routière marquée de traces de piqûres et de veines détruites. Instinctivement, je détourne les yeux.

« Aucune mère un tant soit peu consciente ne resterait, dans un état pareil, dit-elle, en redescendant ses manches. Si vous aviez jamais été droguée, vous sauriez. On ne peut pas élever un enfant dans ces conditions. »

Une partie de moi veut la croire, mais cette impulsion ne dure qu'un instant. Pourquoi ne puis-je ressentir pour elle une sympathie identique à celle que j'éprouve quand je vois un junkie la main tendue dans le quartier de Tenderloin ? Pourquoi en suis-je arrivée à cette dureté, à cette colère, quand je la regarde ? Je lutte pour que ma voix reste calme. « Vous n'avez jamais appelé pour prendre de ses nouvelles. Même pas une carte d'anniversaire.

– Ma vie était en morceaux, dit-elle. Il fallait d'abord que je remette les choses en place.

– Mais il est impossible que vous ignoriez qu'elle avait disparu. Comment pouviez-vous ne pas savoir ?

– Je ne regarde pas la télévision, répond-elle. Je ne me tiens pas au courant de l'actualité. C'est un ami qui m'a parlé de l'émission *Today*.

– Ah bon. »

Jake revient de la cuisine et me tend une tasse de café. Autrefois, lorsqu'on se charriait mutuellement comme un couple dans une petite comédie du quotidien, j'aurais fait une plaisanterie sur le mauvais hôte qu'il était, nous laissant toutes les deux seules nous crêper le chignon. Mais il n'y a rien de drôle dans cette situation, rien pour sauver l'ambiance.

« Jake était en train de me dire où en était l'enquête », dit Lisbeth, très calme, comme si notre échange déplaisant n'avait jamais eu lieu.

Il s'assoit sur le canapé à côté d'elle. On dirait un couple, assis là, et l'histoire se déroule devant moi, un portrait de famille auquel je n'ai jamais été confrontée auparavant. Il n'y a plus de photos de Lisbeth dans la maison, aucune où Jake, Lisbeth et Emma sont réunis. Jake parle rarement d'elle. Depuis que je le connais, c'est Jake et Emma seulement, heureux ensemble, mais sans former une famille au complet. J'ai toujours eu l'impression qu'il manquait quelqu'un dans ce foyer restreint, mais il ne m'était jamais apparu que ce quelqu'un ait pu être là avant. En fait, je voyais un espace ouvert, qui attendait d'être rempli et j'étais la personne qui correspondait parfaitement. J'avais nourri l'idée d'entrer dans leur famille, de compléter le tableau. Maintenant, en observant Jake et Lisbeth côte à côte, je reconnais quelque chose de naturel dans cet ensemble, quelque chose qui a un sens. Même s'ils ne se sont pas vus depuis des années, une familiarité existe entre eux – dans la manière dont il s'adosse dans le canapé à côté d'elle, la manière dont elle tend la main pour tirer un pan de sa robe coincé sous sa jambe à lui.

Il ferme les yeux. Il a l'air si fatigué, vidé de toute force. J'ai envie d'aller vers lui, de le prendre dans mes bras, de poser sa tête sur mes genoux et de lui caresser les cheveux, comme je le faisais quand il avait eu une mauvaise journée au boulot. Je veux retrouver ce bonheur que nous partagions. Mais Lisbeth lui prend la main et la serre. Et je n'en crois pas mes yeux : Jake serre la sienne à son tour.

Plus tard, après son départ, je ne peux retenir la question qui me paraît être la plus évidente. « Alors, Lisbeth se préoccupe soudain d'Emma ? »

Je le sens de nouveau cet élan possessif qui me traverse. Je sais qu'Emma n'est pas ma fille, mais l'amour que j'éprouve pour elle n'est ni négligeable ni conforme, il ne tient pas compte de la sémantique propre à notre relation. Il ne s'agit nullement de *belle-mère* ou de *belle-fille* dans cet amour, rien de si facile à gérer que je puisse tout simplement l'ignorer quand sa mère biologique fait son apparition dans le paysage. Quand Jake et moi avons décidé de nous marier, il a abordé le sujet de l'adoption. « Pas tout de suite, dit-il, mais c'est quelque chose auquel on pourra penser dans l'avenir. » J'avais été stupéfaite, puis exaltée par cette possibilité, et j'étais restée muette, essayant d'imprimer ce moment dans ma mémoire au fer rouge. Maintenant, je ne sais plus comment réagir devant cette nouvelle information, la présence de Lisbeth.

« Elle est vraiment inquiète, dit Jake. Ce n'est pas une comédie.

– Allez, Jake. Réfléchis. Forcément, elle était au courant pour Emma depuis le début, si elle vit à Morro Bay. Alors, pourquoi a-t-elle attendu deux mois pour se manifester ? C'est évident, non ? Elle se montre aujourd'hui parce qu'elle n'a pas le choix. Sa photo est passée sur les télés nationales. Elle savait que quelqu'un la reconnaîtrait. Cette apparition soudaine n'a rien à voir avec Emma – elle n'a à voir qu'avec *elle*, Lisbeth. Tu m'as dit toi-même qu'elle ne pensait jamais à personne d'autre qu'à elle.

– Je ne ferme pas les yeux sur ses actes, Abby. Je n'ai jamais prétendu comprendre pourquoi Lisbeth faisait ce qu'elle faisait. En toute honnêteté, je pense qu'elle vit sur une autre planète. Elle… » Il ne termine pas sa phrase, il détourne les yeux.

« Elle quoi ?

– En fait, elle a eu le culot de me demander si nous avions une chance.

– Quelle chance ? Qu'est-ce que tu veux dire ?

– Elle et moi, si… quand Emma serait revenue. Elle voulait savoir si nous pourrions essayer encore une fois, tenter de reformer une famille. »

Je n'essaie pas de lutter contre ce qui me submerge, ce sentiment que le sol se dérobe sous mes pieds. C'est une sensation physique, comme les secousses après un tremblement de terre, cette impression de déséquilibre, d'être livrée à des forces qui échappent à mon contrôle. « C'est délirant », dis-je.

Il se mord la lèvre inférieure, un geste qui me ramène à la première fois que je l'ai vu, dans l'auditorium de son lycée. « Ça l'est. »

Mais je vois bien qu'une partie de lui, une toute petite partie, ne pense pas que l'idée soit si folle. C'est bien le drame de Jake : il pardonne les fautes. Il a même essayé, je le sais, de me pardonner.

28

Le jour suivant, en route vers l'inauguration du restaurant, je suis inquiète à l'idée de ne pas être capable de réussir à faire mon boulot. En particulier aujourd'hui, avec l'image de Lisbeth gravée dans mon esprit, ses mots qui repassent en boucle dans ma tête – « Je suis sa mère, après tout. »

Lorsque j'arrive au restaurant, il est déjà bondé. Je m'étonne souvent, quand je suis en reportage, de constater que la population de San Francisco a l'air d'être composée de gens jeunes et beaux, riches et insouciants, parfaitement coiffés et habillés avec goût. Quand je me suis installée ici, au début des années quatre-vingt-dix, la ville était encore un peu sale, un peu négligée. Elle avait toujours, par certains côtés, l'atmosphère d'un avant-poste de l'Ouest, où artistes et écrivains louaient des appartements miteux, vivaient deux par chambre, et n'avaient pas d'autre vie sociale que celle des troquets des quartiers de Mission et de Lower Haight, où ils s'encanaillaient. À dire vrai, je préférais l'ancienne version, avant que tous les bars n'aient une carte des vins, et que tous les jeunes de vingt ans ne détiennent des stock-options.

Tandis que je me fraye un chemin dans la foule, je me souviens des grandes idées que j'avais au départ. J'avais prévu de prendre des photos brutes, honnêtes, d'immigrants illégaux et de la pauvreté urbaine, des prostituées vieillissantes, des mères célibataires luttant avec leur salaire minimal. Après en avoir terminé avec mon diplôme en photographie documentaire à l'université du Tennessee, je déménageai à San Francisco et louai au cœur de Mission un studio dont la plomberie était déficiente et la peinture écaillée. Je transformai ma salle de bains en chambre noire, pris un boulot de serveuse dans un bar à tapas et passai mon temps libre à arpenter les rues armée de mon appareil photo. Je pensais que mes photos changeraient quelque chose, aideraient les gens à se *voir*. En ce temps-là, si quelqu'un m'avait dit que je finirais photographe de restaurants chics et de fêtes de Noël dans les entreprises, j'aurais ri aux éclats. Mais il ne me fallut pas longtemps pour me rendre compte que le genre de photos que je voulais faire ne me permettait pas de payer mes factures.

Les premiers clichés sont presque impossibles à prendre, mais, progressivement, j'entre dans le rythme. Je ne suis guère plus qu'une machine – identifier les scènes intéressantes, cadrer les sujets, vérifier la lumière, mettre au point, déclencher. Ensuite, sur le trajet de retour, traversant des bancs de brume qui glissent au ras du sol, je me demande si Emma pourrait me pardonner : me pardonner de faire quelque chose d'aussi banal que travailler, prendre des photos dans une réception, alors qu'elle est toujours là dehors, à attendre.

29

Soixante-dixième jour. Soleil éclatant et vagues déchaînées, écumantes. L'autoroute a été fermée pour limiter l'érosion. Une couche de sable recouvre les quatre voies, et les feux sont rouges clignotants. Jake m'a raconté un jour que, lorsqu'il était enfant, Great Highway était une route côtière si droite et si lisse que les jeunes y faisaient des courses de dragsters. Aujourd'hui, avec les minces couches de sable qui glissent sur la surface piquetée, il a l'air abandonné. Voilà une grande ville américaine un vendredi après-midi, et à ses confins ouest se trouve cette route oubliée, ce no man's land.

Je me gare à côté de Sutro Heights Park et je grimpe jusqu'en haut du parapet – c'est le seul reste de la grande et vieille Sutro House. De là, j'ai une vue parfaite sur Ocean Beach. La journée ne ressemble en rien à celle de la disparition d'Emma. Ce jour-là, le brouillard était blanc, il avait l'air propre, si dense qu'on n'y voyait rien. Aujourd'hui, mon regard embrasse une grande portion de la plage, qui s'étend sur cinq kilomètres, vers le sud, vers Daly City. Alors que le reste du pays se prépare à l'automne, San Francisco se réchauffe. Notre véritable été, c'est en septembre-octobre. Des petits points noirs dansent de manière impressionnante sur l'eau le long de la côte – des combinaisons. Quand j'ai emménagé à San Francisco, j'ai rencontré un homme qui surfait. Parfois, j'insistais pour l'accompagner quand il allait à Pacifica ou à Bolinas, où les vagues sont plus petites et où un débutant peut tenter l'aventure ; d'autres fois, on achetait des sandwichs chez Joe's Deli et on les emportait à Ocean Beach, pour regarder, assis sur une couverture, des surfeurs très intrépides luttant avec les brisants déchaînés à Kelly's Cove. Mon ami ne pouvait pas cacher son admiration.

« Incroyable », disait-il, en regardant un expert monter avec grâce sur la lèvre d'une vague. « Je donnerais tout pour être capable de faire ça. » Chaque fois qu'on projetait un film sur le surf au Red Vic, il mettait un point d'honneur à obtenir des places pour la première projection, et il avait les films *September Sessions* et *Step into Liquid* qui étaient devenus flous et décolorés à force d'être passés. Un an environ après notre rencontre, il était reparti s'installer sur la côte est ; mais son admiration pour le surf avait déteint sur moi. Je n'ai jamais eu le courage d'essayer moi-même – à cause d'une appréhension de la vitesse, des requins et de la température de l'eau. J'avais toujours pensé que l'océan dans cette partie du pays paraissait magnifique, mais terrifiant.

À pied, je descends vers Louis's Diner et Cliff House et je reste une minute devant la façade délabrée du Musée mécanique. Sous l'arcade se trouvaient des jeux mécaniques élaborés datant des années 1880, qui fonctionnaient avec des pièces de monnaie. J'avais emmené Emma ici quelques fois. Elle adorait la fête foraine miniature, avec ses manèges qui s'allumaient et se mettaient en marche quand on introduisait les *nickels* dans la machine. Et le Mighty Wurlitzer, l'orgue de Barbarie, avec son piano mécanique, sa rangée de mandolines, sa grosse caisse et ses tuyaux. Mais son préféré, c'était Laughing Sal, une femme rousse de taille humaine enfermée dans une boîte en verre. Emma glissait ses *quarters* dans la fente et regardait, bouche bée, Sal rouler des yeux et hocher la tête, tout en passant ses doigts sur un éventail de cartes colorées, jusqu'à ce qu'une prédiction sorte, imprimée, par une petite fente. Emma conservait les cartes de la voyante sur un panneau dans sa chambre. Elles y sont toujours : *Tu voyageras dans des contrées lointaines. Un bel étranger t'apportera une nouvelle surprenante.*

L'odeur de burgers venant de chez Louis's descend jusqu'à moi, et je me rends compte que je n'ai rien mangé depuis hier. Je dévale la pente raide jusqu'à Kelly's Cove et prends la direction du sud, surprise, une fois de plus, par les fluctuations quotidiennes de cette bande de sable que j'ai arpentée des centaines de fois depuis la disparition d'Emma. Aujourd'hui, la plage est souillée de poissons morts, de toutes sortes d'objets : une chaussette d'homme imbibée d'eau, un tube de dentifrice vide, des amas d'algues, une raquette de tennis brisée, et du bois flottant en train de pourrir. Tous les deux cents ou trois cents mètres, on trouve les restes d'un feu de camp, où, parfois, les braises fument encore. Ils sont un rituel nocturne ici, ces feux de camp autour desquels les adolescents boivent de la bière, les surfeuses dansent et les sans-abri chauffent leur boîte de conserve. Tandis que Richmond rassemble les Russes, Mission les Mexicains, Pacific Heights les privilégiés d'une richesse indécente, et Bernal Heights les écolos, Ocean Beach est un défi au découpage des quartiers. Tout le monde vient ici, en se frottant les coudes pour se réchauffer dans le vent et le brouillard.

Aujourd'hui, il n'y a pas le moindre dollar de sable au milieu des déchets naturels et humains. La plage est constellée de taches noires et gluantes, et l'air sent le goudron.

Alors que j'ai parcouru un petit kilomètre, je tombe sur deux filles, des sœurs, âgées de dix ou onze ans ; elles ramassent des coquillages au bord de l'eau. Elles sont pieds nus, elles rient, le jean roulé jusqu'à mi-mollet.

« Où sont vos parents ? demandé-je. Vous n'êtes pas seules, quand même ? »

La plus grande attrape sa sœur par la main. Elles cessent de rire et s'éloignent, en me regardant avec méfiance. Je jette un coup d'œil alentour, mais je ne vois pas d'adultes. Qui pourrait leur donner la permission de venir ici toutes seules ?

À l'intersection de Judah et Great Highway, je traverse les deux voies et j'entre dans les toilettes publiques, les mêmes que celles que j'ai fouillées ce jour-là dans les instants de frénésie qui ont immédiatement suivi la disparition d'Emma. Une clocharde est en train de se laver au lavabo. Elle a étalé sur le sol à côté d'elle un nécessaire de toilette de fortune – un peigne en plastique, un morceau de savon, un tube de rouge à lèvres neuf et un petit fard à joue entouré de plastique. Par habitude, je sors un prospectus de ma poche.

« Je suis à la recherche d'une petite fille », dis-je.

Elle jette un coup d'œil rapide et me rend mon papier. « Ne le prenez pas mal, mais on en est tous là. »

Je traverse La Playa Street, contourne le rond-point où les bus électriques de la ligne N-Judah s'enroulent comme un gigantesque mille-pattes, faisant demi-tour pour repartir vers l'intérieur des terres. Le vent qui souffle du large soulève le sable qui vient me picoter la nuque. J'entends le rugissement des vagues, je sens l'odeur à la fois douce et salée de l'océan avant la pluie. Des maisons cubiques aux couleurs passées exposent au vent leur façade hagarde. Les tables en terrasse au Java Beach sont désertes, à l'exception d'une seule occupée par un homme âgé, à l'épaisse barbe grise, qui lit une vieille édition en poche de *The Charm School*[1]. Il est défiguré, du côté droit, par une grosseur foncée de la taille d'un dollar de sable. J'entre et je commande un Américano à un gars imposant appelé Darwin ; il a le crâne chauve et un bout de ficelle jaune attaché autour du poignet. « C'est pour mon frère qui est en Irak », m'a-t-il expliqué un jour. Darwin m'a si souvent servie que je soupçonne qu'il vit au Java Beach.

« Pas encore de bonnes nouvelles ? » demande-t-il, pendant qu'il enregistre ma commande.

Je secoue la tête. « J'ai d'autres papiers », dis-je, en posant une pile sur le comptoir. C'est la neuvième fois que j'en laisse au Java Beach – une fois par semaine, depuis deux mois et demi.

Je descends la 48e Avenue jusqu'aux rues dont les noms suivent un ordre alphabétique – Kirkham, Lawton, Moraga, Noriega, Ortega, Pacheco, Quintara, Rivera, Santiago. J'ai toujours aimé les rues du Sunset District, l'élégant défilé de noms qui roulent facilement sur la langue. Je prends à gauche sur Taraval, et je remonte vers Dean's Foggy Surf Shop, en tripotant l'enveloppe en papier kraft qui se trouve dans ma veste. Je venais ici avec mon ami surfeur, il y a longtemps, me semble-t-il ; il ne venait pas tant pour faire des achats que pour papoter, caresser les planches, voir les anciens et écouter leurs histoires de surf, à cette époque où ils ne portaient rien d'autre qu'un maillot de bain, dans les années cinquante ou soixante. Ils ont quelque chose d'un peu effrayant ces jeunes gens qui sont constamment là en train de flâner, en jean et en tongs. Ils parlent une langue bien à eux, ils ne vous regardent pas, ils n'ont pas l'air d'appartenir à la terre. Même dans ce contexte brumeux, ils

1. Roman policier de Nelson DeMille (1988).

parviennent à rester lisses et bronzés, les cheveux raides de sel avec une espèce de style à la Bon Jovi. Un quart d'entre eux ressemblent à des top models entre deux contrats et quatre-vingt-dix-sept pour cent donnent l'impression qu'ils baisent tous les jours comme des bêtes.

À l'intérieur, debout derrière le comptoir, une petite jeune fille avec de longs cheveux bruns rassemblés en queue-de-cheval. Sur son tee-shirt à l'encolure béante, on peut lire *Suis une fonceuse.* Son nez est percé d'un tout petit clou bleu. Elle met ses mains sur ses hanches et m'adresse un sourire. « Salut. »

Je sors l'enveloppe de ma poche, en extrais les deux dessins et je les pose côte à côte sur le comptoir. « Je me demandais si tu avais vu ces gens.

– Ouah, dit-elle. Tu es une espèce d'agent secret, ou quoi ?

– Pas exactement. Est-ce que tu les reconnais ? »

Elle regarde les croquis quelques secondes. « Non. Qui c'est ?

– Le type est un surfeur, il se trouvait à Ocean Beach il y a un peu plus de deux mois. Il voyage avec cette femme. J'espérais que, peut-être, tu pourrais les afficher dans le magasin, demander aux gens.

– Je le ferai avec plaisir », dit-elle. Elle n'a pas dix-huit ans, pensé-je. Plutôt vingt-trois ou vingt-quatre. Quand elle sourit, elle a un tout petit début de patte-d'oie au coin des yeux. Elle a un minuscule grain de beauté au bout de l'annulaire, juste au-dessus de l'ongle.

« Au fait, je m'appelle Tina, se présente-t-elle. Mais les gens m'appellent Goofy. »

Je souris comme si je comprenais, mais elle voit bien que ce n'est pas le cas.

« C'est parce que je surfe *goofy*, pas *regular* », explique-t-elle.

Je hoche la tête et elle rit. « Tu n'as pas la moindre idée de ce que je raconte, n'est-ce pas ? » Elle tend les bras à l'horizontale comme si elle surfait et écarte les jambes, la droite devant. « Tu sais, pied droit devant, comme Frieda Zamba, mon idole.

– Ah. »

Goofy est jolie d'une manière troublante, avec cette dent de devant un peu de travers, bizarrement décalée.

« Bon, qu'est-ce que c'est que ce truc de détective ? demande-t-elle.

– Je cherche à retrouver une petite fille. »

Je lui raconte l'histoire d'Emma. Je lui raconte la journée à la plage, comment je me suis laissé distraire, et que j'ai détourné le regard – pas longtemps, mais suffisamment.

« Bon sang, dit Goofy, c'est terrible. » Elle marque une pause, puis reprend. « Je me souviens de ce jour-là.

– Pardon ?

– Ce jour-là. Je m'en souviens. J'ai vu les nouvelles ce soir-là et je me rappelle que je me suis dit que c'était vraiment curieux de dire que la petite fille s'était probablement noyée.

– Pourquoi curieux ?

– Parce que l'eau était calme, il n'y avait que des petites vagues molles. Presque pas de retrait. Cela n'arrive jamais à Ocean Beach.

– Qu'est-ce que ça signifie ?

– Simplement que ça paraissait bizarre qu'un gamin se noie ce jour-là. Le matin, j'étais descendue à la plage avec Tina D., du magasin. On l'appelle Tina D., parce que je m'appelle aussi Tina, même si on m'appelle Goofy. Va comprendre. Donc, Tina D. et moi, nous sommes descendues un moment, et nous sommes restées assises sur nos planches à attendre une vague qui n'est jamais venue. On a dû rester là deux ou trois heures.

L'été n'est pas la meilleure saison pour le surf par ici. Parfois, tu sais, on sort et on sait qu'on n'a guère de chance de trouver une vague. Le truc, c'est que ça arrive tout le temps à des endroits comme Rockaway et Año Nuevo, mais pas tellement à Ocean Beach. Alors, on reste juste assis là, sans parler, laissant les vagues nous ballotter, on monte, on descend, et c'était ce jour-là étrangement calme, et je pensais à l'eau qui venait d'être coupée chez moi parce que je n'avais pas payé la facture, et j'étais sur le point de demander à Tina D. si, en rentrant, je pouvais passer chez elle plus tard pour prendre une douche.

Puis, tout d'un coup, j'ai entendu des sirènes, et j'ai regardé la plage, j'ai vu des gyrophares tournoyer dans la nuit et le brouillard. C'était étrange. Je me suis dit que peut-être c'était une descente pour une saisie de came ou quelque chose comme des gamins qu'on avait pris en flag sur le parking. Mais, très vite, le bateau des gardes-côtes est arrivé et c'est à ce moment-là que Tina D. et moi, on est rentrées en ramant. Un flic nous a demandé si on avait vu quelque chose et on lui a répondu que non, et, ensuite, il a demandé à Tina D. s'il pouvait l'inviter à dîner, ce qui était franchement un manque de tact, quand on y pense. » Goofy défait sa queue-de-cheval, puis se recoiffe, avant d'ajouter : « Bien sûr, je ne suis pas une experte.

– Mais tu connais l'eau. »

Elle regarde mes mains. Je me rends compte que je me suis arraché les petites peaux autour du pouce ; je saigne. Elle sort un mouchoir en papier d'une boîte derrière le comptoir, tend la main et le presse contre mon pouce. « Tu te fais mal.

– C'est un tic nerveux.

– Tu as raison, poursuit-elle. Je connais l'eau. Et pour ce que j'en dis, je crois que ce n'est pas le scénario le plus probable. J'veux dire, bien sûr, Ocean Beach fout toujours la trouille, mais, généralement, quand on entend parler d'une noyade, c'est qu'il y a eu une méchante lame de fond. Habituellement, c'est logique. Ce jour-là, je me rappelle que j'étais assise sur le canapé de Tina D. et que je me suis dit que ça ne l'était pas.

– C'est la meilleure nouvelle que j'aie eue depuis longtemps, dis-je. Je n'ai jamais cru qu'elle s'était noyée, mais il semblerait que je n'arrive à convaincre personne. Peut-être que ça va aider.

– J'espère que tu la trouveras. » Elle sourit, en découvrant sa dent tordue. « Hé, et là, tu vas où ?

– Vers le parc.

– Je vais t'accompagner. Ma pause-déjeuner a commencé il y a cinq minutes et je vais au Bashfull Bull 2. Tu connais ?

– Je ne crois pas.

– Oh, tu t'en souviendrais. Laisse-moi prendre ma veste et je te retrouve dehors. »

C'est agréable de ne pas être seule, juste d'avoir quelqu'un qui marche à mes côtés. Ces derniers temps, je fais tout toute seule, et je me demande si je ne suis pas en train de perdre, lentement, la capacité d'avoir des conversations normales. Le rétrécissement de mon champ visuel a fait de moi le genre de personne que je déteste fréquenter. « Cela fait combien de temps que tu surfes ? » demandé-je, et ça fait du bien de poser une question, d'engager un échange avec quelqu'un comme Goofy, qui ne me juge pas du tout, qui ne me considère pas automatiquement comme quelqu'un qui a fait une erreur fatale, impardonnable.

« J'ai commencé quand j'avais huit ans, dit-elle. Mon père m'a appris, avant de se tirer. » Elle m'examine en détail. « Tu devrais me permettre de t'apprendre. Je parie que tu pourrais. Tu as le corps qu'il faut pour faire du surf – jambes puissantes, buste étroit. Mais tu ne devrais pas attendre trop longtemps. Mon offre n'est que temporaire. Je pars à l'université.

– Quand ?

– Oh, je ne suis pas inscrite ni rien, mais c'est pour bientôt. » Elle esquisse quelques pas de danse, comme s'il y avait une petite musique dans sa tête qu'elle seule pouvait entendre.

« Je me suis réveillée il y a quelques semaines et je me suis rendu compte que, bientôt, j'aurais vingt-cinq ans.

– Qu'est-ce que tu as envie d'étudier ?

– La biologie marine. J'aimerais aller à l'université d'Hawaï. Je me dis que je peux me payer mes études en enseignant le surf aux touristes. »

Nous arrivons alors à Noriega ; elle me tapote l'épaule et dit : « C'est là que je m'arrête. Tu veux déjeuner avec moi ?

– Merci, mais j'ai des trucs à faire. Tu m'appelleras si tu entends parler de quoi que ce soit ?

– Bien sûr. Et reviens au magasin. La prochaine fois, viens avant midi. Le Bashfull Bull 2 a un menu petit déjeuner spécial. Des œufs, du bacon, des pommes de terre sautées, et du café, pour trois dollars et demi.

– Entendu. »

Dans le parc, je suis le sentier qui serpente, je dépasse le lac où Emma et moi, nous allions nourrir les canards, je laisse les bassins, le corral aux bisons et le terrain de golf, je longe un second lac où les arbres moussus sont emballés dans des moustiquaires pour les protéger du virus du Nil occidental. Quand j'arrive à Fulton, le ciel s'est assombri. Le jeune chauffeur d'une Mercedes noire attire mon attention, avant de passer en trombe au feu orange. De l'autre côté de la rue, un homme âgé appuyé sur sa canne regarde le feu passer du rouge au vert, puis au rouge de nouveau. Je prends à gauche sur Balboa, vers la plage.

Depuis des années, j'ai l'intention de venir ici avec mon appareil photo et de photographier les vieux bâtiments industriels de ce quartier de Richmond : le Archery Store, Scissor Man, le réparateur de machines à écrire et d'aspirateurs, Hockey Haven, Gus's Bait & Tackle. Ici, c'est comme une ville différente, pas de night-clubs ou de librairies à la mode, pas de magasins de vêtements ou de restaurants chics.

Il est sept heures passées quand j'arrive à ma voiture. Il n'y a presque personne sur la route qui contourne le parc, seulement un jeune couple en train de s'envoyer en l'air dans une Honda Accord et un type seul dans une Jeep Cherokee mangeant un sandwich en écoutant du Johnny Cash. C'est cette fameuse chanson de Kris Kristofferson – *On the sleepin' city sidewalks, Sunday mornin' comin' down*[1].

En route, je téléphone à Jake et je lui raconte ce que m'a appris Goofy sur les lames de fond.

« Tu ne connais pas Ocean Beach, dit-il. C'est ce que j'essaie constamment de te faire comprendre. Même les jours les plus doux, Ocean Beach est un monstre. Quand mon père jouait pour les *49ers*, l'un des défenseurs de son équipe s'est un peu trop avancé du bord en marchant et il s'est fait emporter. Je te parle d'un type immense, costaud. La seule raison pour laquelle il a survécu, c'est qu'il a réussi à nager sur cinq kilomètres avec le courant jusqu'à ce qu'un bateau de pêche le récupère.

– Tu ne vois donc pas que c'est une bonne nouvelle ?

– J'essaie simplement d'être réaliste. »

J'appelle le détective Sherburne et sa réaction est encore moins enthousiaste que celle de Jake. « N'en tirons pas des conclusions

1. « Sur les trottoirs de la ville endormie descendent les premières lueurs du dimanche matin. » (*N.d.T.*)

hâtives, dit-il. Nous connaissons les coefficients de marée ce jour-là. Nous avons couvert cet aspect-là avec les gardes-côtes dès le début.

– Pourquoi vous ne m'en avez pas parlé ?

– Parce que cela aurait brouillé les pistes, Abby. Il faut regarder les faits. Nous n'avons toujours pas la moindre preuve tangible qui puisse suggérer un enlèvement. »

Il est tellement convaincu qu'Emma s'est noyée, tellement certain que sa théorie est la bonne ! Ajoutons à cela que Lisbeth a passé le test du détecteur de mensonge avec succès, et que toute son histoire a été vérifiée. « La plupart des enlèvements sont le fait de membres de la famille, et, pour un pourcentage élevé, de mères à qui on a refusé la garde », me rappelle-t-il après avoir eu les résultats du détecteur de mensonge. « Lisbeth était notre plus grand espoir. »

Sherburne ne l'admettrait jamais – et Jake non plus –, mais je sais qu'ils sont tous les deux près d'abandonner.

30

Nell passe à la maison avec une nouvelle pile de livres quelques jours plus tard. Elle reste à la porte, en jetant un œil par-dessus mon épaule ; je sais qu'elle regarde le violoncelle sur son trépied au centre de la pièce, le bel acajou que j'ai poli jusqu'à ce qu'il prenne un éclat rouge.

« Emma n'a pris que quatre cours, murmuré-je.

– Oh, ma chérie », dit Nell en me détaillant de haut en bas. Elle doit se poser des questions sur ma robe bleue à sequins, mes cheveux qui me retombent sur le visage, mes bijoux en toc. Il est dix heures du soir, un lundi ; elle doit penser que je suis en train de devenir folle. Et peut-être qu'elle a raison. Je dors rarement, je mange juste assez pour tenir le coup, je passe des heures seule, jour et nuit, semaine après semaine, à arpenter les rues comme une vagabonde, à explorer le métro, à accoster des étrangers avec mes piles de prospectus. Souvent, je me surprends à parler seule à haute voix, égrenant les hypothèses.

Avant que tout cela ait lieu, je pensais que j'étais bien préparée à faire face à des traumatismes. Je croyais que j'avais une source de force intérieure, un abysse de santé mentale où je pouvais puiser. Si ça tournait mal dans ma vie personnelle, j'avais toujours mon travail sur lequel je pouvais me rabattre.

Mais je n'arrive pas à me concentrer sur le travail. Bien que j'aie fini par trouver quelques reportages, mon affaire est en train de péricliter, et c'est toujours Annabel qui paie le loyer.

« Emma avait prévu de me faire un concert ce week-end-là, dis-je. Elle avait insisté pour emporter sa robe de Noël en velours noir et ses chaussures vernies, et elle voulait que je porte cette vieille robe – elle date d'un mardi gras à Mobile, il y a des années. »

Nell franchit le seuil, pose les livres sur une table et me tend les bras d'une manière si généreuse et si maternelle que je m'écroule contre elle.

« Tu vas y arriver, me dit-elle en me caressant le dos. » Ensuite, elle ajuste les bretelles de ma robe ridicule, comme si j'avais une bonne raison de la porter. « C'est vraiment un joli costume. » Elle tapote un ongle peint en rose sur la pile de livres. « Lis ça, chérie. On ne sait jamais ce qui peut en sortir.

– Merci, Nell.

– Tu viens à la maison quand tu veux, le jour, la nuit, à n'importe quelle heure, O.K. ?

– Promis. »

Puis elle s'en va, et je suis seule avec l'écrasant espace de mon loft, qui autrefois paraissait aéré et ouvert, et qui, maintenant, me semble immense et plein de courants d'air. Et là, au beau milieu de la pièce, inondé d'une lumière où flottent des flocons de poussière, le violoncelle d'Emma. Et l'absence de bruit, de ces notes grinçantes, attendrissantes qu'Emma tirait avec tant d'application de cet instrument, derrière lequel elle disparaissait presque complètement une fois qu'elle était assise. De tous les instruments qu'elle aurait pu choisir, elle avait voulu le violoncelle.

Au printemps dernier, Jake et moi l'avions emmenée à un concert du San Francisco Symphony à Stern Grove. Nous nous assîmes sur un grand drap jaune étalé dans l'herbe et elle sirota un Coca et grignota des bretzels pendant une bonne heure tandis que jouait l'orchestre symphonique. Après, quand nous parlâmes dans la voiture pendant le trajet du retour, elle demanda :

« C'est quoi le nom de la très grosse guitare ?

– Tu veux dire le violoncelle ?

– Celle sur laquelle on joue avec un bâton.

– Oui, c'est le violoncelle.

– Je veux apprendre ça. »

La semaine suivante, Jake trouva une version miniature de l'instrument, un quart de la taille d'un vrai violoncelle, dans le magasin de musique de Haight Avenue, et il inscrivit Emma à des cours à Noe Valley. Il le rapporta à la maison et posa l'étui sur son lit – c'était une surprise. Quand elle entra dans la pièce et le vit, elle en fut tellement excitée qu'elle en fit pipi dans sa culotte.

« C'est ça, le grand truc avec les mômes, dit-il en me racontant l'histoire au téléphone. J'veux dire, c'est quand la dernière fois que tu étais si excitée à propos de quelque chose que tu as fait pipi dans ta culotte ? »

C'est une des choses qui m'ont attirée chez Jake – le plaisir pur qu'il prenait à être père. Sa capacité à voir le monde à travers les yeux d'Emma le faisait paraître presque innocent, d'une manière qu'on voyait chez peu d'hommes. Quand je racontai à Annabel quel bon père il était pour Emma, elle m'a dit : « Accroche-toi à lui. Un enfant heureux, c'est un signe fort ; écoute-le. »

J'étais si flattée par le fait qu'il était prêt à la partager avec moi ; d'une certaine manière, cela faisait paraître ses sentiments plus vrais, son engagement plus profond. Il m'avait dit un jour qu'après le départ de Lisbeth il était inquiet à l'idée qu'il risquait de ne jamais trouver quelqu'un qui serait la bonne personne pour lui et pour Emma. « Et c'est là que tu es apparue, dit-il. Je suis tombé amoureux de toi pour au moins dix raisons, et le fait que tu es si chouette avec Emma n'est que l'une d'entre elles.

– Quelles sont les neuf autres ?

– La numéro un, c'est ce truc que tu fais avec ta langue, me taquina-t-il. En deux et trois, il faut que je mette tes petits pains et ta sauce. Et pour les sept autres, je te laisse deviner toute seule. »

Ce qui me manque le plus, plus que les mains, la poitrine, le goût de Jake, plus que sa générosité à l'égard des serveuses et son principe de ne jamais s'asseoir dans le métro si cela implique qu'une autre personne doive rester debout, plus que sa passion pour les Giants et la tarte au citron vert meringuée, c'est la gaieté que nous partagions. La manière dont il venait m'attraper dans la chambre, me soulever dans ses bras, me jeter sur le lit et dire des blagues idiotes jusqu'à ce que je me mette à rire si fort que mon ventre me faisait mal. Ses imitations très pince-sans-rire de Dwight Yoakam et de Richard Nixon. Maintenant, tout cela est terminé, et je déteste l'idée que je suis responsable de ce changement.

Il est près de minuit et je porte toujours ma robe à sequins. J'ai feuilleté longuement le livre d'Emma, *Mon premier violoncelle*. L'ouvrage comporte des gammes, des petits dessins d'enfant tenant un violoncelle, des schémas qui montrent où il faut placer les doigts. J'ai remonté la robe au-dessus de mes genoux, le violoncelle calé entre mes cuisses, et j'essaie de trouver l'accord de *do* majeur. Il y a une bouteille de bourbon sur la table basse. Je l'ai ouverte après le départ de Nell et le niveau est déjà bien descendu derrière l'étiquette. Mes doigts refusent de bouger sur les cordes. Je ne sais pas comment tenir l'archet. J'essaie de produire de la musique, mais tout ce que je parviens à en tirer, ce sont des gémissements pénibles – on dirait le braillement d'un phoque ou d'une baleine agonisante. Le téléphone sonne.

« Abby ? dit Jake.

– Salut.

– Tu as une drôle de voix. Tu as bu ?

– Non. » Ma réponse est trop emphatique, comme si j'étais un personnage de BD bourré avec une grosse bulle au-dessus de la tête disant NON en lettres capitales.

« Tu es saoule.

– J'ai bu un tout petit peu. »

Je suis gênée qu'il m'entende dans cet état. Je sais que ce n'est pas une manière de réagir, que c'est encore un test auquel je suis en train d'échouer.

« Il faut que t'arrêtes ça tout de suite, dit-il. Ça n'aide pas.

– Ça aide un peu. »

Longue pause. Ce n'est pas un silence agréable, comme ceux que nous partagions autrefois, quand nous laissions passer une minute ou deux alors que nous étions au téléphone, et cela me réconfortait rien que de savoir qu'il était là, à l'autre bout de la ligne. « Je suis désolée », dis-je au bout d'un moment, sachant que les mots ne sont pas appropriés, qu'ils ne font que prouver, une fois de plus, que je ne suis pas la femme qu'il s'imaginait quand il m'a demandé de l'épouser. Quelle importance que je puisse organiser des concerts privés de violoncelle et fabriquer des poupées de chiffon si je pouvais perdre Emma en quelques minutes sur une plage ? La maternité exige tellement plus que de la dévotion, tellement plus que tout simplement de l'amour.

31

N. était l'homme qui ne pouvait pas se rappeler.

En décembre 1960, alors qu'il séjournait dans un dortoir de l'Air Force, son compagnon de chambrée, qui s'exerçait avec un fleuret miniature, le planta accidentellement dans la narine droite de N ; la mouche alla se loger dans la partie gauche de son cerveau. Ce que N. put se rappeler dans les années suivantes, c'étaient les détails de sa vie avant l'accident. Il se souvenait, par exemple, d'un voyage dans une vieille Cadillac à travers les États-Unis, qu'il avait fait deux ans avant la mésaventure. Mais il ne pourrait plus jamais prendre plaisir à voir un film, parce que, au beau milieu, il ne serait plus capable de se rappeler les scènes du début.

Imaginez, dans cet état d'amnésie, que vous essayiez de faire quelque chose d'aussi simple que préparer un repas. Comme votre mémoire à court terme, évaluée à quelques minutes, est intacte, vous êtes capable de placer une bouilloire pleine d'eau sur le feu, de laver les tomates, de monder une gousse d'ail, de mettre la table. Mais, au moment où l'eau commence à bouillir, vous ne vous rappellerez plus ce que vous aviez prévu de préparer, ou vous aurez oublié la personne pour qui vous étiez en train de le faire. Ce sont uniquement les détails – les assiettes propres, la sensation de vide dans votre estomac – qui vous apprendront que vous n'avez pas encore mangé. Lorsqu'on sonnera à la porte et que vous ouvrirez pour trouver votre sœur sur le seuil, vous vous rappellerez alors que c'est elle l'invitée du dîner. Vous êtes comme un ordinateur dont le disque dur est plein ; tout ce que vous tapez sur l'écran sera perdu à la seconde où vous fermerez le fichier, parce qu'il n'y a aucun moyen de le sauvegarder, aucun moyen de le mettre de côté pour pouvoir l'utiliser plus tard. Fondamentalement, vous êtes une personne avec un passé mais sans présent. Vous ne développerez plus jamais d'attachement parce que vous ne pouvez pas vous souvenir de ce que vous aimez chez les nouvelles personnes que vous rencontrez. Quelques minutes après le plus bel orgasme de votre vie, vous ne saurez même plus que vous en avez eu un.

Vous existez, à chaque instant, comme si vous vous réveilliez d'un rêve, sans avoir conscience de l'endroit où vous êtes, de la manière dont vous vous y êtes trouvé, aucune idée de ce qui peut vous arriver, ou de la personne qui est peut-être en train de vous attendre dans la pièce à côté. Tout ce que vous percevez n'a pas plus de signification qu'une photo prise au hasard dans l'album personnel d'un étranger. Une vie sans souvenirs est une vie qui n'a pas de sens.

32

David, de l'association des Parents d'enfants disparus, m'appelle régulièrement. Une fois par jour, deux fois, parfois plus. Ses appels sont des bouées qui me maintiennent la tête hors de l'eau. Il ne me propose pas Dieu, ni ne me vante les pouvoirs curatifs de la méditation. Il comprend que se lever, prendre une douche, mettre des céréales dans un bol – les actions les plus banales – cessent d'être une routine ; les plus petites tâches nécessitent une concentration incroyable. Il faut laver ses vêtements, se brosser les cheveux, faire sa vaisselle. Il faut mettre de l'essence dans la voiture, payer les factures, sortir les poubelles, rentrer le courrier.

Certains jours, même m'habiller me demande un effort : les boutons, les fermetures Éclair, les lacets de chaussures. Forcer pour que le cercle passe dans le trou, faire entrer le minuscule butoir métallique dans la tirette, former la boucle et l'attacher. Il m'est impossible d'accomplir ces gestes rebattus ; certains matins, assise sur le bord du lit, les yeux baissés sur mon chemisier ouvert, je reste là, incapable d'apprivoiser la rangée de boutons qui m'agressent.

Quand j'ai l'impression que je n'arriverai pas à tenir toute la journée, j'appelle non pas Jake, mais David.

« Qu'est-ce qui ne va pas ? demande-t-il.

– Je ne sais pas quoi faire, par où commencer.

– Va dans la cuisine, m'ordonne-t-il. Mets de l'eau dans la cafetière. Sors le café du frigidaire. Verse trois cuillerées dans le filtre. »

Pendant que le café passe, il me dit d'aller chercher un bloc et un crayon, de faire une liste. Il commence par les choses simples : payer la facture de gaz, sortir les poubelles recyclées ; puis, il passe à des choses plus difficiles, comme appeler le détective Sherburne, faire ma visite quotidienne à la plage, coller des enveloppes, aller au QG, lever des fonds pour ajouter à la récompense – 300 000 et quelques dollars. Tâche après tâche, il me fait revivre, jusqu'à ce que je sois prête à raccrocher et à poursuivre seule ma journée.

« Mais cette inutilité, dis-je un soir. Comment on gère ça ? »

Il est minuit passé, on en est au quatre-vingt-quatrième jour. Dans la rue, les gyrophares d'un véhicule de patrouille sont en train de tourner. L'alarme d'une voiture rugit. Je ne dors jamais chez Jake ces derniers temps. Nos corps ne semblent plus pouvoir s'accorder.

« Réfléchis, dit-il. Avant, que faisais-tu quand tu avais l'impression que tout fichait le camp ? Comment est-ce que tu retrouvais ton calme ?

– J'allais dans la chambre noire et je travaillais.

– Vas-y.

– Comment est-ce que je peux perdre du temps dans la chambre noire quand Emma est encore là-bas, dehors, quelque part ? »

La chambre noire. Ce petit espace où, autrefois, je passais des heures tous les jours, pour me perdre comme d'autres se noient dans des livres ou des films. Cette pièce où je pouvais m'isoler, rien que moi et la lueur rouge de l'ampoule, le papier doux et mouillé quand il sort du bac. La silhouette rassurante de l'agrandisseur, le poids du levier et le cliquetis qu'il émet quand il se bloque. La précision méthodique quand je fixe le négatif sur le plateau. J'ai à peine mis le pied dans la chambre noire depuis cette unique fois en juillet, la seconde nuit après la disparition, lorsque j'ai développé la pellicule du Holga. Les invités de la réception au restaurant ne voulaient que des photos couleur, alors j'ai porté le film dans un laboratoire plutôt que de le développer moi-même.

« Maintenant ? dis-je.

– Oui, maintenant. »

Je raccroche le téléphone, je monte les marches jusqu'à la chambre noire et je referme la porte. Je prends le tablier pendu au crochet, je passe l'encolure et j'attache les liens autour de ma taille. Pendant plusieurs minutes je reste debout sans bouger, sans savoir quoi faire. Finalement, les habitudes reprennent le dessus. D'abord, je prépare les produits chimiques, et le bac d'eau fraîche. Ensuite je décroche certains des négatifs que j'avais laissés sécher quelques jours avant la disparition, je les coupe en bandes, je les place sur la table lumineuse, et je fais mes choix. Un par un, j'expose les négatifs à la lumière de l'agrandisseur, je suis la procédure, un bac après l'autre. Au bout d'une heure, la cuvette d'eau est pleine de tirages qui flottent les uns au-dessus des autres.

Ce sont les photos d'un mariage que j'ai prises il y a des mois. Celles-ci sont les clichés que je n'ai pas tirés pour l'album du couple, ceux que les clients ne tiennent pas du tout à voir. Depuis des années, je collectionne ces candides photos de mariage, espérant les rassembler un jour pour en faire une série qui a un sens. J'imagine une exposition qui montrerait la sinistre vérité sur les mariages, le genre qui ferait rire jaune.

Ce rouleau a été pris tard le soir, quand tout le monde était déjà pas mal imbibé. La robe de la mariée est de guingois, le chapeau en papier du marié tout avachi. Vers dix heures, la mère de la mariée m'avait demandé de rentrer. « Je préférerais que cette partie de la soirée ne soit pas gravée pour la postérité », avait-elle dit en triturant son collier de perles.

« Pas question, m'avait dit la mariée saoule, vous restez. »

Je suis restée. On y voit l'épouse, la bouche grande ouverte, sa coiffure sophistiquée à moitié écroulée, elle porte un toast à son mari. Et il y a la demoiselle d'honneur, une adolescente en minijupe, qui danse, de manière tout à fait déplacée, avec le marié. La grand-tante de quelqu'un, avec un Martini à la main, qui mime des gestes coquins pour pimenter leur lune de miel.

Les photos ont un relief palpable, une qualité documentaire. C'est mon truc, c'est ce pour quoi les gens m'engagent. Les couples viennent me voir quand ils veulent des clichés spontanés, pas des photos de groupe sur la pelouse et la nature morte convenue du gâteau de mariage.

Je soupçonne que ces gens ne savent pas où ils mettent les pieds et c'est pour cette raison que je montre rarement à mes clients toutes les planches-contacts. Le marié voudrait-il, par exemple, voir la grosse main de son père peloter la demoiselle d'honneur pendant qu'il danse avec elle ? La mariée ne préférerait-elle pas oublier la scène qu'elle a faite au fleuriste ? Les mariages font ressortir ce qu'il y a de pire chez les gens. Peut-être que l'air chargé de nouveauté et d'espoir éveille un certain cynisme et incite des citoyens autrement sans histoire à la débauche. Peut-être que l'excès de boisson et les comportements déplorables sont un pied de nez au tableau d'un avenir parfait, peut-être est-ce leur manière de dire que « jusqu'à ce que la mort nous sépare », ce n'est que du pipeau.

Assister à autant de mariages dans le rôle d'un observateur impartial aurait pu me dissuader de me marier moi-même. En fait, cela n'a fait qu'augmenter mon désir. Un mariage reste, malgré ses défauts, une déclaration d'optimisme et de bravoure d'un couple qui prétend y arriver. Tout mariage suppose audacieusement que les statistiques de divorce ne comptent pas, que ce couple-là fera mieux que tous les autres.

La date de notre mariage s'est rapprochée, puis elle est passée. La cérémonie aurait dû avoir lieu samedi dernier, dans une petite chapelle à Yosemite. La réception devait se tenir au Wawona, un hôtel rustique en bordure du parc. Quand Jake et moi nous nous sommes vus au QG ce jour-là, aucun d'entre nous n'a abordé le sujet. Notre union semble être devenue maintenant une fiction, une frivolité dépourvue de sens dans le contexte de notre vie qui a si radicalement changé.

Le dernier cliché sur cette pellicule représente la mariée et le marié debout dans la rue, attendant que le voiturier avance leur véhicule. Sa cravate est desserrée, et elle tient ses chaussures à la main. Elle est devant lui, et il a passé ses bras autour de sa taille. Son mascara a coulé, son rouge à lèvres a disparu, et le rembourrage de son soutien-gorge dépasse dans l'encolure profonde de sa robe. Il penche la tête et lui chuchote quelque chose à l'oreille. L'expression de son visage à elle est impossible à déchiffrer.

J'accroche les tirages un à un pour qu'ils sèchent. C'est agréable d'être de retour dans la lumière rouge de cette pièce. Les odeurs chimiques me ramènent aux ténèbres de cette petite chambre noire en Alabama, me ramènent, curieusement, à Ramon. L'ampoule projetait une étrange lueur rouge sur ses mains tandis qu'il passait les photographies d'un bac à l'autre. D'une main, il tenait la pince, agitant le papier brillant dans le liquide de développement. Son autre main était enfouie entre mes cuisses et il me disait de venir.

Venir où ? pensai-je. Il le dit de nouveau, plus pressant. Je n'étais pas sûre de comprendre ce qu'il voulait ; j'avais une petite idée, mais *venir* paraissait être un mot tellement étrange, tellement décalé par rapport à ce que nous étions en train de faire. Je voulais qu'il m'explique, mais cela ne paraissait pas être le bon moment pour demander, et je ne voulais pas qu'il sache à quel point j'étais novice.

J'avais seize ans. Il en avait vingt-sept. Je plantais mes ongles dans le cuir souple de sa ceinture. Sur le papier photo, des formes commençaient à émerger : la silhouette de mon visage endormi, la courbe de mon mollet nu, l'arrondi en cloche d'un abat-jour. Il enfonçait son doigt à l'intérieur de moi, me chuchotait des choses à l'oreille et je pensais à la plage cachée près de la jetée de Fairhope où il m'avait prise la première fois. Prise. À seize ans, je savais ce que ce mot signifiait. Je savais que Ramon n'était pas censé sortir avec une fille de mon âge.

Le papier plongea dans le liquide et l'image apparut plus clairement – l'impression à rayures d'une chemise d'homme qui m'arrivait tout juste en haut des cuisses, la petite breloque en forme d'étoile accrochée à mon bracelet, une grosse main dans le cadre de la photo, posée sur ma cheville.

Il sortit la photo du bac et la glissa dans le fixateur. Ensuite, il s'agenouilla devant moi, maintint ma jupe en jean autour de ma taille et glissa sa langue entre mes cuisses. Je ne pensais pas que je l'aimais, ou même que je resterais longtemps avec lui. Je le considérais comme une espèce d'initiateur – plus intéressant et expérimenté que les garçons de mon âge, qui manquaient de compétences et de grâce. Malgré ma jeunesse et mon innocence, je pouvais malgré tout discerner, par une inflexion de sa voix quand il prononçait mon nom, et la manière dont son corps bougeait et se détendait quand j'entrais dans la pièce, que, pour lui, les choses n'étaient pas si simples, pas si temporaires.

Nous nous étions rencontrés en février, pendant mon année de première. Dix-huit mois plus tard, je quittai Mobile pour aller à l'université à Knoxville dans le Tennessee. Je refusai qu'il me suive là-bas. Il m'appela tous les soirs pendant trois semaines, me suppliant de revenir sur ma décision. Mi-septembre, je reçus un appel d'Annabel. Quand je décrochai, j'entendis tout de suite qu'elle n'avait pas sa nonchalance habituelle, pas la moindre trace de sarcasme dans sa voix, et je sus que quelque chose n'allait pas. « C'est Ramon, dit-elle.

– Quoi ?

– Il a eu un accident. »

J'étais debout dans la cuisine de mon appartement à Sunsphere Suites. Je m'appuyai à la desserte. Je venais juste de faire du café et l'odeur était soudain trop forte.

« Et alors ?

– Il était à moto. Il ne s'en est pas... »

Elle ne parvint pas à le prononcer, mais je sus ce qu'elle voulait dire. Ce qu'elle voulait dire, c'était qu'il ne s'en était pas sorti. Ce qu'elle voulait dire, c'était qu'il était décédé. En fait, il avait bu. Il m'avait appelée tôt ce matin-là, et j'avais laissé le répondeur. « Je sais que tu es là, disait son message. Il faut que tu me répondes. »

Peut-être est-ce un peu en hommage à Ramon que je suis devenue photographe. J'avais prévu d'être journaliste, d'écrire pour les journaux, la photo restant un loisir. Mais, deux ou trois semestres après, je me suis inscrite en photographie.

Plus tard, je fus attristée de me rendre compte que je n'avais pas une seule photo de Ramon. Il était toujours derrière l'appareil, un éternel observateur – toujours en position de voir, pas d'être vu. J'essayai d'imaginer qu'il gardait la même vigilance après la mort, qu'il restait toujours un œil plein de finesse, qui plane, embrassant tout d'un regard. Mais, même avec ma culture baptiste, je ne pouvais me résoudre à croire qu'une partie de lui avait survécu après la mort de son corps. Je savais, au fond de moi, qu'il était tout simplement parti.

33

À quatre heures et demie, l'après-midi du 28 octobre, le détective Sherburne me rend visite à mon domicile. Quand j'ouvre la porte, il me fourre dans les mains une boîte à gâteaux blanche. Il doit remarquer l'affolement qui se lit sur mon visage parce qu'il s'empresse de dire : « Il ne s'est rien passé. J'étais dans le quartier, je me suis dit que j'allais monter voir comment vous alliez.

– Ça va, mentis-je.

– C'est du chocolat, dit-il en montrant la boîte. De chez Arizmendi, ma pâtisserie préférée. J'y suis entré pour acheter des cookies et j'ai vu ce gâteau. Il paraissait vous être destiné.

– Merci, je ne refuse jamais du chocolat. » Mes mots sonnaient creux, ridicules. Tout paraît ridicule. La moindre chose ordinaire a cessé d'avoir du sens. Cela fait trois mois et six jours. Trois mois et six jours sans le moindre signe d'elle.

« Je viens de faire du café, dis-je. Du lait, du sucre ?

– Les deux, s'il vous plaît.

– Asseyez-vous. »

Il a l'air déplacé ici, avec son costume sombre et sa cravate de couleur vive, ses cheveux bien peignés, son air parfaitement compétent. « Bel appartement, dit-il, assis au bord du canapé, les coudes calés sur les genoux.

– Autrefois, il était mieux tenu… »

Je lui apporte une tasse de café et je m'assois en face de lui dans le petit fauteuil en cuir qu'Emma aimait tant. Elle s'y recroquevillait, une tasse de chocolat chaud entre les mains, une couverture sur les genoux, et elle regardait des dessins animés de Disney. Sur l'accoudoir gauche, une marque qu'elle a faite avec une paire de ciseaux il y a plusieurs mois. Elle m'avait demandé la permission de regarder un de ces films sur une bande d'adolescentes, déconseillé aux moins de treize ans, et j'avais refusé. Quand j'étais revenue de la cuisine quelques minutes plus tard, j'avais vu une entaille de trois centimètres d'où sortait la bourre. Je lui en parlai franchement et elle nia l'avoir fait, bien que les ciseaux soient posés sur la table, devant elle. Parce que je ne savais pas quoi faire d'autre, je prétendis la croire. Je me souviens de m'être dit à ce moment-là que je n'étais pas douée pour l'autorité.

« Je veux juste que vous sachiez à quel point je suis désolé, dit Sherburne, les yeux plongés dans son café. Je pense constamment qu'il y a peut-être quelque chose que nous aurions pu faire différemment. Mais je ne sais pas quoi.

– Vous avez fait tout votre possible. »

Il s'adosse et me regarde droit dans les yeux. « Je ne sais pas comment vous le dire, Abby.

– Allez-y.

– Ça fait trois mois. Il faut que vous vous prépariez, que vous commenciez à accepter l'idée qu'elle ne va peut-être pas revenir. C'est une chose terrible à dire, mais quand il se passe autant de temps… »

Il sirote son café nerveusement, et je pense à ses enfants, chez lui, occupés à leurs activités d'enfants – regarder des dessins animés, faire leurs devoirs, piquer des sucreries en cachette dans la cuisine avant le dîner.

« Elle n'est pas morte, je le sais. Comment pouvons-nous la trouver si vous ne croyez pas qu'il y a une raison de la chercher ?

– Ce n'est pas ce que j'ai dit. Je veux juste que vous vous prépariez. »

Je me penche vers l'avant. « Si c'était un de vos enfants, vous pourriez ? »

Il change de position, détourne les yeux.

« Le pourriez-vous ?

– Je ne veux pas me disputer avec vous.

– Il ne s'agit pas de se disputer. Je veux juste que vous sachiez une chose : rien de ce que vous pourrez dire ne me convaincra d'arrêter les recherches. »

Sherburne se lève. « Je comprends. Très bien. » Je me demande combien de fois il a fait ça dans sa carrière, combien de fois il s'est rendu chez quelqu'un pour lui annoncer qu'il faut abandonner tout espoir. Et où va-t-il maintenant ? Je l'imagine s'arrêtant chez quelqu'un d'autre, servant le même discours sinistre à la famille d'une autre victime.

Je l'accompagne à la porte. « Ne pensez pas que je ne vous suis pas reconnaissante. Vous avez été extraordinaire avec nous pendant tout ce temps. Mais vous ne pouvez pas renoncer, pas encore. Vous ne pouvez pas. »

Il fourre ses mains dans ses poches et regarde ses chaussures. « J'ai parlé à Jake. Je sais que vous ne dormez plus. Quand je vous regarde, je vois bien que vous ne mangez plus. La vie continue, pourtant, il le faut. Vous ne pouvez pas poursuivre éternellement les recherches à ce rythme frénétique. À un moment donné, il vous faut revenir au quotidien de votre vie. Si vous ne le faites pas, vous vous perdrez, vous aussi. »

Il me tapote l'épaule et il referme la porte derrière lui. J'entends l'écho de ses pas dans l'escalier. Il a tort. En dépit de toute son expérience, il se trompe, tout simplement. La vie ne continue pas. Elle s'arrête, et il n'y a pas moyen de la reprendre.

34

Le matin suivant, je vais en voiture jusqu'à Stonestown Mall, le grand centre commercial. Ce n'est pas la première fois que je fouille Stonestown et ce ne sera peut-être pas la dernière. Je ne peux me résoudre à ne rien faire, à croire, comme Sherburne, qu'il est temps d'abandonner.

Dans l'espace central, parmi les tables des cafés, je cherche une enfant de la taille et de la corpulence d'Emma ; elle pourrait être blonde. J'essaie de me rappeler que, peut-être, elle porte des vêtements de garçon, qu'elle est peut-être à peine reconnaissable. Je fouille tous les magasins, y compris derrière les portants, dans les cabines d'essayage.

Dans les toilettes, je vais d'un box à l'autre, j'ouvre toutes les portes. Ensuite, j'attends près des lavabos qu'ils se libèrent tous. Il règne une odeur de couches et de désinfectant. Un savon rose nacré coule goutte à goutte des distributeurs alignés le long du mur comme des poches à perfusions. D'invisibles haut-parleurs diffusent une musique d'ambiance aseptisée. Derrière chaque porte fermée, il y a un espoir. Ainsi, ma recherche d'Emma en est réduite à une version salle de bains du *Bigdil* : choisissez la porte A et vous avez la fille, prenez la B, et vous repartez sans rien. À chaque chasse d'eau tirée, à chaque grincement de verrou, je retiens ma respiration et j'attends que la porte s'ouvre, espérant voir sortir Emma. Elle apparaîtra dans la lumière vive, s'approchera des lavabos pour se laver les mains ; puis, elle lèvera les yeux, et elle me verra. Pendant un moment, son visage exprimera la confusion la plus totale, puis elle comprendra. Elle courra vers mes bras grands ouverts. Je la sortirai des toilettes et nous traverserons le chaos aveuglant du centre commercial. La main dans la main, nous nous enfuirons. Je la kidnapperai au kidnappeur.

Un à un, les box se vident, jusqu'à ce que je me retrouve seule dans les toilettes, regardant fixement la rangée de portes ouvertes, neuf toilettes identiques, partout, un mince papier blanc qui tombe d'un dévidoir argenté jusqu'au sol.

Sur la 280, tandis que je roule vers Tanforan, je pense à ce qui distingue les gens logiques de ceux qui sont irrationnels, ceux qui sont sains d'esprit de ceux qui sont mentalement perdus. Une personne logique fonde ses espoirs et ses actes sur des faits, des statistiques, des probabilités bien établies. Pour l'esprit irrationnel, une simple possibilité suffit. Je ne peux pas être en train de perdre la tête, parce que quelqu'un qui est véritablement fou n'a pas conscience de la spirale qui l'entraîne au fond. Tant que je peux mettre en doute ma propre logique, tant que je parviens à repérer les étapes de mes processus mentaux, je contrôle la situation.

Tanforan me prend deux heures. Ensuite, je fais trois autres centres commerciaux : Stanford Mall, Hillsdale et Serramonte.

Il est presque minuit quand je rentre à la maison. J'appelle Jake, et je lui demande si je peux venir dormir chez lui, même si je sais ce qu'il va répondre. « Tu ne devrais pas rester seul aussi souvent », dis-je, me sentant un peu malhonnête. Celle qui ne veut pas être seule, qui n'arrive pas à supporter son appartement vide, c'est moi.

« Je suis désolé, pas ce soir. »

Incapable de m'endormir, je m'installe devant la télévision. La chaîne USA diffuse *Total Recall*, ce film dans lequel Arnold Schwarzenegger joue le rôle d'un ouvrier hanté par ses rêves de Mars, une planète où il n'est jamais allé. La donnée implicite est que Schwarzenegger, sans qu'il en ait conscience, était autrefois un agent secret sur Mars. Ainsi, ses rêves ne sont pas simplement des rêves, mais de véritables souvenirs. Je rentre complètement dans le film, dans la peau d'une mutante douée de superpouvoirs télépathiques et, avec le plus grand flegme, je demande à Schwarzenegger ce qu'il veut.

« La même chose que toi, répond le héros. Me rappeler.

– Mais pourquoi ? demande la mutante.

– Pour être de nouveau moi-même. »

35

J'ai accepté un autre boulot, cette fois à Marin. C'est une garden-party pour le cinquantième anniversaire de mariage d'un couple. Ils ont cinq enfants adultes, qui sont tous présents, accompagnés de leurs propres enfants. Tout est parfait : les arums qui bordent le patio, les serveurs muets vêtus de noir et de blanc, les violonistes qui se promènent parmi les invités, tout en jouant une mélodie apaisante qui n'est en rien inoubliable. Je suis l'intruse, avec mon énorme sac photo et mes chaussures confortables, mes cheveux en bataille. J'arrive tout juste à tenir jusqu'à la fin du découpage du gâteau, puis je me glisse dans la maison ; je trouve une salle de bains à l'étage, et j'essaie de reprendre mes esprits. Mes mains tremblent et je ne parviens pas à me concentrer. Depuis la fenêtre, je vois la foule en bas, qui s'égaille dans le jardin au soleil couchant. Les enfants ont organisé une partie de cache-cache. J'ouvre la fenêtre et je commence à déclencher, sachant, tout en luttant pour stabiliser mes mains tremblantes, que ce sont ces photos que les clients vont adorer : la fille pieds nus, qui passe la tête à côté du tronc de l'arbre tandis que son frère s'avance tout doucement dans son dos ; le minuscule petit garçon qui se cache derrière un buisson de roses ; la petite fille qui « y est », dans sa robe en lin déchirée, avec ses chaussures éraflées, debout au milieu du jardin, les mains sur les hanches, explorant les diverses possibilités.

Dans deux ou trois semaines, je le sais, les clients viendront chez moi choisir leurs photos préférées. Elles iront orner le manteau de la cheminée, seront distribuées à des amis, dupliquées et envoyées comme cartes de vœux. Et les clients seront heureux que leur anniversaire de mariage passe à la postérité, que ce moment soit fixé pour toujours ; la sécurité de ma profession repose sur cette notion fausse.

Une peinture peut rester des siècles, même des millénaires. La chapelle Sixtine, *la Joconde*, et les peintures rupestres mayas en sont la preuve. Mais une photographie est, par nature, une œuvre d'art éphémère. Au moment où celle-ci est révélée sur le papier, le processus d'effacement commence. Le but de la photographie est d'arrêter le temps, mais l'érosion est inexorable. Non seulement les photos sont facilement endommagées par la chaleur, l'humidité et les manipulations, mais elles sont aussi sensibles à la lumière, leur équilibre chimique délicat est constamment modifié par l'exposition à la lumière.

Les photographies en couleurs imprimées sur du papier Kodak, dont la publicité annonce qu'elles durent « toute une vie », commencent en fait à se ternir au bout de dix ans. Même les impressions les plus résistantes, les images en niveaux de gris tirées sur du papier d'art, ne survivent guère plus de cent ans.

Les photographies représentent notre lutte éternelle contre le temps, notre détermination à préserver un moment : la jolie petite fille bébé, avant qu'elle devienne une adolescente difficile ; le beau jeune homme, avant que la calvitie et la graisse prennent son corps d'assaut ; le voyage de noces à Hawaï, avant que les deux époux deviennent des étrangers l'un pour l'autre, partageant le même toit dans la colère. J'ai idée que notre obsession concernant la photo vient d'un pessimisme latent : il est dans notre nature de croire que les bonnes choses ne durent pas.

Nous mettons tant de foi dans ce fragile artefact mnémonique, un moment gravé dans la lumière. Mais les photos donnent un faux sentiment de sécurité. Comme notre mémoire, imparfaite, elles vont forcément s'estomper. Avec le temps, les contrastes s'atténuent, les contours deviennent flous, les détails disparaissent. Nous prenons des photos pour nous souvenir, mais il est dans la nature même de la photographie d'oublier.

36

Ocean Beach, cent cinquième jour, 10 h 43 du matin. Un postier est assis sur un muret en béton, il regarde l'océan, en mangeant un burger. Sur le mur à côté de lui, un gobelet McDonald's. Peut-être est-ce la manière dont il fait sauter d'une pichenette les miettes tombées sur ses genoux, délicatement, précisément, ou alors, c'est l'inclinaison de son corps tandis qu'il regarde au loin, ou encore, c'est la façon dont une jambe est posée en biais sur son autre genou – les deux chaussettes ne sont pas tout à fait du même blanc. Ses pieds ne touchent pas terre. Je ne parviens pas à définir exactement le trait particulier, mais quelque chose chez lui m'est familier. Comme le chauffeur du camion postal que j'ai vu sur le parking le jour de la disparition d'Emma, il est d'origine asiatique. Se pourrait-il que ce soit le même homme ?

Je reste dans ma voiture un moment, à le regarder, à hésiter. Après tant de jours passés sur cette plage, l'idée d'avoir raison m'angoisse autant que la perspective d'une déception. Au bout d'une demi-heure, il plie la serviette en un petit carré, il la glisse dans le gobelet, descend du mur et met ses détritus dans une poubelle. Ensuite, il monte dans son véhicule postal et écoute de la musique avec son iPod.

Je m'approche, souriante.

« Je peux vous aider ? me demande-t-il, en ôtant ses écouteurs.

– Vous avez entendu parler d'elle ? dis-je, en lui tendant le prospectus avec la photo d'Emma.

– C'est la petite fille qui a disparu par ici, il y a quelque temps ?

– Je me demandais si vous n'aviez rien vu ce jour-là ?

– Pardon ?

– Vous étiez là le 22 juillet, le jour où elle a disparu. Je me souviens que j'ai vu votre camion sur le parking.

– Désolé, c'était pas moi. J'ai commencé sur ce circuit en septembre.

– Vous savez qui le faisait avant vous ?

– Un gars appelé Smith, un chic type, qui a une famille et tout. Il est à l'hôpital. Cancer du poumon.

– Et eux ? lui demandé-je, en lui tendant les croquis du couple de la camionnette jaune. Ils vous disent quelque chose ? »

Il regarde les esquisses quelques secondes, se gratte la tête, puis me les rend. « J'aurais bien aimé vous aider, mademoiselle, mais je ne les ai jamais vus. »

Je reste une bonne demi-heure dans ma voiture, à regarder, puis je rentre. Il s'est mis à pleuvoir. Sur le trottoir devant mon immeuble, quelqu'un a dessiné une marelle à la craie bleue ; il ne reste qu'un vague contour de la grille. Un petit sac de sable détrempé est posé dans la dernière case.

Le soir, j'appelle le détective Sherburne. Sa femme décroche et je n'ai même pas besoin de dire qui je suis. « Abby Mason au téléphone, annonce-t-elle.

– B'soir, dit-il quelques secondes plus tard.

– Désolée de vous déranger chez vous de nouveau. Je me demandais seulement s'il y avait du neuf.

– Désolé, répond-il. Rien. » J'entends un enfant protester dans le fond.

« Comment va le petit ?

– Il nous occupe à plein temps, mais il en vaut la peine.

– Le repas est prêt, dit sa femme. Tu as fini de mettre la table ?

– Presque », dit-il. Ensuite, à mon intention, « vous tenez le coup ?

– Comme ci, comme ça ».

Il y a un silence, et j'entends tout un ramdam de son côté – des bruits de couverts, d'assiettes, des enfants qui courent. « Écoutez Abby, vous savez que j'appellerai s'il se passe quelque chose.

– O.K. Désolée de vous avoir dérangé. »

Je raccroche ; je me sens idiote, quand je repense à la réunion de famille : Sherburne, sa femme, leur petite fille, et le petit dernier, qui s'assoient à table. Un tableau respirant la simplicité, le même dans des milliers de foyers de la ville. Quand j'y songe, nous aurions pu former un tableau similaire – Jake, Emma et moi – si seulement je n'avais pas détourné les yeux. Dans une autre version des événements, un univers parallèle dans lequel quelques secondes, il y a trois mois, se sont déroulées d'une manière totalement différente, rien de tout cela n'a lieu. Dans cet autre monde, nous sommes tout simplement une famille, nous mettant à table pour dîner. Emma est en sécurité, et Jake et moi sommes mariés, et, demain, nous nous lèverons et nous prendrons ensemble le petit déjeuner avant que je l'emmène à l'école.

J'appelle Jake. Au bout de quatre sonneries, le répondeur se met en marche, sa voix crachote comme sur un mauvais disque. « Je suis à la maison ce soir, dis-je, rappelle-moi. »

Je mets une petite pizza surgelée dans le four, ensuite je grignote devant la télévision, juste pour être réconfortée par les voix dans mon appartement vide. A & E passe un de mes films préférés, *Wall Street*. Charlie Sheen, négligé et pris de folie, dans un costume froissé, la cravate desserrée, se dispute avec Michael Douglas dans Central Park. La caméra tourne au-dessus d'eux, zoome en avant, puis en arrière, comme un oiseau, tandis que le garçon corrompu et le corrupteur se livrent à une joute verbale dans les ombres de Manhattan. En même temps, j'écris des dialogues dans ma tête, répétant les choses que je dirai à Emma quand elle nous reviendra. D'abord, je lui dirai que je l'aime, ensuite, je lui demanderai de me pardonner, et enfin, je lui dirai qu'il n'y a rien que je désire plus au monde que d'être sa mère.

Dans le noir, tandis que défile le générique et que les phares des voitures se réfléchissent sur le trottoir mouillé sous ma fenêtre, je crois presque à mon histoire. Je crois presque qu'un jour viendra où le détective Sherburne apparaîtra à ma porte, tenant Emma par la main. « Elle est rentrée », dira-t-il, et Emma franchira le seuil, sautera dans mes bras.

37

« Les lobes frontaux sont juste là, explique Nell, en m'appuyant sur le front du bout de ses doigts. Ils contrôlent les fonctions exécutives du cerveau – de façon autonome, la conscience que nous avons de notre comportement. »

Nell continue à frapper à ma porte une ou deux fois par semaine, pour m'apporter un repas fait maison. Sous son œil attentif, je me force à manger tandis qu'elle me parle d'un truc intéressant sur lequel elle est tombée en faisant ses recherches. Ce soir, le menu est un plat typiquement réconfortant – haricots de Lima, purée de pommes de terre et rôti.

« Il y a un minuscule vaisseau sanguin dans le cerveau appelé artère communicante antérieure, poursuit-elle. Quand ce vaisseau éclate, l'acheminement normal de sang oxygéné vers les lobes frontaux est interrompu. Le résultat est quelque chose qu'on appelle confabulation. »

Je mélange les haricots avec la purée, espérant qu'elle ne remarquera pas que je ne mange pas.

« J'ai lu quelque chose sur un patient, J.-D., qui est resté à l'hôpital plusieurs mois. Quand son médecin lui a demandé ce qu'il avait fait le week-end précédent, J.-D. a raconté une histoire : qu'il était allé au cinéma avec sa petite amie, Anna, et qu'il avait tondu la pelouse. Son souvenir était extrêmement précis, jusqu'au titre du film, la rue où se situait le cinéma, même la robe que portait sa petite amie. Il avait effectivement une petite amie qui s'appelait Anna, qui lui rendait visite à l'hôpital, mais, bien entendu, il n'avait pas pu aller au cinéma ou tondre son gazon, puisqu'il avait été à l'hôpital tout le temps.

– Alors, il mentait ?

– Non. J.-D. pensait qu'il rapportait les événements du week-end avec précision. En gros, la confabulation, c'est la création non intentionnelle de faux souvenirs. On croit souvent à tort que la mémoire est comme une espèce d'ordinateur qui stocke et récupère des informations. À la vérité, la réminiscence est un acte de reconstruction. Chaque fois que nous nous rappelons un événement, nous assemblons des esquisses grossières de l'événement fondées sur les expériences de toute notre vie. Une personne dont les lobes frontaux fonctionnent normalement saurait qu'elle n'a pas quitté l'hôpital, et que, par conséquent, elle n'a pas pu aller au cinéma. Mais quelqu'un qui est atteint de confabulation n'a aucun mécanisme pour éliminer les fictions.

– Est-ce que, dans une certaine mesure, nous ne faisons pas tous cela ?

– Bien sûr. Mark Twain en a parlé ; il dit : "Plus étonnant que le nombre de choses dont je me souviens est le nombre de choses dont je me souviens qu'elles ne se sont pas passées ainsi." »

Cette nuit-là, après le départ de Nell, je pense aux détails superflus que j'ai ajoutés au récit de ma mère de notre faux voyage à Gatlinburg ; je voulais tellement croire en cette image d'harmonie familiale que j'avais créé le souvenir d'une descente en luge avec mon père et d'une soirée passée à l'hôtel devant la télévision avec Annabel, pendant que mes parents étaient sortis dîner.

Quand j'ai posé à Annabel des questions sur cette scène dans la chambre du motel, elle a confirmé. Effectivement, nous avions veillé un soir, pour regarder un épisode de *Huit ça suffit* sur un minuscule téléviseur dans une chambre dont les lits vibraient. Mais nous étions à Chicago, pas à Gatlinburg, et nous n'étions pas en vacances. Nous étions là pour assister à l'enterrement d'un vieil ami de mon père, avec qui il avait été étudiant. D'après Annabel, ma mère avoua plus tard que la famille tout entière avait fait le voyage parce qu'elle croyait que mon père avait une liaison, et elle ne voulait pas le laisser partir seul à Chicago, craignant ce qui pourrait arriver.

Un souvenir n'est pas très différent d'une photographie aux expositions multiples. Une couche par-dessus une autre, de sorte qu'il est impossible de faire la part entre les détails de l'une et ceux de l'autre. Plus nous vieillissons, plus nous avons de souvenirs à expositions multiples. Les relations temporelles deviennent élastiques. À mesure que passent les années et que notre vécu s'enrichit, les minirécits qui composent notre vie sont déformés, altérés ; du coup, nous nous retrouvons tous et chacun d'entre nous avec une histoire fausse, une fiction créée par nous sur l'existence que nous avons menée.

38

Voici la vérité, voici ce que je sais : je marchais sur la plage, tenant Emma par la main. J'ai détourné les yeux, pour regarder un phoque mort. Quelques secondes se sont écoulées. Trois mois, vingt-huit jours, douze heures et demie se sont écoulés.

Une autre nuit, nous deux, seuls, dans la maison de Jake, l'endroit sur le parquet devant la télévision où Emma s'asseyait, nue comme un ver. Il est onze heures, et nous collons des enveloppes depuis des heures. Nous avons fait une pause d'une demi-heure pour regarder *The Office*, en mangeant devant la télé – un plat à emporter de chez Pasquale, sur Sloat Boulevard. C'est le seul rituel rescapé qui se maintienne depuis la disparition d'Emma, la seule chose que nous fassions encore ensemble qui ait un petit air de normalité. Pendant cette demi-heure, tous les soirs, nous parvenons presque à faire semblant que la situation n'a pas changé.

« Comment sont tes classes ? » demandé-je, essayant d'entamer la conversation. Jake hausse les épaules et dit : « Rien de nouveau. » Au début du mois d'octobre, il reprend son travail à mi-temps pour, dit-il, garder son assurance-maladie, mais je soupçonne que c'est aussi une manière de garder sa santé mentale.

Quand l'émission se termine, je me lève pour partir, selon la séquence qui est devenue la norme. Plus de nuits partagées pour nous, plus de cocooning tout doux dans le lit après avoir éteint la télévision. J'attrape mon sac à main et mes clés posées sur le guéridon, et quand je me penche pour embrasser Jake, il saisit ma main. « Ne pars pas.

– Quoi ? »

Il faut que je le regarde longuement pour m'assurer que j'ai bien entendu. Il me tire pour que je m'assoie de nouveau sur le canapé à côté de lui. « Reste. »

Je m'assois. Il prend mes deux mains dans les siennes et garde les yeux baissés. Je vois bien qu'il a quelque chose à me dire. J'ai toujours la bandoulière de mon sac sur l'épaule et je ne sais pas comment la retirer avec élégance. Je suis en équilibre, prête à fuir. J'essaie de croiser son regard, mais il garde la tête baissée. Je remarque quelques cheveux blancs au milieu de sa chevelure noire.

Jake se cramponne plus fort à ma main, et je sais, au léger mouvement de sa tête, aux oscillations inhabituelles de ses épaules, qu'il est en train de pleurer.

« Qu'est-ce qu'il y a ?

– Aujourd'hui, à l'école. »

Je lui frotte le dos, avec un vague sentiment d'imposture. C'est ahurissant la vitesse à laquelle l'intimité disparaît, le peu de temps qu'il faut à deux personnes pour redevenir étrangères l'une à l'autre. « Que s'est-il passé ?

– C'était la cinquième heure. Je faisais un cours sur Charlemagne. Les gamins étaient très polis. Personne ne bronchait, ne passait de petits mots ou ne parlait. Et j'ai compris qu'ils avaient pitié de moi. Chacun d'entre eux, assis sur sa chaise, était désolé pour ce prof qui avait perdu sa fille.

– Donne-leur du temps. Ils sont nerveux, ils ne savent pas quoi dire.

– Quelqu'un a frappé à la porte. C'était Silas Smith. Je l'ai eu en Histoire américaine l'an dernier. Un gamin intelligent, très calme ; il porte des ceinturons dont il fabrique lui-même les boucles bizarres dans une ferronnerie. “Un appel pour vous au bureau”, a-t-il dit. J'ai demandé de la part de qui, mais il a répondu qu'il l'ignorait. Il avait l'air terriblement gêné, et je savais que ça ne pouvait pas être une bonne nouvelle. Alors, j'ai donné aux gamins un sujet d'expression libre, et je suis allé au bureau. Quand j'y suis arrivé, June Fontayne m'attendait là-bas.

– Qui ?

– June Fontayne. C'est la nouvelle conseillère d'orientation. Genre ex-hippie. Une vraie sorcière. Grandes jupes, de nombreux bracelets et colliers avec des drôles de perles. Elle a des cristaux partout sur son bureau, un capteur de rêves accroché à sa porte, un petit autel bouddhique sur l'étagère où devraient se trouver ses livres. Je sais qu'il s'agit d'une mauvaise nouvelle, et je ne veux pas entendre ce qu'elle peut bien avoir à me dire. Elle me raconte que la police a téléphoné, mais, quand elle a su de qui émanait l'appel, elle a décidé de le prendre elle-même. Elle pensait qu'il valait mieux pour moi l'apprendre par elle. Comme si elle avait un droit quelconque à s'ériger en messager. »

Oh mon Dieu, me dis-je. Apprendre quoi ?

« La police a trouvé le corps d'une petite fille et ils voulaient que je vienne pour une identification.

– Non… »

La montre de Jake dépasse un peu au bout de sa manche de chemise. L'autre main bouge avec une précision douloureuse. Le temps se dilate. Jamais quelques secondes ne m'ont paru aussi longues. Je me rappelle la manière dont Annabel et moi comptions pour les parties de cache-cache, *un-Mississippi*, *deux-Mississippi*, *trois-Mississippi*.

« June m'a offert de m'y conduire, mais il fallait que j'y aille seul. J'ai pris par Portola, même si la 280 aurait été plus rapide. J'espérais que, peut-être, le bureau du coroner serait fermé quand j'y arriverais. »

Jake se lève et fait les cent pas dans la pièce, les mains dans les poches. Je veux juste qu'il achève son récit, je veux juste qu'il me dise que ce n'était pas elle.

« J'ai conduit aussi lentement que j'ai pu, mais j'ai fini par y arriver. Bien sûr que j'y suis arrivé, bien sûr que c'était ouvert. Et je me retrouve là, sur le parking du bureau du coroner, et je me dis que c'est au-dessus de mes forces. Je n'arriverai pas à entrer dans ce bâtiment et à regarder le corps d'une enfant qui pourrait être Emma. Mais j'y suis allé. J'ai mis mon cerveau en veille et j'y suis allé. Je n'avais pas le choix. De l'extérieur, c'est un bâtiment blanc tout simple, agréable même, avec des bougainvillées qui grimpent sur les murs et de jolis bancs disposés dans le hall, mais, à l'intérieur, on dirait un hôpital, blanc, stérile. L'odeur était encore pire que l'apparence. Un mélange d'ammoniac et d'odeur humaine douceâtre, écœurante – pas comme l'odeur corporelle, mais autre chose, bien pire. Cela ne m'est apparu qu'après, sur le trajet du retour ; ce que j'avais senti, c'était la mort, la mort a vraiment une odeur. »

Jake ne cesse d'arpenter la pièce, et il transpire à grosses gouttes. « Il fait une chaleur à crever, dit-il. Tu n'as pas chaud ? » Sans attendre ma réponse, il va jusqu'à la fenêtre et l'ouvre. Il se penche et inspire une grande bouffée d'air nocturne. Un léger parfum d'océan entre dans la pièce, mêlé à une odeur de diesel. Une voiture passe lentement sur la rue et Jake est brièvement éclairé par les phares ; son ombre se projette sur le canapé, sur le mur, sur le tapis.

Il me regarde. « Comment crois-tu qu'ils se comportent au bureau du coroner ?

– Que veux-tu dire ?

– On pourrait penser qu'ils manifesteraient de la sympathie, non ? On pourrait penser qu'ils comprendraient à quel point la situation est délicate. » Il rit – un rire bizarre, qui me perturbe. « Mais ce n'est pas du tout comme ça. Ils font leur travail, un point c'est tout. Ils pourraient aussi bien travailler au centre commercial. C'est comme s'ils étaient complètement insensibles, immunisés, blindés. »

Il revient et s'assoit de nouveau. « Je suis allé au guichet et j'ai donné mon nom à l'employée. Elle m'a demandé si j'étais venu identifier le corps. Comme ça. Elle s'est penchée sur un petit micro et elle a appelé un certain Brewer. Quelques secondes plus tard, une grande porte blanche s'est ouverte et un homme est entré. Il avait la cinquantaine, il portait une blouse de laboratoire blanche ; il a souri et m'a serré la main. Il s'est présenté : Roger. Puis il m'a proposé de le suivre.

Nous avons parcouru un labyrinthe interminable de couloirs et il m'a dit que c'était sa première semaine dans ce job. Ensuite, il a commencé à parler de cette émission, *The Love Squad* ; dans l'épisode de la veille au soir, cette jolie jeune femme de Manhattan devait faire équipe avec le propriétaire d'un night-club de Miami. Roger m'a demandé si je l'avais vu et, avant que je puisse répondre, il s'est mis à s'excuser sans arrêt. Il a dit qu'il parlait quand il était nerveux.

Pour être honnête, je lui suis reconnaissant d'avoir bavardé, poursuit Jake. Je ne pense pas que j'aurais supporté le silence. Il ne m'a pas servi un de ces discours qu'on entend dans les films. Il ne m'a pas dit de me préparer. Il a seulement marché, et parlé, et, au bout d'un couloir, il a ouvert une porte et nous nous sommes trouvés dans une petite pièce très éclairée avec trois tables métalliques disposées au milieu. Les tables étaient brillantes et éraflées ; elles me rappelaient les tables de la cafétéria à l'école. Mais elles étaient nues, personne sur ces tables, seulement des tables. J'étais tellement soulagé. Peut-être toute cette histoire n'avait-elle été qu'une erreur, peut-être que quelqu'un d'autre était déjà venu et avait identifié le corps, qu'un autre père avait fait cette horrible démarche et avait trouvé là sa fille ; le corps avait été enlevé, la table avait été lavée, et, maintenant, ce père rentrait chez lui. J'étais désolé pour cet homme, mais j'étais heureux que ce ne soit pas moi. Je m'apprêtais à tourner les talons quand Roger a dit : "Par ici."

C'est là qu'il a ouvert le frigo. Voilà ce que c'était, un énorme frigo en acier équipé de tiroirs. Il a tiré l'un des tiroirs et je n'ai pas eu le temps d'y penser, pas eu le temps de me couvrir les yeux, de poser des questions ou de me donner du courage. Il l'a simplement tiré et il y avait ce corps, cette petite fille mutilée. Pas de drap, pas de vêtements, seulement le corps, la peau blanche et froide et ses petites mains et ses petits pieds tout bleus. »

Jake sanglote. Il n'est pas du genre à pleurer, cela ne lui est arrivé que deux ou trois fois depuis la disparition d'Emma, et le fait qu'il pleure maintenant me terrifie.

« J'ai regardé ses cheveux, dit-il, c'est la première chose que j'ai vue, ses cheveux. Elle était blonde, cette pauvre petite fille était blonde. »

Les battements de mon cœur chaviré ralentissent un peu. Le temps reprend son mouvement naturel, et il passe ses bras autour de moi et il me serre si fort que j'ai l'impression que mes côtes vont se briser. Je me mets à pleurer moi aussi, avec tout le soulagement que les larmes procurent, sachant toute la souffrance que je lui inflige, tout le chagrin, toute l'horreur que j'ai déversés sur sa vie auparavant si heureuse.

Deux ou trois minutes plus tard, il me lâche. Il se redresse, s'essuie les yeux et pose ses mains sur ses genoux. « Après ça, j'ai pu regarder son visage. Ses yeux étaient fermés. Elle avait des oreilles minuscules, et de tout petits trous d'épingle aux endroits où se trouvaient ses boucles d'oreilles. Elle devait être à peu près de l'âge d'Emma. On voyait des hématomes autour de son cou, comme si elle avait été étranglée, et des égratignures sur tout son corps. Roger a dû penser que je l'avais identifiée positivement ; il a posé la main sur mon dos, en baissant les yeux, et je sentais bien qu'il essayait de trouver quelque chose à dire. Quand je lui ai signifié que ce n'était pas elle, il a paru vraiment soulagé. »

Jake m'attrape par la nuque, m'attire à lui et m'embrasse. C'est un baiser agressif, affamé. Il n'y a rien de contraint dans ce baiser, aucune retenue ; il m'embrasse comme s'il fallait qu'il me possède, comme si me lâcher, à ce moment précis, n'était pas envisageable. Et quelque chose en moi se manifeste aussi, un désir que je n'ai pas ressenti depuis des mois, que je n'ai pas voulu ressentir parce que ça ne paraissait pas juste vis-à-vis d'Emma. Il glisse sa main sous ma jupe, et, quelques minutes plus tard, nous sommes dans la chambre, dévêtus et frénétiques, aussi maladroits que des lycéens. « Attends, dis-je en m'écartant de lui.

– Quoi ?

– Faisons lentement. »

Nous restons allongés un moment, à nous toucher, à parler doucement. Je fais courir mes doigts sur son corps, je retrouve le petit durillon qui est niché sous la peau en haut de sa cuisse droite – cette petite anomalie que j'ai fini par aimer. Il effleure la grande cicatrice sous mon nombril, vestige d'un accident de patin quand j'avais dix ans. De cette manière, nous refaisons connaissance. Et, tandis qu'il me pénètre, je me rappelle notre première fois, dans un *bed-and-breakfast* à Bodega Bay, alors que l'océan rugissait sous notre fenêtre et qu'un groupe d'adolescents jouait bruyamment au footbag. Ensuite, nous nous étions assis sur le balcon dans nos peignoirs assortis, en buvant de l'eau pétillante tout en faisant des projets. En regardant les adolescents, j'avais eu une sensation agréable de ce que serait l'avenir, quand nous amènerions Emma dans des endroits comme celui-ci, où elle rencontrerait des jeunes de son âge, et nous serions vigilants, mais pas trop. J'avais formé le vœu qu'elle ait une enfance heureuse, et une adolescence plus heureuse encore, en pensant aux mauvais choix faits par mes parents dans l'éducation de leurs enfants, et je m'étais juré de ne pas faire les mêmes. Une balle était arrivée sur le balcon, passant par-dessus la rambarde. Un des joueurs nous avait fait un grand geste de la main ; c'était une jeune fille aux yeux vifs, en maillot de bain vert. « Joli coup ! » avait-elle dit après que Jake lui eu renvoyé la balle droit dans les mains.

Vers deux heures du matin, nous nous écartons l'un de l'autre, chacun d'entre nous battant en retraite, comme nous l'avons toujours fait, de son côté du lit. Jake ronfle doucement et je reste éveillée, en pensant à la fillette blonde, au réfrigérateur en acier dans lequel elle est enfermée, attendant d'être identifiée. Je pense à ses minuscules oreilles, aux hématomes autour de son cou. Elle est gravée dans mon esprit, une image dont je n'arrive pas à me débarrasser, une horreur qui m'empêche de dormir. À trois heures, je sors du lit et je vais jusqu'à la chambre d'Emma. La porte est fermée. Je tourne la poignée. Le plancher n'est pas droit, la chambre est légèrement inclinée, après soixante-dix ans de fréquentes secousses sismiques. Je les ai ressenties de nombreuses fois ; la maison qui vibre par à-coups, mais qui reste debout, toujours intacte. Dès que la clenche s'abaisse, la porte s'ouvre tout doucement. Je m'assois sur le lit d'Emma. Dans cette chambre flotte une légère odeur d'elle, cette odeur douceâtre, terreuse, qu'elle rapportait toujours à la maison après avoir passé l'après-midi à jouer dehors, mêlée à l'odeur salée et laiteuse de la colle blanche et au parfum suranné du papier Canson.

Le temps passe. Je lève les yeux et je vois Jake debout à la porte, les bras ballants, les larmes aux yeux, en train de me regarder.

39

Je me réveille à cinq heures, je fais du café, je m'installe dans la cuisine, et j'essaie de lire le journal d'hier. Les petits caractères se brouillent. Les titres se télescopent, formant des phrases dénuées de sens. Le téléphone est posé sur la table, à quelques centimètres de ma main. J'envisage d'appeler Jake. Au loin retentissent les sirènes d'une voiture de pompiers.

Nous sommes le septième jour de novembre. Cent dix-huitième jour.

Aujourd'hui, Emma a sept ans.

Vers midi, j'appelle Jake. Son répondeur se met en marche, c'est la même annonce qu'avant la disparition d'Emma. Une heure plus tard, je rappelle. Pas de réponse. En remontant la 18e Rue dans Eureka Valley, j'essaie de prévoir notre conversation, j'essaie de penser à toutes les choses qui devraient être dites.

Sa voiture est stationnée dans l'allée. À côté d'elle, le cabriolet de Lisbeth.

Je me poste de l'autre côté de la rue, et je reste là plusieurs minutes ; je veux qu'il me voie, qu'il vienne à la porte et m'invite à entrer. Une très longue demi-heure s'écoule avant que la porte s'ouvre et que Lisbeth sorte, monte dans sa voiture et s'éloigne. Dès qu'elle est partie, je traverse et je reste sur le seuil deux minutes, essayant de trouver le courage de frapper. Dans la rue, une moto fait vrombir son moteur. Un homme et deux enfants passent sur le trottoir. L'homme porte un sac à provisions, les enfants, un cône de crème glacée, et ils parlent très fort d'un lapin qu'ils ont à l'école.

Je sonne et rien ne se passe. Je sonne de nouveau, j'attends quelques minutes, puis je glisse ma clé dans la serrure. À l'intérieur, les rideaux sont tirés, les lumières sont éteintes. Mes yeux ont besoin d'un moment pour s'habituer à la pénombre. Jake est assis sur le canapé dans le salon, les coudes posés sur les genoux, la tête dans les mains. Le plancher est couvert de paquets cadeaux emballés de papier brillant et décorés de nœuds sophistiqués. Du Scotch et des ciseaux sont posés sur le manteau de la cheminée.

« Jake ? »

Il ne lève pas les yeux.

« J'ai vu Lisbeth partir », dis-je.

Toujours pas de réponse. Je ne peux m'empêcher de me demander pourquoi elle est venue, ce qu'elle attend de lui. Je n'arrive pas à lui faire confiance, à croire qu'elle n'a que les meilleures intentions à l'égard d'Emma.

Je me fraye un chemin entre les cadeaux et je m'assois sur le canapé à côté de lui. Je veux le toucher mais je ne sais pas comment m'y prendre. Je reste assise et j'attends qu'il me parle, en essayant de ne pas regarder le grand déballage de paquets. Un peu plus tard, j'entends un bruit de pas dehors, un tapotement, le frottement étouffé du papier contre le métal, un petit bruit sourd au moment où le courrier tombe par terre. À l'intérieur, tout est silencieux, immobile. Nous restons ainsi très longtemps. À un moment donné, je m'aperçois que la lumière diminue, la fraîcheur de la nuit approche.

En rentrant chez moi, je trouve que la lumière rouge des feux est trop crue, le bruit des radios dans les voitures un peu vulgaire. Comme toujours, je roule lentement, fenêtres ouvertes, fouillant les rues du regard. À chaque intersection, à chaque porte, à chaque vitrine illuminée, je suis frappée de nouveau par la réalité de son absence, permanente, insurmontable. Je me retrouve en train de sillonner le quartier de Mission, puis de revenir sur mes pas par Guerrero Street. Ensuite, j'arpente Dolores Park. Il y a deux sortes de gens qui traînent là aussi tard – ceux qui vendent de la drogue et ceux qui en achètent. Tandis que je traverse le parc, des voix annoncent doucement les marchandises disponibles – herbe, coke, métamphétamines. Je secoue la tête, je fourre des prospectus entre les mains d'étrangers.

« Qu'est-ce que c'est que ce truc ? » demande quelqu'un, en m'attrapant par le bras quand je lui donne le papier. Il porte un bonnet en laine rose, que je trouve bizarrement enfantin. Puis, je me rends compte que c'est un enfant, nerveux et pâle, qu'il n'a pas plus de quinze ans.

Je prends une grande inspiration, j'essaie de ne pas montrer ma peur et je répète ma litanie, cette phrase qui est devenue aussi naturelle chez moi que le fait de respirer : « Je recherche ma petite fille.

– Vous êtes pas au bon endroit », dit le gamin en me pinçant méchamment le bras avant de me laisser partir. Quelques minutes plus tard, je suis dans ma voiture, mes mains tremblantes posées sur le volant. Jake ne sait pas que je fais ça. Il n'est pas au courant de mes expéditions à Ocean Beach, au Golden Gate Park et à Tenderloin la nuit, il n'est pas au courant des lieux peu recommandables que je fréquente à des heures peu recommandables. Il a sa propre manière de faire les recherches – le QG, la radio, les listes organisées, les graphiques – et j'ai la mienne.

Une fois rentrée, j'appelle Annabel. « Elle a sept ans aujourd'hui, dis-je.

– Je sais. J'ai appelé plusieurs fois. Alex voulait lui envoyer un cadeau. Je ne crois pas qu'il comprenne vraiment. »

Annabel est en train de grignoter. En cela, elle ressemble à notre mère – un appétit insatiable et un métabolisme de rêve.

« Est-ce que je t'ai dit que madame Callahan m'a envoyé une carte quand j'ai eu mon diplôme ? ajoute-t-elle au bout d'un petit moment. C'était bizarre, cette carte de félicitations ordinaire avec un bon d'achat de chez Gap. Mais, dans l'enveloppe, j'ai trouvé aussi une lettre, écrite sur une feuille de bloc-notes. Elle était toute froissée, comme si elle avait été roulée en boule, puis lissée de nouveau. C'était une longue lettre qui racontait en long et en large comment elle et monsieur Callahan s'étaient séparés quelques années plus tôt, qu'il vivait à Dallas, et qu'elle dirigeait un chœur d'enfants dans une église de Satsuma, en Alabama.

– J'ai réfléchi à ce que tu as dit, sur le fait que le type a maintenu Sarah en vie pendant sept semaines. Où la détenait-il ?

– Dans sa maison, à quelques kilomètres seulement de l'endroit où vivaient ses parents. Il était même allé avec elle trois semaines après l'enlèvement au centre commercial pour lui acheter une nouvelle robe. Il l'avait obligée à porter une perruque et plein de maquillage, pour que personne ne la reconnaisse. »

Je pense à Sarah dans le centre commercial, la grosse main du kidnappeur lui broyant les doigts. « Pourquoi ne s'est-elle pas enfuie ?

– Il l'avait convaincue que, si elle essayait de se sauver, il tuerait ses parents.

– Quel que soit l'individu qui a enlevé Emma, je veux qu'il meure, d'une mort lente et douloureuse. Voilà ce que j'ai compris il y a quelques jours.

– Abby, je ne te reconnais pas. Je n'y crois pas, j'entends ça de la bouche de la femme qui a organisé une extraordinaire manifestation contre la peine de mort à l'université.

– Je ne me reconnais pas non plus. Je ne crois pas que je me reconnaîtrai un jour. » Je marque une pause. « J'ai fait des listes.

– Quel genre de listes ? demande Annabel.

– D'enfants qui ont disparu. Il y en a des milliers, si on remonte à des dizaines d'années.

– Pourquoi t'infliges-tu une chose pareille, Abby ?

– C'est comme s'ils s'étaient tout simplement évanouis dans le brouillard. »

Je repense à un voyage en famille que nous avons fait à San Francisco quand nous étions adolescentes. On était en juillet et, comme tant de touristes, nous avions emporté des bagages pour l'été en Californie. En short et sweat-shirt léger, Annabel et moi étions parties pour traverser le Golden Gate Bridge. Quelques secondes plus tard, nous frissonnions. Le pont, ce jour-là, était enveloppé dans un brouillard si dense que nous ne pouvions même pas voir les fameuses tours orange. La grande masse blanche se déplaçait sur la baie, obscurcissant l'horizon de la ville. Annabel et moi avons fait des photos posées. De nombreuses années plus tard, quand nous sommes allées à la maison pour nous partager les affaires de notre mère, nous avons trouvé une boîte à chaussures marquée « scrapbook - San Francisco ». Notre mère n'a jamais réussi à faire le scrapbook, mais elle avait gardé les tickets de ferry, un porte-clés souvenir d'Alcatraz et les photos. Sur les clichés, il est impossible de savoir où nous sommes, ni même qui nous sommes. On n'y voit que nos silhouettes fantomatiques, flottant dans une brume blanche et brillante.

40

Cent trente-huitième jour. Trois heures du matin, insomnie, une bouteille de Johnnie Walker Blue à côté de moi – cadeau qu'un client reconnaissant m'a fait l'an dernier. Dehors, une tempête, le vent fait vibrer les vitres. À l'intérieur, l'écran de l'ordinateur émet une lumière d'un blanc laiteux. Depuis des heures, je parcours des chats, racontant l'histoire d'Emma, laissant l'adresse Web comme une carte de visite : www.findemma.com. Le nombre de visiteurs sur le site d'Emma explose, le livre d'or électronique est plein à craquer de messages, débordant de sympathie, mais personne ne fournit le moindre indice. Si on veut une preuve flagrante de la solitude désespérée de ce monde, il suffit de se balader en pleine nuit dans le cyberespace.

Sasha67 écrit : « Elle ressemble à ma nièce qui est décédée d'une leucémie, il y a six ans. »

Snowboard4ever dit : « Il est 4 heures du matin à Missoula. Appelle-moi. » Il laisse son numéro de téléphone et, sans raison apparente, sa date de naissance ; il est jeune, probablement un étudiant.

Bored2tears raconte qu'il neige à Vancouver, puis il envoie une liste de toutes les filles qui l'ont quitté depuis quinze ans, avec un compte rendu détaillé de leurs raisons.

C'est un miracle que le vaste circuit d'internet reste intact minute après minute, heure après heure, tandis que les péchés et la tristesse de millions de surfeurs déferlent sur le Web comme une vague monstrueuse. C'est une chose réconfortante que la technologie du Web soit insensible au chagrin humain, que les câbles et les puces gèrent toutes ces confessions désespérées comme autant de chiffres. La mort, la destruction, les cœurs brisés et les menaces furieuses, les fillettes disparues et les mères affolées, il ne s'agit que de données qui peuvent être envoyées, stockées puis oubliées.

Un message instantané arrivé sur mon adresse mail privée – celle que j'utilise aussi pour le boulot – s'affiche sur l'écran. *Salut. Je viens de rentrer de Finlande. Quand puis-je venir chercher les photos ? Nick Eliot.*

Je l'avais complètement oublié. Nick Eliot avec ses cheveux hérissés et son impressionnante histoire familiale de longévité. Nick Eliot dont l'arrière-grand-mère Eliza venait d'avoir quatre-vingt-dix-neuf ans. Il a grandi à Oxford, en Grande-Bretagne, mais il vit dans la région de San Francisco depuis plusieurs années. La semaine avant la disparition d'Emma, il était venu chez moi avec une petite pile de photographies qu'il voulait faire restaurer. « Je vous ai trouvée grâce à votre site Web, dit-il, en déposant délicatement l'enveloppe dans ma main. J'ai aimé votre photo. Vous avez la tête de quelqu'un à qui on peut faire confiance. » Il avait laissé ses doigts s'attarder dans ma main une seconde ou deux de plus que nécessaire.

J'admets que j'ai ressenti quelque chose, un rapide courant qui passa de ses doigts à ma paume, via l'enveloppe. Son odeur me semblait familière, on aurait dit celle du quatre-quarts. Il portait un costume bleu foncé avec une chemise bleu roi en dessous. Je pensai à Jake et retirai ma main.

« Voyons ce que nous avons là », dis-je en ouvrant l'enveloppe.

C'était Eliza à dix-sept ans, portant un chapeau à larges bords, un chemisier à manches ballons, agitant la main, à la fenêtre d'un train. Et Eliza, les yeux plissés, avec aux pieds des chaussures à boucle, assise sur les marches d'un palais de justice aux côtés de son nouveau mari. Eliza quelques années plus tard, une main posée sur la tête d'un petit enfant, l'autre caressant son gros ventre. Sur chaque photographie, l'arrière-grand-mère de Nick était tout estompée, sa peau d'une pâleur cadavérique, comme si elle avait passé trop de temps dans le noir.

« Vous croyez que vous pouvez les arranger ? demanda-t-il.

– Je vais voir ce que je peux faire. »

Il me tendit sa carte de visite ; le vague titre de consultant était imprimé en minuscules caractères bien nets en dessous de son nom. Au moment de partir, il se retourna, se gratta la tête, sourit d'une manière un peu gênée et dit : « Ce n'est pas une habitude chez moi, mais, quand je reviendrai chercher les photos, pourrai-je vous inviter à dîner ? »

Je lui montrai ma main gauche et fis bouger ma bague de fiançailles autour de mon annulaire. Malgré ce geste, je ne pus m'empêcher de me demander à quoi aurait ressemblé une soirée en tête à tête avec Nick, à parler voyages et livres, à apprendre à connaître ses goûts, son histoire familiale. C'était la première fois, depuis ma rencontre avec Jake, que j'étais confrontée à quelqu'un qui me laissait entrevoir ce à quoi je renonçais – le frisson grisant du premier baiser d'un homme nouveau, la dynamique de la création du lien, la liberté d'agir sur ce lien, de l'entretenir jusqu'à une fin éventuellement surprenante. J'aimais Jake, j'aimais Emma, j'étais si heureuse de me trouver à l'orée de cette nouvelle vie avec eux ; pourtant, je ne pus m'empêcher de penser à tout ce que j'abandonnerais à la minute où je remonterais l'allée de l'église.

« Oh, fit-il en souriant, laissons tomber, alors. Félicitations. »

Deux jours avant la disparition d'Emma, j'avais appelé Nick, l'informant que les photos étaient prêtes, mais je n'avais jamais eu de nouvelles. Il y a quelques jours, il avait laissé un message sur mon répondeur : il avait été très pris par son travail ; je ne l'avais pas rappelé.

Maintenant, je tape une réponse. *Les photos ont bien réagi.* Et j'appuie sur Entrée, en l'imaginant dans un immeuble luxueux, assis devant son ordinateur, vêtu d'un pyjama en flanelle et de chaussons en cuir.

Quand puis-je venir ? Demain ?

Quand ? La question est simple, mais soulève nombre d'empêchements. À huit heures demain matin, j'ai un petit déjeuner avec le Comité des mères pour la sécurité des quartiers à Marin, où quelques dizaines de bonnes femmes pleines de bonnes intentions et de moyens témoigneront de leur sympathie en partageant des fruits frais et des crêpes fines comme du papier. De dix à onze heures, j'assure ma permanence quotidienne à Ocean Beach. Ensuite, le QG, où Brian marquera ma zone à quadriller au feutre fluo rose sur une carte photocopiée de la baie de San Francisco, et me tendra un paquet de prospectus qu'il a méticuleusement dessinés. Chaque jour, l'annonce est légèrement différente, avec un nouveau caractère ou une frise élaborée pour retenir l'attention, la position du visage d'Emma sur la page légèrement modifiée. Le nombre de volontaires est passé de deux cent cinquante-sept à dix-neuf, mais Brian est toujours là, trois fois par semaine, après les cours.

Dans l'après-midi, je retournerai à Ocean Beach. C'est toujours le moment le plus difficile de la journée – ces longues heures d'inactivité qui ne me rapprochent en aucun cas d'Emma, ces heures où je marche le long de la plage, dans un sens, dans l'autre, rencontrant des joggeurs, des promeneurs de chiens, des couples qui se tiennent la main, des petits feux de camp allumés par les sans-abri. Où j'aperçois les surfeurs qui se rassemblent dans l'eau grise, attendant la prochaine vague.

Tard le soir, j'irai chez Jake, où je préparerai un dîner simple pendant qu'il reste pendu au téléphone, appelant les journaux, les stations de radio, essayant de faire remettre le nom d'Emma dans les nouvelles. L'intérêt des médias s'est réduit à une peau de chagrin, maintenant que plus de quatre mois se sont écoulés. D'autres enfants ont entre-temps disparu dans d'autres États. Il y a eu une fusillade sur une autoroute du Montana, une bombe dans un lycée de New York, une femme enceinte assassinée à Monterey, un tremblement de terre près d'Eureka. Il devient chaque jour de plus en plus difficile d'attirer l'attention sur Emma.

Jake et moi, nous nous parlons à peine maintenant, quand je viens chez lui, mais, apparemment, nous ne savons ni l'un ni l'autre comment passer les soirées autrement. À l'exception de la nuit qui a suivi la visite de Jake chez le médecin légiste, nous n'avons pas fait l'amour depuis la disparition d'Emma.

Autrefois, nous faisions la vaisselle ensemble, ensuite je suivais Jake au premier ; nous prenions garde de ne pas réveiller Emma. Nous parlions tout en nous déshabillant et nous nous glissions sous les couvertures. Parfois, nous faisions l'amour, mais, le plus souvent, nous restions simplement allongés, à parler, jusqu'à ce que l'un de nous s'endorme. On aurait dit que le rythme de notre mariage était déjà établi, comme si nous avions déjà déterminé un plan précis de la manière dont nous allions vivre ensemble. J'imaginais que nos nuits, année après année, évolueraient plutôt de cette manière. Cette pensée m'avait à la fois réconfortée et effrayée.

Des mots apparaissent sur ma messagerie instantanée : *Encore là ?*

Pardon, j'étais juste en train de vérifier mon agenda. Demain, c'est pas bon.

Mes doigts sont en arrêt au-dessus du clavier et j'essaie de trouver ce que je peux écrire, j'essaie d'inventer un prétexte quelconque pour le dissuader de venir, sans lui révéler que ma vie est complètement bouleversée, que je suis incapable d'avoir une interaction sociale, ni même d'effectuer les tâches les plus banales, qu'Emma a disparu et que je suis perdue et que je préférerais lui envoyer les photos par la poste ; à ce moment, un nouveau message s'inscrit sur mon écran : *Et maintenant ?*

On est en pleine nuit.

En fait, répond-il, *on est le matin. Vous êtes debout, je suis debout. Je viens de rentrer d'Helsinki, dix-huit heures de vol, et j'ai une réunion dans sept heures. Si je vais me coucher maintenant, je ne me réveillerai jamais à temps.* Je l'imagine en train de sourire tout en écrivant ces phrases. Peut-être même que son propre culot le surprend, ou peut-être que c'est tout simplement sa façon coutumière d'agir, la tactique de persuasion d'un homme habitué à obtenir ce qu'il veut.

C'est la tempête dehors.

Je suis prêt à prendre le risque.

Comment refuser ? Annabel ne peut pas continuer éternellement à payer mon loyer. Nick est un client, et là, tout de suite, j'ai besoin de clients. Il va arriver avec un chéquier et un stylo. Je vais lui donner les photos – une transaction simple, de l'argent contre un service rendu.

Je vais faire du café, écris-je.

Je serai là dans vingt minutes.

J'enlève mon pyjama et j'enfile un jean et un sweat-shirt. Je mets le café en route, je me lave les dents, je cache les vêtements sales dans un placard. Je donne un coup d'éponge au lavabo de la salle de bains – depuis combien de temps n'ai-je pas fait cela ? Je change de sweat-shirt ; le rouge me donnait une mine cadavérique, le bleu, j'espère, va flatter ma pâleur ; à cet instant, l'interphone bourdonne.

Tandis que les pas de Nick résonnent dans l'escalier, je me mets un tout petit peu de rouge à lèvres, tout en me sentant coupable. C'est un dilemme que je connais bien. À 3 h 45 du matin, tous les paris sont ouverts. À 3 h 45 au beau milieu d'une tempête, quand les rues sont désertes, que les magasins sont fermés, et que toute la ville est endormie, il est facile d'oublier ses engagements, de chercher un soulagement à ses soucis. En particulier quand cela fait des mois que vous ne dormez pas vraiment, que vous avez déjà avalé trois whiskys et que l'homme qui est à votre porte est tout sourire, vous embrasse doucement sur la joue en entrant, comme s'il venait pour un rendez-vous et pas pour le travail, que ses cheveux sont humides de pluie, que son parapluie dégouline à ses pieds et qu'il porte un costume froissé mais très cher, pas de cravate, et qu'il sent, malgré les dix-huit heures de vol depuis la Finlande, un peu le quatre-quarts. Il tient quelque chose à la main, un petit sac rouge orné d'un ruban doré, et il dit : « Je vous ai rapporté ça. Ce n'est pas grand-chose, juste un truc que j'ai attrapé de l'autre côté de l'Atlantique. »

Le sac rouge contient des ustensiles de cuisine, une spatule et un fouet en caoutchouc.

« Curieux choix, je sais, dit Nick, tandis que je défais le papier d'emballage. Vous cuisinez ? Je ne sais même pas si c'est le cas.

– Ils sont magnifiques. Merci.

– À Helsinki, tout est très design, explique-t-il, même les ustensiles de cuisine. » C'est vrai. La spatule et le fouet ont des poignées en caoutchouc vert avec des garnitures en aluminium brillant, comme les objets qu'on voit dans les magazines, sur les photos des cuisines de célébrités. « Vous devez penser que je suis bizarre, ajoute-t-il.

– Pas bizarre. Attentionné.

– Alors, je devrais marquer des points avec… ceci. » Il ouvre sa veste et en sort un autre sac. À l'intérieur, il y a un chapeau en épaisse laine bleue, avec des rabats pour les oreilles et un pompon rouge en laine au sommet. « Ils font fureur chez les Finnois. Quand je les ai vus, j'ai pensé à vous. »

Je ris, un rire sincère, un plaisir que je n'ai pas éprouvé depuis un bon moment. « Merci. Vous êtes trempé. Enlevez donc votre veste. Je viens juste de faire du café. »

C'est ainsi que Nick se retrouve assis dans ma cuisine, son pantalon gris clair constellé de points d'un gris plus foncé à cause de la pluie. Tandis que je dispose les tasses à café, il voit la bouteille de Johnnie Walker Blue sur la desserte et dit : « À vrai dire, je prendrais bien un peu de ça.

– Tant mieux. Je déteste boire seule. Comment vous le voulez ?

– Sec, s'il vous plaît. »

Quelque chose dans sa manière de dire « sec », avec une pointe d'accent bizarre que je ne parviens pas à identifier – pas britannique, mais pas américain non plus –, me fait l'aimer encore plus.

J'en verse pour nous deux, puis je m'assois en face de lui à la petite table. Il sourit et lève son verre. « Aux imprudents rendez-vous nocturnes, dit-il.

– À la vôtre. Mais c'est pour affaires, non ? Rien d'imprudent là-dedans. »

Il hoche la tête. « Bien sûr, c'est seulement pour affaires. »

Le scotch est chaud dans ma bouche et mon corps. Chaque gorgée augmente les picotements, le bout de mes doigts est engourdi, et la sensation est agréable. Pendant une bonne minute, nous ne parlons ni l'un ni l'autre, et je sais qu'il faut que je lui parle d'Emma, qu'il n'est probablement pas au courant puisqu'il était à l'étranger. Je m'efforce de chercher les mots, de trouver la manière de raconter ce qui s'est passé, quand Nick tend la main et écarte une mèche de cheveux qui m'est tombée sur le visage. C'est un geste d'une simplicité évidente, mais il me laisse sans voix ce moment de tendresse qui n'a rien à voir avec la pitié.

« Vous allez croire que je suis fou, dit-il, mais j'ai beaucoup pensé à vous.

– Ah bon ?

– Pardon, je ne devrais pas vous dire ça. Je vous connais à peine, et puis, il y a votre fiancé, bien sûr. »

C'est là que je devrais lui parler d'Emma, avant qu'il ne poursuive son discours, mais c'est bon d'entendre ce qu'il dit. Je veux l'entendre, je veux ressentir ce moment de normalité.

« Vous me rappelez cette fille que j'ai connue au lycée. Elle s'appelait Simone. Les mêmes yeux, et le même dessin de la bouche quand vous souriez.

– Cette Simone, dis-je tout en me sentant coupable – mais désirant tellement avoir cette conversation avec un bel homme gentil, cet homme qui, contrairement à Jake, n'a aucune raison de me haïr –, qu'est-elle devenue ?

– Qui sait ? Nous avons eu trois rendez-vous, je suis tombé éperdument amoureux, et ensuite sa famille a plié bagage et a déménagé dans l'Utah.

– Je parie vingt dollars qu'elle vit dans une grande maison à Salt Lake City avec une ribambelle d'enfants.

– Probablement.

– Vous avez des frères et sœurs ?

– Un frère, deux sœurs. Et vous ?

– Nous ne sommes que deux. Ma sœur a deux ans de moins que moi.

– Où vit-elle ?

– En Caroline du Nord. »

Nick penche son verre pour boire la dernière goutte de scotch, puis il le repose et promène ses doigts sur le bord. Ses ongles sont parfaitement manucurés, un peu arrondis, éclatants de santé. C'est le genre de type qui paraîtrait parfaitement à l'aise dans un salon chic, le *Wall Street Journal* dans les mains, tandis qu'une jeune femme au rouge à lèvres très rouge serait occupée à lui caresser la main, à lui lisser et à lui polir les ongles.

« Alors, ce loft est aussi votre lieu de travail ? dit-il, en regardant autour de lui.

– Ouais. J'ai eu de la chance et j'ai signé le bail avant la flambée de l'immobilier. Le loyer est plafonné. La chambre noire est en haut.

– Je pourrais la voir ?

– Bien sûr. »

En haut de l'escalier, je suis prise de vertige. « Ça va ? demande Nick en tendant le bras pour me retenir.

– C'est le scotch. Est-ce que le plancher bouge ou c'est moi ?

– Peut-être que vous devriez vous asseoir ? »

Le lit se trouve en haut de l'escalier, et la porte menant à la chambre noire est de l'autre côté. Nous sommes au pied de mon lit. J'ai le dos vers le matelas et Nick me tient par les épaules, mais en maintenant une distance polie et fraternelle. Lit ou chambre noire ? Lit ou chambre noire ? Au lieu de choisir, ça arrive, tout simplement ; mon corps paraît tomber de son propre chef sur le lit. Nick reste debout là, les bras ballants.

« Je peux aller vous chercher quelque chose ? De l'aspirine ?

– Non merci. Dans une minute, j'irai parfaitement bien. »

Il regarde autour de lui, j'imagine qu'il cherche un endroit où s'asseoir, mais il n'y a pas de chaise. « Ici, dis-je en tapotant le lit à côté de moi. Asseyez-vous. »

Le matelas s'enfonce légèrement sous son poids. Le réveil affiche 4 h 25. C'est exactement l'heure de la nuit à laquelle aucune personne sensée n'est réveillée. À 3 h 15 les fêtards les plus résistants rentrent tout juste. À 5 heures, les travailleurs les plus acharnés tendent le bras et coupent la sonnerie de leur réveil. Mais à 4 h 25, à peu près tout le monde est au lit. C'est certainement l'heure fatale, le moment où il se passe des choses étranges et imprévisibles. Ce qui arrive à cette heure-là peut certainement être pardonné, ou tout au moins oublié.

Je ne m'écarte pas quand la main de Nick effleure ma cuisse, ni quand il se penche pour m'embrasser. Son baiser est très doux, lent, pas trop insistant. Peut-être est-ce ce dont j'ai besoin. Peut-être est-ce précisément ce qui m'aidera à émerger brusquement de cet état d'hébétude, d'étrangeté dans lequel je me trouve depuis la disparition d'Emma. Est-il possible que le fait de coucher avec cet homme brise le cercle infernal de ma paralysie ? Se pourrait-il que lui faire l'amour me réveille, m'aide à récupérer les fils égarés de ma santé mentale ? Se pourrait-il qu'un acte simple réorganise ma mémoire, remette les choses d'aplomb ?

Tandis qu'il m'embrasse, trois mots martèlent mon cerveau : *Situation*, *Participation*, *Dégagement*. Trois mots, tous trois sortis de la bouche de Sam Bungo, qui dirigeait les séances pour drogués du sexe auxquelles mes parents m'avaient forcée à assister quand j'avais dix-sept ans. Sam n'était pas psychiatre ; il n'était même pas un thérapeute agréé. Il n'était qu'un conseiller chrétien avec un c minuscule, mais c'était ce que mes parents pouvaient offrir de mieux. Autrefois, il avait été éducateur à la petite église baptiste de Montgomery, mais il l'avait quittée dans des circonstances mystérieuses. Quand je l'ai rencontré, il dispensait depuis trois ans des cours sur l'addiction au sexe, et il avait concentré la réponse à la tentation en une formule. Il nous faisait scander ces mots plusieurs fois par séance.

La Situation, disait Sam, ouvrait la porte au mal. La première défense contre le sexe consistait à éviter les situations compromettantes, les circonstances dans lesquelles on serait le plus vulnérable.

La Participation, nous prévenait-il, était l'ennemi. Les chrétiens doivent se tenir à l'écart des pécheurs et, ce faisant, ils seraient protégés du péché. « N'acceptez pas d'accouplement qui vous asservisse », disait-il.

Enfin, il y avait le Dégagement. Disons que vous prenez un mauvais virage et que vous vous retrouvez dans une Situation, et qu'il est clair que vous allez droit vers la Participation. Votre seule option est alors le Dégagement : remettez votre soutien-gorge, remontez votre braguette, et sortez de là aussi vite que vous le pouvez. « Ne regardez pas en arrière, conseillait Sam, ce n'est pas par hasard que la femme de Lot a été transformée en statue de sel. »

Sam n'était pas malin, mais peut-être, je m'en rends compte aujourd'hui, avait-il raison. Son slogan pouvait être d'inspiration divine et masquer une idiotie. J'avais désobéi à la première règle, la Situation, en laissant Nick venir chez moi. Un baiser serait certainement considéré comme de la Participation. Mais il n'était pas trop tard pour le Dégagement.

« On ne devrait pas, dis-je.

– Bien. Pardon. » Il s'appuie sur ses coudes, soupire et me gratifie d'un petit sourire triste. « Comment s'appelle-t-il le fiancé ?

– Jake.

– Il est sympa ?

– Très. »

Je me lève et j'ouvre la porte donnant sur la chambre noire, en allumant la lumière du plafonnier. « Venez voir », dis-je. Il me suit, pensant peut-être que j'ai changé d'avis et que je prévois de poursuivre l'interlude romantique au milieu des produits chimiques et des bacs en train de sécher. Il lui suffit de jeter un coup d'œil dans la pièce et il change de visage.

« Qu'est-ce que c'est ? » demande-t-il en saisissant les photos d'Emma, il y en a des dizaines, qui recouvrent les murs : Emma au zoo, Emma à la plage, Emma dans le jardin de Jake sur le toboggan, Emma debout devant son école, tenant la main d'Ingmar, un garçon qu'elle a brièvement aimé à l'école maternelle, Emma et Jake debout dans le soleil à Tsunami Town à Crescent City.

Je lui raconte l'histoire d'Emma. Je lui raconte comment je l'ai perdue. Je lui raconte que je suis peut-être aussi en train de perdre la tête, et il s'approche et me prend dans ses bras. Il n'y a rien de sexuel cette fois, pas le moindre désir ; il fait simplement la seule chose à laquelle il pense. Il finit par me mettre au lit tout habillée. « Si cela ne vous dérange pas, je vais descendre me mettre un peu devant l'ordinateur et essayer de préparer ma réunion de tout à l'heure, dit-il.

– Prenez votre temps. » Une partie de moi espère qu'il va venir me rejoindre dans le lit d'ici une heure et me couvrir de caresses. Ma partie la plus rationnelle espère qu'il partira avant que j'aie l'occasion de commettre une idiotie. Je m'endors au son de ses doigts qui tapotent le clavier de l'ordinateur.

Au matin, quand je me réveille, je l'entends circuler dans la cuisine. Je passe rapidement des vêtements propres, je me brosse les dents, je me lave la figure et je descends. Il est assis à la table, tout habillé, les cheveux peignés, et sirote son café. Je m'en verse une tasse et je m'assois aussi. « La barbe de deux jours, ça vous va bien, dis-je.

– Merci. » Il y a un silence gêné, pendant lequel nous gardons tous les deux les yeux plongés dans notre tasse. « Désolé pour hier soir, dit-il.

– Vous n'avez pas à vous excuser. » Je glisse l'enveloppe contenant les photographies de son arrière-grand-mère sur la table. « Voici ce que vous êtes venu chercher. »

Il pose ses doigts manucurés sur l'enveloppe. « C'est gentil à vous de faire semblant que ce soit la seule raison pour laquelle je me suis pointé chez vous au milieu de la nuit.

– C'est gentil à vous de vous montrer si délicat. Je crains que ma volonté n'ait pas beaucoup résisté, en cas de pression.

– Si seulement je vous avais rencontrée dans des circonstances différentes », dit-il. Il va jusqu'à l'évier et lave sa tasse, la pose sur l'égouttoir, s'essuie les mains et sort un carnet de chèques de sa poche de manteau. « Elle est de combien la douloureuse ?

– Deux cent dix-sept dollars.

– Ce n'est pas cher, dit-il, en remplissant un chèque avec son stylo Mont-Blanc.

– Je vous ai fait la réduction nuit-sur-le-canapé. Vous ne regardez pas les photos ?

– J'ai confiance en vous », dit-il en me tendant le chèque.

Et ensuite, il part, et je suis seule, et la lumière du soleil qui entre par les grandes baies du loft est trop vive, trop intense, comme le soleil sur la plage en Alabama l'été, où chaque corps, chaque objet, était entouré d'un halo doré, et dont il était impossible de discerner les contours ou la profondeur, parce que tout tremblotait dans cette lumière ; tout devenait un peu illusion.

41

« Sans rire », dit Jake la première fois que je lui parlai des cours pour les drogués du sexe de Sam Bungo.

C'était une journée chaude, Emma était de sortie au zoo, et Jake et moi étions à Java Beach. Il trempa un biscuit aux amandes dans son café et dit : « Je sais que tu es plutôt branchée sexe, mais je ne t'avais jamais imaginée en droguée du sexe. » Un type à une table voisine leva les yeux de son *Bay Guardian*, et me jaugea d'un coup d'œil.

« Je n'en étais pas une. Mes parents se sont fourré cette idée dans la tête, et il n'y avait pas moyen de les convaincre du contraire.

– Je pense que nous nous connaissons depuis assez longtemps maintenant pour que je puisse te poser cette question », dit-il. Il portait une casquette des Giants et un tee-shirt noir près du corps. Il était beau, vraiment beau, et je voulais coucher avec lui. Ce qui ne s'était pas encore fait. Nous n'en étions pas loin, sachant tous les deux que cela arriverait bientôt, mais il fallait attendre le bon moment.

« Quelle question ?

– La question classique sur le nombre de partenaires que tu as eus.

– Pas la peine d'en parler, dis-je.

– Où est le mal ?

– O.K. Toi d'abord. »

La table était couverte de miettes, les siennes et les miennes. Jake prit un couteau en plastique pour les rassembler en un petit tas. « Il y a eu Betsy Paducah quand j'avais quinze ans – son père possédait des chevaux en Virginie occidentale, et elle passait l'été à San Francisco pour une formation artistique. Ensuite, il y a eu Amanda Chung quand j'avais dix-sept ans, Deb Hipps, pendant ma première année d'université. Janey, oublions son nom de famille, la même année, puis une petite amie sérieuse de la seconde année jusqu'à la fin de mes études, Elaine Wayne. » Il poursuivit pendant deux ou trois minutes, terminant avec Rebecca Walker, datant de quelques mois.

« Où avais-tu rencontré Rebecca ?

– Au lycée.

– C'était une vraie relation ou juste une aventure ?

– Elle a duré trois mois, si c'est ce que tu appelles une relation. C'est la seule femme que j'ai fréquentée depuis mon divorce. Quand on est parent isolé, on n'a pas beaucoup de temps à consacrer à une vie sociale… » Il cogna sa tasse à café contre la mienne, « tchin-tchin ».

« Jusqu'à ce que tu arrives, bien sûr.

– Lequel de vous deux a rompu ?

– Sur le moment, j'ai cru que c'était une décision commune, mais, après ça, Rebecca m'a laissé des mots pleins d'amertume dans mon casier au lycée pendant plusieurs semaines. Alors, j'imagine que c'était moi le méchant dans l'affaire.

– Elle enseigne toujours là-bas ? »

Il hocha la tête. « Littérature anglaise, conversation française. »

J'imaginai Jake assis à table en face de Rebecca dans la salle des professeurs, essayant de se concentrer sur son sandwich –

dinde-bacon-gruyère – tandis qu'elle avançait un pied chaussé d'un mocassin vers lui sous la table, en lui chuchotant des mots français grivois.

« Douze, dis-je. Un nombre très raisonnable.

– Tu as compté ?

– Je croyais que c'était justement l'idée.

– À toi. Du premier au dernier. »

Alors, je commençai avec Ramon. Ramon, qui m'avait enseigné le sexe oral et les ouvertures de diaphragme, l'orgasme simultané et la vitesse d'exposition. Ramon, qui avait pris des photos de moi, par centaines, ces photos sur lesquelles mes parents étaient tombés après son décès dans un accident de moto. « Il avait une sœur ; elle a trouvé les photos et mon adresse après sa mort, expliquai-je. Elle a pris la décision de les envoyer à mes parents.

– Vous aviez pas mal d'années de différence, commenta Jake.

– Je sais, mais ce n'était pas important. Il était prêt à m'épouser. »

Je racontai à Jake comment, au téléphone, quand il m'avait appelée de Mobile à Knoxville au cours du dernier mois de sa vie, Ramon m'avait dit : « Je ne peux pas vivre sans toi. » Et j'avais répondu : « Bien sûr que tu peux. Je suis à l'université, je ne peux pas faire autrement. » Ce fut la dernière conversation que j'eus avec lui.

« Quel genre de photos prenait-il ? demanda Jake.

– Tu peux imaginer.

– Glauque.

– Non, ce n'était pas glauque. Enfin, oui, bien sûr, il était trop âgé pour moi, mais c'était vraiment un gars sympa.

– Si Emma s'embarquait dans une relation avec un type comme ça, dit Jake, je prendrais un fusil à pompe et je le ferais partir vite fait. »

Je ne racontai pas à Jake comment Ramon me faisait poser. Comment il me déshabillait, un vêtement après l'autre, dans son appartement en ville, où une lumière vive se déversait par les grandes baies vitrées. Comment je restais debout, nue, au milieu de la pièce jusqu'à ce qu'au bout d'un moment les lattes du plancher semblent se dérober sous moi, et que, prise de vertige, je perde l'équilibre, tandis que l'appareil photo de Ramon cliquetait. Il y avait les gros plans – un coude, un genou, la peau blanche de l'intérieur d'une cuisse, la voûte d'un pied, mes oreilles parées de leurs rubis gouttes qu'il m'avait offerts. Beaucoup plus tard, ma mère avait étalé ces photos sur la table basse en verre et m'avait demandé : « Qu'est-ce que c'est que ça, je te prie ? »

Je ne l'avais jamais vue aussi furieuse. Elle pleurait. Elle croyait vraiment que j'étais la proie du diable. Mon père n'arrivait pas à me regarder. Il était assis dans le rocking-chair du salon et gardait les yeux rivés sur le piano, à défaut d'autre chose. L'instrument avait pris une patine jaunâtre avec le temps. Dessus étaient posées la statuette d'un merle bleu avec un minuscule remontoir doré pour le faire chanter, une rangée de poupées russes, et des photographies d'Annabel et de moi quand nous étions bien plus jeunes, portant des robes en vichy assorties que ma mère avait cousues à la main. Et, sur la table basse, il y avait ces autres photos, mon corps étalé, nu, et mon plaisir, si évident, si humiliant.

« Ce n'est pas naturel, avait dit mon père.

– Le sexe est un acte sacré entre un homme et une femme que Dieu a réunis par le mariage », avait dit ma mère, comme si elle citait un manuel religieux.

Mon père avait opiné du chef, s'était balancé, sans me regarder. Il s'asseyait dans le même fauteuil pour me bercer le soir, quand j'étais petite.

« Quand tu fais ça avec quelqu'un, tu lui donnes ton âme, avait dit ma mère. Pour l'éternité, cet homme répugnant va posséder une petite partie de toi. »

Je pensai à la moto, me demandant à quel point Ramon avait souffert quand il avait glissé sur la route mouillée, s'il y avait eu une immense douleur ou juste un grand blanc. À l'enterrement, en septembre, son cercueil était resté ouvert. J'étais là avec sa sœur que je venais juste de rencontrer. Elle lui ressemblait, le même teint olivâtre, les mêmes yeux verts, la même chevelure hirsute typique des années quatre-vingt. « Trop de fard à joues », avait-elle dit en sortant un mouchoir en papier de son sac pour essuyer le visage de Ramon. Le mouchoir était devenu rose. Je ne pus m'empêcher de penser qu'il aurait été très mécontent d'être ainsi maquillé.

Pendant que mes parents me faisaient la leçon, la télévision restait allumée, le volume très faible ; sur CNN, Christiane Amanpour faisait le point sur la situation en Syrie. Je voulais être comme Christiane, à l'autre bout du monde, en train de faire quelque chose qui importait.

Je ne dis pas à Jake combien la culpabilité m'avait submergée comme une vague, à quel point je me sentais responsable de ce qui était arrivé à Ramon. Je poursuivis : « Mes parents m'ont retirée de l'université pendant tout un semestre. Il fallait que j'aille suivre une thérapie de groupe trois fois par semaine avec ce type complètement barjo appelé Sam Bungo, qui aimait beaucoup les slogans.

– Dur pour une gamine de dix-sept ans », dit Jake, et je lui fus reconnaissante de ne pas dire du mal de Ramon. Reconnaissante qu'il ne me demande pas d'aller jusqu'à la fin de la liste, qu'après avoir énuméré ses partenaires, il ne m'oblige pas à faire de même.

Jake paraissait tellement sain, assis là avec sa casquette de base-ball, voulant vraiment avoir confiance en moi. « Alors, dis-je, trouves-tu mon passé un peu trop sulfureux ? Il n'est pas trop tard pour faire machine arrière.

– Tout cela attise ma curiosité. En outre, peut-être qu'il va s'avérer que tes parents avaient raison et que tu es vraiment une droguée du sexe, une chance pour moi. Qu'est-il arrivé à Sam Bungo ?

– Une histoire bizarre. J'ai rencontré sa sœur par hasard il y a environ dix ans. Une agente du FBI du nom de Sandy Bungo est venue au cours de sciences politiques que je suivais à l'université du Tennessee. C'est un nom peu courant, et j'avais remarqué une nette ressemblance ; alors, je suis allée la voir après le cours et je lui ai demandé si elle avait un lien de parenté avec un certain Sam Bungo. Elle a voulu savoir comment je le connaissais, et, sans réfléchir, j'ai bafouillé : "J'ai suivi ses cours autrefois." Elle a fait une drôle de tête et elle a dit : "Ça alors !" J'ai pris des nouvelles de Sam. Il était en prison pour presque cinq ans, à la suite d'un délit qu'elle ne s'est pas donné la peine de préciser. Je suis juste restée plantée là, un peu ahurie, et je l'ai priée de lui transmettre un bonjour de ma part. »

Ce fut la première et la dernière fois que Jake et moi parlâmes de Ramon, ou de gens que nous avions fréquentés dans le passé. Il était même rare que nous abordions le sujet de Lisbeth. C'était une chose que j'aimais bien chez Jake : cela lui convenait que le passé reste le passé ; avec lui, tout semblait inscrit dans un mouvement vers l'avenir.

42

Le dernier dimanche de novembre, je repère la Chevrolet orange à Ocean Beach. La voiture est là quand j'arrive à dix heures pour ma permanence quotidienne. La journée est exceptionnellement ensoleillée, et la brume s'est déjà dissipée. Un voilier avance nonchalamment à l'horizon.

Je note rapidement le numéro d'immatriculation, puis je me gare à côté de la Chevrolet, en laissant deux espaces entre nous. Mes mains tremblent, mon rythme cardiaque s'accélère, tout mon corps se raidit. Le conducteur est le même que celui que j'ai vu ce jour-là, avec ses cheveux grisonnants et sa barbe naissante. Il lit un journal en buvant du café. Son visage est un peu plus lourd que dans mon souvenir, et il n'y a pas de bande jaune sur le côté de la voiture, mais, en dehors de ça, tous les détails correspondent. La vahiné sur le tableau de bord, une Vierge Marie suspendue au rétroviseur.

J'appelle le détective Sherburne. Je tombe sur sa boîte vocale : « Il est là, dis-je, à la plage. Le type de la Chevrolet orange. » Je dicte le numéro de la plaque, puis j'essaie le biper de Sherburne et son numéro personnel. Pas de réponse.

Pendant une demi-heure, j'observe l'homme. Il ne se contente pas de parcourir le journal, il le lit vraiment, en passant un long moment sur chaque page. Enfin, il sort de sa voiture, va jusqu'au mur, et reste là à regarder l'océan. Je saisis mon gobelet de café, je vais jusqu'à la poubelle, et je l'y dépose, m'attardant à deux ou trois mètres de l'homme. Il porte une paire de très belles chaussures, trop belles pour aller à la plage.

« Belle journée, fait-il.

– Cela fait un moment qu'on attend ça.

– C'est ma première année à San Francisco, dit-il. Ce n'est pas exactement ce que j'imaginais quand j'ai décidé de m'installer en Californie. Cet été, j'ai eu si froid que j'ai failli faire mes valises et rentrer chez moi.

– C'est où chez vous ?

– Le Nevada. Et vous ?

– L'Alabama.

– Autrefois, j'en avais un comme celui-là », dit-il en me montrant d'un mouvement de la tête un gamin promenant un chien sur la plage.

« Un gamin ? dis-je, ahurie.

– Non, un chien. Un labrador chocolat.

– Oh.

– Il s'appelait Frank. Le chien le plus idiot mais le plus gentil que j'aie jamais vu.

– Et où est-il ?

– Si je savais… »

Le type respire une espèce de solitude, comme s'il était seul depuis longtemps. J'essaie de trouver la bonne question, la bonne approche.

« Qu'est-ce qui vous a fait venir à San Francisco ?

– Cette histoire pourrait prendre un bout de temps.

– Je ne suis pas pressée. »

Il croise les bras sur sa poitrine. « Vous savez quoi ? J'vais vous faire la version courte, en dix minutes, en buvant un café chez Louis's. »

Je m'impose de rester calme, d'avoir l'air naturelle. « O.K. »

Nous verrouillons nos voitures, puis remontons le chemin pavé vers le bistrot. Nous nous asseyons à une table à côté de la fenêtre avec vue sur l'océan. Un jeune couple progresse à pas hésitants sur les ruines en ciment de Sutro Baths.

« Vous ne m'avez pas dit comment vous vous appeliez, dit-il en remuant la crème dans son café.

– Dana. » Le mensonge sort tout naturellement. « Et vous ?

– Carl Renfroe. »

En dessous, le jeune couple déniche un petit espace à l'écart des sentiers environnants. Là-bas, avec la mer fouettant les ruines, il est facile de se croire seul. J'essaie de trouver un moyen quelconque d'extraire des renseignements de Carl sans éveiller ses soupçons, quand la jeune fille soulève sa jupe, s'accroupit et pisse.

« Eh bien, nous voilà aux premières loges », dit Carl.

La fille ne se rend compte de rien, elle prend son temps. Le garçon lève sa main et la met en visière ; il regarde du côté du restaurant. Il dit quelque chose à la fille, qui s'empresse de remonter sa culotte, de redescendre sa jupe sur ses cuisses et de se relever.

« Nous avons droit à ce spectacle à peu près une fois par semaine, dit la serveuse.

– Les gens ne se rendent pas compte que nous sommes là. »

Une famille entre et s'assoit dans le box derrière Carl, ils parlent tout doucement. Les parents n'ont pas l'air assez âgés pour avoir une si nombreuse famille – un fils adolescent, un petit, et un bébé dont la tête a une forme bizarre. Le père s'avachit sur la banquette, sa casquette de base-ball blanche rabattue sur les yeux, et il demande à ses enfants de se calmer.

« On vous entend jusque dans l'Iowa », dit-il à sa femme, qui s'étonne des prix qu'elle lit sur la carte.

« Vous étiez sur le point de me dire comment vous avez atterri ici, je rappelle à Carl.

– Ma femme est décédée il y a deux ans. Un accident d'autobus au Guatemala.

– Je suis désolée.

– Elle n'avait que quarante-trois ans. Elle était là-bas pour travailler sur un documentaire. Quelques mois plus tard, mon fils est parti pour l'université. » Il ouvre un sachet d'aspartam et le vide dans sa tasse. « Il n'y avait rien pour me retenir dans le Nevada. »

Je réfléchis brièvement à l'éventualité qu'il sache exactement qui je suis. Peut-être se rappelle-t-il clairement mon visage depuis ce jour-là sur la plage ? Peut-être revient-il sur le lieu du crime ? Mais tout cela, je le sais, est faux. Une autre impasse, une autre possibilité à rayer sur la liste de plus en plus courte. Cet homme n'est pas un kidnappeur, un agresseur d'enfant ni un meurtrier. Je ne suis pas certaine de savoir pourquoi, mais je le sais. On peut vivre pendant des années avec certaines gens sans jamais découvrir leur vraie nature ; il en est d'autres qu'on cerne facilement, comme dans un livre ouvert dont tous les passages importants sont soulignés.

Notre repas arrive. Carl saupoudre son omelette de sel et de poivre. « L'Alabama… Vous êtes loin de chez vous. Mais j'imagine que San Francisco est un endroit facile à aimer.

– C'était le cas, avant.

– Très mystérieux…

– Je cherche à retrouver quelqu'un.

– Ah oui ?

– Une petite fille. Elle a disparu sur cette plage en juillet. »

Son visage change d'expression - réminiscence, pitié ? « J'en ai entendu parler, grosse affaire pendant quelques semaines. » Il fronce les sourcils. « Elle s'appelait Emily ?

– Emma. Elle *s'appelle* Emma.

– Je suis désolé. Ce doit être horrible. Vraiment atroce.

– Vous étiez là.

– Pardon ?

– Le jour où elle a disparu. Vous étiez là, sur le parking. Je me souviens de votre voiture. Vos phares étaient allumés. J'ai pensé à un moment vous dire de les éteindre, puis j'ai changé d'avis. Vous paraissiez absorbé dans la lecture de votre journal. »

Il pose son café, me regarde fixement, comprenant soudain. « Vous avez pensé… »

Je bouge sur ma chaise, mal à l'aise. « Vous étiez seul. Nous sommes passées à côté de vous.

– Vous avez attendu que je revienne, tout ce temps ?

– Oui.

– Et alors ?

– Ce n'est pas vous. Mais il fallait que je m'en assure.

– Si ça peut vous réconforter, je ferais la même chose.

– Est-ce que vous vous rappelez quelque chose ? Est-ce que vous avez vu quelque chose, quelqu'un de bizarre ?

– Je ne me souviens pas. L'année a été mauvaise, tout se télescope.

– Réfléchissez. C'était un samedi, le 22 juillet. Il était dix heures et demie du matin. C'était un jour froid, très brumeux. »

Il se concentre, et secoue la tête. « Je suis désolé.

– Je vous en prie. » Mes mots résonnent trop fort, sont trop implorants. Le père de Georgie nous regarde. Son adolescent de fils est en train de beurrer la tartine de son petit frère, tandis que la mère fourre les sucres et les petits pots de crème longue conservation dans son sac. Je baisse la voix. « Quelque chose. Forcément, vous vous rappelez quelque chose.

– C'était il y a des mois. J'ai déjà tellement de choses en tête. »

Au lieu de reprendre le chemin pavé jusqu'au parking, nous ôtons nos chaussures et nous marchons sur la plage. L'eau tourbillonne autour de nos chevilles, elle est glacée. À Seal Rock, les phoques aboient. « J'ai un appartement à Stockton, dit Carl. Un deux pièces avec vue sur la baie. La première nuit que j'ai passée là, j'entendais ce raffut venant de ces rochers, et j'arrivais pas du tout à piger ce que c'était. On aurait dit une meute de chiens. J'ai fini par comprendre que c'étaient les phoques. Je n'ai pas pu dormir pendant des semaines, je me suis dit que j'avais fait une erreur en venant ici. Mais, au bout d'un moment, j'ai cessé d'y faire attention. Maintenant, quand je vais voir mon fils à l'université, je n'arrive pas à fermer l'œil de la nuit ; le silence me rend dingue.

– J'imagine qu'on peut s'habituer à tout, avec le temps », dis-je.

Une femme russe est assise sur une couverture près de l'eau et parle dans son portable. Elle observe son mari qui trempe un bébé hilare et complètement nu dans l'eau.

« Vous voyez encore le visage d'Emma ? demande-t-il. Clairement ?

– Oui.

– Celui de ma femme est en train de s'estomper. Quand je ferme les yeux, je vois sa coiffure, la couleur de ses yeux, ses boucles d'oreilles. Mais je n'arrive pas à me souvenir vraiment de la forme de son visage. Alors, je cours vers la commode et je prends sa photo, et tout me revient ; mais, le jour suivant, elle recommence à disparaître. Et sa voix, je ne l'entends plus du tout.

– Peut-être que l'oubli est un acte inconscient d'autopréservation, dis-je. Peut-être qu'avec le temps, si on ne peut pas les entendre ni les voir clairement, leur absence devient moins douloureuse.

– Il y a une phrase dans une chanson de Tom Petty », se rappelle Carl, envoyant un dollar de sable d'un coup de pied dans l'eau. Il se racle la gorge, et chante : *I remember the good times were just a little bit more in focus*[1].

Je reconnais la chanson, c'est *Here Comes My Girl*. Même si je me souviens seulement des paroles et plus vraiment de la mélodie, je me rends compte, malgré tout, qu'il chante un peu faux.

1. « Dans mon souvenir, les bons moments étaient quand même un peu moins flous… » *(N.d.T.)*

43

Tous les livres de Nell sont empilés sur ma table de chevet. La nuit, incapable de dormir, je me plonge dans les volumes, en prenant des notes, à la recherche d'un moyen de me rafraîchir la mémoire.

En 477 avant J.-C., le poète grec Simonide de Céos a fondé l'Art de mémoire. Simonide découvrit son don par hasard, un soir qu'il était invité à un banquet donné par un riche noble du nom de Scopas. Lors de ce banquet, Simonide récita un long poème lyrique, dont une partie rendait hommage à Scopas, et l'autre était dédiée aux Dioscures. Le commanditaire, furieux de devoir partager les honneurs avec les dieux, refusa de payer à Simonide la totalité de la somme convenue.

Deux jeunes gens avertirent le poète. Simonide devait apprendre par la suite qu'il s'agissait de Castor et de Pollux eux-mêmes, qui étaient intervenus pour lui sauver la vie. À peine Simonide était-il sorti que le toit de la salle du banquet s'effondra. Le massacre fut tellement abominable que ni les membres de la famille de Scopas ni ceux de ses invités ne purent identifier les corps. Simonide, en revanche, parvint à reconnaître chacun d'eux en se remémorant la place qu'il occupait à table. C'est à partir de cet incident que le poète formula la théorie des *lieux*.

Elle est relativement simple : imaginez un lieu, réel ou imaginaire, une maison ou une église, par exemple, avec tous les meubles, toutes les pièces, et dans cet environnement, placez mentalement les choses que vous voulez vous rappeler dans un ordre séquentiel. Ensuite, parcourez l'espace en question en ramassant les objets au fur et à mesure.

Pendant la Renaissance, Giulio Camillo, de Bologne, approfondit la méthode en bâtissant un Théâtre de la Mémoire en bois pour l'offrir au roi de France. Le théâtre contenait des repères, des petits casiers, des images et des figurines. Camillo pensait qu'en parcourant ce théâtre, et en associant des images et des mots aux objets concrets installés là, on pouvait se souvenir de tout ce qu'on voulait. D'après Camillo, quiconque passait deux heures dans son Théâtre de la Mémoire en sortait avec la capacité de discourir sur n'importe quel sujet avec la même habileté que Cicéron.

S., l'homme qui ne pouvait pas oublier, n'avait jamais entendu parler de Simonide ni de la théorie des *lieux*. Cependant, quand son médecin lui donnait une liste de choses ou de passages à mémoriser, S. descendait mentalement la rue Gorki à Moscou. Dans son esprit, tandis qu'il marchait, il plaçait les mots et les images à des endroits précis le long de la rue : dans des vitrines, à côté de monuments, devant des portails. Se rappeler les passages mémorisés revenait à imaginer le parcours mental, en recueillant les phrases à chaque endroit. Malheureusement pour S., la seule chose dont il voulait se souvenir, c'était simplement comment oublier.

Une nuit, après avoir lu le passage sur le Théâtre de la Mémoire de Camillo, je fais un rêve dans lequel je m'approche, la nuit, d'un grand édifice au milieu d'un champ désert. Le bâtiment est blanc, sans fenêtres ; un grand portail sous une arcade perce la façade en son milieu. Quand j'entre, je me trouve dans un labyrinthe complexe de pièces, chacune envahie d'objets décoratifs : des vases et des personnages en céramique, de lourdes tentures, des boîtes de tailles variées en bois, en argent et en jade.

Je parcours les pièces lentement, je saisis des vases et je les retourne. Des objets me tombent dans les mains : des galets et des perles en plastique, des lettres de l'alphabet, des petits bouts de papier blanc froissé, des trombones et des punaises, des coquillages cassés et des éclats de bois. J'y découvre une grenouille dorée qui s'enfuit d'un bond quand je la touche, et un morceau de sucre d'orge rouge à moitié mangé. J'ouvre les boîtes, je cherche, mais je ne trouve que des objets inutiles. Tous sont assez petits pour tenir dans ma main, mais aucun d'eux n'a une relation quelconque avec Emma, aucun d'eux n'est l'indice que je cherche. Je continue à errer dans toutes les pièces, éliminant les possibilités l'une après l'autre.

Quand je sors du bâtiment, ce n'est plus la nuit. Je suis aveuglée par le soleil, et je ne suis plus au milieu d'un champ, mais sur une place, envahie de boutiques et de gens – des bicyclettes, des kiosques à journaux, des enfants qui sautent à la corde, des hommes en costume et des femmes en robe d'été. En me frayant un chemin à travers la foule, je sais que je dois me rendre à un endroit, mais je ne parviens pas à me souvenir ni du lieu, ni de la raison, ni de la personne qui peut bien être là-bas à m'attendre.

44

Cent quarante-septième jour.

« Comment décririez-vous votre relation avec Emma ? » demande Deborah Haze. Deborah est l'animatrice d'un talk-show du matin sur une chaîne locale. Ses sourcils forment des V renversés très marqués, comme un oiseau à l'envers dessiné par un enfant. Deborah est connue pour ses hauts cols en dentelle qui rappellent les films historiques, pour le fond de teint foncé qu'elle porte sous son fard à joues couleur brique. Ses cheveux blonds et crêpés la grandissent d'au moins sept centimètres. J'essaie de toutes mes forces de ne pas la regarder avec insistance.

Pendant les semaines qui précèdent Noël, Deborah fait une rétrospective de toutes les affaires qui ont touché le cœur du public au cours de l'année. Celle d'Emma est la quatrième de la série. Je n'ai jamais aimé Deborah Haze, mais je ferais n'importe quoi pour que le visage d'Emma réapparaisse sur les écrans de télévision.

« Diriez-vous que vous étiez plutôt une mère pour Emma, demande Deborah, ou une amie ?

– J'essayais d'être un peu les deux, je crois. »

L'émission est enregistrée tout au fond d'un grand hangar, sur une petite estrade que tout le monde tient à appeler « le salon ». À la télé, les canapés paraissent douillets et accueillants, mais, en fait, ils sont très inconfortables ; des ressorts cachés pointent aux endroits les plus inattendus.

« Alors, vous êtes à la fois son amie et sa mère, reprend Deborah, en hochant la tête et en serrant les lèvres comme si je venais de faire une révélation majeure. Et comment trouvez-vous l'équilibre entre les deux ? »

Les lumières me donnent chaud au visage, le minuscule micro tire sur mon col. Deborah se penche en avant, attendant ma réponse. Je me rappelle que, chaque fois que je parle dans un micro ou que je regarde une caméra, mes mobiles sont jugés, et l'intérêt pour l'affaire Emma augmente ou diminue selon celui que moi je dégage. J'imagine un petit graphe qui enregistre la sympathie du public, et la ligne qui monte ou qui descend chaque fois que j'ouvre la bouche.

« Eh bien, ce n'est pas immédiat, on ne devient pas la mère d'un enfant, comme ça, du jour au lendemain, dis-je. Il faut du temps pour construire une relation, pour trouver le bon équilibre.

– N'avez-vous jamais pensé que vous n'étiez pas préparée à ça ? Ne vous êtes-vous jamais inquiétée du fait que vous ne pourriez pas remplacer sa mère ?

– Bien sûr que j'étais inquiète. Je ne connais personne qui soit parfaitement prêt à accueillir des enfants. Mais je n'essayais pas de remplacer sa mère. J'allais devenir sa belle-mère ; il y a une différence. »

Quelle était cette différence ? Je ne le sais pas. Si les choses s'étaient déroulées comme prévu, est-ce qu'Emma aurait fini un jour par m'accepter comme sa mère, ou aurais-je toujours été un peu à côté, en marge de la famille ? Quelques semaines après nos fiançailles, alors que nous préparions ensemble le repas,

Jake m'avait demandé : « Comment veux-tu qu'elle t'appelle ? » Je lui tournais le dos, je faisais revenir des champignons et de l'ail dans une poêle.

« Maman ? demanda-t-il. Ou mam ? »

Je me retournai. C'était toujours Jake qui préparait la salade et il tenait à la main le fouet qu'il venait d'utiliser pour faire la sauce. Je léchai l'ustensile. La vinaigrette était acidulée, crémeuse, avec juste ce qu'il fallait de sucré. « Allez, dis-moi, commençai-je, pour éviter de répondre, c'est quoi l'ingrédient mystère ?

– Pas question. C'est un secret de famille. » Il essuya une goutte de sauce tombée sur mon menton. « Ou alors, tu préférerais peut-être quelque chose de plus courant dans le Sud ? Je te vois bien en mamma. »

L'ail grésillait sur le feu, le beurre brunissait. Emma m'avait toujours appelée par mon prénom ; je ne dis pas à Jake que je n'envisageais pas qu'on m'appelle autrement. « Je peux te poser une question ? demandai-je.

– Ce que tu veux.

– S'il n'y avait pas eu Emma, est-ce que tu m'aurais demandée en mariage ? »

Il eut un mouvement de recul. « Quoi ?

– Est-ce que tu aurais voulu m'épouser, même si tu n'avais pas eu un enfant qui avait besoin d'une mère ? » Je détournai les yeux, gênée par ma propre question.

« Regarde-moi, dit Jake, en m'attrapant fermement par les deux épaules. Quand tu n'es pas avec moi, je pense à toi. Quand je suis au lit avec toi, j'ai l'impression d'avoir de nouveau dix-neuf ans. Quand je lis quelque chose d'intéressant, tu es la première personne à qui j'ai envie d'en parler, et quand j'achète un nouveau disque, tu es la première personne à qui j'ai envie de le faire écouter. J'aime la personne que tu es avec Emma, mais j'aime aussi ce que tu es, *toi*. Pigé ? »

Je hochai la tête, et souris. « Pigé. »

Deborah recule au fond de son fauteuil, porte une tasse à café rouge à sa bouche, la repose, exactement sur le cercle qu'elle a laissé sur la surface polie de la table. J'imagine la note gribouillée sur son script : *pause lourde de sens*. « Si je peux me permettre, comment cet événement vous a-t-il affectés, vous et Jake ? Il semblerait que vous ayez annulé le mariage. »

L'interview est en train de glisser. Deborah enchaîne les digressions, essayant de me prendre au piège. Je me demande ce que cela impliquerait pour les audiences de la chaîne, si je me mettais à confier que Jake et moi, nous nous parlons de moins en moins, que son affection pour moi s'est transformée en ressentiment. Si je pensais que cela pouvait aider Emma, je m'autoriserais volontiers à pleurer. Mais je retiens mes larmes, j'essaie d'esquiver la question. Il ne s'agit pas de Jake et de moi. Il s'agit d'Emma.

« Il n'est pas annulé, il est simplement reporté à une date ultérieure. Nous repenserons mariage quand nous aurons retrouvé Emma.

– Croyez-vous cela toujours possible ?

– Oui. »

Deborah tapote ses ongles peints couleur pêche sur son bloc-notes et change de sujet.

« Comment vous entendiez-vous, Emma et vous ?

– Magnifiquement bien. C'est une enfant adorable.

– Vous vous aimiez ?

– Oui, beaucoup. »

Deborah plisse les yeux. Ses cils couverts d'une épaisse couche de mascara se déploient comme les pattes d'une araignée.

« Comme tous les enfants, poursuis-je, elle avait ses moments de rébellion. » Je m'entends parler, trop en dire, essayer de combler le vide. « Bien sûr, il arrivait qu'elle me teste, mais c'était normal.

– Je vois », dit Deborah. J'imagine la ligne sur le graphique de la sympathie du public descendre à pic. Deborah penche un peu la tête et sourit. Sur ses dents brille une fine couche de vaseline. « Alors, vous vivez les choses au jour le jour ? » Elle pose cette question à toutes les personnes qu'elle interviewe. C'est sa question conclusive, sa marque de fabrique. Elle n'a généralement rien à voir du tout avec la conversation en cours.

« Oui.

– J'imagine que c'est tout ce qu'on peut faire. Merci beaucoup d'avoir répondu à notre invitation.

– C'est moi qui vous remercie. »

Deborah se tourne vers la caméra. « Plus tard, nous reprendrons cette même affaire dans une perspective différente. »

Elle sourit pendant plus de deux secondes. Un type qui est debout au pied de l'estrade, une écritoire à la main, dit : « C'est dans la boîte », et le sourire de Deborah disparaît instantanément. Elle décroche le micro de son col et se lève.

« Que vouliez-vous dire par "une perspective différente" ? dis-je.

– J'aime toujours avoir plusieurs approches sur une affaire. »

Elle me tend la main pour me saluer ; elle pourrait pulvériser des noix de pécan avec une poigne pareille. « Bonne chance », dit-elle, avant de descendre à pas pressés de l'estrade. Un gamin tout maigre dans une chemise de flanelle la suit, brandissant un téléphone portable et une tasse à café de chez Tully's.

Un gars s'approche de moi pour m'enlever le micro. Sa main m'effleure les seins. « Pardon », dit-il, mais je vois bien qu'il ne s'excuse pas.

Quand j'arrive dans le hall, je repère la prochaine invitée de Deborah, vêtue d'un pantalon noir, d'un pull de la même couleur, un collier de perles autour du cou. C'est Lisbeth. Elle a perdu du poids et s'est fait éclaircir les cheveux.

« Bonjour », dit-elle, en me gratifiant d'un sourire récemment blanchi.

J'essaie de dissimuler l'effet du choc. Je n'aime pas la personne que je suis en train de devenir, je n'aime pas le fait que, par sa simple présence, Lisbeth parvienne à me mettre en colère, et même à me rendre jalouse. La première fois que nous nous sommes vus, Jake et moi, il m'avait clairement fait comprendre qu'il était soulagé que Lisbeth soit sortie de sa vie. Il m'avait même dit un jour qu'il en était arrivé à m'aimer plus qu'il ne l'avait jamais aimée, elle. Je l'avais cru ; je le croyais toujours.

Mais une chose demeure, sur laquelle je n'ai aucun contrôle. Malgré ses défauts, malgré tout ce qu'elle a fait pour le blesser, Lisbeth doit représenter pour Jake ce que je ne serai jamais : un lien avec Emma. C'est Lisbeth qui a porté Emma dans son ventre, c'est Lisbeth qui a mis au monde cette enfant magnifique. Certainement, dans un coin de son esprit, Jake doit voir en Lisbeth celle qui lui a donné Emma. Et il doit me voir comme celle qui la lui a enlevée.

45

La semaine précédant Noël, Annabel m'appelle pour me suggérer de rencontrer quelqu'un. « Elle s'appelle le docteur Shannon. Elle est thérapeute. »

Les guirlandes de mon sapin de Noël clignotent. Par terre sont étalées des décorations que j'ai achetées à Emma lors de la collecte de fonds à son école l'an dernier : un renne dont les bois sont des brindilles, un minuscule wagon en métal peint en bleu, un ange avec des ailes dorées et étincelantes. J'avais cette vision de ce que serait Noël : Emma, Jake et moi en train d'orner ensemble le sapin, avec Booker T en sourdine et des écorces d'orange en train de confire à petit feu dans la cuisine. Jake en costume de Père Noël, la veille, disposant à grand bruit les paquets sous le sapin.

« Tu m'écoutes ? demande Annabel.

– Je ne crois pas qu'une thérapie va m'aider.

– Le docteur Shannon n'est pas psychiatre. Sa spécialité, c'est l'hypnose. »

L'ange miniature a des cheveux d'or et un visage de porcelaine dont les traits sont peints. Des lèvres rouge vif, un point pour le nez. Il lui manque un œil.

« J'ai déjà essayé, tu te souviens ?

– Je sais, dit Annabel, mais celle-ci m'a été chaudement recommandée. Elle a un doctorat en biologie moléculaire de Standford et elle a publié des résultats importants sur l'hypnose. Son cabinet est à Palo Alto, et elle a travaillé pour le directeur général de plusieurs entreprises de la liste Fortune 500, sans parler de ce sénateur du Delaware dont le stagiaire a été assassiné il y a quelques années.

– Et qu'est-ce qui te fait croire qu'elle acceptera de me voir ?

– Rick vient de gagner un procès important pour un de ses plus gros clients. Elle lui est redevable. Elle a accepté de te voir une fois, mais ça ne peut pas être avant fin janvier. Elle attend un coup de fil de ta part.

– Vraiment ?

– Oui. Tu n'as qu'à prendre cela comme un cadeau de Noël. » Elle se racle la gorge, marque une pause. « Ce n'est pas la seule raison pour laquelle je t'appelle. Je ne sais pas trop comment t'en parler. » Un autre silence, plus long que le précédent.

« Qu'est-ce qui ne va pas ?

– Rien… C'est juste que…

– Juste que quoi ?

– Il y a une lettre, dit-elle, reprenant une expression de notre père. Dans la boîte aux lettres. »

J'ai la gorge serrée, j'essaie de trouver les mots justes. « C'est magnifique. Depuis quand le sais-tu ?

– Je suis enceinte de presque huit semaines.

– Tu dois accoucher quand ?

– Le 17 juillet.

– Pourquoi ne me l'as-tu pas dit aussitôt que tu l'as su ?

– Rick et moi, nous pensions qu'il valait mieux attendre un peu avant de l'annoncer.

– Félicitations. C'est une excellente nouvelle. »

Mentalement, je fais le calcul. Elle doit avoir conçu le bébé environ trois mois après la disparition d'Emma. Serait-il possible que Rick et elle aient décidé d'avoir un autre enfant en partie *à cause de* ce qui est arrivé à Emma ? Je me rappelle une conversation que nous avions eue quand elle attendait Ruby, sa seconde. « Je ne peux pas imaginer n'avoir qu'un seul enfant », m'avait-elle dit. J'étais assise sur une chaise très raide dans le cabinet d'un médecin et elle était allongée sur la table d'examen. Sur l'écran, une minuscule créature blanche palpitait dans une poche sombre et mystérieuse. J'avais regardé la grosse tête, le petit corps recroquevillé, cette petite chose vivante qui grandissait dans le ventre de ma sœur, et je m'étais demandé si j'aurais jamais le courage de mettre au monde un bébé. « Et si quelque chose arrivait à l'enfant ? m'avait-elle dit. Comment ferait-on pour continuer, si on n'en avait pas un autre dont il faut s'occuper ? »

« Tu avais prévu ?

– Pas vraiment.

– Comment Rick prend-il la chose ?

– Il est un peu nerveux, mais heureux. »

J'essaie de trouver les questions appropriées, les réponses attendues. Je devrais demander s'ils vont essayer de connaître le sexe du bébé, s'ils vont ajouter une chambre à coucher dans leur maison. Je devrais demander si Rick prévoit de prendre un congé paternité, et comment Annabel va faire avec Ruby une fois que le bébé sera né. En fait, je pleure dans mon café.

« Abby ? Ça va ?

– Pardon, c'est juste que…

– Écoute-moi, dit-elle. Je me suis promenée sur internet. En 1999, un petit garçon a été enlevé dans un parc à Nashville. Il a été retrouvé six mois plus tard dans un appartement à deux pas de chez lui. En 2001, une jeune fille de quinze ans a été kidnappée à Houston et emmenée de force au Mexique. Ils ne l'ont retrouvée que l'an dernier. Elle vivait avec son ravisseur à Tijuana. À Detroit, en 2003, une fillette de neuf ans a ouvert la portière d'une voiture qui roulait à 75 km à l'heure, et elle a sauté. Elle a atterri dans un fossé plein d'herbe et elle a été secourue par un joggeur. Le coupable a été arrêté une heure plus tard, et la fille a reçu les honneurs de la ville.

– Qu'est-ce que tu essaies de me dire ?

– Qu'il y a encore de l'espoir. Que parfois il arrive des miracles. Ils sont rares, mais ils arrivent. »

J'insère le visage d'Emma dans tous ces scénarios. Emma qui saute d'une voiture en marche, Emma qui traverse la frontière, Emma qui passe la porte d'une maison, saine et sauve.

« Dis-lui que je l'embrasse », fait une voix, derrière. C'est Rick. J'imagine Annabel assise sur le lit, les jambes étendues, un oreiller calé dans son dos et Rick à côté d'elle, la main posée sur son ventre.

« Moi aussi », dis-je.

Elle fait un bisou dans le téléphone. « Faut qu'j'y aille. C'est l'heure du bain.

– Annabel ?

– Hmmm ?

– Je suis vraiment heureuse pour toi.

– Je sais. »

Après avoir raccroché, j'avale un peu de scotch, pour trouver le courage d'appeler Jake. Quand je finis par l'avoir au bout du fil, il a l'air endormi, ou peut-être seulement déprimé.

« Salut, dis-je. J'ai du mal avec ce sapin. C'est trop solitaire. Tu veux venir ?

– Je ne crois pas que je sois d'attaque.

– Je nous ferai un lait de poule.

– Une autre fois ? »

Une voix de femme dans la pièce dit : « Je vais y aller.

– Lisbeth est là, dit Jake, avant que j'aie même le temps de demander.

– Quoi ? »

J'entends une porte se fermer. Je l'imagine marchant jusqu'à la fenêtre, regardant dehors pour s'assurer qu'elle est bien montée dans sa voiture, comme il le faisait avec moi.

« Elle est passée, poursuit-il. Ce n'est pas sur une invitation de ma part.

– Cette réapparition très mise en scène ne te trouble pas ?

– Bien sûr que ça me trouble.

– On ne dirait pas.

– Tu es injuste de dire ça, répond-il.

– Comment peux-tu la laisser revenir dans ta vie alors que tu me repousses ? » Je déteste le désespoir qui pointe dans ma voix, mais je ne peux pas m'en empêcher. Perdre Emma a été un coup fatal. Perdre aussi Jake est une hypothèse que je ne peux même pas envisager.

« J'essaie seulement de survivre à tout ça, dit Jake. Je ne sais pas comment l'expliquer, mais, avec Lisbeth, j'arrive à me rappeler des choses.

– Quelles choses ?

– Des petites choses qui n'intéressent personne d'autre, dit-il. Par exemple, quand Emma est née, la femme qui partageait la chambre de Lisbeth regardait *Le Juste Prix* toute la nuit, vraiment fort, et elle discutait continuellement avec les infirmières qui voulaient qu'elle allaite son nouveau-né alors qu'elle, elle préférait lui donner le biberon. Et je me rappelle que je restais là, à regarder Emma, ce tout petit bébé avec plein de cheveux noirs, fasciné qu'elle puisse dormir malgré tout ce bruit. Je me souviens d'avoir été complètement ahuri devant ce beau bébé si calme. J'avais du mal à croire que c'était le mien. »

Que puis-je répondre à cela ? Même si j'aime profondément Emma, il y a des épisodes auxquels je n'ai pas pris part, des choses que Lisbeth et Jake partageront toujours.

« Tu te souviens de sa prestation à l'émission *Bay Area Morning* ? dis-je très doucement.

– Oui.

– Elle a affirmé qu'Emma lui *manquait*. Après tout ce qu'elle a fait…

– Je pense que c'était peut-être sincère. Je ne lui pardonne pas. Je pense juste que c'est compliqué. » Il laisse échapper un soupir, un de ces soupirs qui signifient qu'on a déjà fait le tour de la question et que ce n'est pas la peine d'y revenir. Mais on n'en a pas fait le tour, pas vraiment.

« C'est la mère d'Emma, dit-il pour finir. C'est indéniable. »

Le mot mère m'écorche vive. Il a raison, bien entendu. Je me souviens de mes propres parents, de ce qu'ils ont vécu pendant vingt-cinq ans d'un mariage gâché pour une raison simple : ils avaient deux enfants.

J'entends la voix de ma mère, il y a presque cinq ans maintenant, quelques semaines avant sa mort. « La meilleure chose que j'aie faite dans ma vie, ce sont mes enfants. » Et je me souviens d'avoir pensé que je ne voudrais pas dire une phrase pareille sur mon lit de mort. Je ne voulais pas être définie par la maternité, qui donnerait de la valeur à ma vie. J'avais besoin d'autre chose aussi ; je voulais que mon *travail* importe. J'avais essayé d'expliquer cela à ma mère dans le passé, et elle m'avait toujours regardée avec pitié, comme si je me fourvoyais, comme si je manquais de certaines références morales essentielles.

Quand j'avais dix ans, et Annabel huit, ma mère nous avait acheté un livre sur la reproduction. Elle nous fit asseoir sur le canapé un dimanche après l'office et entreprit de nous expliquer ce qui arrivait quand deux personnes qui sont unies par les liens sacrés du mariage prient Dieu, et lui demandent un bébé. Elle récita quelques phrases très vagues faisant référence à une chambre à coucher et à la volonté divine, puis ouvrit le livre et nous montra les dessins. L'un d'eux détaillait la silhouette d'une femme enceinte vue de profil : de longs cheveux, des jambes fines, des seins bien droits, et un ventre légèrement rebondi. Très bas à l'intérieur, une poche, et, dans la poche, une toute petite chose enroulée, tellement minuscule que, lorsque ma mère pointa son doigt sur l'image, son ongle cacha complètement la petite patte de mouche.

« C'est ça, le bébé ? demanda Annabel, en ôtant la main de ma mère.

– Oui.

– Ça ressemble à un hippocampe », dis-je. Je me sentais déjà très déçue de toute cette histoire de bébé. Je me souvenais bien des hippocampes que nous avions commandés par correspondance chez Everlasting Toys ; il s'était avéré qu'ils n'étaient vraiment rien d'extraordinaire.

« C'est seulement le tout début », dit ma mère, en tournant la page. Sur l'image suivante, le ventre était un peu plus gros, et cette fois, dans la poche se trouvait une espèce de créature extraterrestre avec une grosse tête et des membres qui ressemblaient à des nageoires. Le dernier dessin représentait un nouveau-né emmailloté. Elle ferma le livre et nous tapota la tête. « Un jour, vous aurez toutes les deux des bébés bien à vous, dit-elle.

– Je veux en avoir sept, dit Annabel.

– Et toi, combien en veux-tu ? » demanda ma mère, en m'attrapant le menton pour me sourire, les yeux dans les yeux. Je me rappelle m'être sentie privilégiée, parce qu'elle n'était pas souvent aussi démonstrative. Mais j'éprouvais également une certaine tristesse, comme si Annabel et elle partageaient quelque chose dont j'étais exclue. Les bébés étaient mignons, tout doux, je les aimais bien, mais je n'arrivais pas à imaginer qu'une chose étrangère puisse grandir à l'intérieur de moi, tout comme je ne pouvais pas m'imaginer en train d'accomplir ce qui, apparemment, se faisait en premier – cet acte vague, troublant, qu'elle appelait le lien sacré du mariage. J'essayai de trouver la réponse correcte à sa question, celle qui ne la décevrait pas.

« Peut-être trois… », dis-je, en plongeant mon regard dans le sien, empreint de douceur. Elle portait de minuscules boucles d'oreilles en or et son haleine sentait très fort le café. Savait-elle que je mentais ?

46

« Pouce », dit Jake. C'est la veille de Noël ; il sonne à ma porte, brandissant des billets pour le concert de la chorale San Francisco Gay Men's Chorus au Castro Theatre.

« Tu veux bien sortir avec moi ?

– Bien sûr, je réponds, donne-moi juste quelques minutes pour m'habiller. »

Nous y sommes allés l'an dernier, suivant le rituel de Jake depuis une dizaine d'années. Je sais qu'il s'évertue à agir normalement, qu'il essaie de se comporter comme si nous avions une raison de faire la fête, comme si Noël signifiait encore quelque chose pour lui. Mais nous ne savons pas bien simuler, et nous partons à l'entracte. L'an dernier, avant le spectacle, nous avions emmené Emma chez Cable Car Joe's pour lui offrir son repas préféré : un hamburger, des oignons frits et un milk-shake. Nous y mangions si souvent que Joe appelait Emma par son prénom, et, ce soir-là, il lui avait offert un cadeau : un nounours d'une douzaine de centimètres portant un tee-shirt à l'effigie du *tramway*.

Cette année, nous nous contentons de commander quelques sandwichs chez A.G. Ferrari en face du théâtre et nous les emportons chez Jake. Nous mangeons dans le salon, les yeux rivés sur le sapin, illuminé mais sans ornements.

« Le cœur n'y était pas », dit Jake.

La seule raison pour laquelle il a un arbre de Noël, c'est que quelques profs de son lycée sont venus un soir lui en apporter un et ils ont insisté pour qu'il l'accepte. Ils l'ont installé dans son support, à côté de la fenêtre, ont déniché les boîtes contenant les décorations dans le garage et l'ont aidé à disposer les guirlandes lumineuses.

Sous le sapin, il n'y a rien. « Nous devrions au moins mettre quelques cadeaux là-dessous, dis-je.

– J'ai compris, le jour de son anniversaire. Voir des cadeaux qu'elle n'ouvrira jamais m'anéantit complètement. »

Je ne lui parle pas de ma frénésie d'achats, des dizaines de cadeaux emballés et entassés dans le placard de mon entrée, chacun choisi exprès pour elle : une paire de patins à glace, parce que j'ai promis de l'emmener à la patinoire en plein air à Embarcadero cette année ; l'écharpe rose tricotée et le chapeau assorti ; la poupée en porcelaine avec sa petite valise et son parasol. Des objets achetés à crédit, autant de choses que je ne peux pas payer. J'ai fait toutes mes emplettes en un seul jour, courant d'un magasin à l'autre, attrapant tout ce que je pensais qu'elle aimerait. Pendant que je dévalisais les boutiques pour elle, j'étais heureuse, peut-être parce que le geste concret qui consiste à prendre les objets et à les porter jusqu'à la caisse me permettait de nourrir l'espoir insensé qu'Emma ouvrirait ces paquets le jour de Noël. Quand j'ai rapporté mes emplettes à la maison, le bonheur s'est évanoui. J'ai tout fourré dans le placard, me jurant de tout rendre aux magasins le lendemain. C'était il y a deux semaines, et je n'ai toujours pas réussi à ouvrir la porte du placard.

« Je peux passer la nuit ici ?

– Bien sûr, répond-il, mais il ne fait pas le moindre geste vers moi en le disant, et je vois bien qu'il préférerait rester seul.

– Peut-être que c'est mieux demain soir », dis-je. Puis, incapable de me retenir, je le questionne sur Lisbeth. « Elle n'est pas…

– Non, elle n'est pas là. Elle passe Noël sur la côte est avec des amis.

– Oh », dis-je, me sentant à la fois idiote et détendue tout à coup.

Jake me prend la main. « Tu n'as aucun souci à te faire de ce côté-là, O.K. ?

– O.K. » C'est un tel soulagement de l'entendre le dire, de voir dans son regard qu'il est sincère.

Je l'appelle tard le matin de Noël, mais il est encore au lit. « Je préférerais rester seul aujourd'hui, dit-il. J'ai du travail.

– Mais c'est Noël !

– C'est plus facile si je fais comme si ce n'était pas le cas. »

David, de l'association des Parents d'enfants disparus, m'a invitée chez lui pour une fête, mais j'ai inventé une excuse pour ne pas y aller. La plupart des gens seront des membres de l'association et je ne peux supporter le chagrin multiplié, les inévitables larmes, les récits de vacances passées. Je décide de rester avec Nell. Toute la journée, des amis de son défunt fils passent lui dire bonjour. Elle leur prépare un lait de poule et leur offre des biscuits, et ils lui apportent des cadeaux parfaitement emballés dans du papier très cher. À dix heures, le dernier visiteur est parti. « Je ne peux pas rentrer à la maison, dis-je, je ne crois pas que j'arriverai à rester seule ce soir.

– Bien sûr que non, répond Nell. Reste ici. Tu ne devineras jamais à quel point ce canapé est confortable. »

Elle va chercher des couvertures et un oreiller, et nous veillons très tard, en jouant au gin-rami. Je note les scores sur un bloc, essayant vainement de me concentrer sur le jeu. À un moment, mon stylo cesse d'écrire, il n'a plus d'encre et Nell va chercher un crayon à papier dans un bocal sur la desserte de sa cuisine. Le crayon est large et plat et je suis en train d'en mordiller le bout jaune quand un souvenir d'enfance me revient.

« Où t'as eu ce crayon ? demandé-je à Nell.

– Je crois que je l'ai piqué chez Home Depot.

– C'est drôle, l'odeur et le goût me ramènent loin en arrière. Quand j'étais enfant, mon père était entrepreneur en bâtiment, et, parfois, j'allais sur les chantiers avec lui. Il avait toujours ces gros crayons plats, exactement comme celui-là, avec lesquels il gribouillait des marques sur les poutres, et j'avais le droit de dessiner sur des chutes de contreplaqué pour m'amuser.

– Ça a un nom, tu sais, dit Nell. Ça s'appelle un souvenir proustien, d'après l'histoire de la madeleine trempée dans le thé, dans *Du côté de chez Swann*. D'après les scientifiques, les souvenirs olfactifs sont parmi les plus puissants sur le plan émotionnel, parce que l'odorat est le seul sens qui soit très étroitement associé au système limbique, autrement dit à la partie du cerveau responsable des émotions. Après la mort de Stephen, j'ai commencé à donner mes vêtements à un teinturier, et même à faire amidonner mes chemisiers, ce que je n'avais jamais fait de ma vie, parce que l'amidon qu'ils utilisent me rappelle mon fils. Quand je porte un de ces chemisiers, j'arrive presque à croire qu'il est dans la pièce, si je ferme les yeux. » Elle sourit et tire une carte de la pioche. « Un peu dingue, non ?

– Pas vraiment, dis-je. Je suis allée faire des courses pour Emma la semaine dernière. Je lui ai acheté le vernis à ongles de la Fée Clochette, qu'elle portait tout le temps. À mon retour, je me suis fait les ongles. C'est vraiment une horrible couleur rose. J'ai mis deux couches, j'ai descendu trois verres de vin et je me suis tout simplement laissée aller à penser à elle, et tu sais ce qui était vraiment agréable ? J'ai rêvé d'elle. J'ai rêvé d'elle des dizaines de fois depuis qu'elle a disparu, mais c'est toujours un cauchemar ; je la cherche et je n'arrive pas à la trouver, ou alors j'essaie de la sauver d'un drame terrible. Ce rêve-là était différent. Nous nous trouvions à l'aquarium, l'ancien, celui qui était dans le parc ; nous regardions les étoiles de mer et nous étions contentes, toutes les deux. Un rêve magnifique, j'avais l'impression qu'elle était là, avec moi. Mais, après, je me suis réveillée.

– C'est ça qui est malheureux avec les rêves, dit Nell. On finit toujours par se réveiller. »

47

Ce jour-là, sur Ocean Beach, Emma portait des chaussures en toile bleue, pointure 33, avec une tête de singe hilare sur les côtés, et son nom brodé sur la langue du singe, en lettres rouges.

Le samedi 3 janvier, Sherburne nous appelle pour nous dire qu'une de ses chaussures a été retrouvée par un touriste. Elle était coincée entre les rochers sur Baker Beach, près du Presidio, à environ cinq kilomètres au nord d'Ocean Beach.

« J'étais habillé, bien entendu, a raconté l'homme à la police. Je ne savais même pas que c'était une plage naturiste avant d'y arriver, et je me suis dit pourquoi ne pas y faire une balade, après tout, on ne vit qu'une fois. »

C'est une petite plage. Ce n'est pas franchement l'endroit pour se promener. On peut prendre des photos du Golden Gate Bridge, lire un bouquin, observer les hommes nus en train de bronzer dans le froid. Ainsi à court d'activité, on peut remarquer le moindre détail, comme une chaussure coincée entre deux rochers. J'imagine l'homme en train de se pencher, extrayant la chaussure juste pour s'occuper, pour ne pas donner l'impression qu'il est en train de mater les hommes nus. Il s'apprête à lever le bras pour balancer la chaussure dans l'océan, quand, tout à coup, il remarque quelques lettres du nom brodé.

Il a raconté à la police qu'il avait vu Jake à l'émission *Today*, qu'il avait entendu la description des chaussures et des vêtements d'Emma. Il ne se serait probablement jamais rappelé ces détails si sa petite-fille n'avait pas eu une paire de chaussures très semblable.

Et là, que ressent-il ? De la pitié pour le père, cet homme au regard éperdu et suppliant derrière ses lunettes, aux cheveux ébouriffés ? Ou peut-être qu'il éprouve une poussée d'adrénaline, d'excitation parce que c'est lui qui a trouvé la chaussure. Tous ces policiers, tous ces volontaires, tout ce temps consacré aux recherches, et c'est lui, un vendeur d'ordinateurs de Dallas, qui débarque avec un indice. Peut-être qu'il se voit même interviewé à la télévision, en train de raconter sa découverte, ses quinze minutes de gloire personnelle.

Comme il aurait été facile pour lui de regarder dans une autre direction, de poser les yeux sur un surfeur au loin, un coquillage ou un homme allongé au soleil, plutôt que sur ces rochers. De toute ma volonté, je souhaite qu'il en ait été ainsi, comme toujours absorbée dans cet effort pour remonter le temps, pour réorganiser les événements du passé.

Mais la chaussure a bien été trouvée. La police détient maintenant une preuve, même indirecte, qui va lui servir à défendre la théorie de la noyade. Pire, Jake a quelque chose à quoi il peut croire, une petite confirmation qu'Emma s'est bien noyée.

Sa première réaction, en entendant la nouvelle par Sherburne, est un mélange d'étonnement et de crainte. « Vous êtes sûr que c'est la sienne ? »

Je suis debout dans la cuisine, je surveille une grande marmite de soupe sur le feu, et je n'entends que les phrases de Jake.

« Qu'est-ce qui est à elle ? » demandé-je.

Jake met sa main sur l'écouteur et se tourne vers moi. « Ils ont trouvé une chaussure. » Il appuie sur le bouton du haut-parleur et la voix de Sherburne remplit la cuisine.

« Nous en sommes relativement sûrs, dit-il. Bien entendu, vous devriez venir la voir pour qu'il n'y ait aucun doute. Je vais passer cette après-midi pour que vous puissiez y jeter un coup d'œil.

– C'est nous qui viendrons, dit Jake.

– Pas de souci, je suis dans ma voiture, juste de l'autre côté du parc. Je serai là dans dix minutes.

– Merci », dit Jake. Puis, bizarrement, il ajoute : « Avez-vous mangé ? Abby est en train de faire une soupe de pommes de terre et de poireaux pour ce midi. Vous devriez vous joindre à nous. »

Je me surprends à me dire qu'il est vraiment étrange qu'on garde ses bonnes manières même dans les pires circonstances, que tout au long de cette épreuve, tandis que le monde de Jake s'écroule, il manifeste toujours la plus grande retenue, la plus grande pudeur. Je ne l'ai encore jamais vu perdre ses moyens ou son calme en public. Ce n'est que dans nos moments les plus intimes qu'est apparue l'intensité de sa peur.

« Merci », répond Sherburne.

Jake raccroche, va jusqu'au placard à vaisselle et sort trois de ses plus jolis bols. C'est une habitude touchante chez lui : toujours sortir la belle porcelaine pour ses hôtes, même si l'invitation est improvisée. Un des bols éclate sur le sol. Il jure, s'accroupit et commence à ramasser les morceaux à mains nues.

« Tu saignes », dis-je en le rejoignant pour l'aider.

Il continue à rassembler les éclats, sans tenir compte du sang qui coule. « C'est impossible que ce soit la sienne, n'est-ce pas ?

– Nous verrons. Va te laver les mains. Je vais finir ça. »

Il ne fait pas le moindre mouvement pour se lever. Il reste là, les mains en coupe pour tenir les morceaux de porcelaine, me regardant avec des yeux incrédules. « Si c'est sa chaussure, dit-il, qu'est-ce que ça signifie ?

– Cela ne veut pas nécessairement dire quelque chose. » J'essaie de rester calme, de ne pas laisser deviner ma peur. J'essaie d'être celle qui garde son sang-froid, même si je sens la panique me tordre le ventre.

J'ai à peine fini de passer l'aspirateur dans le salon quand on sonne. « J'y vais », dit Jake. Sa voix résonne bizarrement, toute la situation paraît étrange. Je pense à Sherburne de l'autre côté de la porte, tenant entre ses mains la première preuve réelle qui soit apparue depuis le début de ce cauchemar.

Depuis la cuisine, j'entends Jake lui ouvrir. « Entrez », dit-il.

Et Sherburne, dans le rôle de l'invité poli : « Ça sent délicieusement bon. »

Je pénètre dans le salon, dépose un rapide baiser sur la joue de Sherburne ; je m'entends me joindre à ce jeu faux de l'évitement. « Ce n'est rien de très élaboré, seulement de la soupe. C'est la seule chose que je sais faire, en dehors des petits pains à la sauce. »

Le bouton du haut de la chemise en oxford blanche de Sherburne est défait, et sa cravate est un peu de travers. Je la reconnais – c'est la même que celle qu'il portait la nuit où il nous a amenés au commissariat. Il prend conscience de mon regard. « C'est un cadeau, dit-il, en l'attrapant par son extrémité. De ma fille. Elle m'a demandé de la mettre ce matin et je ne pouvais pas refuser. Elle me fait grimper aux arbres, celle-là… Vous savez comment sont les petites filles. »

Cette dernière phrase reste suspendue dans la pièce, et nous échangeons tous un regard embarrassé, ne sachant pas comment enchaîner.

« Je suis navré », avoue Sherburne en rougissant. Il s'éclaircit la voix. « Nous devrions nous asseoir, je crois.

– Bien sûr », dit Jake. Nous nous installons tous les deux sur le canapé et Sherburne choisit une chaise en face de nous. Jake m'attrape la main et la serre fort.

Sherburne sort un sac en plastique de sa poche, qui porte une étiquette blanche avec des inscriptions de chiffres et des lettres, et le mot *Balfour*, manuscrit, à l'encre noire. Il ouvre le sac, en sort une petite chaussure et la pose sur la table basse devant nous.

La chaussure est déchirée et elle sent l'eau saumâtre, comme les coquillages qu'Emma ramassait dans le sable sur Ocean Beach. Je suis tombée un jour sur un pot entier ; ils n'étaient pas lavés et le pot était planqué dans un panier sous son lit. Les bestioles étaient mortes dans leur coquille et, quand j'avais soulevé le couvercle, sa chambre s'était mise à empester cette odeur de vieux poisson, froide et humide.

Je vois d'abord le devant de la chaussure, où le nom d'Emma était brodé. L'essentiel de la broderie est parti, mais il reste un peu du E, un m et le a. Le rouge est complètement passé, devenu rose. De l'autre côté, il y a un trou à la place du nez du singe.

Jake fixe la chaussure pendant plusieurs secondes, sans broncher. Ensuite, il tend la main pour la toucher, parcourt du bout des doigts le tissu râpé. Il tremble. Il commence à pleurer, tout doucement. Il saisit la chaussure, la tient dans le creux de ses mains.

Sherburne ne dit rien. Je me surprends à fixer sa cravate, juste pour ne pas voir la chaussure d'Emma, le visage de Jake.

J'ai un souvenir d'enfance, un dimanche après-midi en Alabama. Je me rappelle les chaussures que je portais – une paire de sandales blanches avec un tout petit talon, mes premiers talons. Je devais avoir environ onze ans. Nous venions de terminer le déjeuner, et j'aidais ma mère à faire la vaisselle. Je n'arrêtais pas de penser au pasteur qui avait dit ce matin-là à l'office que tout le monde devait faire des choix, et que ceux que nous faisions déterminaient si nous irions à notre mort au paradis ou en enfer. Ma mère me tendait les couverts en argent, un par un. « Est-ce que ça ne serait pas mieux de ne pas naître ? » ai-je demandé.

Ma mère s'interrompit et me regarda. « Qu'est-ce que tu dis ?

– Une fois qu'on naît, on peut aller en enfer. Et l'enfer, c'est ce qu'il peut arriver de pire à quelqu'un.

– Mais on peut aussi aller au paradis, répondit ma mère. Et c'est la chose la plus merveilleuse qui puisse arriver.

– Mais si on ne naissait pas, poursuivis-je, cela n'aurait aucune importance de ne pas aller au paradis, parce qu'on n'en saurait rien. J'aurais préféré ne pas être née. »

Avec le temps, j'ai cessé de m'inquiéter de l'enfer. Maintenant, pour la première fois de ma vie d'adulte, la question très essentielle de l'existence se pose à moi, et je me retrouve à imaginer avec envie un autre scénario, dans lequel je n'aurais jamais pris place dans le monde.

Nous sommes sur le canapé, et Jake est allongé, la tête sur mes genoux. Les lumières du salon sont éteintes et la chaîne diffuse un peu de musique. L'odeur de la soupe que nous n'avons pas mangée imprègne la maison. Dans les heures qui ont suivi le départ de Sherburne, nous nous sommes épuisés à pleurer et à parler, à analyser toutes les possibilités. Notre conversation a tourné en rond, encore et encore. Il y a quelques heures, le crépuscule est tombé. Par les fenêtres, nous avons regardé le brouillard descendre dans les avenues. À un moment, Jake a suggéré qu'il serait peut-être temps de fermer le QG.

« Au moins, maintenant, nous savons qu'elle ne souffre pas », dit-il enfin. Il lui a fallu des heures pour parvenir à cette conclusion, pour se convaincre de sa vérité. Maintenant qu'il a opté pour cette version de l'histoire, c'est comme si on lui avait présenté une preuve irréfutable. « Au moins, elle n'a pas peur, elle n'a pas mal. »

Dans les mois qui se sont écoulés depuis la disparition d'Emma est apparue une telle gravité dans l'expression de Jake, une telle tension, qu'il ressemble de moins en moins à l'homme que j'ai un jour eu le projet d'épouser. Aujourd'hui, à mesure que passent les heures, quelque chose de son ancien visage commence à refaire surface, sa mâchoire se détend, son front est un peu moins crispé. Maintenant, son regard devient presque paisible.

Je ne partage pas cet étrange soulagement. Je ressens de l'écœurement. Je sais que, pour sa santé mentale, il doit croire qu'elle est morte ; c'est plus facile que d'accepter la possibilité qu'elle est vivante et qu'elle souffre l'indicible.

Vers dix heures, il se lève, va à la cuisine et range la soupe dans le réfrigérateur. Il monte et prend une douche, puis redescend en peignoir. Il s'arrête au pied de l'escalier et me regarde. « Reste cette nuit », dit-il.

C'est la première fois depuis sa visite à la morgue qu'il formule une telle invitation. Nous ne faisons pas l'amour. Nous nous parlons à peine. Mais c'est bon d'être couchés dans le même lit, avec nos pieds qui se touchent. C'est même bon, après tout ce temps, de l'entendre ronfler.

Je reste éveillée, à penser à la chaussure, incapable de trouver cette découverte probante, incapable d'accepter qu'elle peut signifier quelque chose. Il existe certainement des dizaines d'explications possibles sur la présence de cette chaussure sur Baker Beach. Emma, par exemple, voulait enlever ses chaussures, mais je ne lui ai pas permis de le faire, parce qu'Ocean Beach est jonché de bris de verre. Peut-être qu'après s'être éloignée de moi, elle a tout simplement désobéi. Ou peut-être le kidnappeur a-t-il gagné sa confiance en l'encourageant à les enlever, après mon interdiction. Peut-être que l'enlèvement avait été prévu dans les moindres détails et qu'il avait une tenue de rechange pour ne pas qu'Emma soit repérée, auquel cas il s'est débarrassé des vêtements qu'elle portait.

Pourquoi une chaussure et pas deux ? Et le corps ? Tant qu'on n'a pas de corps, on ne peut pas être sûr. Il faut y ajouter les signalements – des milliers d'appels téléphoniques au QG, des centaines de messages postés sur le site Web. Il y a à peine deux jours, une femme de San Francisco en vacances en Floride a appelé pour dire qu'elle avait vu une fillette à Fort Walton Beach qui correspondait à la description d'Emma. Cette piste n'a mené nulle part, mais d'autres sont encore possibles. N'y en aurait-il qu'une seule valable, alors Emma pourrait être encore en vie.

Sherburne nous a prévenus de nombreuses fois qu'Emma s'était peut-être accidentellement approchée trop près de l'eau, mais c'est parce qu'il ne la connaît pas. Dans ma tête, j'ai passé en revue les possibilités un nombre incalculable de fois ; se pourrait-il qu'elle ait mal évalué la distance entre elle et l'eau à cause du brouillard ? Aurait-elle vu un dollar de sable parfait et, l'espace d'un instant, oublié sa peur ? Je ne cesse de revenir au même point, qui relève plus de la conviction intime que de la probabilité scientifique : elle ne peut pas s'être noyée, parce que cela voudrait dire qu'elle est morte. Cela voudrait dire qu'il n'y a plus de raisons de poursuivre les recherches.

J'ai lu un jour un article sur une éléphante dont le bébé était mort-né. Un photographe l'a observée, horrifié, tandis que la mère donnait, trois heures durant, des coups de pied au corps sans vie. Puis, quelque chose s'est produit : le bébé a bougé. Sa mère l'avait littéralement ressuscité à force de le frapper, en stimulant son cœur. Seul l'instinct pouvait la conduire à agir de la sorte.

Tandis que la mémoire est la matière légère de l'image, facilement influencée par les suggestions externes, l'instinct est purement interne. La mémoire peut imposer des éléments incorrects dans mon rêve éveillé de cette journée à la plage avec Emma, des images fausses, des impasses. Je suis prête à accepter que ma mémoire me trompe. Mais l'instinct, qui est plus solide, plus vrai, me dit qu'elle est vivante. Il ne s'agit pas d'une éventualité, d'un espoir qu'elle soit vivante. Parfois, l'instinct parle en absolu. Emma est vivante, et elle m'attend.

48

Le matin suivant, je vais en voiture à Baker Beach. Les arches jumelles du Golden Gate Bridge dépassent à peine de la nappe de brouillard. Personne sur la plage aujourd'hui, il fait trop froid ; seulement un couple d'adolescents assis à une table de pique-nique, qui mange un sandwich et sirote du café. Le garçon est assis à la table, et la fille est face à lui, les jambes enroulées autour de la taille de son compagnon. Quand je les vois ainsi oubliant béatement le monde extérieur, je pense aux débuts de ma relation avec Ramon, à quel point je souffrais en attendant la fin des cours. Dès que retentissait la cloche de la pause-déjeuner, je jetais mon sac à dos sur mon épaule et je courais jusqu'au coin de la rue. Il m'attendait dans sa vieille Jeep Wrangler. Parfois, on allait jusqu'au Dew Drop Inn manger des filets de poisson-chat et boire un milk-shake. Mais, le plus souvent, nous rentrions tout simplement chez lui. Puis, nous nous dépêchions d'enlever nos vêtements et de nous jeter dans le lit, sachant qu'il fallait que je sois de retour à l'école à temps pour le cours de français de Mrs Truly. Le sexe était tellement bon que je m'en souviens encore, mais parfois je me demande si la nostalgie ne prête pas à ce temps-là des couleurs différentes, plus attrayantes. Peut-être Ramon n'apparaissait-il comme un amant extraordinaire uniquement parce que je n'avais aucun point de comparaison.

Je marche sur la plage vers le nord et je me fraye un chemin dans les rochers, à la recherche de quelque chose qui aurait échappé au touriste, mais je ne trouve que les détritus habituels : des canettes de bière vides, une casquette, un vieux florin en argent qui paraît complètement insolite, à cet endroit, à ce moment, comme sorti du butin d'une épave. J'imagine Emma ici, recroquevillée contre ces rochers, les mains d'un étranger posées sur elle. Je n'arrive pas à me débarrasser de cette image. Jake a peut-être trouvé la meilleure façon de faire, après tout.

Sur le chemin du retour, je m'arrête chez lui, mais il n'est pas là. J'appelle le QG, je laisse sonner au moins douze fois ; personne ne décroche, pas même un répondeur. De retour chez moi, je passe deux ou trois heures à répondre à des messages laissés sur le site www.findemma.com et à téléphoner aux endroits habituels. J'ai une liste de tous les hôpitaux du pays. Ces derniers mois, j'ai appelé chacun d'eux au moins une fois, et, maintenant, je commence un second tour. C'est toujours la même histoire – une standardiste très lasse me passe les admissions, j'entre en communication avec une série de gens très pressés, je donne la description d'Emma et cela se termine toujours par la même phrase énoncée avec impatience : « Nous n'avons personne à ce nom-là, ni correspondant à cette description. »

Il est presque midi quand je quitte mon appartement à pied. Le soleil brille ici, ce qui est le principal avantage d'habiter dans ce quartier bruyant de Potrero Hill. Quand Jake et moi avons décidé de nous marier, nous avons brièvement envisagé de vendre sa petite maison dans les brumes de Sunset et d'en acheter une ici, mais à ce moment-là le boom de l'immobilier avait déjà provoqué une hausse vertigineuse des prix. Avant cet événement terrible, je me disais que ce quartier allait me manquer – son charme de friche industrielle un peu abandonnée, les maisons victoriennes vétustes avec leurs jolis bacs à fleurs et leurs optimistes esquisses de jardins, le bourdonnement permanent de la circulation sur l'autoroute. J'adorais me promener dans mon quartier, je pouvais passer des week-ends entiers à boire des cafés chez Farley's, à parcourir les rayons de Christopher's Books, ou à manger des grillades à Bottom of the Hill. Maintenant, tous ces lieux familiers ont un portrait d'Emma en vitrine, et j'ai du mal à me souvenir d'une de mes visites avant qu'elle ne disparaisse, avant que cette ignorance épouvantable ne commence à me ronger, chaque minute de chaque jour.

Quand j'arrive au Castro, mon tee-shirt et mon jean sont humides de sueur. Je me fraye un chemin à travers la foule dense, jusqu'au QG. Le nez sur la devanture, je me trouve face à face avec Brian, qui est en train de décoller des morceaux de Scotch. Les photos d'Emma ont disparu. Les téléphones, les tables, les chaises et la radio ne sont plus là. À l'intérieur, là où il y a quelques jours encore s'activaient une demi-douzaine de bénévoles, il n'y a plus que Brian.

« Que se passe-t-il ? Où sont-ils tous ? »

Brian descend de son escabeau. « Vous ne savez pas ?

– Je ne sais pas quoi ?

– Mr Balfour a appelé ce matin et m'a dit de fermer la boutique.

– Mais que voulez-vous dire ?

– Les flics ont officiellement clos l'enquête.

– Ce n'est pas possible. Jake me l'aurait dit. »

Brian hausse les épaules. « Je suis tout aussi choqué que vous.

– Ils ne peuvent pas faire ça. » J'attrape une des affiches qu'il vient d'enlever et je la colle sur la vitre.

« Abby, dit-il avec douceur, elles seront décrochées de nouveau. »

Un des slogans de Sam Bungo me revient brusquement. « Chaque nuit, chaque jour, luttez pour garder votre AMP ! » AMP, pour Attitude Mentale Positive. Sam pensait qu'avec une AMP tout était possible.

« Mais on pourrait être à deux doigts de la solution, dis-je. Si ça se trouve, c'est seulement l'affaire de quelques heures.

– Je sais, répond-il. Je ne pensais pas que ça finirait comme ça. Je l'ai rencontrée une fois, vous savez. Mr Balfour l'avait amenée au lycée un samedi. J'étais en train de peindre des affiches pour notre campagne contre la faim, et j'ai demandé à Emma si elle voulait m'aider. Je ne sais pas comment elle a fait, mais elle a trouvé moyen de mettre ses pieds dans la peinture. Elle a laissé des petites empreintes rouges partout dans le hall. » Il rassemble des vieux morceaux de Scotch en boule, et jette le tout dans la poubelle. « C'est fou qu'une gentille petite fille comme elle puisse disparaître. À croire que le monde ne tourne vraiment pas rond. »

Le désespoir me paralyse. Comment est-il possible que je sois la seule qui garde la foi ?

Je sors dans la rue animée. C'est dimanche, et le Castro grouille de touristes et d'adolescents, de jeunes hommes qui ont fait le pèlerinage depuis East Bay, Marin ou Antioch jusqu'à la Mecque des gays, avec son drapeau en arc-en-ciel géant. Une file de jeunes types impatients s'est formée sur la 18e Rue, à la porte de The Badlands. Devant chez Daddy's sont rassemblés des hommes aux tempes grisonnantes vêtus de cuir. Chaque bar a son propre thème, sa clientèle d'habitués. L'odeur mêlée du tabac et d'autre chose – une odeur doucereuse, écœurante, de sexe – emplit l'air. Une longue queue s'est formée devant le

Castro Theatre. Le film du jour : une reprise de *Barbarella*, et un concours de sosies de Jane Fonda.

Une main m'effleure la cuisse, et je baisse les yeux : sur le trottoir, un adolescent est assis, les yeux injectés de sang. Il a une bague à chaque doigt. « Hé, dit-il, pour un *quarter*, j'vous lis un poème. »

Je fais tomber un peu de monnaie dans sa sébile, me faufile entre les gens ; je descends en dessous de Market Street et j'arrive sur le quai du métro, la ligne K-Ingleside, au moment où les portes se ferment. Dans la seconde voiture, une fille est debout, le nez collé à la vitre, de longs cheveux noirs lui tombent sur les épaules. Alors que la rame s'ébranle lentement, je me jette sur le wagon et je tambourine des deux poings sur la vitre. La fille recule d'un bond, terrifiée. Il suffit d'un petit changement dans son visage, d'un petit mouvement de sa main qui se tend vers la femme à côté d'elle, et je comprends que je ne la connais pas. Quelque chose à l'intérieur de moi se dégonfle comme une baudruche.

« Ça va ? » me demande un homme. Sur le quai noir de monde, tous les regards sont rivés sur moi. « Non, dis-je. Je suis désolée. Je croyais que c'était quelqu'un que je connaissais. »

De retour dans la rue, dans la lumière aveuglante du soleil, je recommence à marcher. Je ne sais pas où je vais. Je marche toute l'après-midi, toute la soirée, je descends Market Street, je prends Montgomery, je remonte Columbus, je redescends par Broadway. Quand le soleil se couche, je me trouve à South Beach, debout sous le Bay Bridge, la tête levée vers les arches d'acier. Les voitures défilent en grondant. Les eaux grises et froides viennent lécher les bords de la ville. Le brouillard est en train de descendre sur la baie, il adoucit les contours des immeubles. Les phares des voitures venant en face planent, jaunâtres, dans la brume. Rien que le nombre de véhicules est écrasant. Toutes ces voitures, par millions, dans lesquelles le kidnappeur pourrait se cacher. Tous ces coffres dans lesquels pourrait être dissimulée une petite fille. Tous les ponts qu'une voiture peut traverser en route vers le lointain. C'est l'histoire d'une petite fille. Elle s'appelle Emma. Elle marche sur une plage. C'est l'histoire d'une petite fille. D'une petite fille. Je sens les fils ténus de mon équilibre mental se casser un à un. Les eaux de la baie paraissent s'assombrir, se rapprocher. Ce serait tellement facile de tomber, tellement facile de tout oublier, tout simplement. Loin devant, les projecteurs du stade de PacBell Park sont nimbés d'un halo bleuté dans le brouillard ; quelques instants plus tard, j'entends monter les clameurs de la foule massée dans les gradins.

49

Il est neuf heures passées quand j'arrive chez Jake. Il est dans la cuisine en train de remplir la poubelle des recyclables avec des enveloppes et des prospectus. Quand j'entre, sans m'être annoncée, il relève la tête et cligne des yeux lentement, comme s'il sortait d'une chambre noire. « Salut, dit-il, avec un sourire timide.

– Dis-moi que tu ne laisses pas tomber.

– Quelle est l'alternative ?

– On continue à chercher.

– J'avais un plan, Abby. Le QG, la télévision, la radio. Je n'ai pas cessé de me donner des objectifs pour trouver la force de continuer. Je pensais qu'en distribuant dix mille prospectus on trouverait une piste qui nous mènerait jusqu'à elle. Quand ça ne s'est pas produit, j'ai monté la barre plus haut : cinquante mille prospectus, puis soixante-quinze mille, cent mille. Et chaque fois, je me disais que ça allait marcher cette fois, qu'on la retrouverait. Et la récompense… j'ai démarré à cinquante mille. Puis cent cinquante mille, puis deux cent mille, quatre cent mille, un demi-million de dollars. J'ai vendu toutes mes actions, j'ai renégocié l'emprunt de la maison, je suis allé voir tous les gens que je connaissais et des centaines de personnes que je ne connaissais pas, pour avoir la plus grosse cagnotte possible. Rien. Et les bénévoles… Ils ont été jusqu'à trois cents. Tu sais que j'ai fait cent six interviews à la radio ? Quarante-deux émissions de télévision ? J'ai parlé au téléphone à des centaines d'agents de police dans tout le pays. J'ai tout tenté. Je ne sais pas quoi faire d'autre. »

Je vais dans le salon et j'allume une lampe. L'ampoule clignote brièvement, puis s'éteint avec un petit cliquetis. « Nous sommes peut-être tout près du but.

– Tu veux ignorer l'évidence », répond-il. Il s'assoit sur le canapé, prend un livre sur la table basse, et le repose aussitôt. C'est un manuel de philosophie, avec une couverture défraîchie et des Post-it qui dépassent entre les pages. « Sa chaussure, sa petite chaussure… Je pourrais donner encore mille interviews, envoyer encore un million de prospectus, et cela ne changerait rien aux faits. »

Je m'assois à ses côtés. « Tu accordes beaucoup trop d'importance à cette chaussure. Elle ne veut rien dire du tout. »

Il s'adosse au canapé et lève les yeux vers le plafond. Sa main, sous la mienne, est chaude et humide. Il dégage une odeur différente, pas la sienne, et je comprends que ses vêtements ont été lavés avec une autre lessive. Depuis que je le connais, il a toujours senti un peu la lessive Surf, mais, depuis la disparition d'Emma, il donne ses vêtements à nettoyer au pressing du quartier. Un jour, il m'a dit qu'il n'arrivait plus à faire la lessive tout seul, parce que Emma l'aidait, avant. Elle adorait trier le blanc et les couleurs, et doser la poudre.

Un bus passe dans la rue. Le clocher d'une église sonne. La distance entre nous grandit chaque minute.

« Elle me manque tellement, dit-il. Certains jours, je ne veux pas sortir de mon lit. Il y a deux ou trois semaines, au supermarché, j'ai attrapé un paquet de bonbons gélifiés parce qu'elle est habituée à ce que j'en rapporte quand je vais faire les courses. J'étais à la caisse, la fille a passé le paquet devant le scanner et j'ai compris. Je me suis mis à brailler. Je n'arrivais pas à me reprendre, à sortir mon argent ni même à quitter la file. Plusieurs personnes attendaient derrière moi. La caissière a fait venir son chef. Il est arrivé, il m'a demandé si j'avais besoin d'aide pour aller jusqu'à ma voiture. J'avais l'impression d'être devenu fou. » Il me serre la main. « Il y aura encore beaucoup de journées atroces, mais nous ne pouvons pas cesser de vivre.

– Je ne veux pas cesser de vivre, dis-je, je veux juste la retrouver.

– Cela fait presque six mois… Six mois. »

J'entends le doux ronflement de sa respiration. À ce moment précis, je l'aime, mais une possibilité ahurissante se révèle à moi : peut-être que je l'aime plus encore, elle. Je ressens une nostalgie si profonde que j'ai le sentiment que mon corps a été creusé de l'intérieur, qu'il ne reste plus rien qu'un grand vide, froid. Depuis six mois, Emma est avec moi tous les jours. Elle est ma première pensée quand je me réveille le matin, la dernière image que je vois avant de m'endormir. Son visage, son nom, m'accompagnent minute après minute. Ma vie est tendue vers un seul objectif : la retrouver. Jake, pendant tout ce temps, est devenu de plus en plus indistinct chaque semaine, nos conversations sont de plus en plus rares et distantes, nos moments de véritable intimité se réduisent à une peau de chagrin.

Aimer un homme est une chose, mais aimer un enfant est complètement différent ; c'est un sentiment dévorant. Avant Emma, quand les gens parlaient de l'amour que l'on pouvait éprouver pour un enfant, je ne les croyais pas. Puis, Emma est entrée dans ma vie, et, maintenant, je ne peux pas imaginer vivre sans elle. Peut-être l'amour est-il comme une baguette de sourcier, à la recherche des gens qui ont le plus besoin de vous. Quand je suis tombée amoureuse de Jake, je n'ai vu en Emma qu'un bonus compris dans le lot. Maintenant, elle s'est déplacée, de la périphérie au centre.

Nous avons fait des projets à trois. Paris pour son dixième anniversaire. Prague pour ses douze ans. À seize ans, quand elle aurait son permis, un grand tour des États-Unis en voiture. Je me l'imagine au Louvre grimaçant devant *la Joconde.* Ensuite, quelques années plus tard, en jean, les lèvres maquillées en rose pâle, assise au volant, chantant avec la radio, tandis que Jake lui indique la route depuis le siège arrière, et que je repère les lieux touristiques à visiter. Son visage est estompé, comme une photo faite par un éclairage insuffisant, avec le sujet qui bouge très vite, mais il reste assez de son être essentiel dans ces images pour que j'y croie.

Jake se lève et fait les cent pas. « Je veux une cérémonie », dit-il, en se mordant la lèvre. Il va jusqu'à la fenêtre, écarte le rideau et regarde dans la rue, le dos tourné vers moi. Pendant un moment, le salon est baigné d'une douce lumière jaune.

« Quel genre de cérémonie ?

– Une messe de souvenir. » Il se racle la gorge et laisse retomber le rideau. La pièce s'assombrit de nouveau. « Pour lui dire adieu.

– Pas encore. Donne-moi seulement un peu plus de temps.

– Pour quoi faire ?

– Pour la chercher.

– Arrête. S'il te plaît. Tu ne fais qu'aggraver les choses. »

Il est toujours debout, le dos tourné, quand je monte à l'étage, jusqu'à la chambre d'Emma. Je m'allonge sur le lit et je regarde le plafond. La pièce commence à perdre l'odeur particulière d'Emma, et je me demande si Jake a remarqué cela. Dans un an, est-ce que toute son odeur aura disparu ?

Je tourne la tête sur l'oreiller et je vois quelque chose, une mèche des cheveux d'Emma. Je la ramasse et je la tiens tendue entre mes doigts, vestige qui a traversé le temps. Je la pose sur mon front et j'espère un éclair magnétique, une communication télépathique avec Emma.

Nous nous installions ensemble sur le lit, assises en tailleur, et elle s'adossait contre le mur pendant que je lui mettais des perles dans les cheveux. Les jours suivants, elle tirait sur ses tresses et dispersait des perles partout dans la maison. Ce lieu lui appartenait. Chaque centimètre carré portait son empreinte, les crayons sur la table de la cuisine, ses sandales près de la porte de derrière, une boîte à chaussures pleine de vêtements de Barbie sous la table basse, dans le salon. Le matin, elle se levait souvent avant Jake et moi, et le bruit de ses petits pieds dans l'escalier rythmait les premiers instants de ma journée.

En bas, maintenant, ce sont des pas lourds. Le long de l'entrée, dans la cuisine, la salle à manger, ils s'arrêtent dans le vestibule. La porte de devant s'ouvre. Peut-être qu'il pense à sortir. Une minute plus tard, la porte se referme, mais je l'entends, il est encore en bas. Il n'y a pas d'endroit où aller, rien à faire, pas moyen d'y échapper.

50

Les patients cérébro-lésés se rappellent souvent leur enfance d'une manière étonnamment détaillée, mais ils sont incapables de se souvenir d'événements plus récents. Ils parlent d'amis qu'ils n'ont pas vus depuis des dizaines d'années, comme s'ils les avaient croisés quelques heures auparavant. Il leur arrive de se rappeler les cadeaux reçus pour leur cinquième anniversaire, mais ils sont inaptes à lire le moindre livre, même le plus simple.

Chaque jour, je parcours mes souvenirs comme un chercheur d'or muni de son tamis. Trop de choses surgissent – des moments de mon enfance qui ne me sont d'aucune utilité, des noms, des visages, des endroits où je ne suis pas allée depuis des années. Mais l'unique élément que je recherche, l'indice qui me conduira à Emma, reste enfoui, irrécupérable. Chaque réminiscence qui refait surface me distrait de ma tâche – autant de déchets qui viennent parasiter les ondes cérébrales. Les souvenirs me reviennent clairement, au complet, avec le son et le mouvement, même la suggestion d'une odeur. Je ne veux pas d'interaction avec ces informations sans valeur, mais elles sont là, exigeant d'être remarquées.

Gulf Shores, Alabama. J'ai neuf ans, je suis à la plage avec ma famille. Je me souviens d'un homme et d'une femme, allongés à côté de nous sur des serviettes jaune vif. Ils buvaient du thé glacé dans des gobelets en plastique et lisaient des livres de poche. Même s'ils avaient probablement le même âge que mes parents, ils paraissaient respirer une jeunesse que je n'ai jamais vue chez les miens. Il arborait un short de surf et elle était vêtue d'un minuscule bikini noir. Mon propre père portait un short kaki et des baskets, ma mère un sarong qui lui descendait jusqu'aux chevilles et un tee-shirt. Le couple était accompagné d'un garçon de mon âge qui ne cessait de lever les yeux vers moi en souriant. Ses cheveux étaient blonds, presque décolorés, et il était très bronzé. Sur son nez, une tache de crème solaire.

Tandis que ma famille restait à l'ombre de deux parasols, une petite glacière posée à chaque coin d'un immense drap, cette autre famille, plus heureuse, était allongée au soleil, luisante, les bras et les jambes mouchetés de sable. La femme avait une forte poitrine, un décolleté profond très hâlé qui plongeait vers le fermoir doré de son soutien-gorge. Alors que ma mère était absorbée dans ses mots croisés, que mon père suivait le match de football à la radio et qu'Annabel dormait, allongée, j'observais la famille, cachée derrière mes lunettes Mickey, essayant d'imaginer des stratagèmes qui me permettraient de toucher la magnifique poitrine de cette femme.

Le garçon prit du sable dans une pelle en plastique et la déversa sur le dos de son père.

« Eh fiston… », dit celui-ci, sans lever les yeux de son livre.

Le gamin essaya de faire la même chose à sa mère. « Pourquoi ne vas-tu pas faire un château de sable ? » suggéra-t-elle. Il bouda un instant, puis ramassa sa pelle et son seau, et descendit jusqu'au bord de l'eau. Il s'occupa distraitement à son château pendant un moment, puis il abandonna le seau et la pelle et se jeta à l'eau bruyamment. Il faisait une chaleur douce, le soleil brillait si fort qu'il était difficile de regarder l'eau. De la plage, les vagues avaient l'air calme, mais des pancartes en bois plantées à intervalles réguliers annonçaient *Forts courants. Baignade à vos risques et périls.*

Le garçon entrait et sortait de l'eau au pas de course. J'avais envie de le rejoindre, mais mes parents ne me donneraient pas la permission. « C'est dans les piscines qu'on nage », aimait à dire mon père. Pendant quelques minutes, je regardai le gamin avec envie. Il ne cessait de se tourner vers la plage pour voir s'il attirait l'attention. Je lui fis un salut de la main. Il sourit, puis se jeta dans le sable, et se lança dans une étrange danse frénétique, les jambes battant l'air, la bouche grande ouverte. Au bout d'un moment, je me lassai et mon intérêt se porta de nouveau sur sa mère.

Je ne sais pas combien de minutes s'écoulèrent avant que la femme ne se redresse et regarde vers l'océan. « Tom », dit-elle.

L'homme tourna une page de son livre. « Hmmm…

– Je ne vois pas Charles. »

Elle se leva et commença à marcher vers l'eau. L'homme lâcha son bouquin et la suivit. Ensuite, ils se mirent à courir, tous les deux, en criant : « Charles ! »

Mon père se leva et partit les rejoindre. Annabel se réveilla, s'étira : « Qu'est-ce qui se passe ? »

Soudain, l'ambiance sur la plage changea. La panique gagna toutes les directions, et, en quelques minutes, tous les adultes criaient le prénom du gamin. Les femmes tenaient leurs propres enfants serrés contre elles, tandis que les pères ôtaient leur chemise et leurs sandales et se jetaient à l'eau. C'était excitant, comme les premières secondes d'un numéro de cirque ; la torpeur de la journée explosait en un immense chaos.

Des sauveteurs firent leur apparition. Des bateaux de pêche, amarrés au large, commencèrent à affluer vers la plage.

Rapidement, une vedette arriva en trombe, toutes sirènes hurlantes. Le nom de Charles fut diffusé dans des mégaphones. On avait l'impression que le temps s'accélérait.

Quand nous rassemblâmes nos serviettes et nos glacières plus tard cette même après-midi, la femme portant le bikini noir était assise au bord de l'eau, hurlant, les cheveux pendant en paquets collés autour de son visage. Son mari était à genoux, face à elle, silencieux et tremblant. Entre eux, allongé sur le sable mouillé, si pâle qu'il en était bleu, se trouvait leur fils. Ses yeux étaient ouverts, ses lèvres un peu entrouvertes. Une algue était entortillée autour de sa cheville. Il paraissait beau et très propre, ainsi étendu, parfaitement immobile. Je m'attendais, même à ce moment-là, à ce qu'il se réveille, agite les jambes, me fasse un clin d'œil, à ce qu'il rie. Gonflée, la plaisanterie.

Nous rentrâmes à la maison en silence. Ma mère pleurait, mon père gardait les yeux rivés sur la route. Un coup de tonnerre fit trembler la voiture, et il se mit à pleuvoir. Les essuie-glaces cliquetaient et grinçaient. À un moment, ma mère se tourna sur son siège et serra les mains d'Annabel et les miennes. « Les filles… » Ce fut tout ce qu'elle articula ; elle prononça ces mots si doucement qu'on aurait dit une prière.

J'essuyai la vitre embuée et regardai défiler les kilomètres de plage, les dunes de sable, les hautes herbes marines, les petites maisons roses sur pilotis. Des éclairs zébrèrent l'océan. Mes épaules me picotaient un peu, j'avais un léger coup de soleil. Dans la voiture régnait une odeur chaude et douce. Il restait du sel sur mes lèvres. J'avais soif, mais je ne savais pas comment demander quelque chose à boire, dans cet horrible silence. Annabel dormait, les jambes allongées sur la banquette, la tête penchée en arrière à un angle impossible, la bouche grande ouverte. Je ne cessai de l'observer pour vérifier qu'elle respirait toujours. Je posai une main sur son pied chaud, juste pour savoir qu'elle était vivante. Dans ces moments-là, je l'aimais immensément.

Je finis par m'assoupir. La voiture vrombissait sur l'autoroute. Dans mon sommeil agité, j'étais vaguement consciente que ma mère posait sur nous un regard étrange, comme si nous étions des êtres nouveaux, extraordinaires, spéciaux.

51

Cent quatre-vingt-quatrième jour. Après la réunion du groupe de soutien, David m'invite à venir prendre un café chez lui. Je le suis jusqu'à Cole Valley. Il habite une maison victorienne restaurée dans un quartier calme. Les planchers sont en bois sombre, et il y règne un silence total.

Il appuie sur un interrupteur dans le vestibule, et la maison est inondée d'un flot de lumière et de musique. « Tu aimes ? J'ai fait ce montage pour que cet interrupteur contrôle toutes les lumières de la maison et mette en route la chaîne.

– Impressionnant.

– Pendant une seconde, quand je rentre, je peux prétendre que je n'arrive pas dans une maison vide. »

Dans le salon, le regard est immédiatement attiré par un piano à queue. Sur le pupitre est posée la partition du *Concerto pour piano n° 5*. J'enfonce une touche et elle émet un son plaintif. « Tu joues ? »

Il secoue la tête. « Non, c'est ma femme. *C'était* ma femme. Elle apprenait à jouer à Jonathan. Il était assez doué. Il avait des doigts étonnamment longs. Je ne sais pas si c'est très important, mais Jane pensait que c'était un atout. »

Le manteau de la cheminée et les guéridons sont envahis de photos de famille encadrées : David et Jonathan à l'entrée de Disneyland, Jane et Jonathan assis à une table de pique-nique, un seau de Kentucky Fried Chicken posé entre eux, toute la famille à la proue d'un ferry, agitant la main, la Statue de la Liberté à l'arrière-plan. Sur un mur sont accrochées des photos en couleurs prises dans un studio, avec des décors dans le fond. Sur quelques-unes, Jonathan est en train de jouer avec un cocker.

« Tu as un chien ?

– Non. » Il rit. « Je n'en ai jamais eu. Le chien n'est qu'un accessoire. Jonathan refusait de coopérer avec le photographe, alors il a fait entrer son chiot dans le studio.

– C'est mignon. »

Elles me rappellent ces horribles séances chez Olan Mills auxquelles ma mère nous traînait. Le studio de portrait donnait sur Airport Boulevard et il empestait le désinfectant. Le photographe portait toujours un tee-shirt avec l'insigne d'une université de cinquième zone. Il nous disait que nous avions de belles dents, puis il nous faisait prendre la pose contre une fausse barrière en bois, un grand sourire aux lèvres, et nous accrochait les pouces dans les passants de notre ceinture, comme si l'existence était une espèce de paradis pastoral, comme si on ne vivait pas en banlieue.

« Décaféiné ou normal ?

– Ça m'est égal. »

Il me conduit à la cuisine. Encore des photos sur les murs. Quand il ouvre le placard pour en sortir deux tasses, j'entrevois quelques verres pour enfants décorés de personnages de Disney.

David place deux *donuts* congelés dans le micro-ondes, appuie sur « décongélation » et se met à préparer le café. « Je vais te faire visiter la maison pendant qu'il passe. Premier arrêt, la chambre d'amis. » Il me conduit à l'étage, dans une chambre aux murs couverts d'un papier peint qui paraît sorti tout droit d'un numéro de *Maisons Côté Sud*. « Je devrais probablement la réaménager en bureau. Personne n'y a dormi depuis des années. Jane l'a occupée un moment avant de déménager. »

Au-dessus du lit en fer forgé est accroché le dessin encadré d'un garçon. Ses cheveux sont châtains, les contours rebondis de ses joues sont remplis au crayon couleur pêche. « C'est un portrait évolutif, explique David. Jonathan, à onze ans. » Le dessin est tellement précis, avec une telle expression dans le regard, qu'il m'est difficile de croire que c'est le portrait d'un garçon qui n'a jamais eu cet âge. David tend le bras et remet le cadre droit. En bas, le micro-ondes s'arrête et émet trois bips.

Ensuite, il m'emmène dans une chambre aux murs bleu clair. On a dessiné des nuages au plafond et des maquettes d'avions sont suspendues par des fils partout. Le petit lit est bien fait, les draps ont des motifs de dinosaures. Je remarque un creux de la taille d'une tête dans l'oreiller, comme si quelqu'un avait couché là très récemment. David tend le bras et effleure l'aile d'un des avions. « Jonathan et moi, on en a fait pas mal ensemble. Il voulait devenir pilote. » Il sourit. « Il avait aussi décidé d'entraîner des dinosaures pour un cirque et de travailler comme cow-boy le week-end. » Il donne une petite impulsion à l'aile et l'avion se met à tourner sur lui-même. « Qu'est-ce qu'Emma voulait faire ? »

Je fais semblant de ne pas remarquer l'imparfait. « Elle s'est prise de passion pour la maçonnerie. Nous avons essayé de la convaincre de se tourner plutôt vers l'architecture, mais ce qu'elle aime, c'est la construction. L'an dernier, Jake et moi lui avons offert un jeu de maçonnerie, avec des petites briques en plastique et une poudre qu'on mélange à de l'eau pour faire du mortier.

Elle a commencé par construire un mur dont elle disait qu'il irait jusqu'au ciel. Son plan, c'était de grimper sur le mur pour atteindre la lune, où elle bâtirait une nouvelle maison pour nous trois. Et elle y donnerait de gigantesques fêtes où seraient invités les présidents de tous les pays.

– On dirait qu'elle pourrait avoir un avenir dans la politique. »

Avenir. Le mot paraît presque illusoire, trop porteur d'espoir. Pourtant, la seule chose qui me fait tenir, ces derniers temps, c'est exactement ça – le vague espoir qu'un avenir est possible, un avenir où Emma, Jake et moi ferons tout ce que font les familles, malgré le fait que chaque jour qui passe réduit un peu plus cette espérance.

« Ils sont beaux les avions », dis-je. Dès que les mots sortent de ma bouche, ils paraissent idiots, trop anodins. Si seulement je pouvais penser à quelque chose qui exprimerait la sympathie que je ressens.

David parcourt des yeux la bonne douzaine de maquettes qui planent dans la chambre de son fils disparu. « J'en ai presque une centaine d'autres au sous-sol, des 747, des Cesna, des bombardiers, tous les modèles imaginables. » Sa voix tremble. « J'attends simplement que le chagrin s'atténue, mais cela n'arrive pas. J'attends le matin où je me réveillerai en me rendant compte que mon désir qu'il revienne a disparu. Mais chaque jour, ce désir est aussi douloureux que le jour de son enlèvement. »

Il s'approche de moi, m'attrape le menton et lève mon visage vers le sien. Je tourne la tête et son baiser se pose sur ma joue – c'est un vieux truc du temps du lycée, qui est gênant maintenant, déplacé dans le monde des adultes. David me prend par la main et m'emmène de l'autre côté du couloir, dans une autre chambre. Dans celle-ci, il n'y a pas de photos, seulement un lit avec des draps blancs, une commode en bois, des murs beiges.

Il tente de m'embrasser de nouveau et, cette fois, je le laisse faire. Au moment même où j'entrouvre les lèvres, je sais que c'est mal. En sentant la langue de David sur la mienne, en sentant l'odeur du savon Ivory de sa peau, j'entends la voix de Sam Bungo dans ma tête : « Situation, Participation, Dégagement. »

David trouve les boutons sur le côté de ma jupe. La jupe tombe, j'entends le cliquetis des boutons sur le plancher. Debout là, en pull, dessous et chaussures, ce que je ressens n'a rien du désir ; c'est de la pitié. Peut-être David est-il désolé pour moi aussi. Peut-être ne voit-il, dans la poursuite de mes recherches, rien de plus qu'une tentative pathétique de retarder l'inévitable.

Il m'embrasse de nouveau, glisse sa main sous mon pull, me caresse les seins. Puis, il enlève ses vêtements, un à un ; ses chaussures, sa chemise, son pantalon, ses chaussettes, en me jetant des regards hésitants, tout en se déshabillant, comme s'il attendait que je l'interrompe. Et moi, je me dis *Ne fais pas ça*.

La poitrine de David est étroite, glabre, sa peau est claire, parcourue de veines bleues très visibles. Il mérite peut-être cette petite chose, ce moment de réconfort. Il a tant perdu, et je ne sais pas comment dire non. Debout là, il a l'air tellement faible, ressemblant plus à un gamin qu'à un homme, sauf pour l'érection. Ma pitié est remplacée par autre chose, et un élan naît au fond de moi – un besoin brûlant, irrésistible. Je ne peux pas nier qu'une partie de moi veut ressentir l'ouverture sous la pression, cette pression agréable et douloureuse à la fois, la montée jusqu'à la libération. Une partie de moi veut quitter le monde de cette manière. Une partie de moi désire ardemment cet acte qui m'aidera un moment à oublier.

Il s'approche de moi, son pénis dressé appuyé contre ma cuisse.

« Cela fait six mois », dis-je. Je ne suis pas sûre qu'il m'ait entendue, alors je répète. « Six mois qu'elle a disparu. »

Il me pousse vers le lit, me fait asseoir et, doucement, m'enlève mes chaussures. Quand il se tourne pour éteindre la lumière, je remarque une tache de naissance sur sa hanche droite, de la forme d'un avocat. Je pense à Ramon, le premier homme que j'aie jamais vu nu : ses bras parfaits, ses hanches musclées, ses longues jambes et ses mains étrangement petites. Je n'avais pas vraiment remarqué ses mains, jusqu'à ce que je le voie nu, et, quand je les ai regardées pour la première fois, j'ai ressenti pour lui une immense tendresse.

La lumière s'éteint et c'est alors que je remarque la pendule digitale, qui projette l'heure au plafond en immenses chiffres rouges : heures, minutes, secondes. Ce sont les chiffres qui me ramènent à la réalité, à la pensée qu'Emma est là, dehors, quelque part, à attendre.

« Je devrais y aller », dis-je en me levant.

Il s'approche du lit. « Non, s'il te plaît. »

J'enfile ma jupe et mes chaussures, me détestant déjà pour ce qui a failli arriver.

David reste à quelques centimètres de moi, toujours nu, sans me quitter des yeux. Je suis en colère contre lui, parce qu'il sait, sans avoir à les chercher, sur quels boutons appuyer.

« Au revoir, dis-je.

– S'il te plaît, ne pars pas. Reste cette nuit. Il peut aussi ne rien se passer. »

Je descends l'escalier et je sors de la maison. Sur la route, dans la fraîcheur nocturne, les bancs de brouillard qui défilent devant mes phares, je ne me sens pas parfaitement solide, entièrement vivante dans ce monde. J'évite de regarder dans le rétroviseur, dans les vitres qui réfléchissent tout, la nuit ; j'aurais peur, si je me regardais de près, de ne pas me reconnaître.

52

La photographie n'est qu'une question de lumière. Le mot photographie vient des mots grecs *photos*, « lumière », et *graphein*, « écrire ». Chaque fois qu'on prend une photo, on écrit avec de la lumière.

La fonction de la lentille d'un appareil est de faire converger ou diverger la lumière. Celle de la pellicule est d'enregistrer le motif lumineux transmis par la lentille. La pellicule est simplement un morceau de plastique contenant des grains sensibles à la lumière, qui subissent une réaction chimique quand ils sont exposés. Si on laisse passer trop de lumière par la lentille, trop de grains vont réagir, et l'image apparaîtra délavée. Si la quantité de lumière qui impressionne la pellicule est insuffisante, le nombre de grains sera trop faible et l'image sera trop sombre.

Dans le métier de photographe, la lumière n'est pas seulement essentielle ; elle est aussi son pire ennemi. C'est pourquoi la chambre noire doit être complètement étanche. Toutes les chambres noires sont équipées d'une lampe de sûreté au moins, généralement rouge ou ambrée, qui ne cause pas de changement visible sur les matériaux photosensibles. La lampe de sûreté est utilisée quand on transfère les images des négatifs sur le papier et quand on fait passer les tirages d'un produit chimique à l'autre.

Il est un moment, pourtant, où tous les photographes se retrouvent dans le noir complet : c'est quand on sort la pellicule et qu'on l'enroule autour de la spire. Ceci doit être fait avec précision, en s'assurant que le film est enroulé bien serré et en ne touchant que les bords. Une mauvaise manipulation peut détruire la pellicule entière.

Le photographe dépend complètement de son regard. Il se connecte au monde par l'image, par le visuel, par ce qu'il voit. Mais pendant ces quelques minutes, quand il est seul dans la chambre noire plongée dans les ténèbres, tout doit être fait par le toucher, d'instinct, sans la vue.

Qu'est-ce qu'une recherche, si ce n'est un exercice en aveugle ?

Dans les heures qui ont suivi la disparition d'Emma, j'ai imaginé l'aire de la recherche comme un cercle qui s'élargissait à mesure que défilaient les minutes et les heures. Aujourd'hui, six mois plus tard, le champ des possibles est immense, c'en est devenu un cauchemar. Il n'y a donc pas de limite à ces recherches. Emma pourrait se trouver n'importe où : en Californie, à New York, à Londres, à Madrid. En Alaska ou en Alabama.

Depuis le début, je tâtonne aveuglément dans le noir.

Le problème avec une lampe de sûreté, c'est qu'elle n'est jamais tout à fait suffisante pour la tâche à accomplir. On aimerait toujours voir mieux. On voudrait pouvoir juger avec une précision absolue de la densité du grain, de la qualité de la mise au point. Et pourtant, dans la chambre noire, on est reconnaissant de sa présence. Sa lueur diffuse, après l'expérience du noir absolu, procure un immense soulagement. Que ne donnerais-je aujourd'hui pour avoir une lampe de sûreté ? Une toute petite lueur pour me guider.

53

« Et nous entrons tous avec eux dans le silence funéraire –
les funérailles de personne, car il n'y a personne à enterrer. »

(T.S. Eliot, *Quatre Quatuors*, traduction de Pierre Leyris, Paris, Éd. du Seuil, 1969.)

Jake est allé voir un thérapeute. « La clôture, dit le thérapeute, exige une reconnaissance rituelle de sa mort. »

D'où le cercueil. Je suis allée le choisir avec Jake. Un établissement de pompes funèbres sur Geary Street, moquette épaisse et salons capitonnés, juste à côté d'un vendeur de burgers. Un homme en costume à fines rayures nous a précédés dans un long couloir jusqu'à une double porte ; elle ouvrait sur un bureau aménagé pour ressembler au petit salon, chez un particulier. Désuet, de style victorien, avec un canapé arrondi mauve et trois grandes chaises en tapisserie. De son long doigt très blanc, le gérant de l'établissement a tourné les pages d'un catalogue relié en cuir contenant des photographies et des prototypes d'annonces. Il a essayé de nous vendre le produit qui a été conçu spécialement pour les petites filles, blanc laqué avec des anges et des fleurs peints à la main, une bordure en satin rose bonbon.

« Vous pouvez commander une inscription spéciale sur le cercueil », ajouta-t-il, et il se mit à nous lire un poème rimé, signé d'un certain Anonyme. Il nous jeta un regard désapprobateur quand Jake opta pour le modèle simple en chêne, sans ornements tapageurs en cuivre, sans poignées filigranées, ni poème.

C'était il y a trois jours. La messe de souvenir va avoir lieu aujourd'hui à onze heures. « Je veux que tu sois là », me dit Jake au téléphone ; sa voix paraît extrêmement fatiguée. J'entends la cafetière.

Cela fait cent quatre-vingt-dix-huit jours. Ce matin, j'ai fait le calcul :

4752 heures.

285.210 minutes.

17.107.200 secondes.

« Alors ? » Jake attend, j'entends sa respiration dans le combiné.

En vérité, je n'ai pas le droit de lui refuser quoi que ce soit. Parce que je n'ai pas fait assez attention, parce que j'ai détourné les yeux, parce que mon instinct maternel a quelque part failli l'espace de quelques secondes, Emma a disparu. C'est ma culpabilité qui a rendu ce rassemblement nécessaire, mon échec indicible qui va réunir ces gens endeuillés.

« Bien entendu. »

J'entends Jake se verser une tasse de café, mélanger le sucre avec une cuillère qui tinte contre les bords de la tasse. « Tu viens ici ? On y va ensemble ?

– Oui. »

Je fouille mon placard pour trouver des vêtements noirs, je me maquille avec discrétion, et je me rends chez Jake. Nous partons ensemble pour l'église, sans parler ; il a les yeux rivés sur la route, son visage est indéchiffrable. Je suis au premier rang dans la grande église catholique, l'église dont j'ai, depuis la rue, admiré tant de fois les vitraux. La plupart des gens que nous aurions invités à notre mariage sont présents, ainsi que des copains de classe d'Emma et leurs parents, les bénévoles du QG, le détective Sherburne, des agents de police qui ont participé à l'enquête. Quelqu'un, peut-être un des élèves de Jake, a communiqué l'information à la presse, et de nombreux étrangers sont venus aussi. Même Leslie Gray est là, avec son cameraman.

Jake et moi sommes au premier rang, nous tenant par la main. Il est silencieux, calme. Résigné.

Plusieurs personnes se lèvent et parlent d'Emma - son institutrice de CP, son professeur de violoncelle, la mère de sa meilleure amie. La cérémonie a commencé depuis un quart d'heure quand Lisbeth arrive. Elle s'avance jusqu'au premier rang, me passe devant, et s'installe de l'autre côté de Jake.

Lorsque mon tour arrive de prendre la parole, je regarde la foule de visages sombres devant moi, et j'énumère tout ce que j'aime chez Emma. Je raconte des anecdotes dans lesquelles Emma devient vivante pour l'assemblée, je cite quelques petites phrases rigolotes qu'elle disait ; je fais rire les gens quand je révèle que son rêve, c'était de devenir maçon. Je remercie les habitants de San Francisco pour leur bonté, pour leur soutien.

Dès que je reviens à ma place, Lisbeth se lève. Elle s'apprête à monter sur l'estrade – comme si elle avait le moindre droit de faire l'éloge d'une enfant qu'elle ne connaît même pas. Jake la retient fermement par le bras. « Non », dit-il d'une voix suffisamment forte pour que la moitié de l'assistance l'entende. Lisbeth se racle la gorge, tente de sourire et finit par se rasseoir.

Quand la cérémonie est terminée, je vais en voiture avec Jake jusqu'au cimetière, en suivant le corbillard qui transporte un petit cercueil vide. L'enterrement a lieu dans l'intimité : Jake, le prêtre, quelques professeurs du lycée de Jake, la famille de la meilleure amie d'Emma, et moi. Lisbeth n'est pas là. Tandis qu'on descend le cercueil sous terre, Jake s'autorise enfin à pleurer en public.

Je me mets à sangloter moi aussi. Et pourtant, l'envie de hurler que tout cela n'est qu'un mensonge ne me quitte pas une seconde. Il n'y a aucune vérité dans ce cercueil, dans cette petite tombe, la terre retournée, l'odeur de l'herbe fraîchement coupée. Emma est vivante.

« Peut-être qu'il est temps, dit Jake, tandis que nous rentrons à la maison.

– Temps pour quoi ?

– Pour notre mariage. On n'est pas obligés de faire une grande célébration. On pourrait juste passer devant le juge de paix. »

Je réfléchis brièvement à cette éventualité. Peut-être que l'idée n'est pas si effrayante. Peut-être pourrions-nous parvenir à une fragile sérénité dans les premiers mois de notre mariage, apprendre à vivre ensemble dans ces termes nouveaux, peut-être même trouver un moyen d'être heureux.

« Alors ? demande-t-il.

– Tu sais que je veux t'épouser, tu sais que je t'aime…

– J'ai beaucoup réfléchis, Abby. Depuis l'instant où sa chaussure est réapparue, je me creuse la cervelle, je cherche un moyen de continuer. On les voit à la télévision ces parents qui perdent un enfant et transforment leur chagrin en quelque chose de signifiant, de positif. Et il m'est apparu que je ne serai jamais comme John Walsh, qui anime *America's Most Wanted* depuis si longtemps. C'est peut-être égoïste, mais je ne suis pas capable de revivre ça pendant les trente prochaines années. Je veux retrouver une vie, un semblant de vie. Peut-être qu'un jour toi et moi, on pourrait essayer d'avoir un enfant. Je sais qu'on ne pourra pas remplacer Emma, je sais qu'un autre enfant ne dissipera pas la souffrance, mais il faut que nous trouvions un moyen d'avancer.

Tu te souviens d'une conversation que nous avons eue il y a déjà longtemps, quand nous avons décidé de nous marier ? Je t'ai dit que je t'aimais pour des tas de raisons, et que le fait que tu serais une bonne mère pour Emma n'était que l'une d'entre elles. Ça n'a pas changé.

– Je crois juste que ce n'est pas le bon moment, Jake. » Je ne sais pas quoi dire d'autre, comment lui expliquer ce que je ressens. Une partie de moi veut tellement être avec lui, retrouver une vie avec lui, que j'aurais envie de pouvoir retirer ce que j'ai dit, à peine ma phrase terminée. Mais je ne veux pas d'une vie fondée sur quelque chose de faux, sur l'illusion de la mort d'Emma. Ma mère m'a toujours reproché d'en vouloir trop, de me mettre des idées en tête et d'être trop butée pour les formuler différemment à la lumière de la réalité. Mais voilà ce que je veux, voilà ce que je suis encore capable, dans les moments plus lucides, de projeter : Jake, Emma et moi, formant ensemble une famille. Rien de moins.

Après une réception sobre chez Jake, je rentre chez moi, je me change et je prends la route côtière vers le sud. Il est quatre heures de l'après-midi quand j'arrive à Half Moon Bay. Je passe deux ou trois heures là, à parler à des surfeurs, à leur montrer la photo d'Emma, les dessins du couple du van jaune. En rentrant, je m'arrête au Taco Bell à Pacifica, qui est perché sur un morceau de plage divinement beau, avec vue panoramique sur l'océan. La journée a été bonne pour le surf, « une bonne houle ouest » selon le rapport diffusé par une radio, et les surfeurs sont grisés, vidés ; ils engloutissent des *tacos* et des *burritos* comme s'ils n'avaient rien mangé depuis plusieurs jours. Je commande un Coca, m'installe seule à une toute petite table pour deux et j'observe les visages dans la foule.

La route côtière qui remonte vers le nord est embouteillée par le retour des gens qui ont pris leur journée, et il me faut plus d'une heure pour rentrer en ville. Je prends Great Highway et je tourne à droite sur Point Lobos Avenue, je traverse Richmond par Geary Street, je passe devant l'Alexandria et le Coronet. Ce dernier vient de fermer, après quatre-vingts ans d'activité ; encore une grande et vénérable salle de cinéma qui disparaît. C'était le préféré d'Emma ; maintenant, sur la marquise, je lis « Ici, bientôt, l'Institut du Vieillissement ».

Je m'arrête devant l'église et j'entre. Devant l'autel, quelques bougies brûlent encore. Je m'installe au second rang et je contemple les lumières vacillantes des cierges, la Vierge Marie, la silhouette vernie du Christ, les bras ouverts sur une croix dorée. L'église est presque vide ; il n'y a qu'un sans-abri endormi au fond. Je déplie le prie-Dieu, je m'agenouille et fais le signe de croix. J'attends qu'un fourmillement me passe dans les doigts, qu'une voix me chuchote quelques mots dans le noir. Jésus vous appelle, chantait le chœur. S'il y a une voix, je l'entendrai certainement maintenant.

À genoux, les mains jointes, le front posé contre mes pouces, je prie, je pleure, je supplie, formulant mille promesses à l'intention d'un Dieu que je n'ai jamais rencontré. Je me sens vidée, comme les pasteurs ont toujours dit que je devrais l'être, mais aucun grand esprit ne flotte dans les ténèbres, qui puisse combler le vide. À un moment, j'entends un bruit de pas traînants. L'église se remplit ; les paroissiens viennent pour l'office du soir. Je dois avoir l'air d'une folle dans mes vêtements froissés, avec mes chaussures couvertes de sable et mes cheveux collés par le sel.

De retour dans ma voiture, j'allume la radio pour que se remplisse le trou noir dans mon cerveau. Sur KALW, Roman Mars anime une collecte de fonds. Sur KQED, Michael Krasney est en train d'interviewer les créateurs de *craiglist*, Craig Newmark et Jim Buckmaster. Je tourne la molette, ignorant publicités et talk-shows, pour trouver enfin de la musique. C'est toujours la même chanson de Wilco, bien sûr, et je sais que je vais consacrer le reste de la journée à essayer de la sortir de ma tête.

54

« Et toi, ma chère Mnémosyne, cachée sous les trente sceaux et enfermée dans la sombre prison des ombres des idées, parle-moi un peu à l'oreille. »

Giordano Bruno, *Dialogues italiens*.

C'est un lundi que j'ai rendez-vous pour l'hypnose. Le docteur Shannon a un cabinet très chic à Palo Alto, juste à côté du centre. L'accueil est lambrissé de chêne, et des œuvres d'art richement encadrées décorent les murs. Un seul grand canapé blanc fait tout le tour de la pièce. Un beau jeune homme est assis à un bureau ancien, reportant des notes dans un grand livre. Ses yeux sont d'un vert étonnant – des lentilles de couleur. Il prend mon nom, me donne une écritoire et un stylo et me demande de remplir des formulaires.

À une heure précise, l'assistante me fait entrer dans une grande pièce qui sent le cuir, où une femme robuste en tailleur-pantalon orange avec une écharpe violette est perchée sur une haute chaise.

« Docteur Shannon », dit-elle en me tendant la main. Elle affiche un grand sourire qui découvre ses dents, et ses minuscules taches de rousseur sur le nez lui donnent un air de saine fille de la campagne. Elle n'est pas telle que je l'avais imaginée. Quand je lui avais parlé au téléphone et que je lui avais expliqué la raison de ma visite, sa voix grave et paisible m'avait fait penser à une femme mince dans une robe fourreau noire, à une personne distante et sophistiquée.

« Je vous en prie, asseyez-vous, Abby. »

Je m'enfonce dans le fauteuil, sentant immédiatement mon désavantage. Le docteur Shannon est assise très haut, sur sa chaise bien droite, tandis que je suis installée très bas, les genoux au niveau de la poitrine. « Avant que nous commencions, il faut que vous sachiez un certain nombre de choses, dit-elle en me regardant avec une intensité troublante. D'abord, la mémoire est une mer profonde. »

J'acquiesce, fascinée par son tailleur-pantalon, son approche loufoque des couleurs, me demandant où elle est allée chercher cette idée que l'orange est le nouveau noir.

« Ensuite, on ne peut pas dompter la mémoire, de la même façon qu'on ne peut pas vaincre la mer. On peut y plonger, l'explorer, mais on ne peut pas la posséder. Vous comprenez ? »

Je hoche la tête de nouveau.

« Troisièmement, il faut ensuite remonter à l'air libre. Voilà pourquoi je suis là. Je vais vous aider à plonger, ensuite, je vous guiderai vers la surface.

– O.K.

– Êtes-vous bien installée ?

– Oui.

– Bien.

– Je devrais peut-être vous dire que j'ai essayé l'hypnose une fois. J'avais beaucoup d'espoir quant aux résultats, mais cela n'a rien donné.

– Peut-être n'étiez-vous pas encore prête, dit-elle. L'êtes-vous aujourd'hui ?

– Je crois que oui. »

Elle jette un œil sur mes pieds, sur mes hautes bottes noires. « Vous feriez mieux d'enlever vos chaussures, vous seriez plus à l'aise. »

Je descends les fermetures Éclair, et je range mes bottes à côté du fauteuil, un peu embarrassée : je n'ai pas pris le temps ce matin de vérifier que mes chaussettes n'étaient pas dépareillées.

« Bien. Maintenant, je vais vous amener à un état de relâchement profond, puis je vous demanderai de parler de cette journée à la plage. Quand vous vous réveillerez, vous devriez pouvoir vous rappeler clairement tout. Il se peut que vous ressentiez des changements dans votre corps, une sensation de légèreté, ou de lourdeur. » Elle jette un œil à ses notes. « Au téléphone, vous m'avez dit que vous vouliez vous souvenir de tous les détails de la journée au cours de laquelle votre petite fille a disparu, c'est bien ça ?

– Oui, la fille de mon fiancé.

– Est-ce que vous cherchez quelque chose de particulier ?

– Je suis particulièrement intéressée par les minutes précédant sa disparition, après notre arrivée à la plage. Ce serait bien que je retrouve les plaques d'immatriculation. Toute particularité concernant les gens qui se trouvaient sur le parking. Spécialement, un couple dans un van. Si je repérais une marque distinctive sur leur van, cela m'aiderait beaucoup.

– Commençons par fermer les yeux », dit le docteur Shannon.

Ensuite, elle se met à parler, d'une voix grave et douce. Elle dit que je me sens bien, que je suis fatiguée, que la mémoire est une mer profonde et chaude. Que je dois lui faire confiance. Elle m'invite à y plonger. Pendant un moment, il ne se passe rien. Elle continue à parler, sur un ton monocorde. Tout d'un coup, je sens mon corps devenir plus léger, comme si mes bras flottaient.

« Retournez à ce jour-là à Ocean Beach. Vous êtes sur le parking avec Emma. Dites-moi ce que vous voyez.

– Une Chevrolet orange. Un homme au volant, qui lit le journal. Les vitres baissées. Une vahiné sur le tableau de bord.

– Bien. Quoi d'autre ?

– Des fourmis qui avancent en file sur le trottoir. Emma s'arrête pour les observer. Un crabe de sable mort. Le seau jaune d'Emma, sa pelle en plastique rouge, ses chaussures bleues. Elle écrase les fourmis et le crabe.

– Très bien », dit le docteur Shannon.

Sa voix est calme, constante. La scène devient plus vivante, et je sens les détails de cette journée déferler sur moi. Le bourdonnement de la circulation sur Ocean Boulevard. Le brouillard comme un rêve agréable. L'écume qui se dissout, un château de sable dont il ne reste presque rien, seulement une tourelle ronde.

« Restons un peu sur le parking, dit le docteur Shannon. Prenez votre temps. »

Je vois une corde tendue au bord du parking, là où l'asphalte se délite. Le mur est à moitié écroulé. « La Californie est en train de tomber dans l'océan », dis-je, consciente de ces paroles de ma mère qui sortent de ma bouche, ce refrain tant de fois repris. Quand j'étais enfant, je regardais la carte des États-Unis accrochée au mur dans le bureau de mon père, j'imaginais le pays en train de se briser net le long de la frontière de la Californie, et je voyais l'État tout entier basculer dans l'eau et dériver vers l'horizon.

« Que voyez-vous dans le parking ?

– Un van jaune, genre camionnette hippie. Une femme regarde par la fenêtre, souriante ; elle salue Emma de la main. La porte du côté conducteur est ouverte, et un homme est debout, pieds nus, torse nu, en train de passer de la wax sur une planche de surf.

– À quoi ressemble-t-il cet homme ?

– Beau, mal rasé, cheveux blonds comme les blés, bras musclés. Il fait un clin d'œil à Emma et il lui dit bonjour. Elle lève les yeux vers moi, et je serre sa main. Elle me serre à son tour ; elle est petite, mais elle a beaucoup de force. Elle a des petits cals dans la paume parce qu'elle se cramponne tellement au guidon de son vélo. Elle dit "Bonjour". L'homme répond que c'est une belle journée. Il a une coquetterie dans l'œil.

– Quel œil ?

– Le gauche.

– Parlez-moi du van. Décrivez-le.

– Jaune pâle. Rouillé autour des roues.

– Vous avez dit qu'il y avait des rideaux aux fenêtres. De quelle couleur ?

– Bleus, avec des petites perles rouges qui pendent. Le pare-brise est fendu, l'éclat est recouvert de Scotch.

– Très bien. Quoi d'autre ?

– Il y a un autocollant juste en dessous de la fenêtre par laquelle la femme regarde. De grandes lettres blanches sur fond bleu. La seule que j'arrive à lire, c'est un T. La silhouette d'un homme au sommet d'une vague au-dessus du T.

– Bien. Maintenant, contournez le van par l'arrière. Parvenez-vous à distinguer la plaque d'immatriculation ? »

Je vois l'endroit où la plaque devrait se trouver, un rectangle blanc, mais rien de plus.

« De quelle couleur est la plaque ? »

Je sens mes paumes se couvrir de sueur, mes bras sont légers, légers, ils ne pèsent rien. J'ai conscience de l'importance de la plaque minéralogique, mais je suis incapable d'en dire plus. Je sens une main chaude se poser sur la mienne.

« Tout va bien, dit le docteur Shannon. Regardez l'homme. Décrivez-le.

– Ses ongles sont très courts. Il porte un bracelet – une fine chaîne en argent avec une breloque. Sur sa poitrine, un tatouage. Une vague qui se brise sur son téton. Au sommet de la vague, une tache de naissance ovale.

– A-t-il d'autres tatouages ?

– Non, pas d'autre.

– Des cicatrices ?

– Je ne crois pas.

– O.K., Abby, maintenant, je veux que vous vous concentriez sur la planche de surf.

– C'est un longboard. Il est calé contre le van. De couleur plutôt rouge.

– Porte-t-il des marques ?

– Au centre, il y a une espèce d'insecte.

– Quel genre ?

– Non, ce n'est pas un insecte, c'est une grenouille, une grenouille dorée.

– Y a-t-il une inscription sur la planche ?

– Quelque chose est gravé dans le bois à la queue. Une marque, peut-être.

– Qu'est-ce que ça dit ?

– Je n'arrive pas à lire.

– C'est très bien, Abby, dit le docteur Shannon. Parlons un peu de la femme à la fenêtre. À quoi ressemble-t-elle ?

– Elle est blonde. Elle est plus âgée que l'homme, peau cuivrée, trop bronzée. Elle a l'air un peu folle, vous voyez, comme s'il y avait quelque chose qui clochait chez elle.

– Qu'est-ce qui vous fait dire qu'elle a l'air folle ?

– Je ne sais pas, c'est juste une impression.

– Pouvez-vous m'en dire plus sur le van, Abby ? »

Je cherche, encore et encore, mais rien d'autre ne me vient à l'esprit.

« Et sur les autres voitures qui sont sur le parking ?

– Il y a un camion de la poste, une moto.

– Quel genre de moto ?

– Petite, rouge, peut-être une Honda.

– Est-ce qu'il y a quelqu'un dessus ?

– Non. »

Elle continue à me guider pendant plusieurs minutes, en me posant des questions auxquelles je n'arrive pas à répondre. J'essaie de me rapprocher de l'homme et du van jaune, mais, chaque fois que je fais un pas en avant, le couple paraît s'éloigner, devenir moins net.

Une main se pose sur mon bras. « Il est temps de remonter à l'air libre, Abby. Nous sommes dans mon bureau. Maintenant, lentement, j'aimerais que vous ouvriez les yeux. »

Le docteur Shannon a avancé sa chaise pour se rapprocher de moi. Elle sent un peu la cigarette. Est-ce mon imagination, ou y a-t-il bien un fin panache de fumée dans l'air à côté d'elle ? Elle me lâche la main et se met à griffonner des notes sur son bloc. « Comment vous sentez-vous ?

– Bien. J'ai été hypnotisée ?

– Oh oui.

– Je ne me sentais pas hypnotisée.

– C'est parfaitement normal.

– Avons-nous avancé ?

– C'est à vous de me le dire. Repensez aux informations que vous avez énoncées. Y en a-t-il des nouvelles ? »

Pour la première fois, je remarque que l'écharpe du docteur Shannon est ornée de petits singes blancs. Certains d'entre eux sourient, d'autres froncent les sourcils et d'autres encore sont assis les mains sagement posées sur les genoux, comme de dociles écoliers.

Tandis que je parcours mes souvenirs, je ressens une déception profonde. Je suis déjà passée par tout ça avant – ce sont toujours les mêmes détails ressassés, les mêmes indices dépourvus de sens. « La grenouille, dis-je. Ça, c'est nouveau. Je ne me rappelais pas la grenouille sur la planche, avant. Ni l'autocollant sur le van.

– Bien », dit-elle. Elle paraît contente, mais pas du tout surprise. Elle se lève et fait une drôle de petite courbette, qui doit signifier que la séance est terminée.

« Merci, dis-je.

– Je vous en prie. Faites mes amitiés à votre beau-frère. »

Je vais déjeuner avec Jake à La Cumbre. Nous nous asseyons à une table dans le fond, en dessous d'une toute petite fenêtre carrée. Il glisse un couteau dans son *burrito*. Des haricots et de la sauce coulent sur l'assiette. Il regarde mon assiette intacte. « Tu gaspilles. »

J'attaque mon *burrito* à la fourchette, je prends une gorgée de soda à l'orange. De la mauvaise musique mexicaine se déverse des haut-parleurs. C'est *Hotel California* avec les paroles réécrites en espagnol. Sur le mur, au-dessus de la tête de Jake, est accroché un tableau représentant une danseuse vêtue de volumineux jupons rouges, perchée sur des hauts talons.

« Je suis allée voir une thérapeute, lâché-je.

– C'est bien, Abby. » Je vois dans son regard qu'il est content de moi. « Cela t'a fait du bien ?

– Elle n'est pas vraiment thérapeute. Elle est…

– Elle est quoi ?

– Ben… C'était une sorte d'hypnotiseuse. »

Il pose sa fourchette, cale ses coudes sur la table. « Pourquoi ?

– Je veux me souvenir. Et ça a été le cas, j'ai retrouvé quelque chose. Tu te souviens du type du van ? Pendant la séance, j'ai pu voir sa planche de surf très clairement.

– Qu'est-ce que tu dis ?

– C'est nouveau, c'est quelque chose qui était en sommeil avant. Ce qui signifie qu'il y a des souvenirs enfouis. Si j'ai retrouvé ce détail, peut-être que je vais pouvoir m'en rappeler d'autres.

– Tu sais ce que je ne cesse d'espérer ? dit-il, en faisant tourner les glaçons dans son verre. J'ai constamment cet espoir qu'il viendra un moment où nous pourrons parler de nous, de notre avenir. Depuis la cérémonie à l'église, c'est la seule chose dont j'aie vraiment envie, mais tu n'arrêtes pas d'éviter la question. »

Comment lui dire que, dans mon esprit, il n'y a aucun avenir pour nous sans Emma ? Tant que je ne l'aurai pas retrouvée, il me sera impossible d'avancer. « Je sais que ça ne paraît pas être grand-chose, dis-je, mais cela pourrait s'avérer être un véritable indice. »

Je repense à quelque chose que Goofy, la fille du magasin de surf, m'a appris sur les accalmies, ces espaces entre les vagues pendant lesquels les surfeurs rament pour rejoindre la barre. « Sans cette période de calme entre les séries, m'a expliqué Goofy, il serait impossible de passer la barre. Le truc, c'est que parfois l'accalmie dure trop longtemps. Parfois, on arrive là où on doit aller, et ensuite, on se retrouve à attendre, à attendre encore, et on commence à se dire que l'accalmie durera toujours. » C'est comme si ces derniers mois avaient été une accalmie désespérément longue, et que, tout à coup, j'avais enfin une chance d'avancer.

Nous restons silencieux jusqu'à la fin du repas. Quand il se lève pour aller vider les reliefs de notre déjeuner dans la poubelle, j'aperçois quelque chose sous sa chaussure, l'étiquette du prix, encore blanche. Je sais que je n'ai pas le droit d'être si fâchée, d'avoir cette envie irrépressible de hurler. Mais il a fait ce petit pas : il est sorti s'acheter une paire de chaussures. Il est en train de recommencer à vivre.

55

D'après Isaac Newton, le temps s'écoule de son propre chef, d'un mouvement uniforme, entièrement indépendant des esprits humains et des objets matériels. Il est comme une large rivière qui n'a ni commencement ni fin, qui suit son cours pendant l'éternité. Des siècles avant la naissance de Newton, Aristote concevait le temps comme une entité cyclique fondée sur l'astronomie. Quand les corps célestes se retrouveraient à la position qu'ils occupaient à l'instant du commencement du monde, le temps reviendrait au début.

Au IVe siècle, saint Augustin a créé les mesures du temps *av. J.-C.* et *Anno Domini*, lui attribuant ainsi une échelle linéaire suivant le christianisme. Il soutenait aussi l'idée de la subjectivité du temps, postulant qu'il pourrait bien ne pas être lié aux mouvements des planètes. Mais c'est Einstein qui a révolutionné notre conception du temps, en affirmant que tout système inerte dans l'univers a son propre paramètre temporel ; par conséquent, il n'existe pas de temps absolu.

Je pense de nouveau à Mrs Monk, ma maîtresse de CE2, debout sur une chaise, occupée à punaiser une pendule artisanale sur le mur de la classe. Les aiguilles en feutrine étaient de couleurs différentes : rouge pour celle de l'heure, bleue pour celle des minutes, jaune pour celle des rapides, prédictibles secondes. Rien ne laissait présager, dans ce système, la véritable complexité du temps, rien qui puisse rendre compte du nombre sur lequel Nell a récemment attiré mon attention : 9.192.631.770.

C'est un nombre récent dans la longue histoire controversée du temps. 9.192.631.770, c'est le nombre d'oscillations de la fréquence de résonance d'un atome de césium pendant l'unité de mesure que nous appelons la seconde. Une seule toute petite seconde. Ce n'est qu'en 1967 que la fréquence naturelle de l'atome de césium a été formellement reconnue comme la nouvelle unité internationale du temps. Aujourd'hui, le Temps Universel Coordonné est défini par un ensemble d'horloges atomiques dans le monde entier, dont la plus impressionnante, NIST-F1, se trouve au National Institute of Standards and Technology à Boulder, au Colorado. NIST-F1 est tellement précise qu'elle ne perdra ni ne gagnera la moindre seconde dans les vingt millions d'années à venir. Imaginez ceci : l'équivalent de vingt millions d'années en secondes, se suivant l'une après l'autre, dans une chorégraphie temporelle d'une précision parfaite.

Tout le monde voit bien qu'une seconde, selon ces normes, n'est, intrinsèquement et par nature, rien du tout. Une seconde est une banalité, une bagatelle, une chose éphémère et risible.

Je ne cesse de revenir, heure après heure, jour après jour, à ces quelques secondes sur la plage. Dans la longue, élégante marche du temps, elles ne représentent rien ; mais dans une vie, ces secondes – chacune parfaite dans sa synchronicité, chacune durant exactement autant que la précédente et que la suivante – sont tout. J'imagine que Newton avait raison, et que le temps est une rivière au cours paisible. Je vois Emma, seule, debout sur la rive, ne changeant jamais. Dans mon esprit, elle est toujours exactement comme elle était au dernier instant où je l'ai vue – une petite fille aux cheveux bruns attachés en queue-de-cheval, un seau jaune à la main, me tournant le dos. Sur la rivière, il y a une silhouette, qui passe – c'est moi. L'atome de césium vibre à une vitesse impossible, chaque minuscule oscillation, chaque seconde m'éloigne d'elle.

56

Deux cent quatorzième jour. Je me gare devant Dean's Foggy surf shop. Goofy est à l'intérieur, derrière le comptoir. Elle me fait un petit salut. « Te voilà…

– Rien de nouveau sur les dessins ? lui dis-je en montrant du doigt les deux portraits-robots accrochés sur le mur derrière le comptoir.

– Désolée, *nada*.

– J'ai une question à te poser. » Je glisse une feuille de papier devant elle. C'est un dessin de la grenouille sur le longboard, refait du mieux que j'ai pu avec mes capacités artistiques très limitées.

Goofy lisse la feuille avec ses deux mains. Ses ongles sont coupés court, manucurés, brillants. À la main droite, elle porte trois bagues en argent : une avec une topaze, une autre qui est une chaînette miniature et une qui ressemble à une alliance.

« Qu'est-ce que c'est ? demande-t-elle.

– Je l'ai vue sur une planche. Sa planche.

– Je connais, je crois. » Elle se tourne vers une porte conduisant à la réserve. « Hé, Luke ! »

Un type apparaît. Le crâne un peu dégarni, à peine quarante ans, tout en muscles, à l'exception du ventre rebondi qui tend son tee-shirt. « Ouais ? » On dirait qu'il vient de se réveiller.

« Mon amie dit qu'elle a vu ce symbole sur une planche à la plage. Tu le connais ?

– Bien sûr, dit-il en se grattant la tête. C'est un Billy Rossbottom, tu sais bien, un Killer Longboard.

– Ah oui, dit Goofy. J'ai entendu parler de cette planche, mais je n'en ai jamais vu.

– Comme la plupart des gens.

– Qui c'est Billy Rossbottom ?

– Qui c'était, tu veux dire, répond Luke. Il avait un supermagasin à Pismo. Rossbottom, c'était un artiste, un vrai. Il n'utilisait que du balsa importé d'Équateur, pas question d'employer de la mousse de polyuréthane. Il y en a très peu en circulation ; ils valent un paquet d'argent. C'est dommage ce qui est arrivé à Billy.

– Dommage ?

– Il a été tué dans un accident d'avion l'an dernier ; c'était un Cesna bimoteur qui l'emmenait à Miami où il devait rencontrer les huiles de la marque Panama Jack. Il était en train d'essayer de négocier une licence à son nom. Certains disent qu'il a eu de la chance d'y passer avant d'avoir l'opportunité de vendre son affaire.

– Je n'appellerais pas ça de la chance, dis-je.

– Ça dépend de la manière dont on le voit. Mais c'est une vraie tragédie pour les planches. Après sa mort, sa sœur a fermé le magasin pendant quelques semaines, le temps de décider de ce qu'elle allait en faire et, une nuit, il a été dévasté par un incendie. Bilan : vingt longboards perdus.

– Vous connaissez quelqu'un qui en a un ?

– Ouais, un neurochirurgien qui habite à Pacific Heights. »

Je tends un index vers les dessins accrochés sur le mur, sur celui de l'homme du van jaune. « Il ne ressemblerait pas à ça, ce type, par hasard ?

– Désolé, dit Luke. C'est pas votre bonhomme. Le chirurgien, c'est un authentique retraité.

– Je demanderai autour de moi, dit Goofy. Hé, tu dois aller quelque part, là, tout de suite ?

– Pas vraiment.

– Qu'est-ce que tu dirais si on allait au Bashfull Bull 2 prendre un de ces super petits déjeuners dont je t'ai parlé ?

– Bonne idée. »

Nous remontons Taraval dans le brouillard. Le silence n'est brisé que par le L-Taraval qui nous croise, un seul passager à son bord. Je fais demi-tour, je retourne un peu sur mes pas, pour pouvoir apercevoir l'océan au bout des avenues, et la plage grise. « Cette ville me tue, dis-je. Je vis ici pratiquement depuis que je suis adulte et elle me fascine toujours.

– Je comprends ce que tu veux dire », assure Goofy. Elle se tourne aussi et nous restons là, quelques minutes, à regarder en bas. Le brouillard avance vers la plage, une grande masse blanche qui progresse vers nous. Une mouette égarée crie au-dessus de nos têtes.

« T'as déjà lu Armistead Maupin ? demande-t-elle.

– Quelques trucs.

– Il a inséré une citation d'Oscar Wilde en exergue de *Bye Bye Barbary Lane*. "C'est bizarre, mais on dit que tous les gens qui disparaissent sont vus à San Francisco." Maupin a coupé la meilleure partie : "Ce doit être une ville plaisante, qui doit posséder tous les attraits de l'au-delà."

– On dirait la ville d'où je viens.

– Le problème avec San Francisco, c'est qu'on y reste coincé très facilement, continue Goofy. On n'arrive pas à s'imaginer vivre ailleurs, alors, on reste. Et puis, un jour, on se rend compte que cinq années ont passé et qu'on n'a encore rien fait.

– Tu as vingt-quatre ans, lui dis-je. Tu as le temps.

– Pas tant que ça. J'ai eu vingt-cinq ans il y a quelques semaines.

– Bon anniversaire. Vingt-cinq ans, c'est super. »

Je me souviens, quand j'avais son âge, rien ne paraissait vraiment clair et ce flou était synonyme de liberté. Tant de choix étaient possibles, tant de directions que ma vie pouvait prendre. Je n'aurais jamais imaginé cette direction, cette vie.

En entrant dans le restaurant, Goofy va directement dans un box au fond. « Tu vas prendre le spécial n° 2, dit-elle. Deux œufs, patates sautées, bacon ou saucisses, pain grillé et café. Le spécial n° 1, c'est du pain perdu, et il n'y a pas de quoi en faire un plat. »

Je suis fascinée par la manière dont elle mange – complètement absorbée par sa nourriture, comme si le petit déjeuner était un événement majeur. Elle fait un sort aux pommes de terre, puis plie deux morceaux de bacon entre ses tranches de pain. « Alors, et ces cours de surf ? demande-t-elle entre deux bouchées.

– J'ai grandi sur Gulf Coast, en Alabama. Je ne crois pas que je sois faite pour l'eau froide.

– Tu mettras une combinaison. Tu t'habitueras.

– Et la fac ? dis-je, pour changer de sujet. Tu projettes toujours d'y aller ?

– Je me suis renseignée. Conclusion : l'université de Hawaï, c'est trop cher.

– San Francisco State est d'un assez bon niveau, et les frais de scolarité sont raisonnables.

– J'adore cette ville, dit-elle, mais j'ai besoin de voir autre chose. Tu es allée où, toi ?

– Tennessee.

– Le Sud, ça pourrait être intéressant. Je ne suis jamais allée par là. » Elle finit ses œufs brouillés. « Hé, reprend-elle, tu as de la famille ?

– J'ai une sœur en Caroline du Nord. Ma mère est décédée il y a un peu plus de cinq ans et je ne parle que très rarement à mon père. Il vit en Allemagne.

– Mon père s'est trouvé une poule et s'est barré quand j'avais dix ans et ma mère est morte deux ou trois ans plus tard. J'ai eu quelques familles adoptives, mais j'ai un peu perdu le contact avec elles.

– Je suis désolée. Je ne savais pas.

– C'est naze, mais faut faire avec. Ça aide d'avoir plein d'amis, mais c'est pas pareil. Ça doit être cool d'avoir une sœur.

– C'est vrai. C'est sympa d'avoir quelqu'un qui se souvient du temps où j'étais petite ; on partage une histoire. »

Nous sommes interrompues par la serveuse qui vient nous apporter l'addition. « Bon, dit Goofy, une fois dehors.

– Merci pour ton aide. »

Au même moment, nous nous penchons toutes les deux pour nous dire au revoir. Goofy choisit de me serrer dans ses bras, moi, de l'embrasser sur la joue, et le résultat est une espèce de mélange maladroit des deux.

« Reviens bientôt », dit-elle.

57

Les semaines suivantes, je m'abrutis de travail. Un mariage au Olympic Club, la fête du cinquantième anniversaire d'un directeur général au Top of the Mark, une ouverture de restaurant à Redwood City. Regarder à travers l'objectif et voir la vie des autres m'apportent une sorte de soulagement, un peu comparable à l'impression qu'on a quand on met le pied dans un cinéma plongé dans le noir et qu'on se trouve embarqué dans l'histoire de quelqu'un d'autre, dans les problèmes de quelqu'un d'autre, un monde de substitution. Quand la situation s'est fort dégradée entre mes parents, lorsque les bagarres atteignaient un niveau extrême, ma mère remplissait un sac de sodas et de bonbons, attrapait une liasse de billets dans le portefeuille de mon père et nous demandait, à Annabel et à moi, de monter dans la voiture. Nous allions alors jusqu'au cinéma à cinq dollars sur Airport Boulevard, dépensions tout en pots géants de pop-corn et nous enfilions plusieurs films à la suite. Annabel et moi, on s'en fichait que le cinéma pue la pisse, ou que les films soient sortis depuis longtemps, ou que le pop-corn soit rance. Si nous nous concentrions assez, nous parvenions presque à croire que le monde affiché à l'écran était plus réel que le nôtre, que nos soucis avaient disparu. Voilà pourquoi j'aime parcourir le monde avec un appareil photo : en me cachant derrière, je peux presque oublier ce que j'ai fait et le prix que je paie, même si cela ne dure qu'une minute ou deux.

Plusieurs soirs par semaine, Nell m'apporte à dîner et nous mangeons à la table de la cuisine, tout en parlant. Un soir, alors que nous faisons la vaisselle, elle me raconte comment elle s'est réconciliée avec son fils dans les mois précédant son décès ; assise à côté de son lit, elle lui glissait la paille entre les lèvres pour lui faire avaler de minuscules quantités d'eau, elle changeait ses draps et ses couches, le regardait mourir.

« Mais je ne parviens pas à me pardonner toutes les années qui ont précédé, dit-elle, ces années où je n'arrivais pas à accepter le fait que j'avais un fils homosexuel. Si j'ai bien une certitude, c'est que rien dans la vie ne nous prépare à devenir mère. »

Elle me tend une tasse à café pour que je la lave. Elle est verte, avec des points rouges autour du bord ; un cadeau d'anniversaire d'Emma. J'étais avec elle quand elle l'a peinte dans un magasin de poteries sur la 24e Rue.

« Peut-être qu'il est temps, poursuit Nell, en coupant l'eau avant de s'essuyer les mains.

– Temps pour quoi ?

– Temps que tu fasses ta vie avec Jake. Vous vous aimez. Avant que tout cela n'arrive, vous étiez tellement heureux ensemble. Tu m'as dit un jour que tu n'aurais jamais pensé rencontrer quelqu'un avec qui tu t'entendrais aussi bien. Tu serais prête à renoncer à tout cela ?

– Bien sûr que non. Mais il me demande de choisir entre Emma et lui. »

Nell pose ses deux mains sur mes épaules. « À un moment donné, tu vas devoir commencer à penser à toi, à ta vie. Je sais que tu veux croire qu'elle est vivante, mais le fait est qu'elle ne l'est probablement plus. »

Je me dégage de l'étreinte de Nell et rince les dernières assiettes. « Je croyais que tu étais de mon côté.

– Je suis de ton côté, et Jake aussi. Il a besoin de toi, Abby.

– *Elle* a besoin de moi. »

Après son départ, je m'emmitoufle dans un gros blouson et une écharpe, je sors, je vais jusqu'à l'arrêt du bus et j'attends le 15. Je choisis un siège près de la fenêtre.

Le bus s'arrête, redémarre, parcourant lentement les rues de la ville. Tout le temps, je cherche.

Plus tard, j'appelle Jake. Il est minuit passé et, demain, il y a école. « Je sais que tu es là, dis-je au répondeur, s'il te plaît, décroche. » Je l'imagine assis à sa table de travail, une tasse de déca à côté de lui, en train de corriger des copies, essayant d'ignorer le téléphone. « Appelle-moi, dis-je, je ne me couche pas tout de suite. » Je suis sur le point de raccrocher, mais je rapproche le combiné de ma bouche. « Je suis désolée, dis-je. Dieu, tu n'as pas idée à quel point. »

58

Nous sommes le matin du deux cent vingt et unième jour, et Nell m'a convaincue de l'accompagner à une exposition au MOMA de San Francisco.

« Je ne peux pas », lui répondis-je la veille au soir. Ce que je voulais dire, c'est que je ne parvenais pas à m'imaginer en train de faire une chose pareille. Aller à une exposition, comme si tout était normal.

« L'exposition est intitulée "L'Artiste de la Mémoire" », annonça-t-elle. Le titre attira mon attention. « L'artiste en question est Franco Magnani, qui peint Pontito, le village italien de son enfance, avec une précision étonnante. Ce qui est intéressant, c'est qu'il n'a pas vu son village depuis 1958. Il s'est installé à San Francisco dans les années soixante, puis a contracté une maladie mystérieuse, qui provoquait chez lui des rêves incroyablement précis de Pontito. Avant sa maladie, il n'avait jamais peint, mais ses rêves comportaient tellement de détails qu'ils l'ont conduit à s'essayer à la peinture.

– Comment fait-il ?

– Pour peindre, il imagine qu'il est de retour dans son village. Il tourne la tête selon des angles différents, comme s'il était à pied. Il voit tout avant de le peindre – sa maison, l'église, la boulangerie. Sa mémoire est comme la bobine d'un film. »

À cette heure, le musée n'est pas encore bondé. Chaque peinture est exposée à côté d'une photographie en noir et blanc du lieu, prise en 1987. Les similitudes sont frappantes, les tableaux sont si précis qu'ils ont une qualité presque photographique.

Mais il y a aussi quelques dissemblances. Certaines scènes, par exemple, sont composées à partir de plusieurs vues différentes. Dans d'autres, les bâtiments paraissent grossis, comme s'ils étaient vus par les yeux d'un petit enfant. Dans le tableau représentant l'église où Magnani était enfant de chœur, les marches y menant sont plus grandes que sur la photo, et le chemin qui va de l'arrière du bâtiment à la maison du peintre est beaucoup plus net qu'il ne l'est en réalité. Un tableau de la maison de son grand-père comporte un parterre de fleurs qu'on ne retrouve pas sur la photographie prise dans la même perspective. Les peintures offrent une version idéalisée du lieu.

Parmi les commentaires qui accompagnent l'exposition, je lis cette citation de Magnani : « La mémoire fonctionne comme un processus constructif qui ne se contente pas de reproduire, mais qui filtre, change et interprète le passé. »

Cette exposition ne fait que confirmer ce que je sais déjà : on ne peut se fier à sa mémoire. Elle est trop influencée par nos désirs et nos émotions. Emma, où qu'elle soit, pense-t-elle au chemin qui la ramènera à la maison ? Se rappelle-t-elle son adresse, son numéro de téléphone, le rince-bouteilles planté devant la maison ? A-t-elle en tête une image de l'étroite allée qui va jusqu'à la porte d'entrée ? Si je la trouve, quand je la retrouverai, se souviendra-t-elle de moi ?

Deux cent vingt-neuvième jour. La voix de Goofy au téléphone, essoufflée. « Tu devrais rappliquer en vitesse.

– Quoi ?

– Il y a un type qui dit avoir vu le Rossbottom à Ocean Beach. »

Sur la route qui me mène au Dean's Foggy surf shop, je dépasse la vitesse autorisée d'au moins 30 km à l'heure. Quand j'arrive, je trouve Goofy devant le magasin avec deux gars souriants qui me disent bonjour, pas seulement par politesse, mais amicalement.

« Voici Abby, dit Goofy. Abby, je te présente Darrin et Greg. »

Darrin a le bras gauche plâtré. Dans les quarante ans, soigné, il ressemble à l'un de ces médecins qui ont les moyens de vivre à Pacific Heights, mais qui préfèrent le quartier de Sunset, juste pour être à côté d'Ocean Beach. Greg est plus petit, musclé, la trentaine, de longues pattes et un nez crochu. Il a cet air déjanté que je trouvais séduisant quand j'étais lycéenne.

« C'est l'un de vous qui a vu le Rossbottom ? »

Greg lève la main, et je remarque qu'il porte un bracelet JMV, qui signifie : *Jésus et moi pour la vie.* « Oui, c'est moi.

– Quand ?

– Il y a six ou sept mois.

– C'est bien ça, dis-je, me sentant tout d'un coup submergée par une décharge d'énergie nerveuse. C'est là que c'est arrivé ; en juillet. Vous êtes sûr que c'était un Rossbottom ?

– Archisûr. Il faisait froid, et il n'y avait presque personne. J'étais sur la plage, j'attendais, espérant que ça allait s'éclaircir, et ce type se pointe vers moi, me pose des questions sur les spots de surf vers le sud. La première chose que je remarque, c'est la taille de sa planche – douze pieds –, ensuite, la grenouille. Du balsa pur, elle était magnifique.

– De quelle couleur était-elle ? lui demandé-je.

– Rouge.

– T'es sûr que c'était pas une contrefaçon, mec ? intervient Darrin.

– Ben, c'est ce que j'ai cru d'abord. » Greg se tourne vers moi. « Il n'y a plus qu'une trentaine de longboards comme ça dans le monde, alors, les chances qu'on en croise un jour sont carrément minces. Mais il avait la signature de Rossbottom, vous savez, sur la queue, gravée dans le bois. Un petit r, un grand paraphe sur le m. Une vraie œuvre d'art.

– Le type ressemblait à quoi ?

– Blond, dans les trente ou quarante ans. Je ne sais pas. »

Je me tourne vers Goofy. « Tu lui as montré les dessins ? »

Elle hoche la tête.

« C'était peut-être lui, dit Greg, mais je ne suis pas vraiment sûr. Les gens arrivent, repartent. Je connais les gars du coin, mais les autres je les confonds un peu tous, au bout d'un moment.

– Savez-vous d'où il venait ? »

Il réfléchit quelques secondes, en tripotant son bracelet. « Non, mais je sais qu'il projetait d'aller voir des amis à lui, des Ticos.

– Pardon ?

– Des Ticos, dit Goofy, des Costaricains.

– Ouais, fait Greg, il a parlé d'aller tester le Killer Longboard sur la Gold Coast.

– C'est comme ça qu'ils appellent les plages du Costa Rica, explique Goofy, à cause de la couleur jaune du sable. »

Je repense à l'image vague de l'autocollant sur le van jaune, au grand T. À ce moment-là, est-ce ma mémoire ou mon imagination qui reconstitue le mot Ticos ?

« A-t-il dit autre chose ? Sur sa famille, par exemple ?

– Non, c'était juste un type comme ça, rien de spécial.

– Est-ce qu'il a précisé où il allait au Costa Rica ?

– Je t'ai dit tout ce que je savais, ma grande. »

Darrin tapote son plâtre du bout des doigts. « À mon avis, il est allé sur la côte pacifique. C'est là qu'on trouve les meilleures plages pour faire du longboard. J'y étais il y a deux ou trois ans, je suis resté à Playa Hermosa tout un été. Il y a beaucoup de surfeurs américains dans ce coin-là.

– Sûr, dit Greg. Si le bon Dieu voulait bien me sourire et m'offrait un Rossbottom, je mourrais d'aller l'essayer à Pavones ou Boca Barranca. Peut-être Tamarindo. Hermosa, c'est bien parce que c'est central par rapport à tous les autres points de cette côte, c'est là que les choses se passent. » Il croise les bras et ajoute : « Bonne chance.

– Merci.

– Pas de problème. » Greg surprend mon regard posé sur son bracelet « Jésus et moi, pour la vie ». « Vous savez, Jésus, c'était le plus grand surfeur du monde. Toute cette histoire de Jésus qui marche sur l'eau… Il ne marchait pas, il surfait. »

Je ris, un rire franc, presque étourdie par cette grande bouffée d'espoir. La première véritable lueur depuis longtemps. Peut-être que ce n'est rien, mais on ne sait jamais, peut-être que c'est quelque chose.

« T'as le temps de déjeuner ? demande Goofy.

– Désolée, une autre fois ? J'ai des bagages à faire.

– Je me suis bien débrouillée, hein ?

– Tu t'es super bien débrouillée. Le prochain spécial n° 2, il est pour moi. »

En rentrant à la maison, je me surprends à chanter avec la radio. Enfin, j'ai une destination : le Costa Rica. Voilà quelque chose de bien réel. Du mouvement. Pas seulement rester assise, à attendre. Pas seulement fouiller les mêmes rues, en ne trouvant rien. Peut-être est-ce une digression, un pas dans la mauvaise direction. Mais il y a une petite possibilité que ce ne soit rien de tout cela.

Je pense au Costa Rica ; autrefois, je voulais y aller. Ramon avait passé un mois là-bas quand il était étudiant, et il me racontait toujours que c'était très beau, que se balader dans la forêt vierge, c'était comme aller sur une autre planète. « Tout est à une échelle différente, disait-il. Les arbres, les fleurs, les insectes. Et les couleurs sont fabuleuses. » Bizarrement, c'est un des items sur une liste de plusieurs centaines que je m'étais promis de réaliser avant mon trentième anniversaire. J'avais complètement oublié cette liste, toutes ces choses que je n'ai pas réussi à accomplir. En y repensant, on dirait que c'est aux alentours de mon vingt-huitième anniversaire que le temps s'est tout d'un coup précipité, et que les mois et les années ont commencé à passer à une vitesse effrayante. Mes photographies témoignent de cette accélération du temps – des milliers de planches-contacts stockées dans des pochettes en plastique dans plus d'une douzaine de classeurs, des enregistrements miniatures de visages et de lieux, des images qui, mises ensemble et ordonnées selon la bonne chronologie, racontent l'histoire de ma vie. À la fin de chaque année, quand je faisais le bilan, je voyais tout ce que je n'avais pas réussi à mener à son terme.

Puis il y a eu Jake et Emma, et j'ai commencé à sentir que, de nouveau, je *faisais* quelque chose, j'allais quelque part. Jusqu'à ce moment sur Ocean Beach, où tout s'est soudain arrêté. Plus d'images, plus d'histoire. Juste une impasse, terrible.

Je vais chez Jake, sans prévenir. Un parfum d'œufs au bacon remplit la maison – son repas du soir préféré. Je le trouve à la cuisine en train de corriger des copies.

« Tu as faim ? demande-t-il sur un ton léger, comme si notre dispute à La Cumbre n'avait jamais eu lieu.

– Non, merci. »

Je m'assois en face de lui. Il a besoin d'aller chez le coiffeur et de se raser. Malgré tout, il a bonne mine. Je retrouve ce que j'ai vu chez lui la première fois, au lycée, le look faussement débraillé d'un type qui, en fait, est parfaitement bien dans ses pompes. Mais il est différent aujourd'hui, lui aussi. Plus âgé. Moins serein. Son assurance a disparu. Je le vois à la manière dont il est assis, les épaules voûtées. À la manière dont il tient son stylo, les doigts lâches, sans conviction.

« Quel est le sujet ? dis-je en désignant le paquet de copies d'un mouvement de tête.

– Les dialogues platoniciens. Comment l'aveu d'ignorance de Socrate peut-il être compatible avec l'assurance dont témoignent ses actes et l'audace de ses affirmations morales ?

– Ils pigent des choses comme ça ?

– Tu serais surprise. » Il farfouille dans les copies, puis s'interrompt, comme s'il avait oublié ce qu'il cherchait. Une assiette de nourriture est posée à côté de son coude, intacte.

« Je pars au Costa Rica, dis-je.

– Quoi ?

– C'est à cause du Rossbottom, le longboard. Il y a de bonnes chances que le couple du van jaune soit au Costa Rica, ou, au moins, qu'il y ait été récemment. »

Avant qu'il ne puisse dire un mot, je raconte ma rencontre avec Goofy et les types devant le magasin de surf. Il reste assis, les bras croisés sur la poitrine, m'écoutant en silence. Quand j'ai terminé, il se lève, va jusqu'à l'évier, comme s'il avait quelque chose à y faire. Mais il reste debout, le dos tourné, les yeux rivés sur la vaisselle sale. « Pourquoi fais-tu cela ?

– Je dois le faire. C'est le dernier détail de ce jour-là dont je me souvienne, la dernière piste que je n'aie pas explorée. Je dois la suivre jusqu'au bout.

– Un surfeur shooté croit qu'il a peut-être vu un type avec une grenouille sur sa planche, et c'est assez pour que tu bazardes tout et que tu partes en Amérique centrale ?

– Le type n'était pas shooté, et il ne *pense* pas seulement avoir vu cette planche, il s'en souvenait précisément.

– O.K. Disons, juste pour pousser le raisonnement, que c'est le gars en question. C'était il y a longtemps. Si c'était vraiment lui, et s'il allait vraiment au Costa Rica, il est peu probable qu'il y soit encore.

– Peut-être. Mais, si ces gens sont des kidnappeurs, ils ne vont pas être pressés de revenir aux États-Unis. Ils veulent probablement garder profil bas, tout simplement disparaître. Et s'il est suffisamment expert pour avoir cette planche Rossbottom, rare et chère, alors il est raisonnable de penser qu'il pourrait bien vouloir l'essayer sur ces fameuses plages.

– Ça fait beaucoup de si. Rappelle-toi ce que Sherburne nous a dit le premier jour. Il n'y a que cent quinze enlèvements prolongés d'enfants par des étrangers chaque année. À mettre en rapport avec presque sept cent quatre-vingt-dix-sept mille cinq cents déclarations de disparitions d'enfants, ce qui fait 0,0014 %.

– Il n'est pas question de pourcentages, dis-je. Cela n'a rien à voir avec ton Rubik's Cube. Les chiffres, ce n'est pas pertinent.

– Je voudrais bien que ce soit vrai, mais ce n'est pas le cas. Tu veux qu'Emma soit vivante, et tu te saisis de chaque détail possible pour le forcer à coller dans ton système de certitude et l'utiliser pour corroborer ta théorie.

– Est-ce si différent de ce que tu es en train de faire ? Tu veux croire qu'elle est morte, alors tu ignores toute preuve du contraire.

– Tu dois abandonner, Abby.

– Viens avec moi…

– Au Costa Rica ? demande-t-il, incrédule.

– Oui. »

Il se tourne vers moi. « Chaque matin, je me dis que je ne vais pas pouvoir me lever et supporter vingt-quatre heures sans Emma. Mais la messe de mémoire a eu un effet, elle m'a aidé, d'une certaine manière. Et, maintenant, je suis capable de vivre chaque jour en me rappelant qu'Emma ne souffre pas. Tu sais ce qui m'est passé par la tête avant que cet homme trouve sa chaussure ? Chaque jour, chaque nuit. Les choses horribles que j'ai imaginées ?

– Je sais, j'ai imaginé ces choses moi aussi, et le problème est que je n'ai pas cessé. »

Jake flanche comme s'il avait été frappé, mais je ne peux pas reculer. C'est trop important.

« S'il y a la moindre possibilité qu'elle soit toujours vivante, dis-je, comment pouvons-nous rester assis ici sans rien faire ? Je parviens à passer les journées parce que je me permets d'imaginer comment ce sera quand elle sera de nouveau avec nous. Je pense à la première fois où nous la verrons, ce que nous lui dirons, où nous l'emmènerons. Je pense aux changements qu'on trouvera peut-être chez elle. »

Il se mord la lèvre. Ses lunettes sont constellées de petites taches, comme si elles n'avaient pas été nettoyées depuis longtemps. « Je t'aime, Abby. Tout au long de cette histoire, je n'ai jamais cessé de t'aimer. Mais je suis sérieux quand je te dis que tu as un choix à faire. Pars faire ce voyage délirant, ou reste ici et essaye de construire une vie avec moi.

– Pourquoi faut-il que ce soit un choix ? »

Il se détourne et commence à vider le lave-vaisselle. Un par un, il prend les verres et les range dans le placard.

Je le rejoins. « Je vais t'aider. »

Il ne me regarde pas, il se contente de dire : « J'ai beaucoup de travail, tu devrais partir.

– S'il te plaît, ne fais pas ça. J'ai seulement besoin d'un peu de temps. Je suis toujours la femme que tu voulais épouser.

– Tu as tort. Nous ne sommes plus les mêmes, ni l'un ni l'autre. »

Et il a raison. Je sais qu'il a raison.

Sur le chemin du retour, malgré la brise fraîche de l'océan qui entre par les fenêtres ouvertes, je ressens tout le poids de mon choix. Je me souviens, le soir de notre premier rendez-vous, quand j'ai appelé Annabel en rentrant à la maison et que je l'ai saoulée en lui parlant de Jake pendant plus d'une heure. J'étais trop excitée pour m'endormir. À l'aube, le lendemain, j'étais toujours assise sur le canapé, regardant par la fenêtre, imaginant un avenir avec cet homme que je venais tout juste de rencontrer. Je savais qu'il ressentait quelque chose, lui aussi, et j'avais du mal à y croire. Je me rappelle encore clairement la sonnerie du téléphone à huit heures précises, et, même avant de décrocher, je savais que c'était lui.

« T'ai-je réveillée ? demanda-t-il.

– Non, en fait, je n'ai pas dormi.

– Moi non plus, a-t-il dit. On peut se voir cette après-midi ?

– Bien sûr. »

Apparemment, tout s'emboîtait parfaitement.

59

Je passe la journée suivante sur internet, à réserver mes vols, à imprimer des horaires de bus, des plans de villes, à chercher les spots de surf les plus courus. D'après le site Web Frommer's, on peut s'en sortir au Costa Rica avec trente-cinq dollars par jour. Étant donné la somme que j'ai sur mon compte courant, cela me donne trois mois. Mais il y a les factures mensuelles. Une avance prise sur ma carte Visa me couvrira deux mois, mais, après, ma carte sera inutile. Il y a encore des clients qui me doivent de l'argent, mais pas beaucoup. Quand, finalement, je m'impose de m'asseoir pour faire les calculs, les chiffres ne sont pas très encourageants ; je ne peux pas continuer à accepter de l'argent d'Annabel, alors qu'elle attend un enfant. Ma seule option est de vendre quelque chose.

La plupart des œuvres d'art dans mon appartement sont mes propres œuvres, ou celles d'amis avec lesquels j'ai fait un échange, rien que je puisse vendre pour une somme importante. Mais j'ai une pièce que mon amie Janet convoite depuis des années. Elle collectionne les œuvres de Randolph Gates, un photographe du début du XXe siècle, connu pour ses paysages du Sud-Ouest. La photographie s'appelle « Lumière en Arizona », et elle m'a été offerte par Ramon la veille de mon départ pour l'université. À cette époque, j'aimais la manière dont ce photographe saisissait l'aspect lugubre du désert sous un quartier de lune, mais je ne savais rien de la valeur de l'œuvre. Je l'avais fréquemment admirée chez Ramon, où elle était accrochée au-dessus de la vieille cheminée en brique. Notre dernière nuit ensemble, alors que j'étais allongée dans le lit, Ramon s'est levé, il a fait du bruit dans le salon et il est revenu quelques minutes plus tard avec un grand paquet plat emballé dans du papier kraft.

« Pour que tu te souviennes de moi », a-t-il dit en posant le paquet au pied du lit. Avant même de l'ouvrir, je savais de quoi il s'agissait.

« Mais tu adores cette photo, ai-je protesté.

– Et toi aussi, et je veux que ce soit toi qui l'aies.

– Il nous reste trois quarts d'heure avant mon couvre-feu, dis-je. Viens au lit… »

Il a posé le paquet délicatement contre le mur, puis m'a parlé de tout ce qui allait lui manquer chez moi, me promettant de m'aimer jusqu'à la fin de mes jours. J'ai essayé de penser à des mots qui pourraient avoir le même poids, mais, quand ils sont sortis, ils sonnaient faux. Je suis partie à Knoxville en voiture le lendemain, la photo posée sur la banquette arrière, emballée dans du papier bulle. Elle ne m'a jamais quittée depuis. Je ne m'en suis jamais lassée. Ce n'est pas seulement sa beauté qui explique mon attachement. C'est le dernier cadeau que Ramon m'ait fait, et il a servi, d'une certaine façon, à fixer ce garçon dans le temps. La photographie a probablement une relation moins importante avec le véritable Ramon, l'homme que je n'aimais pas assez, que j'ai quitté, qu'avec une version idéalisée de lui. Comme les peintures de Pontito faites par Magnani, l'image que j'ai créée de Ramon, dans ma tête, correspond plus à la personne que j'étais à l'époque de notre rencontre qu'à Ramon lui-même.

La première fois que mon amie Janet a vu cette photographie accrochée dans l'entrée de mon appartement, elle m'en a offert six mille dollars. « Tu m'en reparleras, si un jour j'ai terriblement besoin d'argent », lui ai-je répondu.

Janet m'en a reparlé, à deux occasions. Chaque fois, j'ai dit non immédiatement.

« C'est une bonne offre, a-t-elle dit. Tu ne pourrais probablement pas en obtenir plus de cinq mille auprès d'une galerie.

– Je commence à me dire que je ne pourrai jamais la vendre.

– Fais-le-moi savoir si tu changes d'avis. »

Je trouve son numéro dans mon répertoire et je l'appelle. « Ouah, fait Janet, cela fait un moment que je n'ai pas eu de tes nouvelles. Pas depuis… » Elle se racle la gorge, gênée.

« Je ne crois pas t'avoir remerciée d'être venue à la messe de souvenir. »

J'entends des voix et de la musique chez elle, elle doit être en train de donner une de ses célèbres fêtes. Autrefois, j'étais toujours invitée, mais, ces derniers mois, la plupart de mes amis ont progressivement cessé de m'appeler. C'est ma faute ; si on veut recevoir des appels, il faut en passer.

« C'était une très belle messe, dit-elle. Tu tiens le coup ?

– Certains jours sont supportables, et d'autres moins.

– Si je peux faire quoi que ce soit…

– En fait, c'est pour ça que je t'appelle. Tu te souviens de la photo de Randolph Gates ?

– Bien sûr.

– Tu es toujours intéressée ?

– Évidemment.

– En fait, c'est assez urgent. Est-ce que je peux te l'apporter ce soir ?

– Bien sûr. »

Je raccroche, un peu émue. Pas très reluisant… C'est comme si j'avais vendu une partie de mon histoire personnelle pour une chanson. À vrai dire, je serais prête à vendre beaucoup plus qu'une photo pour retrouver Emma. Il n'y a rien que je ne ferais, aucun marché, même bradé. Il y a des années, quand mon père a quitté ma mère pour une femme plus jeune qu'il avait rencontrée lors d'un voyage d'affaires en Allemagne, je lui avais demandé comment il pouvait faire une chose pareille, comment sa conscience lui permettait de l'abandonner, tout simplement. « Nous sommes tous un peu comme Faust, m'avait-il dit. La question est de savoir si oui ou non nous parions sur le diable. » À cette époque-là, je pensais qu'il se cherchait des excuses, mais, maintenant, je sais qu'il avait raison.

Il me reste une chose à faire avant d'emballer la photo pour Janet. Je monte chercher mon Leica. J'ajuste la lumière dans le vestibule, je remets le cadre bien droit. Je me sens un peu ridicule, debout dans mon propre appartement comme une touriste idiote, en train de photographier une photo. Mais si je développe le cliché comme il faut, en trouvant le bon équilibre entre ombre et lumière, je peux garder quelque chose de la particularité de l'original. Ce ne sera pas la même chose, je saurai toujours que c'est une imitation, mais elle pourra peut-être constituer un fac-similé réconfortant.

60

Deux cent trente et unième jour. Deux heures et demie du matin. Valencia Street. Tout est noir à l'exception des lumières bleues de quelques téléviseurs, dans des appartements qui donnent sur la rue, et des feux de signalisation, rouges clignotants. Dans ma besace, il me reste environ cent prospectus. Hier après-midi, j'ai attaqué un dernier marathon dans un ultime effort pour inonder San Francisco de prospectus, avant de partir pour le Costa Rica. J'ai laissé ma voiture à la maison et j'ai parcouru la ville à pied et en bus pour m'éviter les soucis de parking. Ces seize dernières heures, je me suis rendue dans tous les quartiers, même les endroits les plus dangereux de Hunters Point et des cités de Sunnydale. Je ne tiens plus sur mes jambes, mes yeux me brûlent, la colle a rendu mes doigts poisseux. Si j'arrive à la maison à sept heures, j'ai encore le temps de boucler mes valises, de laisser un chéquier et des instructions à Nell, et d'être à l'aéroport pour prendre mon vol à quatorze heures.

Je colle un prospectus sur la vitrine de La Rondalla. Nous venions ici si souvent que les musiciens de l'orchestre mariachi connaissaient Emma et son prénom. Elle adorait les *burritos* dégoulinants et les décorations colorées en papier crépon, la musique assourdissante, la serveuse rondelette qui lui apportait une seconde assiette de frites. Je traverse la rue vers Dog-Eared Books, où Emma aimait s'asseoir et lire, le chat roux du magasin installé sur ses genoux. Ce soir, le chat est dans la vitrine, il regarde dehors, en clignant des yeux.

« Toi aussi, t'es réveillé ? » lui demandé-je en tapotant sur la vitre. Il bâille, s'étire en un grand C hirsute et ferme les yeux. Je passe à la vitrine suivante, la besace ballotte contre ma hanche. Le cœur de la nuit est le meilleur moment pour accrocher des prospectus. Je peux travailler beaucoup plus vite quand il n'y a pas de circulation, pas de commerçants ni de promeneurs pour me ralentir. Deux ou trois pâtés de maisons plus haut sur Valencia, alors que je suis en train de scotcher une affichette sur la porte de Good Vibrations, un taxi passe en trombe. Quelques secondes plus tard, il s'immobilise après un grand dérapage et fait un demi-tour, façon Starsky et Hutch. Je commence à marcher plus vite, comprenant trop tard mon idiotie. Tout le monde sait que ce n'est pas un endroit à fréquenter quand on est une femme seule à deux heures et demie du matin. Le taxi s'arrête à côté de moi, et je me serre contre les immeubles pour m'écarter de la voiture, tout en avançant d'un pas rapide.

Soudain, j'entends une voix familière. « Vous savez, nous devrions vraiment arrêter de nous rencontrer au milieu de la nuit. » Je jette un œil vers la fenêtre du taxi, la lumière intérieure est allumée. C'est Nick Eliot, souriant comme un collégien.

« Vous m'avez fichu une trouille bleue.

– Montez, je vous emmène.

– J'ai encore cent prospectus à coller.

– Venez, on dirait que vous allez tourner de l'œil. Je vous ramène chez moi et je vous fais quelque chose à manger.

– Je quitte ce pays demain – aujourd'hui, plutôt – et je voulais qu'ils soient tous distribués.

– Bon, dit-il en ouvrant la portière. Vous allez me les laisser. Je m'en occuperai demain. Une fois que je vous aurai nourrie, je vous ramènerai chez vous.

– Vous êtes sûr ?

– Absolument. »

Certaines personnes, comme Nick, ont le don de vous apaiser, par le seul fait de leur présence. La coïncidence est tellement étrange, tellement incroyablement parfaite, que j'arrive presque à croire un instant en l'existence d'un grand concepteur cosmique regardant de là-haut, et tirant des ficelles. Si j'étais superstitieuse, je considérerais cette rencontre inopinée comme un bon présage, juste avant mon voyage au Costa Rica.

Je me glisse dans la chaleur de la voiture. Une mallette est posée par terre à côté de ses pieds, une housse à vêtements sur le siège, entre nous. « Qu'est-ce que vous faites dehors à cette heure ? Je croyais être la seule réveillée.

– J'arrive juste de l'aéroport, dit-il.

– Vous étiez où ?

– À Ljubljana. Vous y êtes déjà allée ?

– Non.

– Vous devriez. Magnifique architecture, plein de magasins, et des musées. Ça ressemble un peu à Prague il y a vingt ans, avant l'invasion des routards. » Il pose sa main sur mon genou. « Ça va ?

– Oui, c'est gentil de vous en inquiéter. »

Le contact de sa main me fait du bien, m'apaise ; mon plaisir à le voir est tout à fait disproportionné avec ce que je devrais ressentir pour une simple connaissance. Autrefois, Jake me mettait à l'aise de la même manière, par son seul toucher, mais c'était il y a très longtemps, semble-t-il. Les immeubles défilent, le silence de la nuit est comparable à celui d'une église. Les câbles du tramway au-dessus de nos têtes brillent dans les lueurs de la lune, formant une basse voûte métallique. Nick regarde droit devant lui, avachi dans son costume très cher.

« Je suis vraiment contente de vous voir », dis-je.

Il sourit. « Moi aussi. »

Nous nous arrêtons devant un immeuble qu'on dirait saccagé, à l'angle de Harrison et de la 21e Rue. Au rez-de-chaussée, l'enseigne au néon d'un tex-mex brille dans la vitrine. À côté, un bar lesbien, fermé. Nick paie et remercie le chauffeur. Il tape un code d'entrée à la porte qui s'ouvre sur un escalier étroit. La cage d'escalier, moquettée et peu éclairée, sent la cigarette froide et les déchets du tex-mex.

« Je sais ce que vous pensez, dit-il. Croyez-moi, c'est mieux à l'intérieur.

– Je vous voyais ailleurs, peut-être à Russian Hill.

– J'ai acheté cet appartement l'année où je suis arrivé à San Francisco, je ne pouvais pas laisser passer une telle offre. Et je voyage à peu près quarante semaines par an, je ne suis pas souvent là pour en profiter. »

Au troisième étage, Nick tape un autre code et m'invite à entrer. Cet endroit est étonnant, et pas seulement dans le genre Martha Stewart. Cet appartement a un look mélange Architectural Digest et Chic Industriel. Clairement, rien ici ne vient d'IKEA, de Home Depot ou de Pottery Barn.

« Il y a quelle hauteur sous plafond ?

– Quatre mètres soixante.

– Juste au cas où vous auriez les basketteurs de SF à dîner ?

– Exactement. »

Tout l'électroménager est en aluminium brossé, les meubles sont rares et tout en angles : un canapé brun clair qui fait toute la longueur d'un mur, trois chaises dans des teintes métalliques douces, une table basse aussi grande que mon lit. La partie salle à manger a un tapis beige, sur lequel sont posés une grande table ovale avec des pieds en acier et un plateau en béton poli jusqu'à en devenir gris. La chambre est séparée par un rideau en maille. Un mur tout entier est couvert d'étagères encastrées faites de briques très Art déco. Il doit y avoir deux mille livres sur ce mur.

« Combien d'entre eux avez-vous lus ?

– Quelques-uns », répond-il, l'air un peu gêné.

Cet endroit me rappelle la spatule design qu'il m'avait rapportée d'Helsinki, en plus grand et plus complexe. « C'est extraordinaire.

– Je n'ai aucun mérite. Un de mes frères est architecte et sa femme est décoratrice d'intérieur. Il y a quelques années, pour mon anniversaire, ils ont refait l'appartement, abattu des cloisons et ils se sont débarrassés de mes meubles. Le problème, c'est que je passe tellement peu de temps ici que je ne me suis toujours pas complètement habitué aux changements. J'ai l'impression d'être chez quelqu'un d'autre.

– J'adore.

– Merci. » Il va jusqu'à la cuisine. « Asseyez-vous. Je vais vous préparer quelque chose. Vous avez l'air d'avoir faim, très faim. Vous aimez le pain perdu ?

– Beaucoup.

– Tant mieux, c'est la seule chose que je sais faire. »

Pendant qu'il cuisine, j'examine les rangées de livres. Je ne parviens pas à discerner une quelconque méthode de sélection ou de classement. Il a un peu de tout. *Ma vie*, de Trotski, à côté de *To the Finland Station* d'Edmund Wilson, Colette à côté de Jack London, *Lolita* et *Madame Bovary* côtoient plusieurs épais volumes sur la chute du communisme dans les Balkans. Il a de la poésie d'Auden, d'Ashbery et de Plath, des essais de E.B.White, des pièces d'Harold Pinter, un livre de chansons populaires au banjo par un Texan du nom de Wade Williams. Toute une étagère est consacrée aux écrivains albanais Jiri Kajane et Ismaël Kadaré, en version originale, avec les traductions française et anglaise.

« Il faut que je vous avoue que vous êtes la première personne que je rencontre qui a deux écrivains albanais dans sa bibliothèque.

– Il y a pas mal de choses que vous ignorez à mon sujet. »

Je vois beaucoup de livres en français et en allemand, une biographie de Neil Young, une encyclopédie de médecine chinoise, et quelques dizaines de romans d'écrivains sudistes, y compris *Le Cinéphile* de Walker Percy.

Nick casse des œufs dans un bol, bat quelque chose avec un fouet. « Si vous voyez un livre qui vous plaît, dit-il, n'hésitez pas, prenez-le.

– Vous avez lu celui-ci ? demandé-je en brandissant le roman de Percy.

– C'est peut-être bien le meilleur livre que j'aie jamais lu. Vous êtes une fan de Percy ?

– J'ai essayé une fois, mais je n'ai pas réussi à rentrer dedans.

– Vous devriez essayer de nouveau, dit-il, en ajoutant un morceau de pain dans le saladier. J'insiste, prenez-le avec vous. En fait, c'est peut-être exactement le bon moment. Il y a cette phrase à laquelle je repense souvent : "Prendre conscience de la possibilité d'une recherche revient à être sur une piste. Et ne pas être sur une piste, c'est être désespéré."

– C'est très beau. C'est la chose la plus vraie que j'aie entendue depuis longtemps. »

Nick met une tranche de pain dans le poêlon qui commence à grésiller, et l'appartement se met à embaumer le beurre et la cannelle. « Vous n'avez pas dit où vous alliez…

– Au Costa Rica.

– En vacances ?

– Non. C'est en rapport avec Emma. Une longue histoire.

– Et qu'est-ce que votre fiancé dit de tout ça ?

– Il pense que je cours après un fantôme. Nous nous sommes disputés. Malheureusement, fiancé n'est probablement plus le terme approprié aujourd'hui. »

Nick paraît surpris. « Je suis navré de l'apprendre.

– Vraiment ?

– Je suis passé par une rupture difficile il y a deux ou trois ans, et je ne souhaiterais cela à personne. Mais il me faut avouer que ça me plairait que vous soyez célibataire, pour des raisons tout à fait égoïstes. »

Il récupère les toasts avec une spatule antique, les glisse sur une paire d'assiettes rouges, remplit deux verres de lait et s'assoit à côté de moi au bar. « Goûtez-moi ça. »

Je mords dans le pain. Il est épais et moelleux. Il a un goût de beurre, de cannelle, de sucre en poudre et de quelque chose d'autre que je ne parviens pas à identifier.

« C'est sans nul doute le meilleur pain perdu que j'aie jamais mangé.

– Dites-moi, vous avez un point de chute quand vous arriverez au Costa Rica ?

– J'ai fait une réservation sur internet, un endroit à côté de l'aéroport à San José.

– Annulez. Les motels en ville sont miteux. Je connais une femme là-bas qui loue une chambre dans sa maison. C'est pas cher et propre, elle est gentille et elle parle un peu anglais. Quand arrivez-vous ?

– Vers dix heures demain soir. D'après United Air, le plus court chemin entre San Francisco et le Costa Rica passe par Chicago et Miami.

– Je vais lui faire savoir que vous arrivez. » Il gribouille une adresse au dos de sa carte de visite. « Je vais vous donner les coordonnées de quelques restaurants aussi. Je sais que ce ne sont pas des vacances, mais il faut quand même manger, d'accord ?

– Merci. » Je ne peux m'empêcher de sourire. « Je parie que je vous parlerais de n'importe quel endroit, Budapest, Bucarest, Anchorage, et vous seriez capable de me donner plusieurs adresses. »

Il rit, et pique un morceau de pain avec sa fourchette. « Pas vraiment. Cela dit, si vous allez vraiment à Budapest, vous devriez vraiment descendre à l'hôtel Gellert, le chic communiste, une très bonne affaire. La dernière fois que j'y étais, il y avait un piano dans mon salon. » Il plonge la main dans sa poche et en sort un Blackberry. « Autre chose. Il y a un type là-bas. Il s'appelle Wiggins. » Il tape sur son Blackberry, puis écrit un numéro de téléphone sur une autre carte de visite. « Vous devriez l'appeler à votre arrivée à San José.

– Wiggins ?

– Il travaille à l'ambassade. Il peut peut-être vous aider. Il est souvent à l'étranger, alors, si vous n'arrivez pas à le joindre en arrivant, continuez à essayer. Dites-lui que vous êtes une de mes amies.

– Comment vous le connaissez ?

– C'est une longue histoire. »

Je ne sais pas si ce pain perdu est vraiment la meilleure chose que j'aie jamais mangée ou si j'ai juste très faim. Je sauce mon assiette, et, quand je lève les yeux, il est là, à me regarder, souriant. « Pardon, dis-je en m'essuyant le menton. J'étais affamée. » Je me rends compte que je prends un véritable plaisir à manger. Peut-être que ce que tout le monde me répète est vrai, même si je refusais de le croire : la vie continue, malgré tout.

« Pas la peine de vous excuser. J'adore les femmes qui mangent. Bon, ne perdez pas ce numéro. Et n'oubliez pas d'appeler.

– Promis. » Je bois une gorgée de lait, et il est tellement bon que j'engloutis le verre entier. « Qu'est-ce que vous avez mis dans ce pain perdu ?

– Du Nesquik et de l'extrait de vanille, entre autres ingrédients secrets. » Il essuie une goutte de liquide qui a coulé sur mon menton. « Dites-moi quelque chose.

– Quoi ?

– Si nous nous étions rencontrés dans des circonstances différentes, vous voyez ce que je veux dire, si vous n'aviez pas été fiancée, si les choses avaient été plus normales dans votre vie, vous croyez qu'on aurait pu avoir une chance ? »

Je n'ai pas besoin de réfléchir. « Oui.

– Tout est une question de timing, n'est-ce pas ? » Il suit le bord de son verre du bout du doigt. « Écoutez, les appels téléphoniques internationaux sont très compliqués là-bas, mais il y a plein de cybercafés dans les endroits touristiques. Vous me promettez de m'envoyer un petit mot de temps en temps ?

– Promis.

– Et appelez-moi quand vous rentrerez, comme ça je pourrai vous soutirer une promesse de venir dîner avec moi. Pas de pression, pas de rendez-vous, juste un dîner.

– Bien sûr.

– Dernière chose. Vous parlez espagnol ?

– *Un poco.* »

Il va jusqu'à une étagère et revient avec un manuel de conversation espagnole en format poche et un exemplaire du *Guide abrégé du Costa Rica.* « Ça peut vous aider. »

Je glisse les livres dans mon sac. « Pourquoi êtes-vous si gentil avec moi ? »

Il hausse les épaules. « Je vous aime bien. Mais vous le savez déjà.

– C'est drôle, les femmes célibataires disent toujours qu'il est impossible de rencontrer un hétéro bien à San Francisco. Mais, alors que je ne cherche pas, je tombe sur vous. La moitié des femmes célibataires que je connais seraient prêtes à tuer pour avoir un rendez-vous avec quelqu'un comme vous. »

Il sourit. « Peut-être qu'elles l'ont déjà fait, et qu'elles n'ont pas été franchement impressionnées.

– Merci, dis-je. Pour cela, pour tout. Vaut mieux que j'y aille. J'ai une longue journée demain.

– Laissez-moi vous reconduire, propose-t-il. Je prends mes clés. »

Puis, c'est la dérive, l'oubli, et une main qui me secoue doucement l'épaule.

« Abby ?

– Hmm ?

– Vous vous êtes endormie. »

Je suis toujours assise au bar, la tête posée sur mes bras croisés. « Quelle heure est-il ?

– Quatre heures et quart. Je ne me suis absenté que deux minutes. Et vous vous êtes écroulée. »

Tout d'un coup, ses bras se glissent sous mes jambes, dans mon dos, et il me porte ; c'est une sensation qui me rappelle mon enfance, quand mon père me berçait jusqu'à ce que je m'endorme, puis me portait au lit ; à moitié endormie, recroquevillée dans ses bras, c'était comme si je volais. Nick me pose sur le canapé, disparaît une minute et revient avec une couverture.

« Je ne peux pas rester », dis-je en me relevant sur un coude. Mais le canapé est moelleux, et je suis si fatiguée que j'ai du mal à garder les yeux ouverts.

« Juste un petit moment. » Il glisse un oreiller sous ma tête et remonte la couverture jusqu'à mon menton. « Je vous réveillerai tôt. » La dernière chose que je me rappelle avant de m'endormir, c'est que j'entends Nick se laver les dents.

À cinq heures trente-cinq, je me réveille dans un appartement silencieux. Je m'approche à pas de loup de son lit, et je le trouve endormi, en boxer et tee-shirt bleu, un pied qui dépasse du drap. Ainsi découvert, abandonné, il ressemble beaucoup moins à un mystérieux jet-setter, et j'éprouve l'envie irrésistible de me glisser dans le lit à côté de lui. J'imagine la chaleur de sa peau, le contact agréable de ses jambes contre les miennes. J'imagine comment, dans une autre vie, à un autre moment, je pourrais être allongée à côté de Nick, là, maintenant, avec pour préoccupation majeure l'organisation de notre prochain week-end. J'y ai beaucoup pensé ces derniers temps ; comme il aurait été préférable que je ne rencontre jamais Jake, ni Emma. Si je n'avais jamais fait leur connaissance, je ne leur aurais pas fait de mal, et je ne saurais pas ce que je perds en n'ayant plus Emma dans ma vie.

Je regarde Nick une dernière fois, je gribouille un mot de remerciement, j'attrape ma besace et je me glisse dehors le plus doucement possible.

Le fait de partir comme ça, si tôt le matin, alors que la ville est déserte, les magasins fermés, et qu'une lumière rosée envahit les rues, me rappelle les départs en vacances quand j'étais enfant. Ma mère venait dans notre chambre avant l'aube, nous emportait en pyjama et nous installait à l'arrière du break. Annabel et moi, nous nous allongions côte à côte, sous la même couverture, et nous somnolions pendant que la voiture parcourait les rues silencieuses.

Le parfum du café remplissait la voiture, nous entendions le froissement des cartes routières, les chuchotements de mes parents. C'étaient ces matins-là où nous nous échappions de notre maison ordinaire et de nos vies ordinaires que mes parents paraissaient heureux ensemble ; le siège avant semblait être très loin, et avec leurs cartes et leur café, leurs plans chuchotés, on aurait dit qu'ils avaient une vie secrète. Annabel et moi, nous nous réveillions dans une ville inconnue, quand la voiture s'arrêtait devant un McDonald's ou un Stuckey's. Nous nous habillions à l'arrière, puis entrions prendre un petit déjeuner et faire une pause-confort. À un moment, à l'intérieur du restaurant, quand le soleil dardait ses rayons par les baies et que l'agitation du personnel s'intensifiait, notre quotidien reprenait le dessus, nos parents recommençaient à se disputer, et le voyage dans les rues noires en pyjama nous paraissait être un rêve, comme un souvenir imaginé mais agréable de quelque chose qui n'avait jamais eu lieu.

Quand je parlai à Annabel de mon voyage, elle fut pour le moins peu enthousiaste. « Tu es sûre que tu as bien réfléchi ? dit-elle.

– Oui. »

Elle resta silencieuse une minute. « Je crois toujours ce que je t'ai dit au début. Tu dois poursuivre les recherches jusqu'à leur terme logique. Je me fais juste du souci pour toi, Abby.

– Tu es ma sœur, répondis-je. C'est ton boulot de te faire du souci. Mais je ne suis pas folle, si c'est ce que tu essaies de me faire croire. C'est vraiment agréable d'avoir un projet. Ce n'est peut-être pas un projet parfait, mais c'est quelque chose. »

Je cours jusqu'à l'arrêt du bus à l'angle de Folsom et de la 20e Rue. Quelques lève-tôt sont déjà en train d'attendre – une femme en tenue d'aide-soignante, un adolescent nerveux qui semble avoir passé toute la nuit dehors. Personne ne parle. Personne ne regarde personne. Quelque part, une moto démarre, dans un long vrombissement. Cinq minutes plus tard, un bus fait son apparition sur Folsom, un faisceau de lumière qui avance dans les dernières ténèbres du matin urbain, son intérieur fluorescent incroyablement lumineux.

Juste avant que le bus n'arrive à l'arrêt, des étincelles traversent le ciel et la tige qui le relie au réseau de câbles au-dessus de nos têtes se décroche. L'adolescent à côté de moi pousse un juron étouffé, fourre ses mains dans ses poches. Et ce qu'il fait ensuite est tellement étonnant que, pendant un instant, je crois que je rêve : il se met à pleurer.

Le bus s'arrête et le chauffeur descend lentement. Avec la patience nonchalante de quelqu'un qui a fait ce geste des centaines de fois, il brandit un long bâton pour remettre la tige en place. Encore des étincelles, puis il remonte dans le bus et, quelques secondes plus tard, il se gare devant nous. La femme en blouse d'hôpital recule pour laisser l'adolescent monter le premier. La tête baissée, il avance jusqu'au fond du bus, et je me dis qu'il doit y avoir une fille, une tragédie à laquelle il croit ne pas pouvoir survivre. Et j'ai envie de lui souffler qu'on trouve un moyen, ou un autre, de traverser les événements les plus horribles, des événements dont on aurait cru qu'ils vous auraient tué. On trouve un moyen et on avance, jour après jour, en affrontant une journée après l'autre – en état de choc, dans le désespoir, mais on avance. Les jours s'écoulent, l'un après l'autre, et on avance avec eux, parfois ahuri, et jamais complètement soulagé, de découvrir qu'on est toujours en vie.

61

« Nous recommençons, nous n'abandonnons jamais. »
(Lars Gustaffson, *La Mort d'un apiculteur.*)

L'après-midi du deux cent trente-deuxième jour, je m'éveille au son de la pluie, un crépitement assourdissant sur le toit en tôle. Dehors, quelque chose grince et gémit. Il me faut une minute pour me rappeler où je me trouve – le long vol, la correspondance manquée, l'arrivée tardive à San José, le trajet en taxi, déroutant, par des rues inconnues.

Par la fenêtre, je vois un bosquet de bambous, hauts et dorés, qui oscillent dans le vent. Tout ici témoigne d'une croissance effrénée ; tout est vivant. La pluie tombe à torrents et, quelques minutes plus tard, décroît pour n'être plus qu'une petite averse. Les gouttes fouettent les feuilles des bananiers devant ma fenêtre. Des coqs crient dans le lointain, des chiens aboient. Un clocher sonne – une, deux, trois, quatre, cinq fois.

Quelques heures plus tôt, à mon arrivée, une femme entre deux âges m'a accueillie à la porte. Deux petits enfants étaient pendus à ses jupes.

« *Buenos dias*, dis-je. Je suis l'amie de Nick Eliot.

– *Bueno*, répondit-elle. Je m'appelle Soledad. Moi vous attendais. » Elle sourit et recula d'un pas, me faisant signe d'entrer.

Elle me conduisit jusqu'à ma chambre ; je la remerciai, lui expliquant dans un espagnol hésitant que j'étais très fatiguée.

« *Bueno*, a-t-elle répondu. D'abord, vous dormez, après, vous mangez. »

Lorsqu'elle eut refermé la porte, je m'effondrai sur le lit et m'abandonnai au sommeil, dans le brouhaha réconfortant des enfants, de la télévision, des bruits de vaisselle, des aboiements d'un chien.

La maison est maintenant envahie d'une bonne odeur de cuisine. Quand j'apparais, les enfants accourent pour me dire bonjour.

« Roberto », dit le garçon, en se tapant fièrement sur la poitrine. Il désigne sa sœur : « Maria. »

Ils me suivent dans le couloir jusqu'à la salle de bains et gloussent quand je lutte avec la porte, qui refuse de se fermer complètement. Quand j'en ressors, Maria m'attrape par la main et me conduit à la cuisine, où Soledad est en train de faire cuire des bananes plantains et des haricots.

« Manger ? demande Soledad.

– *Si.* »

D'un geste, elle m'invite à m'asseoir. Les enfants s'installent avec moi à la table de la cuisine, et se mettent à papoter en anglais. « D'où viens-tu ? demande Roberto.

– De Californie.

– Hollywood ! » s'exclame-t-il avec une telle animation qu'il en descend de sa chaise.

« Tu connais Arnold Schwarzenegger ?

– Non, j'habite dans une autre partie de la Californie, à San Francisco. »

Maria pose sa main sur mon bras. « Tu connais Mickey ?

– Oui, dis-je. Mickey m'a dit de te dire bonjour.

– Pour de vrai ?

– Oui. Tu parles très bien anglais. Où as-tu appris ?

– Avec la télé, répond Roberto.

– Avec les Schtroumpfs », ajoute Maria.

Il suffit de quelques minutes pour que la table soit couverte de nourriture. Soledad verse du Fanta à l'orange tiède dans quatre petits verres. Je n'ai rien mangé depuis que j'ai quitté San Francisco, à part un *muffin* tout mou sur le vol de Miami. J'engloutis le contenu de mon assiette, et Soledad me sert une seconde fois. Son anglais n'est guère meilleur que mon espagnol, mais nous parvenons à communiquer en demandant aux enfants de jouer les interprètes. J'apprends que Roberto et Maria sont ses petits-enfants et que leur mère travaille comme femme de ménage dans un hôtel de la ville.

Je lui demande comment elle connaît Nick Eliot. Apparemment, il a loué une chambre chez elle il y a cinq ans, et il a gardé le contact depuis.

Elle dit quelque chose en espagnol à Roberto, qui avale une bouchée de riz avant de se tourner vers moi pour traduire :

« Est-ce que Mr Eliot est ton petit ami ? demande-t-il.

– Non, je réponds.

– Si, c'est ton petit ami ! » insiste Roberto en riant.

Après le repas, je demande à prendre un bain, et Soledad me donne une serviette et un petit morceau de savon. Par l'entrebâillement de la porte, je vois Roberto et Maria, les genoux remontés sous le menton, installés devant la télévision. Les pieds de Soledad martèlent le sol tandis qu'elle se balance d'avant en arrière sur sa chaise. La vieille baignoire est profonde, immaculée, et cela fait du bien de se débarrasser de la crasse du voyage.

Après mon bain, je demande à Soledad si je peux me servir du téléphone. Je compose le numéro de Wiggins, l'ami de Nick, et, à la troisième sonnerie, une femme décroche : « Ambassade des États-Unis », dit-elle. Au son de sa voix, on dirait qu'elle a un million d'autres choses à faire.

« Je cherche à joindre Wiggins », dis-je. Tout en le disant, je me sens un peu ridicule. C'est tout ce que j'ai. Ni titre ni prénom, seulement Wiggins.

Il y a un silence, un bruit de papiers froissés. Puis : « Un moment, je vous mets en relation. »

Une voix d'homme reprend la ligne. « Oui ?

– Je cherche Wiggins, dis-je de nouveau.

– Il est à l'étranger.

– Quand revient-il ?

– Dans deux ou trois mois. Qui est à l'appareil ? »

Je lui raconte toute l'histoire. Mon récit est débité à toute allure, les phrases se télescopent dans un flot ininterrompu : la disparition, les recherches, les indices qui m'ont conduite ici.

« Est-ce que le FBI a ouvert une enquête ? demande-t-il.

– Ils travaillaient avec la police de San Francisco, mais elle a clos l'enquête. » Tout en parlant, j'entends bien que ma demande a peu de chance d'aboutir.

« Je suis désolé, mais ce genre de choses ne fait pas vraiment partie de notre juridiction. Si quelqu'un du FBI prend une initiative, nous nous engagerons.

– Mais Nick Eliot m'a dit d'appeler Wiggins.

– Nick Eliot. Ce nom ne me dit rien. Écoutez, si vous retrouvez votre petite fille, appelez-nous et nous pourrons vous aider à gérer les relations avec les autorités locales.

– S'il vous plaît, dis-je. Il doit bien y avoir quelque chose que vous pouvez faire.

– Rappelez donc d'ici deux ou trois mois, quand Wiggins sera rentré. Bonne chance. »

Il raccroche. Quand j'entends la tonalité, je me sens plus seule que jamais et, en même temps, plus résolue aussi. Peut-être que ce pari est fou, peut-être que Jake avait raison. Peut-être que j'attache trop d'importance aux détails mineurs, retenant la moindre possibilité de preuve indirecte qui voudra bien cadrer avec le système que j'ai construit. Mais je suis sûre que chercher le couple du van jaune constitue ma plus grande chance de retrouver Emma. C'est ma dernière option, la dernière série d'indices que je n'ai pas encore vérifiée – la femme au Beach Chalet regardant Emma avec une telle intensité, le moment précis où le van a quitté Ocean Beach ce jour-là, l'autocollant à l'arrière marqué Ticos, le longboard – dans mon esprit, les pièces du puzzle s'emboîtent. Il le faut.

Une fois au lit, je parcours le guide. Les bus quittent la gare routière principale de San José pour Playa Hermosa en semaine à neuf heures le matin. J'essaie de dormir, mais je ne parviens pas à calmer mon esprit agité. Pour la première fois depuis la disparition d'Emma, je suis véritablement en colère contre Jake. Il devrait être ici ; nous devrions faire plus de choses ensemble. Il n'aurait pas dû renoncer.

Je ne pense pas que Jake comprendrait si je lui disais que le fait d'être dans cet endroit étranger me donne la sensation d'un nouveau départ. Je suis enfin libérée des répétitions interminables qui caractérisaient mes recherches à San Francisco : les expéditions quotidiennes à Ocean Beach, les retours innombrables dans les mêmes rues, sur les mêmes indices qui ne mènent à rien. Les chercheurs sur la mémoire ont une théorie pour expliquer une expérience courante : le sentiment que nous connaissons un mot, mais qu'il est tout juste hors d'atteinte. La théorie s'appelle le blocage, et, selon elle, la sensation je-l'ai-sur-le-bout-de-la-langue apparaît quand notre effort pour nous rappeler nous éloigne du mot que nous voulons retrouver, en nous dirigeant vers un autre mot. Le mot désiré est là, mais nous ne parvenons pas à y accéder parce que nous avons été dérouté ; nous suivons la mauvaise voie. Les mots qui viennent se mettre en travers de notre chemin s'appellent des intrus.

Est-il faux d'imaginer que le Costa Rica va m'éclaircir les idées, qu'ici, dans cet endroit inconnu, les intrus pourraient être bannis ?

Quand je me réveille à sept heures, l'odeur du café emplit la maison. Les enfants regardent les images floues des dessins animés américains, en buvant du chocolat au lait. Soledad est déjà dans la cuisine ; la chair de ses bras potelés tremblote tandis qu'elle s'active avec sa spatule sur le grill. La scène paraît si ordinaire, si fondamentalement humaine que je me surprends non seulement à espérer, mais à croire qu'Emma pourrait bien être dans ce pays.

« *Bueno* », dit Soledad en lançant un regard par-dessus son épaule. « Dormi bien ?

– *Si. Muy bien.* »

Elle pose une assiette devant moi – une grande portion de riz et de haricots couronnée de deux œufs sur le plat. Elle reste debout à côté de la table pendant que je mange, les poings sur les hanches, sans me quitter des yeux. « Vous aimez ? demande-t-elle en s'essuyant les mains sur son tablier.

– J'aime.

– Bien ! En Californie, petits déjeuners pas bons.

– Pas aussi bons », dis-je en guise d'approbation.

Je l'aide à débarrasser, puis je paie ma note – seulement vingt dollars américains. Je remercie Soledad, je dis au revoir aux enfants, et je vais attendre le taxi. Le chauffeur sort de la voiture et charge mon sac dans son coffre. « *La estación de autobúses ?* demande-t-il.

– *Si, por favor.*

– Où allez-vous ?

– À Playa Hermosa.

– Très beau. Vous aimer. »

À la gare routière, un homme assis à une petite table vend les tickets pour Hermosa. À neuf heures et quart, je suis en route, un vent chaud entre par les fenêtres ouvertes. Je ne cesse de penser à ce que Nick a dit : *Prendre conscience de la possibilité d'une recherche revient à être sur une piste. Et ne pas être sur une piste, c'est être désespéré.* Il faut que je croie que je suis sur une piste ; c'est la seule chose qui me fait tenir.

62

Playa Hermosa. Une *cabina* sur la plage. Une seule ampoule nue, deux lits sales, un mur si mince que j'entends ronfler les gens dans la *cabina* voisine. Un long miroir étroit, sans cadre, suspendu au mur à côté de la porte. Dans le miroir, une découverte saisissante : un fantôme. Les os saillants du bassin, des cernes noirs sous les yeux.

La pluie tambourine sur le toit de tôle. Au début, un seul tapotement, puis un autre, et un autre, de plus en plus rapide, jusqu'à devenir un roulement ininterrompu, un vacarme intense qui résonne en moi. Bientôt, il se transforme en véritable tempête, dont la violence augmente chaque minute. Je sens l'odeur de la pluie, celle de la mer, et une émanation douceâtre écœurante qui sature les draps sales. J'éteins la lumière et je m'allonge tout habillée sur le lit, écoutant le déchaînement de l'orage. Par la toute petite fenêtre grillagée, je vois de temps en temps un éclair zébrer le ciel.

Quelque chose dans cette pluie, ce parfum salé, me rappelle l'Alabama. Deux ou trois mois avant la disparition d'Emma, nous sommes partis tous les trois en voyage aux Gulf Shores. Jake n'était jamais allé dans le Sud, et il voulait voir à quoi ça ressemblait, se faire une idée de l'endroit d'où je venais. Nous avons pris pension dans un des plus beaux hôtels d'Orange Beach et, le premier soir, nous sommes restés assis sur le sable pour regarder le soleil se coucher sur le Gulf. Ensuite, il a plu tout le reste de la semaine.

Nous passions les matinées au bord de la piscine couverte de notre hôtel, et les après-midi au Pink Pony Pub. Emma buvait des Shirley Temple, et Jake et moi avalions du thé glacé sucré et des Bud Light. Installés dans le restaurant enfumé, nous regardions les éclairs fendre le ciel. Ils fascinaient Emma, habituée aux pluies plus douces de San Francisco. C'était cette particularité de Gulf Coast qui me manquait le plus, les averses violentes et les grondements du tonnerre. Les tempêtes à San Francisco sont si subtiles qu'elles ne méritent pas leur nom.

« Ça sent bizarre, avait dit Emma, comme si le ciel était en feu.

– C'est l'ozone, le nitrogène et l'ammoniac que tu sens », avait répondu Jake, toujours prêt à transformer la moindre occasion en leçon de choses. C'était drôle de voir le monde à travers ses yeux, comme un retour à l'école primaire, où tout avait une explication scientifique simple, où à chaque question correspondait une réponse.

J'étais contente de revenir chez moi, même si les circonstances n'étaient pas optimales. Une après-midi, j'avais emmené Emma au magasin de souvenirs où un requin géant trônait à l'entrée, où je m'étais rendue des douzaines de fois quand j'étais enfant, et je l'avais laissée choisir un plein panier de tee-shirts et de babioles pour ses copines. Le meilleur souvenir que nous avons rapporté de ces vacances est une photographie de nous trois devant la boutique Moe's Christmas and Gun Store sur la route de la plage. Je me rappelle encore l'homme qui l'a prise, un monsieur d'un certain âge avec un bronzage permanent et une chemise sur laquelle on lisait *Bama Forever*.

À la fin de la semaine, Emma avait la larme à l'œil, elle était fatiguée, et nous étions aussi blancs que le jour de notre arrivée. « L'Alabama n'est pas exactement comme je me l'étais imaginé », a dit Jake pendant le vol du retour. Nous avons décidé que, pour nos prochaines vacances à la mer, nous irions dans un endroit plus exotique, à Tahiti ou au Costa Rica. Je n'aurais jamais pensé que je viendrais ici seule, que, sur les clichés suivants de ma vie, il n'y aurait qu'un personnage.

C'est l'histoire d'une petite fille, elle s'appelle Emma, elle marche sur la plage. Je détourne les yeux. Quelques secondes s'écoulent. Je regarde de nouveau et elle a disparu. Je ne cesse de penser à ces secondes, au cercle qui, irrémédiablement, s'agrandit. À la manière dont j'ai déclenché cette chaîne d'événements. Au fait qu'il faut que je trouve un moyen de racheter ma faute.

Le jour suivant, je me promène sur la plage, qui est envahie de surfeurs et de routards américains. Je cherche le Rossbottom, le couple blond, le van jaune. Cela ne doit pas être facile de faire la route jusqu'au Costa Rica, mais c'est faisable. Une fois rentrée, je lis sur un blog le compte-rendu d'un voyage en voiture par le désert du Sonora, puis les montagnes d'Oaxaca, le passage de la frontière du Guatemala, du Honduras et du Nicaragua. Au poste frontière de Penas Blancas, les autorités sont notoirement laxistes, alors, à condition de garder un visage impassible, on peut probablement le franchir avec un enfant caché à l'arrière d'un van et le faire entrer dans le pays sans le moindre papier. Comme l'a dit Jake, cela fait un grand « si », beaucoup de « probablement », mais c'est ce que j'ai de mieux.

Plus tard dans l'après-midi, je trouve une *cabina* à louer pour trois cents dollars par mois – mieux et moins chère que celle où j'ai logé la nuit dernière. Elle est simple, toute petite et propre ; elle a un toit en tôle et une petite fenêtre qui donne sur l'océan. Je décide d'en faire mon quartier général, mon domicile temporaire.

Il ne me faut pas longtemps pour prendre le rythme de la vie à la plage. Il n'y a aucune raison de se lever tôt, parce que tout est fermé. Mon seul espoir est de rencontrer des gens, essentiellement des surfeurs, et la meilleure manière de les trouver, c'est le soir dans les bars et les restaurants. De nombreux habitants de cette ville ne sont pas d'ici ; ils viennent pour trois mois, jusqu'à ce qu'ils n'aient plus d'argent, puis ils retournent aux États-Unis. Le second soir après mon arrivée à Hermosa, je découvre un petit bar à quelques pas de ma *cabina*. Le personnel se compose d'Américains et de jeunes Ticos. La semaine suivante, je les connais tous par leur prénom. Chaque jour, j'apprends un peu plus d'espagnol et, je l'espère, je gagne un peu plus la confiance des surfeurs, mais j'ai malgré tout l'impression que je ne me rapproche pas du but.

« Tu devrais essayer », me suggère un programmeur informatique d'Atlanta, un type d'une quarantaine d'années. Il parle du surf. Il parle de me dégeler. C'est mon troisième jour à Hermosa et nous sommes assis côte à côte au bar. Les haut-parleurs diffusent une chanson de The Beautiful South et sur l'écran de la télévision se déroule un match de football entre les Blue Hens du Delaware et l'équipe de Citadel. Le programmeur s'appelle Deke. Il me rappelle un personnage de série télévisée, avec ses cheveux impeccablement coiffés et l'assurance incroyable avec laquelle il me regarde longuement droit dans les yeux. Il ne cesse de jeter des coups d'œil vers le poste en hurlant « Allez les Hens ! » Selon la rumeur, Deke a couché avec la moitié des filles américaines de cette ville, et quelques Ticos aussi.

« Le surf, c'est pas pour moi, dis-je. J'ai peur de l'eau profonde et de la vitesse. En plus, je ne pourrais pas supporter l'absence de contrôle.

– C'est pourtant ce qu'il y a de mieux dans le surf, répond-il, en glissant sa main au creux de mes reins, sous mon petit pull-over sans manches.

– Attention… »

Il fait une plaisanterie et lève les mains, battant en retraite, mais je vois bien qu'il est surpris d'être ainsi repoussé.

Quelques heures plus tard, je rencontre Sami, de Galveston, qui finance son addiction au soleil en jouant les serveuses et en faisant des ménages dans un motel du coin. Elle a trente-six ans, et elle a un petit ami au pays qui construit des limousines. Il attend qu'elle n'ait plus le Costa Rica dans la peau pour qu'ils puissent se marier et avoir des enfants.

« Nous sommes venus ici ensemble il y a sept ans. Il a fini par se lasser, mais pas moi. Le truc, c'est que plus je reste ici et plus je pense à *pura vida* et moins aux bébés », dit Sami en passant un chiffon humide sur le bar.

Quand elle me demande ce que je viens faire au Costa Rica, je lui raconte que je fais des photos pour les guides *Lonely Planet*. C'est ma couverture, la seule façon que j'aie trouvé d'expliquer ma présence ici. Le Leica que je promène partout avec moi, sur mon épaule, paraît suffisant pour corroborer mon histoire. Les jours suivants, Sami et moi devenons amies. Parfois, en fin d'après-midi, quand il y a peu de clients, Sami demande à un des cuisiniers de tenir le bar et elle vient marcher sur la plage avec moi ; nous nous asseyons sur le sable et regardons les surfeurs qui attrapent les dernières vagues avant de sortir. Leurs silhouettes ont des lignes pures, magnifiques, qui se détachent dans la lumière du couchant, et le bleu du ciel a une teinte que je n'ai jamais vue auparavant. Les corps mouillés sortent de l'eau, les planches calées sur l'épaule ; on dirait des corps de danseurs, et il est difficile de croire que ce sont juste des garçons et des filles ordinaires, venus de tristes villes du Middle West.

Le cinquième jour après mon arrivée à Hermosa, je suis assise sur la plage avec Sami, et deux bières sont calées entre nous dans le sable. Je sors un morceau de papier de ma poche, je le déplie et je le lui tends. « Tu connais ça ?

– Je devrais ?

– C'est un symbole sur une planche. »

Elle regarde de plus près l'image de la grenouille dorée que j'ai téléchargée sur internet. « Oui, bien sûr. Le Killer Longboard. Le type qui les fabriquait a passé l'arme à gauche il y a pas longtemps. Billy Rossbottom.

– Tu sais des choses sur lui ?

– Comme tout le monde. Rossbottom est venu au bar il y a deux ou trois ans. C'était un dragueur de première, il payait des coups à toutes les filles. Un chic type, il a laissé un pourboire plus gros que sa note. Le lendemain de sa mort, nous avons fait une grosse fête sur la plage en son honneur.

– J'aimerais bien mettre la main sur une de ces planches, dis-je. Tu en as déjà vu par ici ?

– Seulement une fois. Elles sont vraiment rares, tu sais.

– Celle que t'as vue, c'était quand ?

– Je ne sais pas, il y a plusieurs mois.

– Tu sais qui c'était le gars ?

– En fait, c'était une fille. » Elle me lance un regard inquisiteur, comme si elle essayait de comprendre qui j'étais. « Pourquoi ça t'intéresse tellement, d'ailleurs ? Tu ne surfes même pas.

– Je cherche à en acheter une. Un cadeau pour un ami », dis-je, me sentant coupable de mentir. Mais je ne veux pas encore me dévoiler, je ne veux pas que mon histoire fasse le tour de la côte. Je crains que, si le couple du van se trouve ici, il n'ait vent de ma présence et ne s'en aille. C'est pour cette raison que je n'ai encore montré à personne les croquis de la police ; ils sont planqués dans mon sac à dos, au fond de ma cabane ; j'attends le bon moment.

Sami finit sa bière d'une seule traite. « Je regarderai si je vois le longboard.

– Merci.

– Abby, reprend-elle, en ouvrant une autre bière.

– Ouais ?

– Je sens bien les gens, et il y a quelque chose que tu ne me dis pas.

– Qu'est-ce qui te fait penser ça ?

– Une femme seule, en mission boulot, isolée dans une petite ville de surfeurs au Costa Rica. Tu ne surfes pas. Tu es plus âgée que la plupart des gens ici. » Elle ajoute, avec un clin d'œil : « À l'exception de ton interlocutrice, évidemment.

– Je t'ai dit, je travaille sur un guide.

– Ça n'a pas de sens, réplique-t-elle en s'allongeant, appuyée sur ses coudes, le visage levé vers le soleil. Si c'était le cas, tu serais partie de Playa Hermosa depuis longtemps. Alors, est-ce que tu vas finir par me mettre au parfum, ou tu veux que je devine ? »

À ce moment précis, je prends délibérément la décision de lui faire confiance. Ma mère avait l'habitude de dire que mon plus grand défaut était de toujours essayer de tout faire seule, mais que ma plus grande force était une espèce de détermination obsessionnelle. Elle racontait souvent cette histoire, qu'elle adorait : un jour, quand j'avais quatorze mois, j'avais passé presque une heure à essayer d'enfiler une chaussette, refusant son aide. Elle avait une preuve, c'était un quart d'heure de mauvais film en noir et blanc, dans lequel un bébé qui ne me ressemble pas du tout se débat avec une socquette blanche en fil de coton et un petit pied potelé. Je n'ai jamais réussi à mettre la chaussette.

« Viens chez moi ce soir quand tu auras terminé ton service », dis-je.

Elle fredonne quelques mesures du générique de *La Quatrième Dimension.* « J'y serai. Incognito ? Une cape noire et un masque ? »

Elle arrive à ma porte à minuit passé, puant le shit. « T'en veux ? me demande-t-elle en tirant un joint de sa poche.

– Non, merci, je passe mon tour.

– Comme tu le sens. » Elle s'écroule sur le deuxième lit. « Alors, c'est quoi le grand secret ?

– J'ai perdu ma petite fille.

– Quoi ?

– En fait, la petite fille de mon fiancé, Emma. Sur la plage à San Francisco. Je suis ici parce que je crois qu'elle a été kidnappée, et je pense que les gens qui l'ont fait sont peut-être bien au Costa Rica. » Je ne lui raconte pas que c'est un pari complètement fou, je tais le fait que c'est ma dernière piste. Ce dont j'ai peut-être le plus besoin, en ce moment, c'est que quelqu'un croie en mon histoire.

« C'est pas drôle, dit Sami. Arrête de te payer ma tête.

– C'est la vérité. » Je pose les dessins de la police sur le matelas à côté d'elle.

« Merde, alors, c'est pas une blague ?

– Est-ce que tu les as vus ?

– Je ne crois pas.

– T'es sûre ? Le type, il a une vague tatouée sur la poitrine. Il est de taille moyenne, musclé, une coquetterie dans l'œil. Elle, elle est mince, blonde décolorée, elle a l'air un peu folle.

– Et qu'est-ce que le Killer Longboard a à voir avec tout ça ?

– Ce couple se trouvait à Ocean Beach le jour où Emma a disparu. Le type avait une planche Rossbottom. »

Sami écarquille les yeux. « J'arrive pas à y croire, dit-elle. Un enlèvement ? Putain, c'est un vrai scénario de cinéma. » Elle reste silencieuse un moment. « Les surfeurs forment une communauté soudée, tu sais. Tu ferais bien de garder les yeux ouverts et la bouche fermée pendant un moment. Laisse-moi t'aider. Je vais voir ce que je peux apprendre sur le longboard.

– Merci. Autre chose. Je ne sais pas vraiment où chercher. J'ai examiné la carte du Costa Rica des centaines de fois, et je suis perdue.

– Tu devrais rencontrer Dwight. Il est barman au Pink Pelican. Il est un peu à la masse, mais ça fait vingt ans qu'il est là. Il connaît ce pays par cœur. Je vais te le présenter.

– Je ne sais pas comment te remercier.

– Hé, dit Sami. J'ai les crocs. T'as rien à manger ?

– Des bananes, des cookies Oreos, du beurre de cacahouètes, du pain blanc et des chips.

– Eh bien, tu es une vraie épicerie bio à toi toute seule. Je mangerais bien un sandwich au beurre de cacahouètes et à la banane. »

Je vais jusqu'à la petite table installée sous la fenêtre, que j'ai transformée en kitchenette avec une cafetière, un réchaud à gaz, des assiettes en carton et des couverts. Je fais deux sandwichs, et je mets des Pringles dans une assiette.

Sami enlève la tranche de pain du dessus, pose quelques chips sur les rondelles de banane, et remet le pain. « T'es déjà allée à Graceland, à Memphis ?

– Non.

– J'y suis allée il y a deux ou trois ans. Le truc rigolo, c'est que Graceland Mansion n'est pas une grande demeure, comme son nom ne l'indique pas. C'est une maison normale, juste plus grande, remplie de meubles hideux. Mais, en face, il y a un restaurant où on trouve des sandwichs au beurre de cacahouètes et aux bananes frites. Ils sont tellement bons que j'en ai mangé deux sur place et que j'en ai acheté un troisième pour l'emporter. Ça vaudrait le coup de retourner à Graceland juste pour manger un de ces sandwichs.

Le beurre de cacahouètes a bon goût, il me procure même une sensation agréable au palais, et je me rends compte que, depuis une semaine, je mange régulièrement. Je glisse mon doigt dans la taille de mon short et je remarque que, même si je suis encore beaucoup trop mince, mon short me tombe un peu moins sur les hanches. On me disait tout le temps qu'il fallait que je reprenne le cours de ma vie, et je pensais, toujours, que tous avaient tort. Il n'était pas question de reprendre quoi que ce soit tant qu'Emma n'était pas là. Mais mon corps, semble-t-il, a pris sa propre décision.

Je pense à Emma, où qu'elle soit, et je me demande si elle est en bonne santé. Grandit-elle ? Prend-elle du poids ? Son visage est-il en train de changer ? Dans mes maigres bagages, j'ai emporté un petit album contenant quelques dizaines de photos d'elle. Sur certaines, elle est avec Jake, sur d'autres, elle est seule, et sur l'une d'elles, nous sommes toutes les deux dans le jardin du California Palace of the Legion of Honor, avec la fontaine à l'arrière-plan. La première photo de l'album a été prise à Crissy Field deux ou trois semaines après notre rencontre, et la dernière date de la veille de sa disparition. Même en ce court laps de temps, une seule année, ses traits ont évolué de manière subtile – son visage s'est allongé, le V de ses cheveux sur son front est plus marqué. Un adulte peut rester le même, sur dix ans voire plus, mais, pendant l'enfance, les changements se produisent si rapidement que des photographies prises à quelques mois d'écart seulement peuvent être étonnamment différentes.

L'album contient encore cinq places vides. Je ne sais plus maintenant si j'ai consciemment laissé ces dernières pochettes vides au moment où j'ai fait mes bagages. D'autres photos s'y adjoindront sûrement pour le compléter, l'histoire qui a commencé avec le premier cliché à Crissy Field n'est pas terminée. Je me dis qu'il y a un avenir, et qu'il n'est ni terrible ni insoutenable. Sûrement, il y aura d'autres photos, une histoire heureuse et complète. Dans mes rêves éveillés, malgré tout, je vois ceci : Emma, Jake et moi, ensemble, en train d'avancer dans la vie.

63

Le lendemain, comme promis, Sami me présente à Dwight, qui doit mesurer un mètre quatre-vingt-dix et ne doit pas peser plus de soixante-dix kilos. Il se dégarnit sur le dessus, il est très bronzé, et il est impossible de deviner son âge. Quand nous arrivons au Pink Pelican à dix heures le matin, Dwight est seul. Il sautille bizarrement derrière le bar, levant et baissant les bras comme un oiseau en plein vol. Il me rappelle quelqu'un, mais je n'arrive pas à trouver qui.

« Salut les filles.

– Ma nouvelle amie Abby a besoin de ton aide », dit Sami.

Il cesse de sautiller et tend la main par-dessus le comptoir pour me saluer. « Salut, nouvelle amie Abigail. Comment puis-je vous aider ? » C'est là que je retrouve à qui il me fait penser, à Sam Bungo. Quelque chose dans le début de calvitie très masculin combiné à une jeunesse exubérante, et ce choix de m'appeler par mon prénom en entier. Sam Bungo faisait la même chose, il refusait de m'appeler Abby, parce qu'il trouvait qu'Abigail, ça faisait british, et il en pinçait pour les Anglais.

« J'espérais que vous pourriez m'indiquer les meilleurs spots pour le longboard », dis-je.

Il attrape un chiffon pour le passer sur le comptoir déjà immaculé, et me lance un regard inquisiteur. « Vous surfez ?

– Non. Je fais des recherches.

– Pour le *Lonely Planet*, renchérit Sami, en pointant un doigt sur mon appareil photo. Elle est photographe.

– O.K. Bon, j'vais vous faire une carte. Mais il faut que vous me promettiez de parler de moi dans votre guide.

– C'est d'accord.

– Pas seulement mon nom. Je veux une photo.

– Pas de problème. »

Dwight tire un crayon de derrière son oreille et entreprend de dessiner une carte au dos d'un menu en papier. Il commence par la côte caraïbe. « Il y a Playa Bonita, au nord de Limón, et vers le sud, il y a Cahuita – belles plages. Le meilleur endroit pour surfer de ce côté-là, c'est Salsa Brava, les plus grands tubes du Costa Rica. Vous savez ce que ça veut dire *Salsa Brava* ? »

Je secoue la tête.

« En gros, "sauce furax". Poétique, non ? La seule façon de comprendre ce que j'veux dire, c'est d'aller surfer cette vague. À une autre échelle, c'est aussi intense que n'importe quel récif corallien avec des droites à deux peaks qui tubent. Vous aimez la poésie ? Vous avez l'air d'être une femme qui sait apprécier les bonnes métaphores.

– Oui, j'aime la poésie.

– Je me disais bien, dit-il en se penchant vers moi. Une fille qui est branchée poésie, ça me fait vraiment triper. Dites-moi, quel âge avez-vous ?

– On se calme, intervient Sami. Elle est mariée.

– Ah ouais ? dit-il en regardant ma main gauche. Si vous êtes tellement mariée, où est votre alliance ?

– Je l'ai laissée à la maison, j'ai les doigts qui gonflent avec la chaleur.

– O.K. » C'est difficile de dire s'il me croit, mais il revient à sa carte et recommence à gribouiller. « Le truc, c'est que vous trouverez pas beaucoup d'activité là-bas actuellement. Le meilleur moment pour la côte caraïbe, c'est entre février et avril. Pendant l'été, tous ceux qui savent faire la différence entre leur cul et leur aileron, ils vont sur la côte ouest. »

Il continue à dessiner et à parler, marquant les spots les plus importants avec une étoile verte.

« Tout en haut, c'est Ollie's Point, d'après Oliver North. Autrefois, il y avait une piste d'atterrissage clandestine là-bas. Ils s'en servaient pour fournir les Contras en armes et autres trucs, mais on peut pas y accéder par la route, faut y aller à pied. Tout au sud, sur la côte pacifique, vers le Panama, il y a Matapalo, des droites de folie avec un swell ouest d'enfer. Puis, c'est Playa Pavones, les vagues les plus parfaites de la planète. En remontant la côte, tu tombes sur Dominical. Vraiment tranquille. Des beach breaks assez consistants tout au long de l'année. Puis Playa Espadilla, à l'entrée du Manuel Antonio National Parc, hypertouristique, alors, on y trouve les frimeurs et les pros de la wax habituels, bien sûr, mais quand les gros swells entrent dans la baie, c'est géant. De la bonne vague à l'extrémité nord de la plage aussi. » Il déplace son stylo vers le haut de la carte et ajoute Quepos, Roca Loca et Puerto Caldera.

« Et vous et moi, *madame* Abigail, on est là. » Il me fait un clin d'œil comme si nous partagions un grand secret et ajoute un grand cœur pour marquer Hermosa, à mi-chemin entre Quepos et Puntarenas. « Puis, y a Boca Barranca, c'est pas un endroit pour les blaireaux.

– Pour les quoi ?

– Tu vois le genre, les surfeurs du dimanche, les mecs pas sérieux. Boca Barranca est l'embouchure d'une rivière à environ cent kilomètres au nord-ouest de San José. Les longboarders adorent parce que sa gauche est longue, et, si l'on tombe un super bon jour, on peut se faire un ride de presque un kilomètre. C'est là aussi qu'a lieu la plus ancienne de toutes les compétitions de longboard, Toes on the Nose.

– C'est quand ?

– Début juin. Tous les longboarders qui ont des couilles y seront.

– Merci, dis-je, vous m'avez vraiment bien aidée.

– Hé, c'est pas tout. Faut pas rater Tamarindo, tout au nord de la côte pacifique. J'suis sûr que vous allez adorer. Il y a une grosse communauté de surfeurs expat là-bas, mais c'est un peu plus chicos que la plupart des autres endroits. À Tamarindo, on trouve des spas, des boulangeries, des musées, de tout. Même une librairie. » Il gribouille un numéro en haut de la feuille. « Et au cas où vous auriez besoin d'une visite guidée privée d'Hermosa, vous savez qui appeler, dit-il en me tendant la carte.

– Je m'en souviendrai.

– Hé, et dis-moi quand tu auras divorcé, chérie.

– Promis, conclus-je en me levant, prête à partir.

– Minute ! Tu m'prends pas en photo ?

– Bien sûr. Restez là et ayez l'air naturel. »

Dwight saisit un shaker à cocktail et me gratifie d'un sourire éclatant. « Super », dis-je en appuyant sur le déclencheur trois fois, histoire de faire vrai.

64

Deux cent trente-septième jour. Je m'arrête au cybercafé à côté de chez moi et je passe quelques minutes à répondre à des e-mails. Le dernier message de Nell m'informe que toutes les factures sont payées et que le quartier est bien calme ; quand est-ce que je rentre ? Nick est de nouveau à Helsinki. « J'ai vu une fille dans un magasin de montres qui m'a fait penser à vous, écrit-il. J'ai laissé un message à Wiggins en lui racontant toute votre histoire. » Un second e-mail, envoyé à peine quelques minutes plus tard, dit : « Vous trouveriez que je suis bizarre si je vous disais que vous me manquez ? »

Je trouve deux messages d'Annabel. « Je suis en train d'enfler, écrit-elle dans le premier, datant d'il y a trois jours. Cf. photo jointe. » Sur la photo, elle est de profil, son ventre commence juste à se voir. Ses cheveux auburn sont plus courts que je ne les ai jamais vus, son visage est un peu plus empâté. Elle fait partie de ces femmes qui sont plus jolies enceintes, épanouies, rondes.

Son second mail ne comporte que trois mots : « Trouvé quelque chose ? »

À quoi je réponds : « Trop tôt pour le savoir. »

Pas d'e-mail de Jake, alors que je lui en ai envoyé trois depuis mon arrivée. Le lendemain matin, je tire trente mille *colónes* au distributeur et je monte dans le bus pour Boca Barranca, trois heures de route. Un surfeur américain que j'ai vu traîner à Hermosa prend le même bus. Doug est étudiant de troisième cycle en Histoire américaine, il a pris un long congé. Il va retrouver des amis à Jaco ce week-end. Il n'a pas d'autre bagage qu'un petit sac en toile.

« Et où est votre planche ?

– On ne peut pas les transporter en bus, me répond-il, alors j'en loue une chaque fois en arrivant. Et vous, qu'est-ce que vous faites dans le coin ?

– J'écris un guide touristique. Et je cherche un Killer Longboard.

– Un Rossbottom ? demande-t-il surpris. Pour quoi faire ?

– Un cadeau pour mon frère. Peu importe le prix. Vous en avez vu ?

– J'aurais bien aimé.

– Si vous en voyez un, vous voulez bien m'envoyer un mail ? » Je lui tends une des cartes manuscrites que j'ai faites la semaine dernière, avec mon adresse électronique et le message suivant : *À la recherche d'un Killer Longboard. Prête à payer le prix fort.*

À Jaco, Doug me serre la main et me souhaite bonne chance. Je me retrouve seule dans le bus avec une famille de touristes costaricains, deux surfeurs parlant allemand et un gamin avec un sac en papier plein de chewing-gums Wrigley's, qui a l'air trop jeune pour voyager seul.

Après une demi-heure de route vers le nord, nous traversons un pont au-dessus d'une large rivière brune. Le chauffeur se gare une fois passé le pont. « Photos ! dit-il en ouvrant les portes. Très belles photos ! » Je descends du bus à la suite de la famille. Le gamin aux chewing-gums reste endormi pendant toute la durée de l'arrêt. Debout sur le pont, je regarde l'eau boueuse vingt mètres plus bas. Six énormes alligators remontent lentement le courant, et quatre autres sont étendus au soleil sur la rive.

La famille de touristes prend des photos, et moi aussi. En appuyant sur le déclencheur, je me rends compte que ce sont les premières photos que je prends depuis la disparition d'Emma qui n'ont rien à voir avec mes recherches ni avec le boulot. Je les fais parce que j'ai sous les yeux une scène intéressante, et je me demande, machinalement, à quoi elles vont ressembler une fois développées. Les alligators d'un vert terne vont presque disparaître sur le fond brun de l'eau, et les ondes se déploient autour de leurs corps aux contours irréguliers. Je pense au soleil, qui est trop fort ; ce serait mieux de capter cette image à l'aube, quand une lumière douce et délicate se pose sur l'eau boueuse.

Deux heures plus tard, nous approchons de Puntarenas. Il y a des *cabinas* partout, serrées contre des échoppes de nourriture au bord de la route. Une rivière visqueuse se déverse dans l'océan. Nous nous arrêtons dans un grincement de freins à côté d'un motel informe en stuc dont on aurait dit qu'il était fermé depuis longtemps. Je m'y installe sans problème pour dix-neuf dollars la nuit. « C'est marée basse, dit le type à la réception, un Tico qui parle un anglais presque parfait. C'est le meilleur moment pour aller voir la plage. J'irais tout de suite, si j'étais vous. »

La chambre elle-même est si sale et si sombre que, même à dix dollars la nuit, ce serait une escroquerie. J'enfile un short et un débardeur propres, puis je suis le chemin de terre jusqu'à la plage, m'arrêtant en route pour acheter un *refresco* à une *cantina* délabrée. La boisson est glacée, sa froideur sucrée est équilibrée par l'acidité du tamarin.

Une langue de terre émerge de l'eau trouble. La péninsule est façonnée d'un côté par l'embouchure de la rivière et de l'autre par l'arrondi brun de la baie. Le sol est couvert de bernaches acérées et glissantes, et une odeur déplaisante flotte dans l'air. La plage est déserte, à l'exception d'un jeune de dix-huit, dix-neuf ans, assis seul à côté de sa planche, le regard rivé sur l'eau. Quatre ou cinq types sont en train de surfer, tous rassemblés dans le même coin.

Je m'approche du gamin. « Je m'appelle Abby, dis-je, en brandissant mon appareil photo. Pour le *Lonely Planet.* »

Il écarte une mèche de cheveux décolorés qui lui retombe sur les yeux. « Jason. Pour Jason and Company. » Il rit de sa propre plaisanterie.

« Ça t'ennuie si je m'assois ?

– Comme vous voulez.

– Est-ce que tu peux me parler de cet endroit ?

– C'est un des breaks de gauche les plus longs du monde. » Il sourit. « Si on est prêt à risquer sa santé pour un bon ride.

– Pourquoi ça ?

– Vous avez vu comme l'eau est sale ? Ce sont les égouts. J'ai entendu parler de surfeurs qui avaient attrapé l'hépatite A et la méningite ici. Il y a un type que je connais qui a vu un cheval crevé flotter en plein sur la barre. Sans compter les crocos.

– Vraiment ?

– C'est connu. Il y a ces salopards de crocos de mer qui rentrent dans l'estuaire pour se nourrir de carcasses. C'est pas beau à voir.

– T'en as déjà vu ?

– Seulement des photos. »

Jason dégaine un paquet de cigarettes et m'en offre une.

« Non, merci, dis-je, je ne fume pas vraiment.

– Moi non plus. » Il sort un briquet en plastique, met sa main en coupe au-dessus de l'extrémité de la cigarette et l'allume. « Briquet *waterproof*, dit-il. La meilleure invention du monde.

– Ça t'arrive d'aller à Toes on the Nose ? »

Il plisse les yeux dans la lumière du soleil. « Je ne fais pas la compétition, mais je viens de Miami tous les ans pour voir.

– Tu y étais cette année ? »

Il acquiesce. « J'étais aux quatre dernières.

– Est-ce que par hasard tu aurais vu quelqu'un avec un Killer Longboard l'an passé ? »

Il se tourne vers moi, tout d'un coup très intéressé. « Ça oui ! Une planche magnifique, j'vous jure. J'en avais vu un, deux ou trois ans avant à Maui. Putain, ce que j'donnerais pour…

– Tu te souviens du propriétaire de cette planche ?

– Il y en avait deux, en fait. L'un était australien, l'autre, c'était un Amerloque.

– Et ils ressemblaient à quoi ? »

Jason hausse les épaules. « À des surfeurs.

– L'Américain, il était seul ?

– T'en poses vachement des questions.

– Je cherche à acheter un Killer Longboard. » Je lui tends ma carte, mais il ne la prend pas.

Un gars coiffé d'un grand chapeau imprimé léopard avance sur la plage vers nous, et Jason lève la main pour le saluer. « Hé, mon pote ! Tu t'es déchaîné !

– Y a trop de monde dans le coin, dit le gars. Conan et Slime Dog étaient dans la zone d'impact. J'ai cru que j'pourrais passer entre eux deux, alors j'ai attrapé la vague et j'ai fait mon take-off et, là-dessus, je me suis fait pilonner.

– Eh ben, répond Jason. J'te présente ma copine Lonely Planet. »

Le type touche le bord de son chapeau et s'incline.

« À plus », dit Jason, se levant et époussetant son derrière. C'est un derrière étonnamment plat, complètement dépourvu de courbes. Il attrape sa planche et lui et son ami s'avancent vers l'océan au petit trot. Quelques instants plus tard, ils sont dans l'eau et ils rament.

Je passe une dizaine de jours à Boca Barranca, parlant à tous ceux qui veulent bien m'écouter. Une autre personne, le réceptionniste de l'hôtel, se souvient d'avoir vu deux Killer Longboards ici pendant la dernière compétition Toes on the Nose, mais, comme Jason, il ne se rappelle pas vraiment les propriétaires. « Je ne les ai pas revus depuis, dit-il. Vous devriez revenir en juin pour la compète de cette année. C'est plutôt calme ici le reste du temps, mais, à ce moment-là, on est plein à craquer. »

Je le remercie et réserve une chambre pour la semaine en question. « D'ici là, si vous voyez quelqu'un avec un Rossbottom, appelez-moi, dis-je en lui tendant ma carte.

– Il y a une commission pour moi ?

– Bien sûr.

– Cool. » Il se retourne vers le téléviseur. *The Love Squad* doublé en espagnol. D'après ce que j'arrive à comprendre des dialogues, on dirait que deux frères se disputent la même femme. « Vous avez déjà vu cette série ? demande-t-il au moment où je sors. C'est super bien. »

J'essaie de ne pas céder au découragement ; la compétition aura lieu dans plus de trois mois. En trois mois, un enfant peut crever de faim ou subir des violences terribles. En trois mois, un enfant peut mourir. En trois mois, tout peut arriver.

65

Je reprends un bus l'après-midi même pour Hermosa. Tout en regardant les collines défiler – les plantations de café et les maisons en parpaing, parfois un cheval, des cabanes ici et là – je me sens de plus en plus rongée par la perspective d'un échec. En arrivant à destination, je dépose mes affaires dans ma *cabina* et je file au bar de Sami.

« T'as fait chou blanc ? demande-t-elle.

– Comment tu sais ?

– Tu n'as pas vraiment un visage épanoui. La suite, c'est quoi ?

– Je vais passer deux ou trois nuits ici, puis je vais aller dans ces autres endroits dont Dwight m'a parlé. Si j'échoue partout, je retournerai à Boca Barranca en juin pour la compétition.

– Tu vas la trouver », dit Sami, mais il n'y a pas la moindre conviction dans sa voix. Elle n'arrive pas à me regarder dans les yeux en le disant, elle n'arrive pas à énoncer une seule raison qui justifierait ses paroles rassurantes. Je sais qu'elle est le genre de personne à vous dire ce que vous voulez entendre. Je l'imagine au téléphone avec son jules au Texas, année après année, en train de lui affirmer qu'elle va rentrer aux États-Unis en moins de deux. De lui dire qu'elle l'aime, qu'il lui manque, que ce n'est pas drôle d'être ici sans lui.

Je paie un autre mois d'avance pour ma *cabina* à Hermosa et, de là, je pars pour la journée ou le week-end et je visite toute la côte pacifique, avec ses longues plages fabuleuses, et parfois des hôtels classe, des criques cachées, des villages de surf endormis, des palmeraies et des rizières. Je pose des questions, je fourre ma carte dans la main de tous ceux qui sont prêts à la prendre. Parfois je m'informe sur la planche, et, d'autres fois, je décris l'homme d'Ocean Beach. « Taille moyenne, dis-je. Il a une vague tatouée sur la poitrine. Il conduit un van jaune. Il est peut-être accompagné d'une femme blonde qui a quelques années de plus que lui. »

Mon histoire se modifie selon la personne à laquelle je m'adresse. Parfois, le gars est mon frère, que j'ai perdu de vue depuis longtemps, qui n'a pas donné signe de vie à sa famille depuis une éternité. Ou alors, c'est mon ex, je lui ai brisé le cœur, et je viens de comprendre que je ne pouvais pas vivre sans lui. Les histoires peuvent être encore plus extravagantes, selon la quantité d'alcool que j'ai bue, ou le peu de sommeil que j'ai réussi à trouver la nuit précédente. Il en est une dans laquelle ma mère a besoin d'une transplantation de rein, et il est le seul compatible. Et celle où je lui dois de l'argent, je viens de toucher un héritage et je veux régler mes dettes. Celle qui dit que j'ai trouvé le Seigneur, que je demande pardon à tous ceux à qui j'ai causé un grand tort, et il est le numéro cinq sur ma liste. Je raconte aussi des histoires autour de la planche : c'est le dernier souhait de mon frère mourant d'avoir un Killer Longboard ; je travaille pour un gros producteur de cinéma à Los Angeles et nous planchons sur un documentaire inédit, une sorte de *Endless Summer* pour le nouveau millénaire.

Je deviens une menteuse experte. J'arrive à regarder les gens droit dans les yeux et à leur raconter n'importe quelle histoire.

Mais mes mensonges ne mènent à rien. Parfois, quelqu'un prétend qu'il a vu un Rossbottom, mais les détails ne correspondent jamais au couple que je recherche. Ou bien, c'était il y a longtemps, ou dans un autre pays, ou la planche a été vue par l'ami d'un ami. Je ne trouve aucune piste sérieuse, et je ne cesse d'écarter de mon esprit l'idée que ce voyage était un projet stupide, juste une longue diversion sans issue. Je ne peux pas me permettre de croire cela, je ne peux pas accepter que je vais rentrer à la maison sans Emma. Tout est justifié par le fait que je la retrouve.

Un jour, près de la ville de Puerto Coyote, en m'arrêtant pour uriner au bord d'un chemin désert, je suis surprise par un bruit de feuilles qui s'agitent. Je lève les yeux, et je vois une paire de toucans avec leur drôle de bec jaune aux stries orangées, à l'extrémité rouge sang. Ces oiseaux si rares, si magnifiques, qui autrefois m'auraient transportée dans une extase photographique, ne signifient pas grand-chose pour moi aujourd'hui. Ce ne sont que des oiseaux dans un arbre au bord d'un chemin qui mène à une forêt.

À Tortuguero, je me lève tôt, en même temps que les coqs. Dans ce pays, il y en a partout, un gigantesque réveil national. Je me fraye un chemin le long de la plage de galets et je regarde les tortues de mer géantes, pareilles à de grands vestiges marron témoignant de naufrages ; elles se déplacent lentement, à fleur d'eau. Dans la forêt qui touche à la plage, les arbres sont peuplés de serpents et de singes hurleurs. Une beauté troublante, dangereuse imprègne cette partie du pays, c'est un endroit où l'on pourrait tout simplement disparaître. Ici, je prends conscience de l'impossibilité de ma mission. Alors même que mon corps reprend des forces, je m'inquiète que mon esprit ne s'égare de plus en plus.

J'imagine Jake, là-bas, à San Francisco, dans sa classe, dînant seul, maintenant la porte de la chambre d'Emma fermée. Je me demande s'il lui arrive de penser à moi, ou si l'effort de chasser de sa mémoire Emma épuise toute son énergie, tout ce qui lui reste de volonté. Je me demande si, de temps en temps, il se souvient de ce que c'était que m'aimer, qu'être sur le point de m'épouser. Lui arrive-t-il de se tourner dans le lit, pensant me trouver là, et de se réveiller en sursaut quand il se rend compte que je suis partie ?

Ce que j'ai toujours admiré chez Jake, c'est sa détermination ; après avoir pris une décision, il y revient rarement. Pourtant, cette détermination s'exerce maintenant contre moi. Mais je suis sûre d'une chose : au point où nous en sommes, je ne puis absolument rien faire pour qu'il souhaite que je revienne. Nous avons franchi cette limite quand j'ai quitté San Francisco.

Non, me dis-je. Peut-être y a-t-il une chose en mon pouvoir, une chose impossible : c'est que je lui ramène Emma.

Je ne cesse de revenir à ce moment sur la plage. Je ne cesse de repenser à la panique, à la peur qui s'est lentement déployée en moi. Elle est là. Et, tout d'un coup, elle n'est plus là. Entre ces deux réalités – sa présence et son absence – s'est glissé quelque chose, un bébé phoque mort sur la plage. Son corps tacheté, immobile, ses yeux grands ouverts, vides.

Je rêve, certaines nuits, que je pose les mains sur le bébé phoque, voulant qu'il revienne à la vie. Des secondes s'écoulent, au cours desquelles il ne se passe rien, puis un frisson parcourt son corps froid. Le phoque commence à respirer ; ses yeux s'ouvrent, me regardent. Dans ce rêve, je lève la tête et je vois Emma, quelques mètres plus loin sur la plage, avançant vers moi, tenant un seau plein de dollars de sable. Dans ce rêve, elle n'a jamais disparu. Je laisse le phoque vivant et je la vois là, et je me dis : *Quelle nuit terrible vient de passer !* Dans ce rêve, je suis si soulagée que j'exprime mon enthousiasme à voix haute : *Oh, cela ne s'est jamais, mais jamais produit.* Emma pose le seau sur le sable à côté de moi, et nous commençons à examiner les dollars de sable, un à un.

66

Je quitte Tortuguero pour retourner à Hermosa. Sami n'a rien de nouveau à m'apprendre. Elle a posé des questions sur la planche, en vain. « Ta meilleure chance, c'est probablement Toes on the Nose, dit-elle. D'ici là, tu devrais aller explorer la côte caraïbe.

– Dwight dit qu'il n'y a pas beaucoup de surf par-là à cette période de l'année.

– Vrai, mais la plupart des touristes vont à Limón à un moment ou à un autre. Les Américains adorent. Tu ne perdrais rien à y faire un tour. »

Le jour suivant, je quitte de nouveau la ville. Le voyage jusqu'à Limón dure sept heures. Le bus, qui pue la sueur et l'oignon, s'arrête brutalement toutes les dix minutes environ. Le chauffeur écoute la radio très fort, et les passagers doivent hurler pour se faire entendre. Je pense à la Californie ; j'aimerais bien y être. Je vois des draps blancs tout propres, ma voiture, le silence capitonné des cafés, ma chambre noire fraîche avec son odeur familière de produits chimiques. Le voyage en bus me laisse beaucoup trop de temps pour réfléchir, pour penser à Emma, à Jake, à l'absurdité de ma présence ici. Comment puis-je espérer trouver un couple dans un pays tout entier ? Et si ce couple, comme l'homme de la Chevrolet orange, le postier, Lisbeth, n'est qu'une fausse piste, juste une longue liste d'intrus qui m'éloignent du chemin de la vérité ? Quand je suis seule, il est trop facile de douter de ce que je suis en train de faire, trop facile de croire que Jake a raison, que mon interminable recherche est désespérée.

Pendant le voyage, je lis *Le Cinéphile*. Je comprends pourquoi Nick adore ce livre. C'est l'histoire d'un homme mélancolique qui ne cesse de chercher sans jamais aller jusqu'au bout de sa quête. Il va au cinéma. Il sort avec sa secrétaire et épouse sa cousine. Il parle longuement de ce qu'il appelle « le malaise », et je sais très exactement de quoi il parle.

Une fois à Limón, je loue, à un prix dérisoire, une chambre au centre-ville pour une semaine et je hante les bars aux odeurs musquées. Les gens d'ici parlent avec un fort accent anglais que j'ai du mal à comprendre. Le rythme de la langue est ponctué de calypso qui se déverse dans les rues et la ville est pleine de beaux Jamaïquains qui font la cour aux jeunes Américaines. Je commence à montrer les dessins du couple, demandant si on les a vus. Limón est très différent des autres villes de surf ; pas de communauté qui se serre les coudes, ici, c'est plutôt une jungle urbaine. Les gens jettent un coup d'œil au dessin et haussent les épaules, me regardant parfois comme si j'avais perdu la tête.

Des dizaines de fois par jour, on m'offre de l'herbe, de la coke, de l'héroïne. Dans la rue, j'ignore les sifflets et les grognements, repoussant les hommes du coin qui m'offrent de coucher avec moi sous les palmiers pour vingt dollars. Avant, j'aurais été terrifiée par un endroit pareil, découragée par les avertissements lus dans les guides et les mises en garde des autres expatriés, mais, maintenant, il me semble que j'ai si peu à perdre.

Puis, une nuit, tandis que j'attends un taxi devant mon motel, un homme bizarre s'approche de moi. Il regarde partout pour vérifier que nous sommes seuls, puis me colle un couteau dans le cou et me pousse dans une sombre allée. « Pas de cri », dit-il, en appuyant la lame contre ma peau. Il me chuchote des obscénités à l'oreille tout en tripotant frénétiquement mes hanches. Je sens la tequila dans son haleine, la sueur qui imprègne sa chemise sale. Mon cœur bat la chamade. La lame est chaude contre mon cou, pas froide, comme je l'aurais imaginé. Il sectionne une bretelle de ma robe avec le couteau, en me coupant un peu. Il est saoul, il se démène maladroitement pour ouvrir son pantalon. Je comprends tout à coup : cet homme va me violer. Aussi surprenant que cela paraisse, je ne ressens aucune terreur. Une partie de moi veut se débattre ou prendre la fuite, une autre veut tout simplement renoncer ; j'en suis à ce point-là.

Puis je sens quelque chose de chaud et de mouillé sur mon visage ; il est en train de m'embrasser. Son haleine fétide et le contact de sa langue épaisse contre la mienne me donnent un haut-le-cœur. Il répond en enfonçant sa langue plus profondément dans ma bouche. Si je meurs ici, me dis-je, personne ne trouvera jamais Emma. Si je meurs ici, je ne verrai jamais le nouveau bébé d'Annabel.

« SIDA », dis-je, en espérant que le sigle est bien le même. Puis plus fort, tout en le repoussant : « *Yo tengo* SIDA ! »

Il rejette la tête en arrière et rit, dessine une ligne du bout de sa lame, dans mon cou, entre mes seins, puis il me lâche. Il attrape mon sac à main et part en titubant. « Toi beaucoup de chance *gringa*, lance-t-il en riant par-dessus son épaule. Autre fois, pas cette chance. »

Je cours jusqu'à une rue animée. Je sens ma pochette secrète contre ma peau, attachée autour de ma taille. J'ignore pourquoi, mais, dans son état, mon assaillant ne l'a pas remarquée. Tout y est : mon argent, mon passeport. Heureusement, j'avais laissé mon appareil photo dans ma chambre. Tremblante, je parviens à héler un taxi qui me ramène à mon hôtel.

Je reste un long moment dans la douche minuscule, sentant encore les endroits où ses doigts grossiers ont pétri ma peau. J'éprouve plus de colère que de peur. Je suis, après tout, une adulte, et j'ai pu m'enfuir. Mais un enfant ? Que fait un enfant dans ce cas ?

Je rassemble mes quelques affaires et m'allonge sur les draps, en attendant le lever du jour. Les enfants dans la chambre voisine pleurent, une voix de femme tente de les consoler en leur parlant doucement. Un homme hurle. La colère est suivie d'un bruit de gifle, de vociférations de la part de la mère, d'une autre tape, puis c'est le silence.

J'imagine quelqu'un en train de frapper Emma, ou pire encore.

Je m'assois au bord du lit, le cœur battant la chamade. La scène de mon agression se rejoue dans ma tête. Je suis tentée de rentrer à la maison, de sauter dans le prochain avion pour San Francisco, pour arriver dans la journée de demain dans cette ville familière, avec son brouillard familier. Je prendrais un taxi jusqu'à mon appartement, je resterais longtemps dans ma baignoire, pour me débarrasser de la crasse du voyage. Je pourrais me coucher dans mon propre lit, me réveiller au bruit réconfortant de la circulation. Je pourrais fouiller mon placard bien rangé pour y trouver un chemisier propre, un pantalon propre, m'habiller en écoutant un de mes CD favoris, peut-être les quatorze meilleures chansons d'Al Green. Puis, j'irais frapper à la porte de Nell et boire avec elle une tasse de bon café bien fort.

Il faut que je me redise que j'ai une raison d'être dans ce pays. J'ai une raison de ne pas rentrer.

Enfin, un coq chante, les ténèbres se dissipent, et l'odeur de bacon en train de frire monte de la rue. Je laisse la clé à la réception, je prends un taxi jusqu'à la gare routière et je monte dans le premier bus pour San José. Tard dans l'après-midi, après une correspondance et un long voyage cahotant sur des routes de terre défoncées, j'arrive à Playa Hermosa. Sami quitte tout juste son boulot. Nous ouvrons quelques bières fraîches, assises sur la plage au couchant, en regardant les derniers surfeurs sortir de l'eau. Leurs corps minces dégoulinent, luisant dans les rayons du soleil couchant. Chaque surfeur est relié à sa planche par un leash attaché à sa cheville, comme un cordon ombilical marin. Même en groupes, chacun d'entre eux paraît complètement seul, sa planche calée contre sa hanche comme une extension de son propre corps ; je ne cesse d'envier la sérénité qu'ils semblent trouver dans la solitude.

« Bon sang, mais qu'est-ce que je fous ici ? questionnai-je. C'est délirant. Je ne peux pas continuer éternellement comme ça.

– C'est ce que je me disais il y a sept ans quand je suis arrivée ici.

– Tu crois que je suis en train de me leurrer ? »

Sami étend ses jambes brunes dans le sable. « Je ne sais pas. »

La vérité, c'est que je ne le sais pas non plus. Pourtant, j'examine toutes les planches, tous les visages. Sans répit, d'une côte à l'autre, en montagne et en plaine, dans les forêts tropicales et les forêts de nuages, de nuit comme de jour, je garde en tête un ensemble d'images, les photographies mentales superposées qui guident mon interminable recherche : un van jaune, un longboard orné d'une grenouille dorée en son centre, un bel homme avec une vague tatouée qui s'enroule autour de son téton gauche, une femme blonde au visage flétri de grande fumeuse, prématurément vieilli. Je trimbale les dessins de la police dans mon sac. La nuit, je les étudie, mémorisant le moindre détail.

Et Emma. Il y a toujours Emma. Dans ma tête, je construis d'innombrables variations sur ce visage que je connais par cœur. Comme un dessinateur qui travaille pour la police et dont c'est le boulot d'ajouter des années au visage d'un enfant disparu, j'apporte des éléments qui pourraient modifier l'image des photographies : un hâle, une coupe à la garçonne, de longues tresses, une casquette de base-ball. J'ajoute puis j'enlève du poids, j'imagine les lignes qui se sont peut-être creusées sur son visage après des mois d'inquiétude et de peur. Je lui mets des cicatrices – une minuscule ligne blanche sur la joue, une estafilade en relief le long de son bras, un menton sérieusement égratigné.

Je retourne dans les mêmes villes, encore et toujours, je pose les mêmes questions, je vois les mêmes visages. Partout, je la cherche. Je m'éveille tous les matins avec l'espoir fragile que je vais peut-être la retrouver. C'est cet espoir qui me fait avancer dans la journée, qui me sort du lit à la rencontre du soleil. C'est grâce à cet espoir que je parviens à manger, dormir, me laver.

Chaque jour est un microcosme, un cliché de la recherche en miniature. Chaque jour commence avec la conviction et la confiance : la conviction que je suis sur la bonne voie, la confiance qui me dit que je vais bientôt la trouver, grâce à la conjonction de la logique et de la persévérance. Plus j'avance dans la journée, plus ma confiance s'étiole. Quand arrive le soir, je suis écrasée par le doute, et je vais me coucher en me demandant si le Costa Rica n'est pas lié, plutôt qu'à la recherche d'Emma, à mon propre désir de fuir.

Toutes les nuits, quand je me glisse entre les draps rêches d'un lit inconnu, mon espoir diminue d'un cran. Chaque moment, c'est un peu plus tard. Chaque jour, son visage devient plus flou.

La nuit, dans la pénombre, la mer est réduite à du noir et blanc. Tout ce qui est visible de ma fenêtre, c'est le blanc des brisants, de longues lignes qui s'étirent à partir de leur centre. La blancheur émerge des eaux noires. Pas de couleur, pas de lumière, aucun moyen pour l'œil de juger de ce qui est et n'est pas.

67

Deux cent soixante-dix-huitième jour. Poas Volcano. Au bord du cratère, je me surprends à plonger les yeux dans un nuage. Dans le cratère, rien d'autre que du blanc, un blanc qui a de la profondeur et une présence. Un blanc si intense qu'on dirait que j'ai atteint le bout du monde, ou peut-être le début. Un blanc qui n'est pas sans rappeler le brouillard de San Francisco – opaque, impénétrable.

L'air a une espèce de densité, il sent l'œuf. Sous le nuage, me dit-on, s'étend un petit lac turquoise d'eau bouillante. En 1989, le lac du cratère s'est progressivement vidé, et les chercheurs ont trouvé une flaque de soufre liquide d'un mètre et demi de diamètre, le premier de la sorte jamais observé sur la terre. Les volcans de ce genre sont courants sur Io, le satellite brillant de Jupiter.

Je ne peux résister à la tentation de me pencher par-dessus la balustrade, vers l'abysse. Je sens quelque chose de mouvant, profondément enfoui, impossible à identifier. Une impression que le monde s'ouvre, béant, que le temps se déploie. Un désarmement dangereux.

Je me rappelle Jake, agenouillé à côté du lit, la tête penchée, les lèvres articulant des mots silencieux, les doigts égrenant son chapelet. Ce serait donc ça ? Serait-ce ce qu'il ressent dans ces longs et silencieux moments de prière ? Cet abandon, cet oubli ?

Mais l'absence ne dure qu'un moment. En redescendant le sentier couvert par endroits de cendre, bordé de broméliacées qui font quatre fois ma taille, d'arbres noueux peuplés de colibris à la gorge rouge, je croise des classes d'enfants qui bavardent gaiement et de grandes familles bruyantes ; et je pense, de nouveau, à mes recherches. Elles n'ont mené à rien. Pas d'enfant, pas de réponse. Rien.

Dans les années 1870, le philosophe et scientifique allemand Hermann Ebbinghaus a été le premier à appliquer l'approche expérimentale à l'étude de la mémoire. Rejeté par la communauté scientifique, il travaillait seul, avec lui-même pour tout sujet ; il finit par publier le texte devenu un classique : *Sur la mémoire*. Son plus remarquable résultat fut sa fameuse courbe de l'oubli, qui montre à quelle vitesse la mémoire s'évapore : 56 % des informations apprises sont oubliées dans l'heure suivant leur encodage. Le lendemain, 10 % supplémentaires ont disparu. Un mois après l'apprentissage, 80 % se sont évanouis.

Combien de temps me faudra-t-il pour oublier cette journée à Ocean Beach ? Combien d'années devront passer avant que le bruit des vagues ne me rappelle plus cette chose terrible que j'ai faite ? J'ai tellement essayé de me souvenir du moindre détail de cette matinée, et, pourtant, je voudrais croire qu'un jour viendra où je ne serai plus hantée par l'image d'Emma, son seau jaune à la main, s'éloignant de moi sur la plage.

68

Deux mois que je suis au Costa Rica, et je me sens installée. Parfois, San Francisco me paraît appartenir à un passé lointain, faisant partie d'une autre vie. Jake et moi, nous ne nous sommes parlé qu'une seule fois depuis mon arrivée. J'ai appelé plus de dix fois, mais je tombe toujours sur son répondeur. Chaque fois, je l'imagine assis dans la cuisine, en train de corriger des copies, écoutant ma voix, ne décrochant pas. J'essaie de ne pas imaginer Lisbeth assise à côté de lui.

Il y a quelques jours, j'ai appelé au milieu de la nuit. J'ai dû le prendre par surprise, parce qu'il a décroché. « Allô ? » dit-il, une note de panique dans la voix. Je me suis aussitôt demandé si, dans son demi-sommeil, il revenait au passé. Peut-être, dans ce moment de conscience partielle, crut-il que c'était l'appel concernant Emma.

« C'est moi.

– Pardon ?

– C'est Abby. »

Long silence. « Salut.

– Désolée d'appeler au milieu de la nuit. Tu n'es pas facile à joindre.

– Je suis très occupé en ce moment. »

Aucun parasite sur la ligne, seulement sa voix, profonde et douce, exactement telle que je me la rappelais. « Je t'entends aussi bien que si tu étais dans la pièce voisine.

– Pareil pour moi.

– J'aurais aimé que tu sois là. Dans la pièce à côté, j'veux dire.

– Abby…

– Je voulais juste que tu saches que tu me manques. »

Il soupira. « Où es-tu ?

– À Tamarindo. C'est joli ici.

– Tu vas bien ?

– Ça va. Et toi ?

– Je fais passer le temps. »

Toutes ces fois où j'ai essayé de le joindre, je savais exactement ce que je lui dirais. Je lui dirais que je l'aimais encore, que je voulais toujours vivre avec lui. Je lui dirais que j'étais très, très près de rentrer à la maison. Mais, quand je l'ai eu au téléphone, ma tête s'est vidée. Je l'entendais se lever de son lit, marcher sur le parquet, soulever la lunette des toilettes. Je voyais la salle de bains, sa crème à raser et son rasoir bien rangés sur l'étagère au-dessus du lavabo, les serviettes bleues suspendues sur la tringle de la douche. Je l'entendais uriner, et l'intimité de ce son me fit perdre les pédales.

« Il faut que tu me parles », suppliai-je. Même en le disant, je savais que je n'avais aucun droit de lui demander cela, que tout ce que nous partagions avait cessé d'exister à cette minute où, sur Ocean Beach, j'ai détourné les yeux. Je savais que sa tentative de réconciliation la veille de mon départ pour le Costa Rica témoignait de beaucoup plus de générosité que ce dont seraient capables la plupart des hommes.

« Je suis désolé, dit-il. Il faut vraiment que je dorme. »

Il raccrocha. Je rappelai, mais il ne répondit pas.

69

Trois cent quatrième jour. Playa Hermosa. La longue plage grise, entourée de roches volcaniques et de forêt tropicale, m'est aussi familière aujourd'hui qu'Ocean Beach. La voix d'Annabel au bout du fil. « Quand est-ce que tu rentres ?

– Bientôt.

– Quand, bientôt ? »

Un minuscule crabe de sable avance à toute allure sur le sol dallé de la cabine téléphonique. « J'ai un compagnon animalier », dis-je. Le crabe trouve mon pied et commence à l'escalader par le gros orteil. « Tu te souviens quand nous ramassions des crabes de sable sur la plage ? Tu te rappelles comme on les enfermait dans des bocaux ? On n'arrivait jamais à les garder vivants plus de quelques jours, peu importait l'attention qu'on leur témoignait.

– Je me fais du souci pour toi, dit Annabel. Et ton travail ? Et tous les gens ici qui t'aiment ? Ta nouvelle petite nièce arrive dans huit semaines.

– Tu sais bien que je ne raterais ça pour rien au monde.

– Non, je ne sais rien, dit-elle. J'ai l'impression que je suis en train de te perdre. Nous ne nous parlons presque jamais.

– Je regardais le calendrier aujourd'hui.

– Je sais. Impossible de croire que cela fait presque un an. »

Un an de solitude pour elle, ou de mort. Dieu seul le sait.

« J'ai pris une décision, dis-je. Je me déteste déjà de l'avoir prise, mais je l'ai prise. Je ne sais pas quoi faire d'autre. »

Annabel laisse échapper un petit cri. « Elle m'a donné un coup de pied. Elle commence à s'agiter là-dedans. Tu devrais me voir, je ressemble au bibendum de Goodyear.

– Je rentrerai après Toes of the Nose », dis-je.

J'entends presque Annabel sourire. « Dieu merci. »

Alors même que je fais cette promesse à Annabel, je me dis : et après ? Ces recherches font tellement partie de ma vie maintenant. Je ne peux imaginer passer une journée sans les poursuivre, d'une manière ou d'une autre. Le travail n'occupe qu'un certain nombre d'heures. Manger et dormir en prennent encore quelques-unes. Je ne peux pas imaginer avoir une heure libre et la passer d'une manière frivole, à faire du shopping ou au cinéma, à rencontrer des amis pour boire un verre. Je ne peux imaginer une heure qui ne comporte pas l'idée de sauver Emma, ce but ultime, impossible à atteindre. Une heure pendant laquelle je serais simplement vivante et satisfaite, m'adonnant à l'activité banale de vivre.

70

Trois cent vingt-neuvième jour. En traversant de nouveau le pont au-dessus des alligators au nord de Jaco, je ressens plus d'effroi que d'espoir. Après cela, il n'y a plus d'autre endroit où aller. Si je ne trouve pas ce que je cherche ici, il me faudra accepter que je ne le trouverai nulle part.

À l'entrée de Boca Barranca est suspendue une immense banderole qui annonce *Bienvenue à Toes on the Nose.* Ce que m'a dit le type à la réception est vrai : cet endroit est tellement bondé qu'il en est méconnaissable. Des voitures, des gens, des bus, des vélos. Une atmosphère de carnaval emplit l'air, des radios crachent à pleins tubes, des vendeurs ambulants proposent toutes sortes de babioles, des filles du coin tressent les cheveux à l'ombre pour trois dollars américains.

À trois heures de l'après-midi, je descends du bus et, accompagnée de plus de douze autres personnes, je me présente à l'hôtel. Je fais la queue pendant presque une heure. « Vous êtes revenue, dit le réceptionniste en glissant ma clé sur le comptoir. Je n'y croyais pas. J'étais tenté de disposer de votre chambre.

– Vous ne m'avez jamais donné de nouvelles, dis-je.

– J'ai gardé les yeux ouverts, mais ces deux types avec les Rossbottom, ils n'ont jamais reparu. Peut-être que vous aurez de la chance cette semaine. Nous avons atteint un record d'affluence. »

Je trouve ma chambre, j'enfile un débardeur et un sarong, j'attrape mon appareil photo et je file à la plage. La compétition ne commence que demain, mais la fête bat son plein. Deux DJ sont installés sous des tentes, les haut-parleurs hurlent. Des types vendent des billets de tombola à la criée, des filles en bikini rose fluo distribuent des CD gratuits, des Ticos font griller des cuisses de poulet à vendre aux surfeurs, des bars de fortune offrent à la ronde des bières et des cocktails tropicaux. Deux ou trois équipes de télévisions américaine et costaricaine sont là, ainsi que quelques photographes solitaires.

J'erre dans la foule, l'appareil photo à la main. Comme toujours, j'observe, j'espère, tous les nerfs de mon corps tendus, à l'écoute d'une possibilité lointaine de la présence d'Emma. Je scrute les visages, m'arrêtant ici et là pour faire un cliché. Les gens sont amicaux, saouls et abordables.

« Je cherche un Killer Longboard, dis-je à une jeune femme qui est là pour concourir dans l'épreuve classique féminine de longboard. Vous en auriez vu un ?

– Non, mais j'me suis surtout concentrée sur les éliminatoires. »

Un autre photographe s'approche de moi. Il porte une chemise hawaïenne ouverte jusqu'à la taille et un short informe. « Louis, dit-il en me serrant la main.

– Abby.

– Je suis en mission pour *Surfing Magazine.* » Il tire sur son badge plastifié. « Pas de badge ? dit-il en jetant un œil sur ma poitrine. T'es indépendante ?

– Pour le *Lonely Planet.* On fait un guide international du surf.

– Sans blague. J'ai des superphotos de la Siargo Cup. Tu penses qu'ils seraient intéressés ?

– Peut-être, tu devrais les appeler. »

Tout le reste de l'après-midi et de la soirée, j'alterne entre des moments où je m'assois sur la plage et d'autres où je me promène dans la foule. Le soleil descend, les surfeurs rentrent, la fête sur la plage continue. Le volume de la musique augmente, les gens s'animent. Ils sont ivres et familiers, terriblement jeunes, m'offrant des bières, que j'accepte. Je profite de leur gentillesse, leur demandant s'ils ont vu un type avec une vague tatouée sur la poitrine, s'ils ont vu une petite fille, à peu près haute comme ça, qui répond au nom d'Emma.

Vers dix heures, un type qui ne peut pas avoir plus de vingt-deux ans s'assoit sur le sable à côté de moi, fait sauter la capsule d'une Imperial, la bière locale, et me colle la bouteille fraîche entre les mains.

« Tu viens d'où, ma belle ? dit-il, la voix pâteuse.

– San Francisco. Et toi ?

– De l'Idaho.

– Tu es loin de chez toi.

– Toi aussi, dit-il. Tu veux passer la nuit avec moi ? J'ai une super*cabina* juste sur la plage. Et une herbe d'enfer. Et on dit que je suis un amant attentionné. Je m'appelle Thor. Comme les Vikings.

– Merci pour la proposition, mais sans façon.

– Tu devrais y réfléchir à deux fois. » Il est plus près de moi, son haleine fraîche en plein sur mon visage. Beau, hâlé, et mince. Des lèvres magnifiques.

Je suis un peu étourdie par la bière, mais pas assez pour faire une chose aussi stupide.

« Quel âge as-tu ?

Il sourit. « L'âge qu'il faut.

– Je suis sûre que tu rendras quelqu'un très heureux ce soir, mais je crains qu'il ne soit bien trop tard pour moi. Pour toi aussi, si tu concours demain.

– Surfer, c'est comme conduire, dit-il. Je le fais toujours mieux quand je suis saoul. »

Je me lève pour partir, et il m'attrape par la cheville. « Tu ne sais pas ce que tu rates. »

Une fois rentrée dans ma chambre, je m'allonge sur le lit très dur, sous des draps que je ne trouve pas très propres, et je dors d'un sommeil agité. Demain. Oui, demain.

71

Quand je sors le lendemain matin à huit heures, la plage est déjà très animée. Des groupes de surfeurs ont installé des campements avec des parasols aux couleurs vives, des glacières, et des banderoles portant le nom de leur club. Plusieurs concurrents sont déjà dans l'eau, en train de s'échauffer. Je déploie ma serviette à côté de la tour de garde et je m'installe. Mon matériel se compose de trois bouteilles d'eau, d'un sandwich au fromage, de mon appareil photo et d'une paire de jumelles que j'ai achetée il y a quelques semaines à Playa Hermosa. Je les pointe sur la barre, mais, même avec le grossissement, les types avancent trop vite pour que je parvienne à bien voir leurs planches.

« Regardez ça, dit le maître nageur, vagues idéales, dans les deux mètres, à deux peaks. On devrait avoir une bonne session.

– C'est certain, je réponds. À quelle heure est le premier round ?

– Dans une demi-heure. Les juges sont en train de s'installer. » D'un mouvement du menton, il désigne une longue table posée dans le sable à deux ou trois cents mètres de nous. Trois juges sont assis, tous torse nu. L'un d'eux porte un chapeau de cow-boy.

Je reste là, j'attends, je regarde. La brume matinale se lève et le soleil commence à taper fort. À dix heures, c'est l'effervescence totale. Les concurrents manœuvrent pour se faire une place sur la barre. Des gars se congratulent bruyamment quand les résultats sont annoncés. Pendant la seconde manche, un des surfeurs montre ses fesses juste avant qu'une vague ne se referme sur lui.

On dirait une énorme fête étudiante ; tout le monde a la gueule de bois après les beuveries de la veille, mais se donne pourtant à fond sur l'eau. Si j'étais à Boca Barranca pour une autre raison, je pourrais vraiment aimer tout ça. Je pense à tous ces matins quand j'étais en terminale, lorsque Ramon venait me chercher devant le 7-Eleven en face du lycée et que nous partions à Gulf Shores. Nous passions la journée sur la plage et je rentrais en fin d'après-midi, brûlée par le soleil et un peu pompette, et je me glissais dans ma chambre avant que mes parents n'aient le temps de me voir. Même en ce temps-là, je comprenais que c'étaient des moments exceptionnels, précieux. Le mariage de mes parents m'avait appris que l'amour entre adultes était différent : il y avait quelque chose de furieux et de dur dans le sentiment qui les liait. Puis, Ramon avait disparu, et il y eut des séries de relations ne menant qu'à des impasses, où ça ne collait tout simplement pas. Ensuite, Jake. Avant de le rencontrer, j'avais oublié que le sexe, ça pouvait être si bien, que la conversation pouvait être si naturelle.

« Tu causes bien, lui avais-je dit un jour, après l'avoir entendu discuter pendant une demi-heure de mécanique quantique.

– Et toi, t'écoutes bien », avait-il répondu.

À midi, je laisse ma serviette à côté du poste du maître nageur et je me promène sur la plage. Thor, le gars d'hier soir, est debout devant l'un des bars, en train de boire de la tequila.

« L'alcool du lendemain ?

– Tu l'as dit », répond-il, mais je vois bien qu'il ne me reconnaît pas.

Je commande un bloody mary et j'erre entre les parasols, examinant les visages, les poitrines, les planches. Après avoir étudié des planches de surf pendant quatre mois consécutifs, je suis désormais capable de reconnaître certaines marques et certains modèles : le Vintage 9'6" shapé à l'ancienne par Hobie, avec sa carène en V laminée ; le joli modèle de Robert August 9'6" What I Ride, équipé d'un aileron en fibre de verre exclusif ; le 10'6" Freeth Model de Malibu Longboards, ainsi nommé en référence au premier surfeur connu de Californie. Mais pas de Rossbottom.

Je retourne à ma serviette et je m'assois pour regarder la manche suivante. Je remarque beaucoup d'agitation sur la plage, tout le monde est en train de se rapprocher de l'eau.

« Qu'est-ce qui se passe, tout d'un coup ? demandé-je au maître nageur.

– C'est Rabbit Kekai », dit-il en tendant un index vers un surfeur isolé qui s'éloigne en ramant.

Il y a quelques minutes, plusieurs dizaines de surfeurs étaient dans l'eau, maintenant il n'y a plus que lui. « Où sont partis tous les autres ?

– Ils lui laissent la place. Par respect. Rabbit est le plus connu des longboarders vivants du monde. En fait, le plus connu de tous les surfeurs. Il a commencé à surfer à Waikiki quand il avait cinq ans. Il a été entraîné par les plus grands, Duke Kahanamoku, Tom Blake. À quatre-vingt-quatre ans, il est encore capable de foutre la honte à tout le monde. »

Même moi je comprends pourquoi Rabbit Kekai cause une telle émotion. On dirait qu'il appartient à l'eau, qu'il ne fait qu'un avec elle. Il ne lutte pas contre les vagues, comme le font certains jeunes surfeurs. Il ondoie avec elles. C'est un spectacle magnifique, même pour une ignorante comme moi.

Une demi-heure plus tard, la manche suivante est annoncée, et l'océan se remplit de corps. Une fois de plus, je me promène sur la plage, aux aguets. C'est sous un grand parasol bleu que je le vois. Douze pieds de haut, scintillant au soleil. Rouge, une grenouille dorée au centre. Son propriétaire est debout derrière la planche, la tenant d'une main, le visage et le corps cachés ; il n'y a qu'une jambe qui dépasse, le pied fourrageant dans le sable. Le battement de mon cœur s'accélère. Je le sens véritablement gonfler, pomper, une pulsation violente et rapide dans ma poitrine.

Puis je suis à moins de deux mètres de la planche, et il n'y a aucun doute : c'est bien un Billy Rossbottom. La signature sur la queue, gravée dans le bois. Un petit r, une grande fioriture sur le m. Plusieurs gars et quelques filles sont autour, en train de parler au propriétaire, dont le visage est toujours caché. Mes jambes sont toutes molles.

Les déferlantes se déchaînent, le soleil darde ses rayons sur la plage. Je regarde autour de moi, essayant de me concentrer. Quelques enfants à côté. Je scrute leur visage, je les regarde dans les yeux ; ils sont soit trop jeunes soit trop âgés. Aucun d'eux ne peut être Emma.

Je fais un pas en avant. La main bouge, et la planche se tourne ; elle est maintenant de profil, découvrant l'homme. Il passe sa main sur son longboard, tout en parlant aux gens. Puis je suis debout devant lui, retenant ma respiration, et je le regarde bien en face.

Cheveux : bruns.

Yeux : bruns.

Taille : grand.

Tatouage : aucun.

Accent : australien.

Il me suffit d'un regard sur son visage, sur son torse, et je sais que ce n'est pas lui. Ce n'est pas mon homme d'Ocean Beach. Seulement le propriétaire d'un Killer Longboard.

La plage se met à tournoyer, j'ai la respiration coupée, l'appareil photo tombe de mon épaule, et, soudain, je suis assise par terre, sanglotant comme un enfant, comme une espèce de folle. En face de ce type qui n'est pas celui que je cherche. Et ces enfants derrière lui qui ne sont pas Emma.

Une main se tend vers moi. Une grande main, un gentil visage. « Ça va, ma jolie ? »

Je prends la main tendue. Il m'aide à me relever. « Pardon, dis-je. C'est juste le soleil. Ça va aller. »

72

Casey Lopez. Corona, Californie. 5 juin 1971. Douze ans.

Benjamin Jent. Lexington, Caroline du Sud. 6 juin 1986. Quatre ans.

Miles Sevreva. Las Vegas, Nevada. 16 février 1992. Trois ans.

Joseph Moore. Welch, Oklahoma. 30 décembre 1999. Seize ans.

Tyrone Johnson. Chicago, Illinois. 6 juillet 2001. Dix ans.

Jimmy Schadler. Chicago, Illinois. 6 juillet 2001. Trois ans.

Ashley Rubin. Bridgeport, Connecticut. 7 novembre 2001. Onze ans.

Grace Costa. San Diego, Californie. 25 avril 2002. Deux ans.

Twyla Chandler. Richwoods, Missouri. 6 octobre 2002. Onze ans.

Melissa Berquist. Saint-Louis, Missouri. 11 juin 2003. Neuf ans.

Angela Simpson. Houston, Texas. 16 novembre 2004. Huit mois.

Lily Taylor. Reno, Nevada. 21 avril 2005. Quatre ans.

Cette nuit-là, dans ma chambre d'hôtel miteuse à Boca Barranca, je ne peux m'empêcher de penser à l'endroit où vont ces filles, ces garçons, ces adolescents, cette procession infinie d'enfants disparus. À un moment, ils sont là, à côté de vous, à l'épicerie, dans le centre commercial, dans le parc, à la station-essence, sur la plage, et, la minute suivante, ils ne sont plus là. Il est relativement facile de trouver les noms et les dates, les lieux où ils ont été enlevés, leur âge au moment du kidnapping. Mais les informations essentielles, leur localisation actuelle, le fait de savoir s'ils sont vivants ou morts, ces données manquent.

Des mois de recherches ne mettent rien au jour, pas même le plus petit indice. On dirait qu'ils ne sont nulle part, comme si les cellules et la peau dont ils sont faits s'étaient tout simplement évaporées. Mais d'après les lois de la physique, ils sont forcément quelque part, vivants ou morts. Un vestige doit bien rester dans le monde. Ceux qui se sont évanouis ne sont pas véritablement partis – ils ont seulement quitté notre proximité.

Et Jake. Je n'arrête pas de penser à Jake. Ses mains, et leur odeur de craie et de gomme. Ses grands pieds pâles dans ses sandales, le cuir raidi par le sel. Son torse, les poils foncés et rêches que je sentais contre ma joue la nuit. Son haleine l'après-midi quand je le retrouvais après le travail, le goût de menthe douce de son chewing-gum mêlé à celui du beurre de cacahouètes du sandwich qu'il a mangé à midi. Je pense à Jake par à-coups, sous la forme d'instantanés photographiques, jamais en entier. Je pense aux parties, pas au tout, et je sais que je ne retrouverai jamais la même combinaison idéale chez un autre homme.

Il fait tellement chaud que j'ai enlevé le drap du dessus. Les moustiques sont à la fête. Je ne porte rien d'autre que mes sous-vêtements ; j'ai posé une serviette mouillée sur mon front, une autre sur mon ventre. J'entends le garde faire ses rondes dans le hall, ses bottes martèlent le sol en ciment. Des gens font la fête dans des chambres voisines. Dans celle d'à côté, un couple est en train de faire l'amour. Il est huit heures du soir à San Francisco.

J'imagine Jake assis dans son grand fauteuil en cuir devant la télévision, la lumière du soir descend, l'écran est muet, il faut qu'il reconstitue les paroles. C'est un jeu que nous pratiquions souvent, attribuant des remarques piquantes et des répliques très intellos aux voluptueuses blondes de *Frat House Diaries* et aux acharnés de la gonflette de *Iron*. Devant un couple dans une baignoire fumante, à une jeunette de vingt ans en bikini qui ne cessait de jacasser, enveloppée d'un nuage de vapeur, Jake faisait citer Hegel. Il faisait les voix des filles, et moi celles des hommes ; les videurs récitaient des poèmes de Muriel Rukeyser, les flics tenaient le crachoir sur les œuvres de Diebenkorn.

Ce jeu me manque, comme les longues nuits passées à parler. Tout de Jake me manque, plus que je ne l'aurais jamais cru possible. Dans mes moments de grande faiblesse, je me demande même si je lui ai causé de nouveau du tort en venant au Costa Rica plutôt que de m'installer avec lui. Quand cela arrive, je sors mes photos d'Emma. Je regarde son visage, j'essaie de me rappeler sa voix, et je lis les noms des enfants disparus que j'ai notés dans mon calepin. Plus horribles encore que les noms eux-mêmes, il y a les dates, qui remontent à des dizaines d'années. Où sont leurs parents maintenant, leurs oncles et leurs tantes, leurs grands-parents, les amis, tous ceux qui aimaient ces enfants ? Chaque cas non résolu doit représenter un immense réseau de désespoir, un grand nombre de vies qui se sont arrêtées net le jour où l'enfant s'en est allé. Chaque disparition constitue le souvenir le plus douloureux d'une personne, son point de référence le plus significatif. Derrière chaque nom, il y a quelqu'un, dont l'histoire ne parle pas, qui attend le retour de l'enfant à la maison.

73

« Alors ? demande Annabel.

– Elle n'y était pas. Bien sûr qu'elle n'y était pas. Tout le monde avait raison. J'avais tort. C'est fini.

– Je suis tellement désolée.

– Tu sais, je croyais vraiment que je pourrais la trouver. Tu te souviens de ma dernière année à l'université, quand tu es venue voir mon expo photo au foyer des étudiants ?

– Bien sûr, dit Annabel.

– Il y a quelque chose que je ne t'ai jamais dit. J'étais la dernière de ma promotion à obtenir une expo. La toute dernière. Tout le monde en avait fait une pendant le semestre d'automne, mais mon professeur pensait que je n'étais pas au point. Au final, la seule raison pour laquelle j'ai fini par décrocher cette expo, c'est que j'ai travaillé toutes les nuits pendant trois mois dans la chambre noire, longtemps après que tout le monde était parti se coucher, bossant comme une tarée. Ensuite, avec le temps, j'ai bâti ma propre affaire et je l'ai fait tourner uniquement grâce à mon entêtement. Je sais que je n'étais pas douée d'un talent indiscutable. Mon art a toujours été d'une autre nature : une détermination indéfectible. Avant, c'est toujours comme ça que j'y suis arrivée. Je pensais que ça marcherait aussi cette fois-ci, que si j'étais assez déterminée, aussi longtemps qu'il le fallait, je la trouverais.

– Tu as fait tout ce que tu pouvais, dit Annabel.

– Ce n'était pas suffisant.

– D'où m'appelles-tu ?

– De Playa Hermosa. Je fais mes bagages. »

Mes larmes sont taries, je ne peux plus pleurer. Même la colère a disparu. Tout ce qui me reste, c'est un désert sec, vide. Cette espérance qui ne sera jamais comblée. Cette culpabilité.

« Rentre à la maison, dit Annabel.

– La semaine prochaine.

– Vraiment ?

– Oui. Je vais juste descendre à Manuel Antonio pour deux ou trois jours.

– Tu ne devrais pas rester seule. Allez, rentre.

– Il paraît que c'est à voir. Ce serait idiot d'être venue jusqu'ici et de manquer ce qu'il y a de plus beau dans ce pays.

– Tu peux y retourner une autre fois.

– Il faut que je le fasse. J'en ai besoin pour me vider la tête.

– Nous avons choisi les prénoms, dit Annabel. Si c'est un garçon, c'est Miles. Si c'est une fille, ce sera Margaret.

– C'est très beau.

– Et, avec ta bénédiction, nous aimerions que son deuxième prénom soit Emma. »

Comment lui dire que je ne peux pas lui donner ma bénédiction ? Tous ces mois à essayer de me rappeler et, maintenant, je n'ai plus qu'une chose en tête : oublier.

Je fais un rêve récurrent : je suis sur un flanc de colline, je regarde un train passer. Le train, qui avance sans un bruit sur les voies, paraît n'avoir ni début ni fin. De temps à autre, j'entrevois l'intérieur du train par une fenêtre. Chaque fois, la personne qui s'y trouve est occupée à faire quelque chose de particulier, dans un endroit particulier qui m'est familier : ma mère, faisant la vaisselle devant le grand évier à deux bacs de la maison où j'ai grandi ; Annabel, en train de plonger de la proue d'un bateau dans les eaux chaudes au large de Petit Bois Island.

Je n'ai pas fait ce rêve depuis la disparition d'Emma. J'ai toujours attendu, souhaité me réveiller de ce même rêve encore présent dans mon souvenir. Par une fenêtre, j'espérais voir un instant à Ocean Beach, un indice enfoui qui résoudrait le mystère. Mais ce ne sont que des détails insignifiants qui reviennent dans mes songes.

Ma dernière nuit à Playa Hermosa, alors que je dors d'un profond sommeil et que la pluie tambourine sur le toit de tôle de ma *cabina*, je vois le train, la fenêtre et, dans l'encadrement de la fenêtre, une fillette. Elle est morte, allongée sur un lit, son corps en partie couvert d'un drap. Les chevilles sont blanches, les pieds blancs, les doigts blancs et raides. Les yeux fermés. Je me réveille entre des draps mouillés, un goût de métal dans la bouche. Je me dis que ça ne veut rien dire. Ce n'est qu'un rêve, après tout. Je sors sur le balcon couvert et je regarde l'orage qui avance sur l'océan.

74

Le patient originaire de Nouvelle-Angleterre, H.M., était l'homme pour qui le temps était immobile.

Quand H.M. avait vingt-sept ans, le docteur William Scoville a décidé que la meilleure manière de guérir ce malade atteint d'épilepsie serait de procéder à l'ablation, dans son cerveau, d'une grande partie de l'hippocampe et de l'amygdale, le petit organe en forme d'amande qui sauvegarde les souvenirs émotionnels. La procédure fut un échec retentissant. Non seulement H.M. continua à souffrir de crises d'épilepsie, mais, en plus, il perdit la capacité de concevoir de nouveaux souvenirs.

Pendant près de trente ans, le docteur Brenda Milner a rendu visite à H.M. tous les mois. Tout le temps qu'ont duré les travaux de Milner, pas une fois H.M. ne l'a reconnue, même si elle n'était sortie de son champ de vision que quelques minutes. « Il vit enchaîné au passé, dit Milner. On peut dire que son histoire personnelle s'est arrêtée au moment de l'opération. »

De nombreux souvenirs anciens d'H.M. sont restés intacts. Il se rappelait avoir pris des cours de natation dans une piscine couverte quand il était enfant, et avoir passé des nuits dans une grande maison à la campagne. Il se souvenait de la disposition des pièces dans cette maison, des coqs sur le papier peint de la cuisine. Il se rappelait même quel genre de parfum portait sa mère. Mais il ne savait jamais, d'une minute à l'autre, en quel lieu il se trouvait ou à quelle personne il était en train de parler.

H.M. tenta une fois d'expliquer à ses médecins ce que signifiait être privé de mémoire. « Chaque jour est une entité isolée, quel que soit le plaisir ou le chagrin que j'ai éprouvé. »

Quelle horreur, et en même temps quel don ! Reléguer le chagrin dans le passé, un passé qui est véritablement derrière soi. Éprouver une culpabilité terrible, puis l'oublier. Se lever chaque jour avec une ardoise émotionnelle vierge, et aucune conscience de ses propres erreurs.

75

Trois cent trente-deuxième jour. Aux aurores, je vais voir Sami au bar. Elle nous prépare deux cocktails mimosas que nous emportons à la plage. Nous regardons le soleil se lever, une lumière blanche et brillante se diffuser sur les calmes eaux bleues. Après, elle m'accompagne jusqu'à l'arrêt du bus.

« C'est tout ce que tu as ? demande-t-elle en voyant mon sac à dos et ma besace.

– Je voyage léger. Je me suis débarrassée de certaines choses. »

Elle plante un talon dans le sable, plisse les yeux sous le soleil.

« Je te reverrai ?

– Bien sûr. Appelle-moi si un jour tu viens à San Francisco.

– Sans problème.

– Quand prévois-tu de repartir au Texas ?

– Texas ? dit-elle en souriant. C'est quoi, ça ? »

Quand le bus arrive à huit heures, la ville commence tout juste à se réveiller, les surfeurs se dirigent vers l'océan l'un après l'autre. J'envie la simplicité de leur vie, avec leur quotidien rythmé par les marées. J'envie cet oubli perpétuel, la manière dont leur esprit est si complètement accaparé par le surf que tout le reste passe au second plan.

S'il n'y avait pas Annabel et le bébé, je pourrais rester ici. Retourner à ma *cabina*, défaire mes bagages, m'installer pour longtemps, et apprendre à surfer. C'est un endroit où il est facile de vivre, de laisser le reste du monde derrière soi. Et n'est-ce pas, en partie, ce que je fais depuis que je suis arrivée ici ? Fuir Jake, la souffrance, la ville et tous ces souvenirs.

Une heure après notre départ, le bus tombe en panne. Le chauffeur passe une demi-heure à jurer et à tambouriner sous le capot, puis il ordonne à tous les passagers de descendre. Quand arrive enfin un autre bus, mon tee-shirt et mon sarong sont trempés de sueur. J'aurais probablement dû rentrer à la maison, tout simplement. Si j'étais partie directement à San José, je pourrais retrouver mon lit à moi dès ce soir. J'essaie de m'imaginer entrant dans mon appartement, déposant mes affaires. Prenant une douche dans ma salle de bains, mangeant dans ma cuisine. Entrant dans ma chambre noire. Recommençant à vivre. J'essaie d'imaginer, mais ce rêve éveillé ne me semble pas vrai. Comment vais-je pouvoir rentrer et être de nouveau moi-même ?

Je passe la nuit à Quepos. Le lendemain matin, je prends un autre bus pour parcourir la courte distance sur la route sinueuse qui mène à Manuel Antonio National Park. Je descends à Playa Espadilla, une longue plage de sable gris couverte de baigneurs. Je marche vers l'ouest, en m'éloignant des restaurants et des hôtels, vers la partie la moins peuplée de la plage, qui est adossée à une forêt d'arbres aux feuilles persistantes. La juxtaposition de la mer bleue éclatante et de la forêt vert sombre, si proches l'une de l'autre, se touchant presque, produit un effet saisissant. Le vaste espace de l'océan contraste crûment avec la masse enchevêtrée, sombre, des palétuviers et des palmiers.

J'ai acheté un Holga d'occasion il y a quelques semaines dans une petite boutique à Tamarindo. Maintenant, je sors l'appareil photo de mon sac. Offrir à un Holga ces couleurs et cette lumière aveuglante, cela va probablement donner un cliché qui ressemblera plus à une peinture qu'à une photographie. Contours flous, couleurs vives qui se superposent. Je suis venue dans ce pays pour trouver Emma, mais ce que je rapporterai à la maison ne sera rien de plus que cela : la photographie d'une magnifique plage d'Amérique centrale en été. Deux ou trois photos d'alligators se prélassant dans une rivière d'eaux troubles. Un cratère volcanique noyé dans le brouillard.

Sur la plage se trouvent des filles de tous les âges – des toutes petites, et des fillettes de dix ans, des adolescentes et des femmes adultes ; des filles d'ici, hâlées, aux cheveux bruns, et des Américaines blondes brûlées par le soleil à différents stades. Des filles petites, grandes, grosses, minces. Des filles qui rient, d'autres qui ne disent rien.

Des Ticos arpentent le sable, vendant des sodas et des bouteilles d'eau stockées dans des boîtes en polystyrène. Des gamins entrent et sortent de l'eau en courant, leur boogie board sous le bras. Des hommes adultes portent leur longboard jusqu'au bord et se jettent dans l'océan, ramant jusqu'à la barre. Je remarque mentalement les gars du coin, les pros de la wax et les blaireaux. Je peux repérer n'importe quel surfeur dans une foule et savoir instinctivement s'il est originaire d'ici ou étranger. Mon esprit est si encombré aujourd'hui avec la terminologie étrange du surf. Je me demande ce que j'ai oublié pour faire de la place à ce nouveau vocabulaire ésotérique. Des connaissances inutiles, tous ces mots qui me rappelleront toujours mon échec, l'échec de mes recherches.

J'embrasse tout avec mes yeux, avec mon petit Holga en plastique. Le soleil est trop brillant, aveuglant. Tout est blanchi par son éclat. Je suis déshydratée, je marche, je déclenche, je fais avancer le film. Encore, encore, et encore. Le bruit me calme. Clic. Un écho de ma vie d'avant. Quand on pense qu'il en faut si peu pour transformer un moment passager en un simulacre de permanence. Un clic, la lumière qui entre dans la lentille. Puis, les produits chimiques, les bacs. Le fixateur et le bain d'arrêt. Le papier brillant qui révèle quelque chose que nous avons vu une fois, avant de l'oublier à jamais.

Nous prenons des photos parce que nous ne pouvons accepter que tout passe, nous ne pouvons accepter que la répétition d'un moment est impossible. Nous menons un combat continu contre notre propre mort imminente, contre le temps qui transforme les enfants en cette autre espèce, de moindre intérêt : les adultes. Nous prenons des photos parce que nous savons que nous allons oublier. Nous allons oublier la semaine, la journée, l'heure. Nous oublierons les moments les plus heureux. Nous prenons des photos par orgueil, poussés par ce désir de voir le meilleur de nous-mêmes préservé. Nous craignons de mourir sans que les autres sachent que nous avons vécu.

Clic. Clic. Clic.

Juste des photographies d'étrangers. Une scène genre carte postale. Sereine. La beauté d'une plage tropicale. Les doux corps bruns. Les enfants heureux. Voici ce que je vais rapporter : ce rien qu'est une photographie, ce faux témoignage qui exprime simplement le bonheur d'une scène de plage en été. Un étranger qui regarderait ces photographies ne verrait rien de ma culpabilité, ne devinerait pas le moins du monde le vide qui m'habite.

Tout à coup, une forme dans le sable à une quinzaine de mètres. Une serviette vert pomme et, sur la serviette, une petite fille. Un mouvement. Ses mains qui se plient tandis qu'elle s'allonge, en appui sur ses coudes, face au soleil. Un profil.

Mon cœur s'emballe comme une machine qui se dérègle, qui s'excite. Un goût sec de carton-pâte dans ma bouche.

Une robe bain de soleil jaune, une longue queue-de-cheval.

La main de la fillette s'agite pour chasser un insecte qui vole trop près de son visage – ce mouvement, la manière dont les doigts sont serrés les uns contre les autres.

Ce n'est pas possible, évidemment. Mon doux rêve d'une issue heureuse. Elle rentrait à la maison, elle était en train d'abandonner, quand tout à coup, à la dernière minute…

Je m'approche, tout en me disant que ça ne peut pas être vrai.

Quand j'arrive à environ cinq mètres d'elle, elle jette un coup d'œil dans ma direction. Me voit-elle, cette fille qui ne peut pas être Emma ? Me regarde-t-elle, ou regarde-t-elle derrière moi ?

Une famille de cinq personnes passe entre nous, portant des glacières et des boogie boards. Pendant un moment, je ne peux plus la voir. Puis la famille s'éloigne et elle est toujours là. Oui, elle me regarde.

Le soleil m'éblouit. Il existe une centaine de filles. Un millier, un million. Le monde est plein de filles qui pourraient ressembler à Emma. Des filles qui ont à peu près son âge et sa corpulence. Des filles qui pourraient évoquer celle qu'on a perdue. J'avais juré que je n'oublierais jamais son visage et, maintenant, je ne suis plus sûre.

Un nuage s'interpose devant le soleil et, dans la lumière moins crue, elle me regarde toujours. Sa main vient abriter ses yeux. Elle ne regarde pas derrière moi, mais c'est bien moi qu'elle observe. Comme si elle m'avait déjà vue. Comme si elle me connaissait.

L'esprit vous abuse. Il veut croire que vous ne pouvez pas faire ça à votre vie et à la vie de l'homme que vous aimez, à la vie de l'enfant dont vous avez la garde. L'esprit veut croire que vous ne pouvez pas la perdre et ne jamais la retrouver.

Le coin de sa bouche remonte un peu – ce n'est pas tout à fait un sourire, c'est seulement un rictus qui apparaît quand elle est prise au dépourvu, une mimique dans les moments de confusion. Un miroir de son père. J'ose penser cela l'espace d'un instant, croire que le visage de cette fille est le visage d'Emma, et que le code génétique de Jake y est, d'une certaine manière, inscrit.

Mais non, bien sûr que non. L'esprit joue des tours. Pendant combien d'années vais-je faire cela – parcourir le monde en nourrissant une vague croyance couvant dans mon inconscient ? Combien de milliers de fois vais-je voir un visage et penser, un instant, que c'est celui d'Emma ?

La fille agite de nouveau la main, pour éloigner des mouches, puis elle la met en visière. Elle me regarde, droit dans les yeux, sans ciller.

Je suis si près maintenant, à peine trois mètres. Deux et demi, deux. Une serviette vert pomme, une fillette seule sur la plage. Elle est trop jeune pour être seule sur la plage.

À peine plus d'un mètre entre cette fillette et moi. Ce rêve d'Emma.

Le soleil revient. Un éblouissement passager. L'esprit mène en bateau, je le sais. Je sais qu'on ne peut pas faire confiance à sa pensée.

Puis, je suis debout à côté d'elle, je baisse la tête. Ses yeux verts me regardent, et je me dis : c'est Emma. Ce ne peut être quelqu'un d'autre. Ni un sosie, ni un mirage, ni mon imagination. Mes genoux se mettent à trembler, mon cœur bondit dans ma poitrine, mon souffle est coupé. Emma.

Le soleil brillant est vif, aveuglant.

« Emma ? »

Ma voix sonne bizarrement, pas exactement un chuchotement, mais quelque chose d'assourdi, de sifflant.

Elle ne répond pas. Elle ramène ses genoux contre sa poitrine et elle les entoure de ses bras, tout en me regardant.

Je jette un coup d'œil alentour, cherchant des adultes qui pourraient être avec elle, mais il n'y a personne. Seulement Emma assise sur une grande serviette verte, seule.

Et c'est *bien* Emma. N'est-ce pas ?

Pas un rêve d'elle. *Elle.*

Deux autres serviettes sont étendues à côté d'elle, une bouteille de bière vide, un seau en plastique et une pelle, une glacière Igloo rouge. Sur la glacière, un magazine de rock britannique.

Je m'accroupis sur le sable à côté d'elle. « Emma ? »

Pas de réponse.

« Emma ? »

De nouveau, rien.

« Tu te souviens de moi ? »

Pendant quelques secondes elle ne bouge pas. Puis elle hoche la tête, lentement, ses sourcils se froncent.

Soulagement, confusion, une vague de joie indicible. Le sol, instable sous mes genoux. Avant tout, je veux la toucher, poser mes mains sur son visage, savoir qu'elle est bien là. Je tends la main lentement et je lui effleure la joue. Elle tressaille.

Mon cœur lâche. Pas de mots pour traduire ma pensée. Pas moyen de croire ce que je vois.

Elle est trop maigre, ses pommettes sont trop saillantes, mais sa peau est hâlée, rayonnante. Elle a pris la couleur dorée des enfants de l'été. Je vois quelque chose d'étranger chez elle, quelque chose dans ses traits qui ne correspond pas à mon souvenir.

J'essaie de repérer la différence, de la formuler – s'agit-il de ses yeux, de la courbe de sa bouche, de sa mâchoire plus carrée ? Ses cheveux sont longs, ils lui descendent dans le dos et effleurent presque la serviette. Ils sont plus clairs qu'ils n'étaient, avec des mèches auburn. Elle porte une robe jaune avec des fleurs blanches imprimées, une robe trop courte, pas vraiment propre.

« Nous te cherchons depuis longtemps », dis-je.

J'essaie de contrôler ma voix, de rester calme, de ne pas lui faire peur, mais les larmes montent. Je les sens sur mon visage, elles déferlent, chaudes. Elles se mélangent à la crème solaire et mes yeux me piquent.

Elle serre les lèvres. Surprise, confusion, les larmes qui lui montent aux yeux, à elle aussi. « J'attends depuis longtemps.

– Quoi ? »

C'est mon imagination, me dis-je. J'ai l'impression que cette fillette est Emma. Et j'anticipe ses mots. « Qu'est-ce que tu viens de dire ?

– J'attends depuis longtemps, Abby. Où étiez-vous ? Et papa, où est-il ? »

Le choc, l'incrédulité. C'est bien Emma, assise sur le sable à côté de moi. Je la prends dans mes bras, je la serre. Je sanglote, en regardant son visage, le visage d'Emma, sans y croire. Cette petite fille qui se laisse aller dans mes bras. Sur une plage, à des milliers de kilomètres de la maison. Le détective Sherburne me l'avait dit, Jake me l'avait dit. Tout le monde me le disait, mais je refusais de le croire. Seuls les restes, trouvés au bout de plusieurs mois ou années reviennent à la maison après la disparition d'un enfant. L'enfant ne rentre pas à la maison – il n'est pas vivant, il n'est plus l'enfant, il n'a pas de magnifiques cheveux longs et le visage hâlé. Ce n'est pas un enfant qui vous regarde en face en prononçant votre nom.

Les vraies surprises dans la vie ne sont pas si nombreuses. Il y a des morts brutales, bien sûr, et, parfois, un hasard heureux inespéré. Mais des bonnes fortunes aussi prodigieuses, ma mère me le disait toujours, n'arrivent pas. Et pourtant, ici, maintenant, en voilà la preuve : les surprises existent, les miracles aussi. Emma sur une plage au Costa Rica. Emma vivante.

Je m'écarte un peu et je la regarde. Pour être sûre ? Est-ce que je vois clair ? Est-ce que j'entends correctement ? Mais c'est bien elle, j'en suis certaine. Plus le moindre doute, c'est bien Emma. C'est complètement fou, mais c'est Emma.

J'essaie de reprendre mes esprits et d'échafauder un plan. Les visages qui nous entourent ne me sont pas familiers. Reconnaîtrais-je le couple du van jaune si je le voyais maintenant ? S'agit-il vraiment de ceux que je devais chercher ?

« Qui s'occupe de toi, chérie ?

– Teddy et Jane.

– Où sont-ils ? »

Elle tend un index vers l'océan, vers un groupe de surfeurs dans le lointain.

« Ils ont été gentils avec toi ? Est-ce qu'ils t'ont fait du mal ? » Je pose les questions sans réfléchir. Je ne suis pas sûre d'avoir envie d'entendre les réponses, pas encore. En outre, nous n'avons pas le temps.

Elle hausse les épaules, étend ses jambes maigres et bronzées devant elle, et enfonce ses orteils dans le sable. « Nous sommes allés à la ferme aux papillons », dit-elle. Elle lève une main et écarte les doigts. « J'ai vu des papillons grands comme ça. » Elle repose ses mains par terre, fait glisser du sable entre ses doigts, sans me regarder.

Je veux savoir tant de choses, j'ai tant de questions à lui poser. Où vivait-elle ? Lui a-t-on fait du mal ? Que lui a-t-on dit sur nous ? Et comment l'a-t-on emmenée ? Que lui ont-ils dit ce jour-là sur Ocean Beach, comment l'ont-ils convaincue de partir avec eux ? Mais ce sont des questions pour plus tard. Il faut que je l'emmène loin d'ici.

Elle écarte une mèche de cheveux qui lui est tombée sur le visage. « Où est papa ?

– Il t'attend. Il est temps de partir. »

Elle reste muette, le regard perdu vers l'océan. « O.K. », dit-elle ; les larmes se mettent à couler, silencieuses.

Je lui caresse les cheveux. « Tout va bien, mon cœur. Je suis là. Je suis enfin là. »

Elle tend la main pour me toucher le bras. Ses ongles sont rongés jusqu'au sang. Elle porte un vernis bleu clair écaillé sur les bords. Tous ces longs mois, je me suis imaginé nos retrouvailles. J'ai répété les choses que je lui dirais. Maintenant, toutes ces phrases ressassées s'évanouissent et il n'y a que nous deux, regardant l'océan bleu qui rejoint le ciel bleu, sous un soleil de plomb. Une goutte de sueur coule sur sa nuque, descend le long de son dos, disparaît sous sa robe.

Les petits poils sur ses bras ont blondi. Je la prends dans mes bras de nouveau, sentant la chaleur de sa peau. Cette fois, elle me serre – un tout petit peu, mais je suis sûre que je ne me méprends pas. Je sens ses petites mains qui appuient légèrement.

J'ai conscience du temps, conscience qu'il faut que je la fasse partir d'ici. Parallèlement à l'exaltation, je ressens une certaine panique, je sais que je dois trouver la bonne marche à suivre. Je prends son visage entre mes deux mains et je la regarde droit dans les yeux : « Prête ? »

Elle s'essuie le nez sur son bras. Quelque chose dans ce geste – si enfantin, si spontané – me fait l'effet d'un coup de poignard dans le cœur, j'ai la vue brouillée par les larmes. Je me mets debout, je tends la main vers elle et elle la prend pour que je la tire. Le temps d'un éclair, je me rends compte qu'elle a grandi d'au moins huit centimètres. Ses épaules et ses jambes sont bien plus musclées qu'elles ne l'étaient avant.

« Par ici », dis-je en tendant la main vers les arbres. Elle hésite, immobile ; nous nous tenons à bout de bras.

« Et Teddy et Jane ? » demande-t-elle.

Je m'accroupis devant elle. « Tu nous as tellement manqué, à ton père et à moi.

– Ils m'ont dit de rester ici. Je vais avoir des ennuis.

– Tu n'auras pas d'ennuis, lui dis-je, je te le promets. »

Ainsi accroupie devant elle, essayant de la convaincre de s'enfuir avec moi, je me sens presque criminelle, et je pense aux kidnappeurs, me demandant s'ils ressentent ce que j'éprouve en ce moment – cette impression nauséeuse provoquée par l'urgence et l'impatience, la peur que la tentative ne tourne mal, que quelqu'un ne mette en péril notre fuite. Les notes d'une musique latino nous parviennent d'un restaurant au loin sur la plage, se mêlant aux cris de joie des enfants. Le soleil est haut et démesuré. Mes lunettes ne sont pas adaptées à la luminosité du zénith au Costa Rica, qui transforme tout en pastels blanchâtres et change l'air en ondoyantes vagues de chaleur qui vous donnent le vertige.

Je tire doucement la main d'Emma. Elle fait un pas, puis un autre, lentement. Devant nous, il y a l'orée de la forêt, la fuite. Derrière nous, c'est l'océan, et le danger d'être repérées. Que ferai-je si Teddy et Jane se jettent sur moi en disant que je suis en train de leur prendre leur enfant ? Qui croira-t-on ?

En passant à côté des foules de vacanciers, mes pieds s'enfonçant dans le sable, tenant bien serrée la main moite d'Emma, j'ai l'impression que tout est ralenti.

Ensuite, voici ce que nous faisons : nous disparaissons, tout simplement. La jungle nous engloutit. Un instant, nous sommes en plein air, sur la plage, où tout le monde peut nous voir. L'instant suivant, nous sommes sur un sentier étroit jonché de galets et de brisures de coquillages. Ce n'est qu'à ce moment-là que je remarque que les pieds nus d'Emma sont couverts de blessures et d'ampoules. Pendant un moment, j'essaie de la porter, mais elle est devenue trop grande, et je ne peux pas avancer assez vite. « Je suis désolée, chérie, dis-je en la reposant par terre. Il va falloir que tu marches. Il faut qu'on avance vite. » Je lui donne mes tongs, elles sont trop grandes, mais elle ne s'en plaint pas.

Nous passons au-dessus d'un petit cours d'eau, puis nous entamons la descente raide vers la route. Je ne laisse jamais échapper sa main. Un instant, je sens ses doigts s'agiter dans les miens et je relâche un peu ma pression. Je ne peux m'empêcher de la regarder, de m'émerveiller devant le miracle de sa présence. Avoir Emma ici, avec moi, la tenir par la main. Voir son visage et entendre sa voix. Maintenant seulement je consens à reconnaître qu'il fut des moments où j'ai cru que je ne la reverrais jamais, des moments où j'ai cru, comme Jake, qu'elle était morte. Quand je pense que j'ai failli rentrer à la maison. Que j'aurais pu monter dans un avion il y a deux jours et ne jamais la retrouver.

On entend un bruissement de feuilles au-dessus de nos têtes. Emma s'arrête, complètement immobile, et me serre la main. « Regarde, dit-elle en me montrant un endroit dans les arbres. Des singes-araignées. »

Ils sont environ une douzaine à se balancer à toute vitesse dans les frondaisons. Leurs corps minuscules sont gris, filiformes, nerveux. Je regarde Emma, son visage levé vers les branches, les yeux écarquillés et brillants. Ce n'est pas seulement sa taille, ses cheveux, son poids. Elle a changé. Et je suis frappée, enfin, par l'intensité de tous ces événements. Elle est là, avec moi. Nous sommes en train de fuir. Serais-je en plein rêve ? Suis-je dans une espèce d'état hallucinatoire ? Mais l'odeur de l'océan, les cris des oiseaux, la sensation de sa main dans la mienne – tout cela prouve que ce moment n'est pas le fruit de mon imagination. Ce n'est pas un conte de fées, pas une chimère ; cette forêt est réelle, cette enfant l'est aussi.

Il y a quelques minutes, elle était au nombre des gamins disparus. Maintenant, elle est retrouvée.

Mon cœur bat tellement vite que j'en éprouve une douleur, et j'ai le souffle court, plus à cause de l'excitation et de la peur que de l'effort physique. Je m'accroupis et je la regarde, essayant encore d'y croire. « Emma ?

– Hmmm ?

– C'est vraiment toi ?

– Oui. C'est *moi.* » Quelque chose dans sa manière de dire *moi*, avec une vivacité et une emphase à la limite de l'impertinence, si caractéristique d'Emma. Elle regarde par-dessus son épaule, comme si elle aussi, maintenant, avait peur de se faire prendre. « Allons-y », dit-elle, me tirant par la main.

Cinq minutes plus tard nous émergeons de la jungle sur une étroite route pavée, bordée de maisons cossues. Encore un petit kilomètre à parcourir jusqu'à la route principale. Là, nous nous arrêtons et attendons qu'arrive un taxi ou un bus. J'achète un grand chapeau de paille et des lunettes noires dans une échoppe au bord de la route. « Mets ça », dis-je. Elle ne discute pas ; c'est comme si elle comprenait la nécessité de ce camouflage. La seule fois que je lâche sa main, c'est pour sortir l'argent de mon sac et le tendre au marchand.

Je scrute la rue, seulement des voitures et des motos qui surgissent du virage. Pourquoi n'y a-t-il ni bus ni taxi ? Pourquoi est-ce si long ?

« Chérie, dis-je, pendant que nous attendons, comment es-tu allée de San Francisco au Costa Rica ?

– En voiture. » Elle fronce les sourcils. « Ça a pris un temps fou, et ils n'ont pas de clim.

– Quel genre de voiture ont-ils, Teddy et Jane ?

– Un van.

– De quelle couleur ?

– Jaune. Il tombe toujours en panne. Il fallait que je me cache sous des couvertures à l'arrière chaque fois qu'on rencontrait la police. Ça faisait peur.

– Il ne faut plus avoir peur, O.K. ? Nous rentrons à la maison. »

Mes pensées retournent à ce premier jour, à ce premier indice, quand le van ne paraissait nullement être une preuve, plutôt un élément distrayant, une question. Maintenant, je le cherche, comme je l'ai fait tous ces longs mois à Ocean Beach. J'imagine le moment où Teddy et Jane vont revenir aux serviettes et découvrir l'absence d'Emma. Vont-ils ressentir une confusion analogue à celle que j'ai éprouvée il y a onze mois, la même panique grandissante, et prendre conscience de sa disparition ? Vont-ils maudire ces minutes qu'ils ont passées dans l'eau, les yeux tournés vers les vagues, ces minutes où ils ont oublié le plus important : Emma sur la plage, seule ?

À cette heure, ils ont certainement découvert qu'elle n'est plus là. Je les imagine courant en tous sens sur la plage, criant son nom. Approchant des étrangers pour leur dire : « Nous avons perdu notre petite fille. »

Il ne vient aucun taxi. L'attente jusqu'à l'arrivée du bus pour Quepos paraît interminable, mais, quand je regarde ma montre, je constate qu'il ne s'est passé que neuf minutes. La porte en verre s'ouvre, et Emma monte, me tirant derrière elle. « *Buenos días*, dit-elle au chauffeur.

– *Bueno*, répond-il.

– Quepos ? demandé-je.

– *Sí.* »

Je glisse les pièces dans la boîte. Nous pourrions être n'importe quelle mère et sa fille, rentrant d'une journée à la plage. Emma prend le premier siège libre, au milieu du bus, et je m'assois à côté d'elle, le cœur battant la chamade tandis que j'essaie de préciser mon plan. À Quepos, nous prendrons un autre bus pour San José. À San José, nous trouverons une chambre d'hôtel, et nous téléphonerons à Jake. Il ne me croira pas, j'en suis sûre. Il pensera que c'est quelqu'un d'autre qui appelle, pas moi ; il pensera que c'est une cruelle plaisanterie.

Quelques voyageurs montent dans le bus, la porte se ferme, puis on démarre. L'odeur de la plage, des palétuviers. Et l'odeur d'Emma, lotion à la noix de coco et sueur enfantine, sel dans ses cheveux, peut-être pas lavés depuis quelques jours. Elle lâche ma main et je me rends compte que je la serrais tellement fort que j'en ai mal aux jointures. Elle détend ses doigts et regarde par la fenêtre quelques secondes, puis elle enlève ses lunettes de soleil et se tourne vers moi.

« Abby ?

– Oui. »

Elle se mord la lèvre, et réfléchit. C'est un geste complètement copié sur son père, une imitation parfaite. Je ne me rappelle pas l'avoir déjà vue faire cela auparavant. Puis elle me demande :

« Mais où étiez-vous ? »

Ce n'est pas vraiment une accusation, mais une question, quelque chose d'incompréhensible pour elle. J'essaie de construire une réponse. Je veux lui dire à quel point nous voulions la retrouver, lui dire que chacune de nos pensées lui était consacrée, mais il n'y a pas de mots pour expliquer.

« Je t'ai cherchée partout, dis-je en l'attirant contre moi. Tu le sais, non ?

– Je croyais que papa et toi, vous m'aviez oubliée.

– Oh ma chérie, nous n'avons jamais oublié. Nous n'avons pas cessé de te chercher, pas une minute. »

Nous arrivons à la gare routière de Quepos juste à temps pour acheter nos billets pour San José. Trop court pour appeler Jake. Quitter la ville m'obsède. Chaque pas que nous faisons agrandit la zone de recherche pour Teddy et Jane. Chaque minute qui passe diminue leurs chances de nous retrouver.

Nous sommes les dernières à monter, et les portes se ferment bruyamment derrière nous. Le bus est plein, mais, heureusement, il reste deux sièges libres au fond, de part et d'autre de l'allée centrale. Même cette petite distance entre nous paraît trop grande. Je suis assise de travers, les jambes dans l'allée, mes mains sur Emma. J'ai peur qu'elle ne s'éloigne. Si je la lâche, ne serait-ce qu'un instant, j'ai peur qu'elle ne disparaisse comme la brume d'un rêve.

« Quand est-ce que je vais pouvoir parler à papa ? demande Emma.

– Dès que nous arriverons à San José.

– C'est où San José ?

– À deux ou trois heures d'ici.

– Est-ce qu'il y aura papa à San José ?

– Non, il est à San Francisco. Nous allons l'appeler pour lui dire de venir nous rejoindre. »

Elle jette un œil sur le siège voisin du sien, où un adolescent est en train de ronfler, puis elle se tourne de nouveau vers moi.

« Et maman ? demande-t-elle.

– Quoi ?

– Maman. Est-ce qu'elle sera là ?

– Chérie, tu veux dire Jane ?

– Non, s'impatiente-t-elle, maman.

– Tu as vu ta maman ? »

Elle hoche la tête. « Nous sommes allés la voir dans un motel. » Emma me tend sa main gauche et agite son index, pour me montrer une bague scintillante, le genre qu'on trouve pour cinq dollars chez Claire's dans un centre commercial. « Elle m'a donné ça. »

J'ai une boule dans la gorge, incapable de croire ce que j'entends. « Comment tu sais que c'était ta maman ? »

Elle plonge la main dans la poche de sa robe et en sort un Polaroid délavé. « C'est elle », dit-elle, en me montrant une Lisbeth un peu plus jeune, un peu plus mince. Sur la photo, Lisbeth est dans Golden Gate Park, avec Jake à ses côtés. Jake tient dans ses bras un tout petit bébé. Il sourit, pas Lisbeth. Tous les deux plissent les yeux à cause du soleil.

J'ai l'impression que mes poumons sont tout d'un coup complètement vides.

« Où est-ce que tu as eu ça ?

– Maman me l'a donnée. » Elle me reprend la photo et la remet dans sa poche.

« Quand ? »

Elle hausse les épaules, commençant déjà à trouver cette conversation ennuyeuse. « Je ne me souviens pas. »

J'essaie de traiter l'information, de donner du sens à ce fait nouveau, impossible à croire. Je me souviens de ce que Jake m'a dit ce soir-là chez lui, après l'apparition fracassante de Lisbeth à la conférence de presse et sa visite chez lui : *Elle voulait savoir ce qui se passerait si on retrouvait Emma, si nous pouvions renouer, essayer de former une famille ensemble.*

« Est-ce que tu l'as vue plus d'une fois ?

– Oui, mais ça fait longtemps. » Emma se mord la lèvre, comme si elle essayait de décider si elle devait ou non me raconter quelque chose. « Elle a dit que papa allait venir me chercher et que nous allions tous vivre ensemble, mais il n'est jamais venu. »

Tant de questions se bousculent. Lisbeth était-elle là le jour de l'enlèvement ? Comment Teddy et Jane s'insèrent-ils dans le tableau ? Quels étaient leurs projets ? Comment l'ont-ils traitée ?

« Tu te souviens de la dernière fois où nous étions ensemble ? Tu te souviens quand tu cherchais des dollars de sable sur la plage ?

– Un peu », répond-elle. Elle se détourne de moi et appuie sa tête contre la fenêtre.

« Tu peux me raconter ce qui s'est passé ce jour-là ?

– Est-ce que je peux avoir un *hamburguesa* à midi ?

– Bien sûr. »

Je voudrais savoir tant de choses, j'essaie de reconstituer tant de liens. Mais Emma en a assez de cette conversation. La désinvolture qui témoigne du peu d'importance qu'elle accorde à mes questions me donne de l'espoir. Les recherches ont montré à quel point les enfants s'adaptent bien et sont étonnamment capables de se remettre d'un traumatisme. Malgré sa longue absence, elle paraît tout à fait être elle-même, la fille têtue qui n'était jamais intimidée et disait ce qu'elle voulait. Elle balance ses jambes d'avant en arrière, en tapant des pieds par terre. Ses mains sont posées sur ses genoux et, maintenant, elle regarde droit devant elle, une expression un peu étonnée sur son visage. Le bus démarre dans un grondement et bondit en avant. On entend un bruit de verre tandis que les passagers commencent à baisser les vitres, pour avoir moins chaud.

« J'ai soif », dit Emma quelques minutes plus tard.

Je lui donne une petite bouteille d'eau que je tire de mon sac. Bien que l'eau soit chaude, elle boit d'une traite tout son contenu en moins d'une minute.

« Il faut que j'y aille », dit-elle un peu plus tard.

Les toilettes ne sont qu'à un mètre mais je me lève et je l'accompagne, je reste à la porte jusqu'à ce qu'elle ait fini. Elle sort en grimaçant, en se pinçant le nez. C'est un petit geste de rien du tout, universel chez les enfants, et, pourtant, je suis étranglée par l'émotion quand je la vois faire. Elle est vivante.

76

Nous arrivons à San José à quatre heures de l'après-midi. Je trouve un taxi juste devant la gare routière et je demande au chauffeur de nous emmener dans le plus bel hôtel. Il doit avoir sa propre conception de ce qu'est un « bel hôtel », parce qu'il nous dépose devant un motel fort peu impressionnant à une dizaine de minutes de la gare. Le garçon à la réception, un adolescent engoncé dans une chemise noire, papote avec Emma en espagnol tandis que je remplis la fiche. J'ai une main sur le stylo, l'autre sur l'épaule d'Emma. En payant la chambre, je me rends compte que j'ai laissé mon sac et mon Leica à l'hôtel à Quepos. Dans l'urgence du moment, j'ai complètement oublié qu'ils étaient là-bas. Peu importe – j'ai mon argent et mon passeport. Je me ferai renvoyer le reste.

Devant notre porte, je manipule maladroitement la clé accrochée à un gros porte-clés en bois. Une fois dans la chambre, je tire les rideaux. Elle sent la fumée de cigarette. Il y a une minuscule télévision, du carrelage au sol, deux lampes. Une peinture bon marché du grand Ouest sauvage est accrochée au-dessus du grand lit. Emma s'assoit dans le fauteuil à côté de la fenêtre et se met à jouer avec la télécommande du climatiseur. Il m'en coûte de garder mes distances, de ne pas la prendre dans mes bras pour la serrer de toutes mes forces.

« Où est papa ?

– Je l'appelle tout de suite. »

Mes mains tremblent tellement que j'arrive à peine à tenir le combiné. Je me rappelle cette après-midi-là au Beach Chalet, il y a si longtemps, quand la serveuse russe m'avait mis le téléphone dans la main. J'avais hésité un moment avant de composer le numéro de Jake. Je savais qu'il fallait que je l'appelle ; je savais qu'il fallait le lui dire. Et, pourtant, je comprenais qu'une fois que l'appel serait passé il n'y aurait pas moyen de retourner en arrière.

Maintenant, la situation est inversée. Et, malgré tout, j'ai cette hésitation, ce désir de rester dans l'instant. Je l'ai perdue, je l'ai retrouvée ; elle est présente dans cette chambre avec moi. C'est un moment de bonheur quasi parfait, et une partie de moi ne veut pas l'interrompre. En un instant sur la plage, j'ai détruit la vie de Jake ; dans les mois qui suivirent, je l'ai regardée se déconstruire. Dans quelques minutes, secondes peut-être, je vais commencer à la reconstruire.

Je compose son numéro chez lui. Pas de réponse. Ensuite, j'essaie son portable. Toujours rien. « Appelle-moi, dis-je les deux fois, c'est urgent. »

J'ai honte du soulagement que j'éprouve quand il ne répond pas, honte de lui être reconnaissante de m'accorder ce répit. Quelques minutes de plus seule avec Emma. Elle est assise tranquillement dans le fauteuil, les yeux baissés. Je vois une tache de ketchup sur sa robe.

Il m'apparaît que je ne lui ai même pas donné à manger. Comment ai-je pu oublier ce besoin simple, fondamental ? « Tu dois avoir faim », dis-je.

Elle hoche la tête avec véhémence.

Dans mon sac à main, je trouve des crackers au fromage, un Snickers et une banane. Je les pose sur une petite table que j'approche de son fauteuil et lui verse de l'eau minérale dans un gobelet en plastique. « On va bientôt aller manger un vrai repas. Promis juré. »

Je vide mon portefeuille sur le lit, je farfouille entre les billets colorés, les reçus, les cartes de visite, et je finis par trouver le numéro que Nick Eliot m'a donné.

« Ambassade des États-Unis, dit une voix asexuée.

– Je cherche à joindre Wiggins.

– Un moment. »

Quelqu'un reprend la ligne, et je me rends alors compte que c'est un répondeur. « Ici Wiggins, dit la voix. Laissez-moi un message et je vous rappellerai.

– Mon nom est Abby Mason, dis-je. Je suis une amie de Nick Eliot. Il a dû vous expliquer ma situation. S'il vous plaît, appelez-moi aussi vite que possible. C'est urgent. Il s'agit d'Emma Balfour. Je l'ai trouvée. Elle est ici avec moi. Nous sommes au Villa Grande à San José, chambre 212. » Je dicte le numéro de téléphone inscrit sur le poste et j'ajoute, encore une fois : « C'est extrêmement urgent. »

Emma a terminé les crackers et elle s'est attaquée à la barre chocolatée. Elle mange vite, sans lever la tête, s'arrêtant rarement pour mâcher. Elle a du chocolat sur le menton. Je la regarde fixement, et la réalité s'inscrit peu à peu : elle est ici, elle est vivante, elle est en sécurité. Ses cheveux sont plus clairs, sa peau est plus hâlée, elle est plus grande et trop maigre. Mais c'est bien Emma. Je m'approche du fauteuil. Quand j'effleure son visage de ma main, elle ne bronche pas, elle n'esquisse pas non plus un mouvement vers moi, elle s'interrompt seulement.

« Chérie, comment tu te sens ?

– Bien. » Elle approche une main de son visage, et sa robe se relève un peu sur ses jambes. Elle est si maigre.

Je la prends tout doucement dans mes bras, et elle se laisse aller contre moi. « Tout va bien, tu es en sécurité maintenant. Nous allons te ramener à la maison. »

Pendant un moment, on dirait qu'elle va pleurer de nouveau. Puis elle se dégage de mon étreinte et me demande : « Est-ce que je peux regarder la télé ?

– Bien sûr. »

J'allume le téléviseur et lui tends la télécommande. Elle zappe sans s'arrêter : *Bipbip et Coyote*, *1 Rue Sésame* doublés en espagnol, et finit par opter pour un feuilleton mélo. Elle le regarde pendant un quart d'heure, fascinée. Je m'assois sur le lit avec le téléphone sur les genoux et j'attends. De temps à autre, Emma marmonne quelques mots à l'intention de la télé. Elle connaît les noms de tous les personnages.

Quand le téléphone sonne, nous sursautons toutes les deux. Je ne suis pas sûre d'être prête pour tout ce qui va se passer dorénavant.

« Abby ? »

C'est Jake. Après tout ce temps, il a toujours cette capacité de me calmer rien qu'avec sa voix, en prononçant simplement mon nom. « Ton message disait que c'était urgent. »

Je me rends compte que je suis sur le point de franchir une ligne, consciente que mes paroles vont déclencher toute une nouvelle série d'événements. « J'ai des nouvelles, Jake. »

J'entends bien, dans le silence à l'autre bout, que Jake ne me croit pas. Il s'attend à un nouvel indice ténu, un élément de preuve peu convaincant.

« Elle est là », dis-je.

Silence.

« Quoi ?

– Je suis assise dans une chambre d'hôtel au Costa Rica. Emma est ici, avec moi. Dans la chambre. » Il y a une pause, un long moment d'incrédulité. « C'est vrai, dis-je. Emma est vraiment ici. »

Un cri suraigu, un sanglot. « Oh mon Dieu, tu es sûre ?

– Parfaitement sûre.

– Elle va bien ?

– Oui.

– Ce n'est pas possible. Laisse-moi lui parler. » Il le dit, mais je vois bien qu'il ne croit pas qu'Emma va prendre le téléphone, que cet appel est bien réel.

Emma continue à regarder la télévision, en se rongeant les ongles.

« Chérie ? » dis-je.

Elle coupe le son et me regarde : « C'est papa ?

– Oui. Il veut te parler. »

Nous sommes assises tout près l'une de l'autre, elle sur le fauteuil, moi sur le lit. Je lui tends le téléphone. « Bonjour », dit-elle doucement.

Je suis penchée vers elle, et j'entends Jake à l'autre bout. « Emma ? C'est toi, mon bébé ?

– Oui. Où es-tu ?

– Je n'y crois pas, c'est toi...

– Papa ? dit-elle de nouveau. Pourquoi t'es pas ici ?

– J'arrive, je viens te chercher, chérie. Tu m'as tellement manqué.

– Dépêche. »

Elle me tend le combiné, comme si c'était un objet étrange qui risquait de la mordre ou d'exploser. Elle a l'expression sidérée que je lui ai vue dans le bus.

« Dis-moi qu'elle va bien », dit Jake. Il sanglote si fort que sa diction est brouillée.

« Elle va bien.

– Mon Dieu. » Il rit, il pleure, il essaie de retrouver sa respiration. « Où était-elle ? Comment l'as-tu trouvée ?

– Elle était sur une plage. Je me promenais, et elle était là.

– Je n'y crois pas. Ce n'est pas possible. Je ne le croirai pas tant que je ne l'aurai pas vue.

– Il faut que tu prennes un avion, dis-je. Rappelle dès que tu as un billet. »

Il pleure et il rit en même temps, le souffle court. « Je ne veux pas couper la communication. J'ai peur de me réveiller. C'est un rêve, c'est ça ?

– Ce n'est pas un rêve. Elle est vraiment là.

– Décris-la moi. Est-ce qu'elle va bien ? A-t-elle changé ? »

Emma est assise les pieds remontés sur le fauteuil, les bras autour de ses jambes repliées, me regardant de ses beaux yeux verts, ses cheveux longs et mal peignés. Ses épaules sont un peu roses, et elle porte un bracelet de cheville – une chaînette en argent très fine avec une breloque en forme de cœur. Je ne lui ai jamais vu cet objet avant. Est-ce un cadeau de Lisbeth ? Je me le demande. Combien de voyages a-t-elle faits au Costa Rica, chargée de cadeaux bon marchés et de mensonges compliqués.

« Elle est magnifique, dis-je, tout à fait splendide.

– Laisse-moi lui parler de nouveau. Je n'arrive pas à croire ce qui arrive. »

Je tends le combiné à Emma. Elle se détourne et regarde par la fenêtre, le téléphone collé à l'oreille. Elle reste assise là, à écouter et à hocher la tête, disant parfois oui ou non. Une fois, j'entends même quelque chose qui se rapproche d'un éclat de rire. « Tu me manques, dit-elle à un moment. Ils m'ont dit que tu allais t'installer ici et que nous allions vivre tous ensemble. J'ai attendu, attendu. »

Cette fois, je n'entends pas ce que Jake répond à l'autre bout. Une dizaine de minutes plus tard, elle me rend le combiné.

« Abby ? dit Jake.

– Oui.

– Je suis tellement désolé. Je ne te croyais pas. » Il marque une pause pour retrouver son souffle. « Où était-elle donc ? Avec qui ?

– Elle était avec le couple du van jaune, c'est tout ce que je sais.

– Tu avais raison, dit-il. C'est incroyable. Tout ce temps, tu avais raison. Tu es sûre qu'elle va bien ? Personne ne lui a fait de mal ?

– Oui, dis-je. Elle va vraiment bien. »

En vérité, je n'en suis pas certaine. Emma paraît être en bonne forme, mais personne ne sait ce qu'elle a vécu cette dernière année, quel genre de vie elle a mené avec Teddy et Jane, aucun moyen d'évaluer les effets à long terme.

« Laisse-moi juste lui dire au revoir. Je n'arrive pas à y croire. »

Je tends le téléphone à Emma une fois de plus. « Au revoir, papa », dit-elle. Et pendant un moment, l'espace d'un instant, c'est comme si elle n'avait jamais disparu. La manière dont elle lui dit au revoir, comme si nous étions simplement parties en vacances. Comme si c'était un appel téléphonique ordinaire, un jour ordinaire.

« Il y a quelque chose dont il faut que je te parle, dis-je avant de raccrocher.

– Quoi ?

– C'est à propos de Lisbeth. Surtout ne lui raconte rien.

– Pourquoi ? Que veux-tu dire ?

– Elle est venue ici, Jake. Je n'ai pas les détails, mais je sais qu'elle est venue ici.

– Bon Dieu, dit-il. J'aurais dû m'en douter. » J'entends un bruit sourd de l'autre côté, comme un coup de poing flanqué dans un mur. « Je n'arrive pas à croire qu'elle était assise là, dans ma propre maison, et que je n'ai pas compris. Je n'arrive pas à croire que je lui ai fait confiance.

– C'est une bonne actrice.

– J'appellerai Sherburne sur le chemin de l'aéroport », dit-il.

J'entends des bruits, une fermeture Éclair, des clés. Je l'imagine dans sa chambre, en train de jeter quelques affaires dans son sac pour le voyage – portefeuille, passeport, chargeur de téléphone.

« Merci, reprend-il. Je te remercie infiniment. Dis à Emma que je l'aime. Dis-lui que je serai là très vite. »

En raccrochant le téléphone, je suis submergée par une vague de soulagement. Comme si chaque moment de ces douze derniers mois n'avait conduit qu'à cet instant, cet événement singulier : l'appel téléphonique à Jake, où je lui dis que tout va bien.

« J'ai encore faim, dit Emma.

– Alors, on va manger. » Je compose le numéro de la réception, et je commande deux *hamburguesas* avec supplément de fromage, *papas fritos*, du lait chocolaté et deux Coca.

Une demi-heure plus tard, le repas arrive et Emma se jette dessus comme si elle n'avait pas mangé depuis plusieurs jours. Elle dévore tout son hamburger plus la moitié du mien, et presque toutes les frites. Elle mange pendant vingt minutes, sans un mot, puis elle jette les quelques restes dans la poubelle et dit : « Je peux prendre mon bain maintenant ?

– Bien sûr. »

Je vais dans la petite salle d'eau et je lui fais couler son bain. Quand je reviens dans la chambre, elle est déjà complètement déshabillée, debout devant la télévision, les poings sur les hanches, à attendre.

« Le bain est prêt », dis-je, me sentant étrangement intimidée, comme si Emma était une invitée que je ne savais pas trop comment contenter.

« Merci. »

Tandis qu'elle me frôle en allant vers la salle de bains, je remarque un hématome violacé en bas de son dos. Mon cœur se serre. Est-ce un bleu ordinaire, du genre de ceux que les enfants se font tous les jours, ou quelqu'un le lui a-t-il causé ? Elle grimpe dans la baignoire et se concentre sur le papier qui entoure le petit savon. Je m'assois sur le bord et je lui tends un gant de toilette, examinant son corps à la recherche d'autres bleus. Dieu merci, je n'en vois aucun.

« Chérie, tu prends souvent des bains ? »

Elle plonge le gant dans l'eau et commence à se savonner les bras. La crasse s'en va en longues traînées. « Teddy dit qu'on n'en a pas besoin parce qu'on nage dans l'océan tous les jours.

– Tu nages ? Tu n'as pas peur ?

– Au début, oui, mais plus maintenant. Teddy m'a acheté un boogie board pour que je puisse apprendre à surfer. C'était bien.

– Tu aimes bien Teddy, mon cœur ?

– Lui, ça va. C'est Jane, elle est méchante.

– Méchante comment ? »

Elle hausse les épaules. « Méchante, c'est tout. Elle était tout le temps derrière moi, pour tout. Elle me donnait des fessées, parfois. »

La colère m'étreint la gorge, et je m'efforce de ne pas penser aux innombrables mauvais traitements qu'ils auraient pu lui infliger. J'essaie plutôt de me focaliser sur son joli visage, sur les petites bulles de savon sur ses épaules, ses bras.

« Veux-tu que je te lave les cheveux ?

– Oui. »

D'une glissade, elle s'allonge dans la baignoire, ferme les yeux et enfonce la tête sous l'eau. Elle y reste quelques secondes de trop – et je me souviens combien elle détestait mettre la tête sous l'eau, comme elle trouvait insupportable de retenir sa respiration. Au moment même où je m'apprête à plonger la main pour la faire remonter, elle sort et prend une grande goulée d'air. L'eau dégouline sur ses épaules, et ses cheveux sont collés dans son dos. Je prends un peu de shampooing, puis je pose mes mains sur sa tête, très doucement. Au moment du contact, elle la recule – un geste instinctif, une réaction inconsciente – puis, tout aussi rapidement, elle se détend.

Lorsque Emma laisse aller sa tête entre mes mains, j'ai un souvenir d'enfance qui me revient soudain : Annabel est bébé, et ma mère lui donne son bain dans une petite baignoire en plastique bleu. Elle prend ma main dans la sienne et la pose sur la tête pleine de savon d'Annabel. Les cheveux du bébé sont fins sous mes doigts, sa peau douce est comme du velours. Je ne devais pas avoir plus de trois ans, et, pourtant, mon souvenir est aussi précis que si cela s'était produit hier.

Le téléphone sonne. C'est Jake, surexcité, qui m'appelle pour me donner les détails de son voyage. Il me demande d'emporter le téléphone dans la salle de bains pour qu'il puisse de nouveau parler à Emma.

Voilà, nous y sommes. La fin des recherches. La fin du cauchemar. Je veux croire que c'est aussi un genre de début, pour

Jake et moi, pour Emma, pour la famille que nous avions projeté de former.

Dans la baignoire, Emma a la tête sous l'eau, elle fait des bulles. Je me rends compte, en la regardant, qu'il nous faudra réapprendre à la connaître de mille manières.

« T'es en train de te ratatiner comme un pruneau, dis-je. T'es prête à sortir ? »

Elle se met debout et tend les bras. Je l'enroule dans une serviette. « Tu as sommeil ?

– Oui.

– On n'a pas de chemise de nuit, alors, on va se débrouiller autrement. »

J'arrange mon sarong pour m'en faire une robe et je donne à Emma mon tee-shirt pour qu'elle dorme dedans. Il n'est pas tout à fait propre mais il fera l'affaire. Elle met ses bras en l'air pour que je lui passe le tee-shirt par la tête, puis elle s'installe dans le lit. Je la borde et je m'allonge sur les couvertures à côté d'elle ; je la regarde dormir. J'effleure ses cheveux, ses épaules, son joli visage. Je n'y crois toujours pas. J'essaie encore de prendre conscience. Je suis si fatiguée, mais je ne ferme pas les yeux ; je ne cesse de la regarder.

À deux heures du matin, le téléphone sonne. « Abby Mason ? fait une voix inconnue.

– C'est moi.

– Ici Wiggins. Je viens juste d'avoir votre message. Désolé de rappeler si tard.

– Vous ne pouvez pas savoir à quel point je suis ravie de vous entendre. » Je vais jusqu'au fauteuil à côté de la fenêtre et je parle aussi doucement que possible.

« Ne vous réjouissez pas trop vite. Je suis encore au Honduras en ce moment, mais j'ai prévu de rentrer au Costa Rica demain matin. Nick m'a raconté votre histoire il y a un moment déjà. Pour être honnête, je ne pensais pas que vous la retrouveriez. Il se passe de drôles de choses, hein ? Je viens de contacter nos équipes à San Francisco et je leur ai demandé de nous faxer les croquis du couple. Ils ont parlé au père d'Emma et ils viennent de commencer à interroger l'ex-femme. Il faut que vous me disiez comment vous l'avez trouvée. Avez-vous vu les ravisseurs ?

– Non, mais j'ai leurs prénoms, Teddy et Jane. »

Je lui raconte toute l'histoire. Elle sort en un flot de paroles, les phrases se bousculent dans tous les sens. « Ils ont un van jaune, dis-je.

– Et où pensez-vous que je puisse le trouver ?

– Ils étaient à Playa Espadilla aujourd'hui, mais il y a déjà plusieurs heures.

– Je vais envoyer des hommes à Manuel Antonio tout de suite. Est-ce qu'on peut vous joindre à ce même numéro demain ?

– J'emmène Emma à l'aéroport demain matin à sept heures pour qu'elle voie son père. Je n'ai prévu rien d'autre après ça.

– Je vais dépêcher quelqu'un pour vous escorter jusqu'à l'aéroport demain matin. Il s'occupera de tous les problèmes qui pourraient se poser là-bas. Emma pourra rentrer, mais il va falloir que vous restiez un peu au Costa Rica, quelques jours, ou peut-être plus. Quand nous retrouverons le couple, vous devrez les identifier. »

Il ne dit pas *si*, il dit *quand*. Sa certitude est rassurante. « Merci, lui dis-je. Merci du fond du cœur. »

77

Un cri inhumain me réveille, suivi d'autres cris, toute une cacophonie, juste sous notre fenêtre.

« Les singes hurleurs », remarque Emma en ouvrant les yeux et en s'étirant. Sa peau brune est humide de sueur. Malgré le climatiseur bruyant, la chaleur est étouffante. La nuit dernière, je suis restée éveillée pendant des heures, les yeux rivés sur cette petite merveille. À un moment donné, je me suis endormie. Maintenant, je suis frappée de nouveau par sa présence, cette magnifique improbabilité.

Le réveil indique six heures un quart. « Il est temps de se lever, dis-je. Nous allons à l'aéroport.

– Maintenant ?

– Très bientôt.

– Et papa sera là ?

– Oui. »

Elle me jette un regard las, comme si elle n'était pas sûre de devoir me croire.

Vingt minutes plus tard, on frappe à la porte. J'écarte un peu le rideau ; c'est un jeune homme, aux traits italiens, pas plus de vingt-sept ans.

« Qui est-ce ? demandé-je à travers la porte.

– C'est Wiggins qui m'envoie. »

Je lui ouvre.

« Je m'appelle Panico, dit l'homme en me tendant la main. Mike Panico. » Il regarde par-dessus mon épaule à l'intérieur de la chambre, où Emma se tient debout, pieds nus, dans la même robe jaune sale qu'elle portait hier. « Emma, j'imagine ? »

Elle acquiesce d'un mouvement de tête.

Il lui sourit. « Apparemment, beaucoup de gens t'ont cherchée partout. »

À l'aéroport, j'achète une nouvelle robe et des sandales à Emma. La robe est un peu trop grande, les sandales un peu trop petites, mais Emma fait une pirouette pour montrer sa tenue, comme si c'étaient les plus beaux atours qu'elle ait jamais portés.

Panico nous conduit ensuite dans une petite pièce au premier étage, meublée d'une simple table et de quatre chaises, rivetées au sol. Deux des chaises sont pourvues de bracelets métalliques sur les accoudoirs, avec des trous pour des cadenas ; je me rends compte que les bracelets servent à attacher des prisonniers. La peinture beige s'écaille sur les murs.

Panico ferme la porte et s'accroupit pour que ses yeux soient à la même hauteur que ceux d'Emma. « On dirait que tu vas rentrer à la maison. Qu'est-ce que ce sera la première chose que tu vas faire en arrivant ?

– Je veux aller chez Cable Car Joe's manger un hamburger et boire un milk-shake au chocolat.

– Tu as bien raison, dit-il. C'est impossible d'avoir un bon burger dans ce pays. »

Emma sourit, et je sens que je me détends. Panico fourre la main dans sa poche et en tire un album de coloriages et des crayons en cire, qu'il dispose sur la table. « Tu aimes bien colorier ? »

Elle hoche la tête, timidement.

« J'adorais colorier quand j'étais petit, dit-il. Mais je n'ai jamais été très doué. »

Emma s'assoit et commence à feuilleter l'album. Je m'installe en face d'elle. « *El gato* », dit-elle en montrant un chat. Elle choisit un crayon jaune et commence à colorier. « Tu parles espagnol ? me demande-t-elle.

– Un peu. »

Elle se tourne vers Panico. « Et vous ?

– *Si, señorita.* » Ils échangent quelques phrases rapides en espagnol, et il dit quelque chose qui la fait rire. Je comprends seulement le mot gâteau, et encore je peux me tromper.

Emma glisse le crayon violet dans le taille-crayon au dos de la boîte et le tourne. Puis elle souffle sur la pointe, penche la tête sur l'album et s'attaque au bol d'eau d'*el gato*. L'odeur de cire des crayons se mélange à celle d'Emma ; bien qu'elle se soit baignée hier soir, elle dégage ce parfum un peu sauvage et sucré salé des gosses dont on ne s'occupe pas correctement.

Panico approche sa chaise de la sienne. « Est-ce que je peux te poser quelques questions, Emma ?

– Oui.

– Où est-ce que tu as habité ?

– Des fois sur la plage, des fois dans le van. Parfois on va chez des amis de Teddy et de Jane.

– Tu sais où ils habitent, ces amis ?

– À différents endroits.

– Est-ce qu'ils t'ont dit comment ils connaissaient ta maman ?

– Teddy, c'est le cousin de maman, dit Emma. Je peux colorier, maintenant ? »

Emma tripote son oreille et je lui suis reconnaissante de ce petit geste, si familier, de ce petit tic qu'elle a depuis que je la connais. Elle lève les yeux vers moi, puis vers Panico, et dit : « Est-ce que Teddy et Jane ont des ennuis ?

– Il faut juste qu'on les trouve pour leur poser des questions », répond Panico.

Emma retourne à son coloriage. Assise là avec elle, je me sens à la fois exaltée et nerveuse. Elle s'est évanouie la facile camaraderie qui s'était bâtie entre nous dans les semaines précédant sa disparition, et je cherche encore à découvrir l'élément essentiel qui, chez elle, a changé. Qu'est-ce qui, chez cette nouvelle Emma, relève du processus naturel de la maturité, et quelle est la part imputable à tous ces mois passés avec ses ravisseurs ?

Une voix se fait entendre dans l'interphone, annonçant les arrivées et les départs. Chaque fois que le haut-parleur diffuse une annonce, je retiens mon souffle. Si seulement le vol pouvait être retardé. Si seulement Jake était retenu à la douane. Je voudrais juste un tout petit peu de temps supplémentaire avec elle, quelques heures, quelques minutes. Bien sûr, je veux qu'Emma retrouve Jake. Bien sûr, je suis excitée à la pensée de ces retrouvailles. Mais je redoute le moment où ils monteront dans un avion, le premier pas de ce voyage qui les éloignera de moi.

Enfin, on frappe à la porte. Trois petits coups.

Emma sursaute un peu, et moi aussi. Elle tourne le dos à la porte. Sa tête reste penchée, mais sa main s'immobilise instantanément. Elle regarde fixement l'album de coloriages et serre le crayon si fort que ses doigts blanchissent. Panico ouvre la porte, et Jake est là. Il n'a pas d'autre bagage qu'une besace sur l'épaule. Dans une main, il tient une immense poupée aux cheveux auburn American Doll, habillée comme une princesse dans une robe brodée et des chaussures noires aux rubans sophistiqués. Il reste là debout un moment, les yeux rivés sur la nuque d'Emma, comme s'il redoutait de croire que c'était elle. Il a pris du poids, et ses cheveux sont plus longs.

Je tends la main et je touche celle d'Emma. « Regarde qui est là. »

Elle lève les yeux vers moi, tenant toujours son crayon, mais elle ne bouge pas. Jake s'approche de la table et s'accroupit à côté d'elle. Quand elle le voit, il se produit en elle un changement, quelque chose lâche, son visage s'adoucit et ses lèvres esquissent un tout petit sourire. Jake dépose la poupée et la prend dans ses bras. Pendant longtemps, il sanglote, le visage enfoui dans ses cheveux. Il finit par s'écarter un peu d'elle et il dit : « C'est toi. Je n'arrive pas à croire que c'est vraiment toi.

– Bien sûr que c'est moi, papa. »

Panico détourne les yeux. Comme moi, il doit se sentir un intrus devant cette scène si intime.

Jake se tourne vers moi. « Je n'arrive pas à y croire.

– Je sais. »

Il prend Emma dans ses bras, fait un pas vers moi et me serre très fort contre lui. Il sent si bon, il a l'air si bien, il se sent si bien. « Tu avais raison, depuis le début, dit-il. Je suis tellement désolé d'avoir douté de toi. »

Emma regarde la poupée posée par terre, et un sourire vient illuminer son visage. Elle se tortille pour descendre de ses bras.

« Je te présente Félicité », dit Jake. Il s'accroupit et pose sa fille.

Emma touche les cheveux doux de la poupée, passe ses doigts sur la bordure en dentelle blanche de la robe. « Elle est belle. »

Jake regarde fixement Emma comme s'il ne croyait pas complètement qu'elle est là, comme s'il s'attendait à se réveiller d'un moment à l'autre de ce rêve incroyable.

« Notre vol n'est que dans deux heures, me dit-il. Tu as le temps de prendre un café ? »

Je ne peux m'empêcher d'éclater de rire. « Tu rigoles ? »

Panico fait un pas en avant. « Je suis de l'ambassade, explique-t-il à Jake. Je vais vous retrouver à l'embarquement et m'assurer que vous n'avez aucun problème pour monter dans l'avion. Vous avez son passeport ?

– Oui, dit Jake en tapotant sa poche de veste. Merci pour votre aide.

– Ne me remerciez pas, dit Panico. C'est Abby qui a mené à bien cette affaire.

– Qu'avez-vous appris jusqu'à présent ? » demande Jake.

Emma est occupée à faire et à défaire les lacets des chaussures de la poupée. « L'homme du van jaune est le cousin de Lisbeth, dis-je doucement. Du moins, c'est ce qu'ils ont dit à Emma. »

Jake hoche la tête, incrédule.

Je porte la poupée, Jake porte Emma et nous allons jusqu'au café, Panico sur nos talons. Emma ne quitte pas son père des yeux, et Jake ne cesse de regarder Emma, et je n'arrête pas de les regarder tous les deux. Cela a l'air tellement étrange, tellement impossible, nous trois, ensemble comme ça, marchant dans un aéroport comme une famille normale.

« Il faut que tu ailles te faire couper tout ça, commande Emma, en passant ses doigts dans les longs cheveux de son père.

– Je pense bien que c'est toi qui vas t'en charger, dès qu'on sera rentrés à la maison », dit-il, la voix brisée par l'émotion.

Au bistrot, nous commandons des cafés, un jus de fruits pour Emma et des gâteaux.

Nous nous installons tous les trois à la table la plus à l'écart, près de la fenêtre. Jake apporte la chaise d'Emma tout près de la sienne. Il commence à couper les gâteaux en tout petits morceaux, comme il le faisait autrefois, mais Emma tire l'assiette à elle et dit : « Je peux le faire.

– Pardon, dit-il en souriant. C'est vrai que tu as grandi. Bon sang, mais comme tu as grandi, même physiquement. »

Elle sourit aussi, on dirait qu'elle est sur le point de parler, mais elle enfourne un morceau de gâteau.

« Quoi ? dit-il.

– Je suis plus grande, et toi, t'es plus gros. »

Nous rions tous en entendant cela, même Emma.

« Tu m'as tellement manqué, dit-il. Tellement. Tu ne peux même pas imaginer. »

Emma essuie sa bouche d'un revers de main et baisse les yeux vers son assiette, tout en mâchant.

Je sais qu'il fait de grands efforts pour ne pas poser de questions, pas encore – toutes ces questions évidentes, terrifiantes. Il la regarde, fasciné.

« Ta chambre est exactement comme tu l'as laissée, dit-il. Tu as même des cadeaux de Noël. »

Les yeux d'Emma s'écarquillent.

« Je pourrai les ouvrir ?

– Dès que nous arriverons à la maison.

– Et aussi des cadeaux d'anniversaire », dis-je.

Son visage prend une expression de confusion. « Pour mon anniversaire ?

– C'est en novembre, tu te souviens ? dit Jake. Tu as sept ans, maintenant. »

Ses yeux s'éclairent. « J'ai sept ans ? »

Une voix résonne dans les haut-parleurs, annonçant le vol à destination de San Francisco.

« C'est pour nous, dit Jake. Mon bébé, t'es prête à rentrer à la maison ?

– Oui. »

Il tend le bras et attrape ma main. « Quand pourras-tu partir ?

– Je ne sais pas. Bientôt, j'espère. Il reste encore beaucoup de choses à faire ici. »

Ma conversation avec Jake me fait l'effet d'une scène de théâtre maladroitement interprétée. La chorégraphie sonne faux, les répliques tombent à plat, nous parlons tous les deux un peu plus fort qu'il n'est nécessaire. Je me surprends à me demander quelles possibilités il nous reste. Quand je suis partie pour le Costa Rica, il m'a fait clairement comprendre que tout était fini entre nous. Mais un événement comme celui-là ne change-t-il pas les choses ? N'ai-je pas fait la seule chose essentielle que je devais faire pour le reconquérir, pour rendre nos vies de nouveau normales ?

Il serait impensable de lui poser ces questions maintenant. Ce moment ne ressemble en rien à ce que j'avais imaginé, aux retrouvailles que j'ai déroulées dans ma tête depuis que je suis au Costa Rica. Je nous voyais tous les trois rentrer à la maison ensemble, en famille. Mais la vérité, c'est que la famille, c'est Emma et Jake, eux deux.

Je m'approche d'Emma, je me penche et je la serre contre moi. Je ne veux pas la laisser partir. « Au revoir, mon cœur.

– Tu ne viens pas avec nous ?

– Il faut que je reste encore un peu ici. Mais je vais bientôt rentrer.

– O.K.

– Au revoir, Jake.

– Je te remercie tellement, dit-il. C'est un miracle. » Il met sa main dans mes cheveux et les rejette par-dessus mon épaule, comme il l'avait fait lors de notre première rencontre. Ce geste simple suffit à raviver un espoir en moi, suffit à me faire penser qu'un nouveau départ est peut-être possible pour nous.

Jake prend Emma dans ses bras, et, tandis qu'ils s'éloignent, elle regarde en arrière et me fait un petit signe de la main. « *Adios*, dit-elle.

– *Adios.* »

Je les regarde partir vers la porte d'embarquement – Jake avançant d'un pas rapide, comme s'il était impatient de quitter ces lieux. Ils pourraient être n'importe quel père, n'importe quelle fille, rentrant à la maison à la fin des vacances. Je pourrais être n'importe quelle petite amie, l'élément superflu de l'équation qui, une fois soustrait, donne le bon résultat.

78

L'après-midi. Une chambre d'hôtel à San José. J'attends. Trois cent trente-cinquième jour. Quand je note mentalement le chiffre, je me rends compte que le calendrier qui m'a obsédée pendant la dernière année est désormais caduc. J'ai gagné la chance de recommencer à zéro. Oui, cela fait trois cent trente-cinq jours que je l'ai perdue. Mais cela fait aussi deux jours que je l'ai trouvée.

Je suis assise sur le balcon. Dans la chambre voisine retentit une musique espagnole, forte, mais pas assez cependant pour couvrir le bruit d'un couple qui fait l'amour. Je les ai vus arriver tout à l'heure. Lui, mince, elle, grosse, et ils n'avaient pas de bagages. Je devrais être en train de faire quelque chose – d'écrire des lettres de remerciement, d'envoyer des e-mails, d'appeler tous les gens que je connais. Mais à qui écrirais-je ? J'ai passé toute la matinée au téléphone. J'ai déjà annoncé la nouvelle à Annabel, à Nell et à Nick. Comme Franco Magnani, l'artiste de la mémoire qui était obsédé par le village de son enfance, le rétrécissement de mon champ visuel ces douze derniers mois a considérablement réduit mon cercle d'amis. Je n'ai pas personne d'autre à appeler.

Jake et Emma sont arrivés à la maison hier soir, accueillis à l'aéroport par quelques dizaines de personnes, qui encombraient le hall avec des banderoles de bienvenue et des peluches. Jake a appelé de la maison pour dire qu'ils étaient bien arrivés. « Est-ce que je peux parler à Emma ? ai-je demandé au moment où il raccrochait.

– Elle dort déjà.

– Demain, alors ?

– Bien sûr. » Il y eut un long silence. Puis il reprit : « Merci. Je n'arrive pas à croire ce qui arrive. »

Depuis si longtemps, chaque minute est consacrée à chercher Emma. Maintenant, je ne sais plus trop quoi faire. J'allume la télévision – *Les Aventuriers de l'arche perdue.* Je lutte pour garder les yeux ouverts. Je pense à Emma, chez elle, dans son lit. J'imagine Jake assis à son chevet jusqu'à ce qu'elle s'endorme. Un instant, il fatigue, et il décide d'aller dans sa chambre. Mais à la porte, il s'arrête, incapable de la laisser. Il reste là toute la nuit, regardant sa fille respirer, sa splendide petite fille. À un moment, peut-être, il se réveille, parce qu'elle crie, et il arrive en courant. Mais, pendant quelques secondes, tout est confus pour elle, elle ne le reconnaît pas. Elle ne reconnaît pas le lit, la chambre, les peluches alignées le long des murs. « Où est Teddy ? demande-t-elle. Où est Jane ? » Et comment va-t-il répondre à cela ?

À la télévision, des explosions, des serpents, Kate Capshaw en string, qui se baigne dans une rivière boueuse. Dans la chambre à côté, le couple se calme ; des éclats de rire me parviennent du couloir. Le sommeil arrive.

Un sursaut. On toque à la porte. Un coup rythmé, un rebond, un peu comme Annabel quand elle frappait à la porte de ma chambre quand nous étions enfants, notre code secret. Pendant un moment, tandis que je me réveille, je me dis que le coup à la porte, c'était dans mon rêve, mais ça recommence. Je tire un peu sur ma robe – l'un des quelques objets que j'ai achetés ce matin dans un petit centre commercial près de l'hôtel – et j'ouvre la porte. C'est un homme de taille moyenne, au physique nerveux, portant une chemise cubaine, un chapeau de paille, et un large pantalon kaki. Il est très bronzé. Il est clairement américain, mais quelque chose est différent chez lui. Il ne ressemble en rien aux touristes qui hantent les marchés de San José, en jetant des coups d'œil par-dessus leur épaule et en serrant leur portefeuille.

« Wiggins, dit-il en entrant. C'est joli chez vous.

– Merci.

– C'était du second degré.

– Pardon ?

– Le compliment sur la chambre. Je plaisantais.

– Oh. O.K. »

Je ne me suis pas préparée à la bonne humeur de Wiggins. Je crois que je m'étais imaginé un type portant un gilet pare-balles et des rangers, hurlant dans un talkie-walkie. Le couple à côté redémarre.

« Désolée pour les bruitages, dis-je.

– Pas la peine de vous excuser. Vous ne l'aviez pas prévu, que je sache. » Il agite quelque chose dans sa poche et en sort un énorme porte-clés. « Prête ?

– Où allons-nous ?

– Au commissariat. Pour une histoire d'identification.

– Pardon ?

– Nous avons besoin que vous les identifiiez parmi d'autres gens.

– Êtes-vous en train de me dire que vous les avez ? » Cela paraît impossible, ce serait trop demander.

« Oui, je suis quasi sûr que ce sont eux. »

Hier soir, au téléphone, j'ai expliqué à Wiggins les détails de mes recherches. J'ai imaginé que ses propres investigations pour retrouver Teddy et Jane prendraient des semaines, voire des mois. Maintenant, je trouve la situation étrange. C'est donc tout ? Il attrape les méchants, et je les identifie. Cela paraît trop facile, après tous ces mois de quête. J'imagine qu'une partie de moi voulait être là au moment de l'arrestation, pour voir les ravisseurs d'Emma trembler devant un groupe d'officiers de police armés. Je voulais peut-être une équipe de forces spéciales, des caméras de télévision, des coups de feu. Je voulais qu'ils ressentent, pendant un moment au moins, la peur qu'Emma avait dû éprouver quand ils l'ont emmenée. Je voulais qu'ils sachent ce que signifiait vivre une terreur atroce.

Devant l'hôtel est stationnée une Jeep blindée, avec plusieurs antennes. Elle est haute sur roues, maculée de boue. Wiggins ouvre la portière passager et je monte. À l'intérieur, il a installé toutes sortes de gadgets. Il se glisse devant le volant et met le moteur en route. Elle ne rugit pas comme je l'aurais imaginé, mais elle ronronne doucement, comme une toute petite Toyota.

« C'est quoi, tout ça ? dis-je. Y a-t-il un satellite quelque part dans l'espace en train de transmettre notre conversation à Washington ?

– C'est un peu ça. » Il se penche et, la bouche collée au levier de vitesse, dit : « La neige blanche s'amoncelle à côté de la porte rouge. » Il se redresse, quitte la place de parking incroyablement petite d'une seule manœuvre experte.

J'aime bien ce gars. Je pourrais, dans une autre vie, me lier d'amitié avec lui ; je l'inviterais à dîner et il raconterait des histoires fascinantes bourrées d'intrigues internationales, pleines de sombres personnages et de conspirations compliquées et peu plausibles.

« Où étaient-ils ? Comment ça s'est passé ?

– Les Costaricains les ont repérés il y a quelques heures. Ils dormaient dans un van qui ressemblait à celui que vous avez décrit, et ils correspondaient aux portraits-robots. Ils étaient garés sur un chemin de terre à côté de la plage à quelques kilomètres seulement de Manuel Antonio.

– Vous plaisantez ?

– Non. Le criminel moyen n'est pas très malin.

– Vous leur avez déjà parlé ?

– Ben, *parlé* n'est peut-être pas le mot approprié. Mais la réponse est oui. Ils ont avoué. Cette identification n'est qu'une formalité.

– Et Lisbeth ? Ont-ils dit quelque chose la concernant ?

– Elle les a payés dix mille dollars.

– Je ne comprends pas. Quel était leur plan ? Allaient-ils vivre comme ça ici avec Emma indéfiniment ?

– Apparemment, ils n'avaient pas prévu à long terme. Lisbeth a avoué à la police de San Francisco qu'elle voulait juste passer un peu de temps avec Emma ; Jake ne lui permettait pas de la voir et elle ne savait pas quoi faire d'autre. Son problème, c'est que les choses se sont juste un peu emballées.

– Ça n'a aucun sens.

– Ce genre d'histoire en a rarement. Voilà ce que je veux dire quand je vous explique que les criminels ne sont généralement pas très intelligents. La plupart d'entre eux n'ont aucune capacité à monter un plan jusqu'à son terme. Ils se fourrent une idée dans la tête, une histoire – le scénario parfait, dans lequel tout marche comme sur des roulettes et qui se termine de manière idéale. Mais quand un petit truc déraille, quand les pièces commencent à ne plus s'emboîter, ils sont incapables de revoir le plan pour trouver une solution réalisable. »

Nous suivons des routes sinueuses par Quepos – devant une cour d'école où des enfants sont en train de jouer au foot, devant la gare routière et une épicerie, des églises blanches, des bureaux délabrés et quelques hôtels. Bientôt, la ville cède la place à la jungle, et nous cahotons sur une piste défoncée, des branches d'arbres fouettent la Jeep au passage.

« Donc, dis-je, une fois que j'ai retrouvé mon souffle, cela fait combien de temps que vous faites ce métier ?

– Ce n'est pas mon boulot habituel. Je fais plutôt partie des… comment dirais-je, des forces de maintien de la paix. »

Quelque chose dans la manière dont il dit « maintien de la paix » n'a pas l'air pacifiste du tout.

Ensuite, tout aussi soudainement, la jungle s'ouvre sur une petite clairière et, après un virage, nous trouvons une route récemment pavée. L'odeur du goudron monte dans la chaleur. Une grande pancarte écrite à la main annonce *Bienvenida* en grandes lettres rouges. C'est disproportionné pour une ville de cette taille, qui n'est composée que d'un groupe de maisons en bois, d'un étal de fruits, d'une chapelle, et d'un bâtiment en brique avec un seul étage, disposés de part et d'autre de la route. Wiggins gare la Jeep dans la terre devant la chapelle, où une femme âgée vend des babioles qu'elle a posées sur une petite table : trois peignes en plastique, deux sodas à l'orange chauds en bouteilles et des scènes typiques peintes sur des bouts de bois.

« Par ici, fait-il avec un mouvement de tête vers la rue. Je ne vous ai jamais demandé comment vous connaissiez Nick.

– Je suis photographe. Il a été mon client. Et vous ?

– Nous avons travaillé ensemble une fois pour les Nations unies, ou quelque chose dans ce genre.

– Il ne m'a jamais dit qu'il avait travaillé aux Nations unies.

– Je parie qu'il y a beaucoup de choses qu'il ne vous a pas dites. »

Nous nous arrêtons devant le bâtiment en brique. Il n'a rien de particulier, ce n'est qu'une bâtisse à un étage avec une porte en bois naturel et quelques fenêtres délabrées. Devant, le jardin est plein de bougainvillées poussant de manière anarchique.

« Vous êtes prête à faire ça ? demande Wiggins.

– Pas vraiment. »

Je regarde par terre et je prends une grande inspiration, m'armant de courage. Mes pieds montrent la marque de bronzage des tongs en plastique que je porte depuis mon arrivée au Costa Rica. Maintenant, dans ces nouvelles sandales en cuir que j'ai achetées ce matin, je me sens un peu déplacée.

Wiggins ouvre la porte et m'invite à entrer. À l'intérieur, le climatiseur ronfle et la pièce sent le papier journal et l'eau de Cologne bon marché. Trois hommes en uniforme jouent aux échecs et boivent de la bière, assis à une table dans un coin. « *Hola* ! » disent-ils. Ils paraissent tous connaître Wiggins. Un colosse se lève pour nous accueillir. Il sourit, dévoilant un appareil dentaire métallique rutilant. Wiggins parle dans un espagnol ultrarapide avec les policiers pendant quelques minutes avant que l'homme à l'appareil nous fasse sortir de la pièce.

Nous passons une porte en fer, nous descendons un couloir bordé de cellules vides, trois de chaque côté. Le hall pue le café brûlé et les odeurs corporelles mêlées à un léger relent d'urine. Mon estomac se retourne : la peur, la colère, l'angoisse, tout se mélange et pèse lourdement. L'agent glisse dans la serrure une énorme clé et ouvre la porte. J'ai un goût amer dans la bouche, et j'ai fourré mes mains dans mes poches pour cacher mes tremblements. Ces onze derniers mois, chaque fois que je me suis préparée à quelque chose, en imaginant les possibles dénouements et en me cuirassant pour y faire face, l'événement lui-même m'a surprise, quelque chose que je n'aurais pas pu prévoir ; toutes mes préparations n'avaient servi à rien.

Nous sommes dans une pièce minuscule. La porte se referme derrière nous avec un cliquetis. Tout un pan est composé de barreaux, et derrière eux se trouvent une douzaine d'hommes et de femmes en vêtements de ville, paraissant s'ennuyer et transpirer. Pas de climatisation, seulement deux ventilateurs placés de ce côté-ci des barreaux, qui soufflent vers la cellule.

L'homme qui nous a amenés ici agite ses clés. Les ventilateurs émettent un léger cliquetis.

« Alors ? » demande Wiggins.

Je n'ai pas besoin d'étudier les visages, pas besoin de réfléchir. Les voici, assis sur un banc dans le fond. Elle a attaché ses cheveux en une queue-de-cheval serrée, exactement comme dans mon souvenir. Il a pris du poids, s'est empâté au niveau du visage, mais c'est bien lui. Je découvre avec surprise qu'ils n'ont pas l'air effrayants, ils ne ressemblent pas à des criminels. Je cherche une ressemblance entre Teddy et Lisbeth, mais je ne trouve rien. Teddy et Jane sont assis tout près l'un de l'autre, presque serrés l'un contre l'autre, se tenant par la main, comme ces couples que je voyais parfois à l'église quand j'étais enfant, des couples qui visiblement n'appartenaient pas à la paroisse, des couples qui avaient été contraints d'assister à l'office en échange d'une dinde de Thanksgiving ou d'un sac de vieux vêtements.

Ils regardent tous les deux par terre. Teddy martèle le sol du pied et se ronge les ongles. Son attitude n'a rien à voir avec celle que je lui avais trouvée ce jour-là à Ocean Beach – l'assurance arrogante d'un homme parfaitement conscient de son charme. Quand j'ai remarqué, il y a quelques jours, à quel point Emma avait maigri, je voulais le tuer. Aujourd'hui, la colère demeure, mais ce n'est plus une rage qui couve, c'est tout juste une sensation d'écœurement au creux de l'estomac.

« C'est bien eux, dis-je en désignant le fond de la cellule d'un mouvement de tête.

– Lesquels ?

– Sur le banc. Les blonds. »

La femme lève les yeux, comme si on avait appelé son nom. Je croise son regard, j'essaie de décrypter son expression. Peut-on lire du remords sur son visage ? De la peur ? De la colère ? Je n'y décèle rien de tout cela. Celui-ci est vide, ses yeux dénués d'expression. Je soutiens le regard de la femme, déterminée à l'affronter, même de cette toute petite manière, mais elle détourne rapidement les yeux.

« Certaine ? demande Wiggins.

– À cent pour cent. »

J'ai imaginé ce moment dans ma tête des centaines de fois. Je me voyais arriver ici avec exactement la bonne phrase, sur le ton approprié, qui forcerait les ravisseurs d'Emma à comprendre la cruauté de ce qu'ils avaient fait. Dans mes rêves, j'ai toujours trouvé un moyen de me venger avec les mots les plus corrects et les plus durs. Maintenant, j'ai la gorge serrée, la bouche sèche, et les mots ne sortent pas.

Nous repassons la même porte, remontons le couloir, et arrivons à la pièce climatisée où l'antique réfrigérateur bourdonne très fort.

« Et maintenant ?

– Je vous ramène à votre hôtel, dit Wiggins. Je pense que vous allez pouvoir rentrer en Californie.

– Et eux ? Teddy et Jane ?

– Ils vont être inculpés, puis il y aura une procédure d'extradition. Je vous appellerai pour vous donner les détails. »

Dehors, une pluie fine a commencé à tomber. Je l'entends fouetter les arbres, les pavés de la route, la rue. Nous sommes dans un trou perdu, au centre de quelques hectares dégagés au beau milieu de la forêt vierge qui paraît vouloir se resserrer. Dans le lointain se dressent des montagnes dont le brun pâle se détache sur le fond blanc du ciel.

Il m'ouvre la porte de la Jeep, puis va s'installer à la place du conducteur. « Delta 687 », dit-il en glissant la clé dans le contact.

On dirait une espèce de code secret, et j'imagine une demi-douzaine d'agents dans un bureau du gouvernement, très loin d'ici, penchés, attentifs, prenant d'importantes décisions sur la base de cette toute petite information. Ce réseau d'influence internationale dans lequel évolue Wiggins – et Nick, apparemment – paraît tellement étranger au mien, un peu comme la culture surf il y a quelques mois, et je me rappelle, une fois encore, combien ce moment à Ocean Beach a tout changé, a bouleversé les contextes de ma vie d'une manière irréversible.

« Pardon ?

– Delta 687. C'est le meilleur vol de retour. Départ demain matin à neuf heures.

– Bien sûr… Je croyais que vous étiez en train de… »

Wiggins démarre et me lance un regard en coin. « De… ?

– Non, rien. »

Je regarde le paysage défiler – les montagnes, les gigantesques plantes d'un vert luxuriant, les minuscules maisons avec leur courette de terre brune. Il me semble que tout cela va me manquer. Bien des choses dans ce pays vont me manquer.

Demain, nous serons le vingt-deux juin. Demain, je rentre à la maison.

79

Une après-midi fraîche sur Gulf Coast ; l'orage est imminent. Il est trois heures et le ciel est aussi sombre qu'au crépuscule. L'ouragan Bertha approchait et ma mère nous avait envoyées, Annabel et moi, faire des courses à l'épicerie. Notre chariot était plein : des bidons d'eau distillée, des boîtes de soupe Campbell et de thon Starkist, des bouteilles de Gatorade, deux nouvelles lampes de poche et une douzaine de piles. Les rayons avaient été dévalisés et les travées étaient encombrées de clients effrayés par l'approche de l'ouragan. Les queues aux caisses s'étiraient jusqu'au rayon viandes, au fond du magasin. Le gars devant nous, dont le chariot contenait des nouilles chinoises, des bières Heineken, plusieurs rouleaux de chatterton et une boîte de bougies fuselées blanches, s'est retourné et m'a souri. Il avait les cheveux noirs, coupés très court, et il portait un tee-shirt marqué University of Arizona.

« Impatientes ? demanda-t-il.

– À propos de quoi ?

– De l'ouragan. »

Annabel leva les yeux au ciel et me pinça le bras. Je haussai les épaules. « Pas tant que ça.

– C'est mon premier ouragan, dit-il. Je viens d'arriver ici, j'habitais dans le désert. » Il ne cessait de regarder mes jambes, et je savais qu'il était suffisamment âgé pour que ce regard ne soit pas ce qu'il devrait être. « Vous auriez un conseil à me donner ?

– Des planches, pas du Scotch. »

Il eut l'air dérouté.

« Pour les fenêtres », compléta Annabel, d'un ton qui indiquait clairement qu'il était le plus idiot de la terre.

« Vous mettez du contreplaqué sur toutes les fenêtres, expliquai-je. Le Scotch, c'est un pis-aller. »

Il se balança un peu sur un pied et, dans ce mouvement, son tee-shirt se souleva légèrement, dévoilant une ligne de poils qui descendait verticalement au milieu de son ventre, et qui disparaissait dans la ceinture de son jean. Il surprit mon regard, et sourit. « Rien d'autre ? »

Je sentais la chaleur me monter au visage mais je m'en fichais ; je trouvais ce jeu amusant. Je pris la boîte de bougies dans son panier. « Et ça, c'est pour quoi ? Un dîner romantique ? »

Il me fit un clin d'œil. « Vous cherchez une invitation ?

– C'est ce que vous proposez ? »

Annabel croisa les bras sur sa poitrine. « Je t'en prie », dit-elle en faisant claquer son chewing-gum.

« Sérieusement, dit-il en se penchant vers moi. Qu'est-ce qui cloche avec les bougies ?

– C'est pas de la tarte quand les lumières s'éteignent. Il faut des lampes tempête et des lampes torches. » Je remis les bougies dans son chariot et saisis son unique pack d'eau. « Et vous allez avoir besoin de plus que ça, sauf si vous prévoyez de boire l'eau de la piscine de votre voisin. La dernière fois, nous n'avons pas eu d'eau pendant neuf jours. »

La queue avança. Il fit bouger son chariot en donnant un coup de bassin. « Clairement, je ne suis pas préparé, avoua-t-il. J'ai besoin d'un coach spécial ouragan personnel.

– Ça rapporte combien ?

– C'est négociable, dit-il en posant sa main chaude sur mon épaule, laissant glisser un doigt sous la fine bretelle de mon débardeur.

– Bon Dieu, intervint Annabel, elle n'est même pas majeure.

– Ne faites pas attention à ma sœur, dis-je. Elle voue un culte à Satan. »

Quelques minutes plus tard, il était à côté du break et il m'aidait à charger les sacs à l'arrière. Annabel à côté, les bras croisés, nous fusillait du regard. Au-dessus du parking, les oiseaux tournoyaient en vols confus, tandis que les feux de signalisation sur Hillcrest Road oscillaient dans le vent. Quand tous les sacs furent chargés, il referma la portière et tendit la main. « Ramon.

– Abigail. » Sa main était chaude, et il serra la mienne pendant quelques secondes avant de la lâcher.

« Bon, dit-il, est-ce que je risque la prison si je vous demande votre numéro de téléphone ? »

Annabel se plia en deux, les bras croisés sur le ventre, simulant un tel point d'écœurement qu'elle allait en vomir.

« Pourquoi vous ne me donnez pas le vôtre, plutôt ? » Je savais que, s'il appelait chez moi, mes parents me poseraient des questions auxquelles je serais incapable de répondre.

Il fouilla dans la poche arrière de son jean et en sortit un portefeuille en cuir, où il prit une carte de visite : « Ramon Gutierrez. Portraits et photographie d'art. » Je glissai la carte dans ma poche et ouvris la portière du conducteur.

« Monte dans la voiture », dis-je à Annabel, qui paraissait sur le point de sortir de ses gonds et de lui flanquer son droit dans la figure.

Elle lui fit un doigt, et dit : « Je n'ai qu'une chose à vous dire, monsieur : si vous touchez à cette fille, vous allez en taule. »

Ramon l'ignora. Il attendit qu'Annabel soit dans la voiture avant de se mettre à frotter une tache d'huile sur le sol du bout de sa chaussure et de dire, doucement : « Vous m'appellerez ?

– Oui. »

Je ne compris pas à cet instant-là que c'était le début de quelque chose, que chaque choix conduit à un autre choix, puis à un autre, et encore à un autre, qu'une seule décision apparemment dénuée de sens se répercute sur une vie entière. Je ne savais pas que c'était un moment de mon existence qui contribuerait à déterminer les contours de ma vie, que je passerais les quinze années suivant la mort de Ramon à chercher un homme qui pourrait m'aimer aussi complètement que lui. C'est maintenant seulement que je comprends que cette recherche m'a menée à Jake et, par là même, à Emma.

L'aphorisme d'Héraclite veut qu'« on ne se baigne jamais deux fois dans le même fleuve ». Puisque la composition de l'eau change d'un instant à l'autre, ce n'est jamais le même courant. Tout dans l'univers est dans un état qui ne cesse de fluctuer. Tout change. Rien ne reste identique.

Une fois passé le moment, il a définitivement disparu. Tous les choix qu'on aurait pu faire ont déjà été faits. J'aimerais me rebaigner dans le fleuve. J'aimerais retrouver le moment, le choix, les infimes secondes irrécupérables.

80

Les « récrés à deux ». Voilà comment Jake les appelle. Il est à l'autre bout du fil, et il y a beaucoup de bruit chez lui : la télévision, la vaisselle, la voix d'Emma.

« Je me disais que je pourrais l'emmener quelque part, dis-je. Faire les magasins ou au zoo. »

Depuis mon retour du Costa Rica il y a deux semaines, j'essaie de les voir tous les jours. Je suis allée deux fois dîner chez eux. Emma mangeait en silence tandis que Jake et moi échangions des paroles maladroites sur nos boulots respectifs. C'était, me semblat-il, le genre de conversations que mes parents avaient une fois que leur mariage avait tourné au vinaigre, quand ils ne s'aimaient plus, qu'ils faisaient seulement semblant. La dernière fois, Jake m'a raccompagnée dehors à la fin de la soirée. La porte d'entrée était entrouverte, et il ne cessait de jeter des coups d'œil à l'intérieur, comme si Emma risquait de sortir à tout moment.

Nous étions debout à côté de la voiture, et une musique forte nous parvenait d'une maison située un peu plus bas dans la rue – une fête de lycéens, probablement, alors que les parents étaient absents. Je resserrai les pans de ma veste. Les lumières de la rue se reflétaient dans le brouillard. Je fis un pas vers lui et posai ma tête contre sa poitrine. « Tu me manques. »

Il ne dit rien.

Je l'enlaçai. « Peut-être que nous pourrions essayer de nouveau. »

Il y eut un long silence. Son corps se détendit un peu. Pendant un moment, je sentis un espoir, une vague possibilité. « Abby », dit-il. Mon nom. Ce fut tout. Deux syllabes pesantes, lourdes, dans lesquelles j'entendis comme une résignation. Je montai dans ma voiture et partis.

Il y a cinq jours de cela. Aujourd'hui, j'essaie d'avoir la voix enjouée, comme l'amie platonique heureuse, qui appelle pour une petite sortie avec la fille. « J'adorerais emmener Emma dans un endroit sympa, je l'ai si peu vue depuis qu'elle… est revenue. »

Un silence s'installe. Je l'imagine se déplacer pour qu'Emma ne puisse pas entendre.

« Pour une récré à deux ? murmure-t-il.

– Tu es invité aussi », dis-je. Je sens tout à coup une drôle d'odeur, et je me rends compte que les œufs sont en train de brûler dans la poêle. Je cours à la cuisine, j'éteins le brûleur, je balance les œufs noircis dans l'évier et j'ouvre la fenêtre.

« Tout va bien ? demande-t-il.

– Juste un petit problème dans la cuisine. » Immédiatement, je regrette d'avoir avoué. Chaque petit pépin est une preuve supplémentaire de mon incompétence, de mon irresponsabilité, chaque erreur s'ajoute à la longue liste qu'il tient dans sa tête, une collection de preuves qui montrent que je n'ai rien à faire avec Emma.

Je l'entends faire les cent pas. « Quand pensais-tu l'emmener ?

– Ce week-end, peut-être. Quand ça vous convient.

– O.K. »

Le jour dit, je passe deux heures à me préparer. Je change de tenue quatre fois. Je remonte mes cheveux, je les défais, je les remonte de nouveau, je les redéfais. J'appelle Annabel, qui est censée accoucher dans un peu plus d'une semaine. Je prends l'avion mercredi, et je resterai là-bas jusqu'à ce que le bébé soit né.

« Au secours, dis-je. Je suis en train de perdre la tête. J'ai essayé trois couleurs différentes de rouges à lèvres.

– Prends une grande inspiration, conseille-t-elle. Ce n'est pas le gala de Miss America, je te rappelle que tu vas au zoo. »

Le zoo. Je ne pense ni aux tigres et aux girafes, ni aux reptiles et aux pingouins. Je pense au nombre d'hectares que fait le zoo. Aux innombrables coins et recoins, aux toilettes, aux lieux dangereux qu'il renferme.

« Je suis terrifiée.

– Tu vas te débrouiller parfaitement bien. »

Je veux la croire. Je me répète que c'est moi qui ai retrouvé Emma. Mes instincts étaient justes, ma détermination a payé. Cela est certainement significatif pour Jake.

Arrivée chez lui, je sonne à la porte. Pendant environ une minute, il ne se passe rien, alors je sonne de nouveau. J'entends du mouvement à l'intérieur, des bruits de pas dans l'escalier. La porte s'ouvre.

« Salut », dit Jake.

Je regarde par-dessus son épaule, dans le salon. « Elle est prête ? » La télévision diffuse, sur TV Land, un de ces anciens épisodes en noir et blanc de *Ma Sorcière bien-aimée*.

« Écoute, Abby. » Il n'a pas besoin de le dire. Je sais déjà ce qui va se passer. Je sens mon cœur se serrer. Il se balance un peu d'un pied sur l'autre. Il a une main sur la poignée de la porte et il ne fait pas le moindre mouvement pour me faire entrer. « Emma ne se sent pas très bien. »

Je jette un œil vers le palier et je la vois, à l'entrée de sa chambre, à moitié cachée par la porte. D'ici, elle n'a pas l'air souffrante. « Bonjour, chérie », dis-je à son intention. Elle sourit et me répond d'un petit geste de la main. Jake me rejoint sur le pas de la porte et la referme derrière lui.

« Qu'est-ce qu'elle a ? dis-je, essayant de contrôler l'émotion dans ma voix.

– Pardon ?

– Qu'est-ce qu'elle a ? La grippe ? De la fièvre ?

– Elle a mal au ventre. Probablement quelque chose qu'elle a mangé, c'est tout. »

Il se penche pour ramasser le prospectus d'un livreur de pizzas que quelqu'un a laissé sur le paillasson. « Écoute, ce n'est simplement pas le bon moment.

– Demain alors ? Je passerai demain ? »

Il fourre ses mains dans ses poches. Il évite soigneusement mon regard. « Je ne sais pas.

– S'il te plaît, ne fais pas ça.

– Je suis désolé, dit-il. J'ai besoin de temps. *Nous* avons besoin de temps, Emma et moi, seuls.

– De combien de temps ?

– Je ne sais pas. Elle est si embrouillée, entre Lisbeth, Teddy et Jane, et tout. »

Il me tapote l'épaule une fois, maladroitement, puis entre dans la maison et referme la porte derrière lui.

J'entends le bruit de ses pas qui montent l'escalier. Je m'en retourne, prête à m'éloigner, mais je ne peux pas. Je remonte l'allée et je sonne. Pas de réponse. Puis je tambourine sur la porte, comme si j'étais devenue folle. Je sais, malgré mes appels, qu'il ne va pas ouvrir.

Je dois avoir l'air complètement idiote, complètement désespérée. Le dos à la porte, je sens monter une panique bien connue. Mais, pour la surmonter, je ne connais pas de plan d'attaque, pas de méthode systématique selon laquelle je pourrais procéder pour modifier le cours des choses. Cette fois, c'est Jake qui a pris la décision ; cette fois, la situation m'échappe.

Je voudrais croire que, d'ici quelques mois, il verra en moi celle qui n'a pas abandonné, celle qui a persévéré alors que les recherches paraissaient stériles, après que le QG a fermé, que la police a abandonné, et qu'on a mis en terre un petit cercueil vide. Mais, en vérité, je sais que c'est un faux espoir. Le moment d'exultation quand j'ai appelé pour lui dire qu'Emma était saine et sauve sera toujours éclipsé par les mois de peur et d'angoisse. Pour lui, je serai toujours et seulement celle qui a perdu Emma, non pas celle qui l'a retrouvée. Celle qui a détourné les yeux.

Je ne sais pas combien de temps je reste sur la petite pelouse devant la maison, les yeux levés vers la fenêtre de la chambre d'Emma. Le sol me paraît instable, comme si, à tout moment, l'herbe sous mes pieds allait se dérober. Alors, très brièvement, elle bouge. Rien de plus qu'un frisson, un chuchotement dans les entrailles de la terre. Si doux, si subtil qu'ils n'en parleront même pas aux nouvelles ou dans les journaux. Mais quelque part, dans un grand bâtiment bourré de matériel sophistiqué, une aiguille bondit, enregistrant la secousse. Peut-être le sismologue, seul dans son bureau, bercé par les bourdonnements, s'est-il vaguement endormi. Peut-être la machine émet-elle un bip, et le réveille-t-elle. Il se lève de sa chaise et va voir le sismographe. Peut-être prend-il quelques notes, transporté dans son cœur de scientifique par les complexités de la tectonique des plaques.

Au bout d'un moment, je remonte dans ma voiture et je prends Lincoln jusqu'à l'océan. Je tourne à droite, sur Great Highway, je passe devant le Beach Chalet, je monte la colline, je laisse Cliff House et j'entre sur le parking de Land's End. Dans le brouillard, je marche sur le sentier caillouteux qui descend jusqu'aux vieux Sutro Baths. C'est marée basse et, au fond de la vieille citerne, il n'y a qu'une flaque d'eau sale dans laquelle flotte tout un tas de choses – des canettes de bière, un ballon en mousse, une bouée en mauvais état tout entortillée dans des algues. En marchant entre les ruines, je pense à la noyade à laquelle j'ai assisté quand j'avais neuf ans, à Gulf Shores. Je me souviens maintenant que, pendant le voyage du retour, ma mère pleurait doucement sur le siège avant, se retournant toutes les trois secondes pour nous regarder. Annabel dormait, ses jambes bronzées allongées sur mes genoux. Je me rappelle que je me sentais très exposée, comme si nos parents nous voyaient enfin, remarquaient notre présence pour la première fois. Je perçus un malaise nouveau dans notre relation. Il me semblait, tout à coup, que nos parents nous aimaient trop, et que cet amour était trop lourd à porter.

Bien sûr, je n'avais que neuf ans. Qu'ai-je saisi de tout cela à ce moment précis, et que suis-je en train d'ajouter aujourd'hui, vingt-quatre ans plus tard ? Vingt-quatre ans et je n'arrive pas à oublier ce souvenir. Pas seulement les images – le garçon mort étendu sur le sable, sa mère en sanglots, ses gros seins, la petite tache de lait solaire sur le nez du garçon, la foule des femmes entourant la famille anéantie sur la plage – mais aussi les émotions. Tout cela m'apparaît très clairement, comme si je l'avais vécu il y a très peu de temps.

Et je me demande quels souvenirs resteront à Emma dans vingt ans, quels moments elle retiendra de ses onze mois d'absence. Se rappellera-t-elle la peur ou seulement la confusion ? Quand elle grandira, regardera-t-elle la poitrine nue de son amant et pensera-t-elle à Teddy, au tatouage qui s'enroule délicatement comme une vague ? Se souviendra-t-elle de l'intérieur du van, de l'odeur du fromage que les ravisseurs conservaient dans du film alimentaire, au fond d'une glacière Igloo ? L'océan sera-t-il un lieu sournois où des événements imprévisibles se produisent ? Ou bien ira-t-elle un jour au Costa Rica avec ses propres enfants, et ressentira-t-elle une sorte de sérénité, un lien ? Peut-être qu'elle cherchera le petit restaurant où elle prenait des jus de mangue avec Teddy et Jane.

Bien sûr, il y a d'autres choses dont elle se souviendra peut-être. Des éléments qui reviennent lentement, des bribes dont le thérapeute parle à Jake. Parfois, Teddy et Jane se disputaient très fort, échangeaient des phrases violentes suivies de coups ; ils sont allés, une fois, à l'hôpital pour que Jane fasse plâtrer son bras cassé. Cela a dû être terrifiant pour Emma, qui était accoutumée aux manières calmes et douces de Jake. Une autre fois, pour punir Emma qui avait fait une petite bêtise, ils l'ont laissée seule dans la maisonnette d'un ami pendant une nuit et une journée entières, sans lui donner autre chose à manger qu'une boîte de macaronis et du fromage. Emma a raconté au thérapeute qu'elle avait mélangé les pâtes et le fromage avec de l'eau chaude du robinet parce qu'elle n'était pas autorisée à se servir de la cuisinière. C'était une des règles de Jake qu'elle avait gardée en mémoire : ne jamais se servir d'une cuisinière en l'absence d'un adulte.

Quelques fois, Lisbeth est apparue et a raconté à Emma sa propre version déformée de l'histoire : elle n'avait jamais voulu abandonner sa fille, Jake s'était séparé d'elle quand il m'avait rencontrée. Avec le temps, Emma avait dû commencer à croire à ces mensonges.

Voici ce que je sais : je suis à l'origine de ces souvenirs qu'Emma doit supporter. Nous marchions sur la plage. C'était un matin d'été, brumeux et très froid. J'ai détourné le regard vers un phoque mort. Dès ce moment, l'horloge s'est mise à tourner, et la cartographie mentale d'Emma a été modifiée de manière définitive. Voilà la vérité. Il n'y a aucun moyen d'y échapper. Je pense à S., l'homme qui ne pouvait pas oublier. D'une certaine manière, nous partageons tous le même fardeau. La mémoire est le prix que nous payons pour façonner notre propre personnalité, pour avoir le privilège de connaître notre moi intime ; c'est le prix que nous payons pour nos victoires comme pour nos défaites.

J'imagine mon propre souvenir de cette dernière année comme une tumeur, profondément enfouie dans mon hippocampe. Une toute petite chose noire qui ne grandira pas ni ne disparaîtra, un nœud dur dans le labyrinthe gracieux des arcanes de mon cerveau. Petit comme une amande, mais exerçant une pression constante.

Il y a quelques jours, je suis allée à la bibliothèque municipale et j'ai rendu les livres sur la mémoire que Nell avait sortis pour moi. J'avais un retard de plusieurs mois. Il aurait été moins coûteux de les remplacer que de payer l'amende, mais je ne voulais pas les conserver. Je préférerais simplement oublier tout ce que j'ai appris sur la mémoire, parce que je ne peux garder aucune de ces connaissances de la manière détachée dont on sait le nom des capitales, le nombre d'anneaux autour de Saturne, la date où le premier homme a marché sur la lune. Non, ces connaissances seront pour toujours associées, dans mon esprit, à ces longs mois où Emma était absente ; pour toujours, de la connaissance souillée.

Si possible, j'effacerais de ma mémoire Aristote et Simonide, Sherevsky et l'anonyme N., et tous les événements qui se sont produits depuis ce jour à Ocean Beach. Au cours des dernières années, des scientifiques ont découvert que la mémoire est liée à certains gènes ; la manipulation de ces gènes pourrait nous fournir le contrôle sur ce que nous nous rappelons et ce que nous oublions. À l'avenir, il sera peut-être possible de prendre un médicament immédiatement après un événement traumatisant – quelque chose comme une pilule du lendemain – qui éliminera complètement le souvenir de ce dernier. Plus besoin de se remémorer viols, vols, accidents de la route ou enlèvements. L'esprit d'un enfant pourrait être conditionné artificiellement pour oublier le jour où il a été enlevé à ses parents, le moment où il s'est cassé le bras, la fois où il a vu son chien se faire écraser par une voiture. Et pourquoi s'arrêter là ? Peut-être que des pans entiers de la mémoire pourraient être extraits – un divorce douloureux, un travail humiliant, un long échec scolaire. Cette amnésie volontaire pourrait ne pas se limiter aux chagrins des individus. J'imagine les milliers de victimes de catastrophes naturelles ou nationales – des tremblements de terre, des actes de terrorisme, des ouragans ou l'assassinat d'un président – faisant la queue devant les hôpitaux le lendemain d'un événement terrible pour qu'on leur donne la pilule de l'oubli. Nous pourrions ainsi devenir une nation d'oublieux, une culture sans mémoire, sans chagrin, sans regret.

À droite des Baths, un sentier boueux mène à une plate-forme d'observation qui penche dangereusement vers l'océan. Au début du siècle dernier, on pouvait, d'ici, contempler le Pacifique, ou regarder les nageurs plonger des pontons de bois dans l'une des sept piscines d'eau de mer. La structure tout entière était recouverte d'un dôme en verre transparent. Aujourd'hui, la vue sur le Pacifique est obstruée par le brouillard. Sur le côté est de la plate-forme, un petit escalier en brique avec une balustrade rouillée, dont il manque de grandes parties. Les marches raides descendent jusqu'en bas, où l'on voit deux grands trous rectangulaires aux parois en ciment. Du haut de l'escalier, je peux apercevoir l'abîme, jusqu'aux eaux sombres et aux rochers découpés. La dernière fois que je suis venue ici, j'ai descendu ces marches jusqu'en bas et j'ai examiné les fosses à la recherche d'Emma.

S. n'avait pas d'autre choix que de se rappeler absolument tout. Nous autres, nous retenons les hauts et les bas – les moments de grand bonheur, comme les événements qui nous ont fait extrêmement souffrir. Alors que le quotidien s'efface, que les visages deviennent flous et que les endroits où nous avons vécu perdent leur forme et leurs couleurs, nous ne pouvons échapper à nos pires souvenirs. Cette ville sera toujours semée de trappes qui me rappelleront mes recherches. Les bennes à ordures, les ruelles sombres, les magasins, les bars, les librairies. Impossible de retourner dans ces endroits sans évoquer des choses absolument terribles. Dans tous les quartiers, dans toutes les rues, j'ai cherché Emma. Je voudrais penser qu'un jour ces souvenirs s'estomperont peut-être. Mais même maintenant, sans prévenir, dans la chambre noire, dans un magasin, dans un bus, mon esprit retourne spontanément à ce jour-là. Invariablement, le sentiment de panique revient, ma tête commence à tourner et mon estomac se serre. L'esprit nous joue des tours.

Quittant les Baths, je prends le chemin de terre jusque chez Louis's, d'où part le trottoir. Je descends vers Cliff House, je passe devant Camera Obscura. Le brouillard est si dense que Seal Rock est à peine visible, on ne perçoit que de vagues contours qui émergent de l'eau grise. Une famille de touristes, frissonnant en shorts et sandales, est groupée autour du téle-scope payant. Je ne sais pas très bien ce qu'ils espèrent voir. Je me souviens de la première fois que je suis venue à San Francisco avec mes parents, quand j'étais adolescente. Ce voyage était une des multiples tentatives de ma mère pour « sauver la famille », une expression vague qu'elle balançait à intervalles réguliers, quand la colère entre elle et mon père avait atteint un sommet et que le divorce paraissait imminent. Année après année, nous avons fait ces voyages sinistres – à San Francisco, à Chicago, à New York, à Montréal.

Lors de cette escapade à San Francisco, nous avons pris le ferry pour Alcatraz. Nous avons des photos de ce trajet ; je portais une minijupe en jean, obscène tellement elle était courte, et Annabel avait un air lugubre dans ses vêtements gothiques, avec ses yeux barbouillés d'eye-liner. Il y a une photographie de nous deux ensemble dans une des cellules minuscules qu'on utilisait pour isoler certains prisonniers. Nous sommes debout, les poings sur les hanches, sans sourire, les coudes se touchant. Un étranger regardant ce cliché pourrait penser que nous étions deux sœurs qu'on avait forcées à poser ensemble, que nous étions fâchées, que la photo avait été prise juste après une terrible dispute. Mais j'ai un souvenir différent. Je revois le ferry avec mes parents à l'intérieur, alors qu'Annabel et moi étions restées sur le pont. Nous nous serrions l'une contre l'autre pour avoir chaud, tandis que le bateau glissait dans le brouillard.

« Si seulement ils se jetaient à l'eau et qu'on en finisse », avait dit Annabel.

Elle faisait allusion à la vie commune de nos parents, à leur couple sans issue. « Je suis d'accord. »

C'était la première fois depuis des mois que nous abordions un sujet important. Ce long été mélancolique était marqué par un silence qui paraissait absolu. Mes parents se parlaient rarement, et Annabel et moi, nous nous étions enfoncées dans une quiétude adolescente, où nous ne causions que pour communiquer sur les détails les plus ordinaires de la vie : passe-moi le sel, s'il te plaît, quand est-ce qu'on décolle, on te retrouve à Coit Tower à 16 h 35. Nous n'avions pas le sentiment de former une famille. Plutôt quatre étrangers se trouvant par hasard assis dans le même compartiment d'un train, attendant d'être enfin débarrassés de la présence les uns des autres. Dans cette cellule sombre à Alcatraz, ce n'était pas la colère qui s'exprimait sur nos visages fermés ; c'était l'ennui, le sentiment d'être au mauvais endroit au mauvais moment, accompagnées des mauvaises personnes.

Sur le trajet de retour d'Alcatraz, Annabel était restée à l'intérieur, pour partager un hot-dog et une barquette de pommes allumettes avec un étudiant qu'elle avait rencontré dans la boutique de souvenirs. J'étais seule dehors, appuyée au bastingage, à regarder la ville approcher. Ainsi plongé dans le brouillard, on aurait dit que San Francisco était un lieu de rêve, pas complètement réel. C'était une très belle ville, différente de toutes celles que je connaissais. Je pensai à mes parents, assis à l'étage en dessous, aussi loin l'un de l'autre que la longueur du banc le leur permettait, chacun plongé dans son propre malaise, avec toute la laideur de leurs disputes passées entassée entre eux, comme un mur invisible mais infranchissable.

Des années plus tard, quand mes parents se trouvèrent au milieu de leur divorce, pleine d'amertume, ma mère me disait : « Dans une relation, il existe une ligne à ne pas franchir, au risque de ne pas pouvoir revenir en arrière. La ligne est différente d'une relation à l'autre. Ton père et moi, nous l'avons passée il y a vingt ans. »

J'avais juré que, si jamais j'avais une famille, je gérerais les choses différemment. J'imaginais un homme, un enfant, un foyer harmonieux. Trois personnes liées par un attachement si fort que rien ne pourrait le briser. Je ne mesurais pas, en ce temps-là, l'étendue de ma capacité à l'échec. Je ne comprenais pas qu'un seul moment, un mauvais choix, un œil tourné dans la mauvaise direction, pourrait ouvrir une brèche dans une relation, une fissure qui grandirait, jour après jour, jusqu'à ce que le fossé soit trop grand pour être franchi.

Je descends les marches jusqu'à la plage. Une légère odeur de poisson flotte dans l'air. Le sable brunâtre est jonché de minuscules méduses bleues, qui glissent sous les pieds. L'eau est étrangement lisse. De l'autre côté de Great Highway, les ruines du vieux moulin se dessinent comme un monstre préhistorique. Le parfum piquant de l'eucalyptus se mêle à l'air de l'océan. J'enlève mes chaussures pour être au contact du sable. Le brouillard s'installe sur la côte ouest du continent. Il n'y a pas d'horizon visible, seulement du blanc qui tend vers le gris. Je suis frappée de nouveau par la beauté de cette ville, solitaire, impossible et dangereuse.

Une forme s'avance vers moi sur la plage. C'est un surfeur, une planche calée contre sa hanche, la combinaison mouillée et luisante. Une bande bleue s'étire entre son épaule et sa cheville. Le surfeur lève un bras et fait un grand salut. Je me retourne pour voir à qui il pourrait être destiné, mais il n'y a personne derrière moi. Tandis que la distance se réduit entre nous, je devine les longs cheveux sombres, la petite silhouette de Goofy.

« Tu es rentrée. » Elle sourit, découvrant sa jolie dent bizarre.

« Je suis contente de te voir.

– Moi aussi. » Goofy s'approche pour me serrer dans ses bras. « Pardon, maintenant tu es toute mouillée. Hé, félicitations. J'ai vu l'histoire à la télé. Tu l'as trouvée. »

J'acquiesce.

« C'est vraiment génial. » Elle se balance un peu d'un pied sur l'autre. Il y a un long silence. « Vraiment. J'en ai parlé à tous mes amis. C'est complètement fou. Comme un miracle, ou un truc du genre. J'y pense tout le temps. C'est tellement génial. » Elle me serre le bras. « On dirait que tu as pris un peu de poids.

– J'ai essayé.

– Alors, t'es prête pour ce cours de surf que je t'ai promis ?

– Bien sûr. Quand ?

– Et pourquoi pas maintenant ? »

Goofy pose sa main sur mon épaule et se penche vers moi. Je sens l'odeur de wax de sa planche, un parfum sucré de pamplemousse. Elle s'est fait couper les cheveux, ou, plus probablement, elle s'est coupé les cheveux elle-même ; maintenant elle a une frange très courte, pas tout à fait droite. « C'est ta dernière chance. Je pars après-demain. À l'université, comme j'avais dit.

– Où ça ?

– À Fayetteville, en Arkansas. T'y crois toi ? J'ai un ami là-bas qui peut me dégotter une bourse d'État. C'est super pas cher. Pas de plages, pas de surf, pas de tentations.

– C'est magnifique. Félicitations.

– Alors, on le prend ce cours ? »

La vérité, c'est que je n'ai rien de particulier à faire. Personne à voir. Aucune raison de refuser. J'ai passé ces derniers mois en compagnie de surfeurs et, pourtant, je n'ai jamais essayé. J'ai parcouru des kilomètres et des kilomètres de côte, et je n'arrive pas à me rappeler la dernière fois que j'ai mis le pied dans l'eau. « Pourquoi pas ?

– Excellent. Allons chez moi. Je vais te trouver une combi et une planche. »

Je remets mes chaussures et je la suis jusqu'au parking. Je monte dans sa voiture, un vieux break Volvo qui n'a plus de banquette arrière. Elle y glisse sa planche, et nous prenons Great Highway. Les vitres sont baissées et la radio est en marche

– chaque chanson est un retour, chaque moment, c'est un peu plus tard.

« Bon sang, dit Goofy en tournant la molette. J'en ai marre de cet air. » Elle passe des parasites, des débats en direct, une émission sur le retour des années quatre-vingt et, pour finir, elle s'arrête sur la chanson de Chris Isaac, *San Francisco Days*.

Elle habite sur la 46e Avenue. C'est un petit bungalow rose, à quelques mètres de la rue. « Mes colocataires sont à Las Vegas, dit-elle en ouvrant la porte. J'ai toute la maison pour moi depuis une semaine. C'est génial. »

Sa chambre donne sur le vestibule. Une toute petite chambre, avec des murs bleu foncé et plein de plantes, toutes luxuriantes. Sur le plancher, sous la fenêtre, un grand matelas deux places. Plusieurs cartons sont posés par terre, fermés par du Scotch, prêts à partir, et soigneusement étiquetés : *disques*, *vêtements*, *cuisine*. Il en reste un qui n'est pas encore fermé, à côté de tout un fourbi d'objets posés par terre.

« Où est le reste de tes affaires ?

– C'est tout. Je prends seulement les choses essentielles. » Elle désigne le carton ouvert. « Je garde cette boîte à souvenirs depuis toujours. Tu vois le genre, des photos, des vieilles lettres, mon premier jeu vidéo, tout plein de trucs. Je ne l'ouvre pratiquement jamais. Mais maintenant, quand je regarde dedans, je me demande si je ne devrais pas tout simplement me débarrasser de tout ça. » Elle donne un coup de pied dans une pile posée par terre. « Vraiment, quelle est l'utilité de garder ça maintenant ? »

Je ramasse un trophée renversé. C'est l'un de ceux fabriqués en série, socle en plastique avec une figurine montée dessus, en plastique aussi mais peinte en doré. La poupée représente une fille avec des couettes, les bras ballants, les yeux vides et la bouche ouverte. La petite plaque avec l'inscription a disparu, il ne reste qu'un rectangle un peu plus clair à sa place. « C'est quoi, ça ?

– Concours d'orthographe en CM2. J'suis arrivée troisième. » Elle vient me le prendre des mains et l'examine de près. « Je ne sais même pas pourquoi j'ai gardé ce truc, peut-être parce que c'est le seul machin que j'aie jamais gagné.

– Le mot, c'était quoi ?

– Acquiescer. A-C-Q-U-I-E-S-C-E-R. Et ça, poursuit-elle en brandissant un cache-pot bleu et rouge, ma mère adoptive Judy, elle était très branchée artisanat. Nous avons passé la journée du 4 juillet cette année-là à fabriquer des accessoires de cuisine patriotiques. »

Elle balance le cache-pot dans la poubelle, puis soulève le carton dont elle y déverse le contenu – tout y passe, les photos, les papiers, un petit journal intime à couverture rouge avec un cadenas brisé. Je suis impressionnée par l'empressement et la vitesse avec lesquels Goofy abandonne tout en partant, prête à commencer une vie nouvelle.

« Tu n'es pas triste de t'en aller ? »

Elle reste immobile un instant, les poings sur les hanches, à réfléchir. « Bien sûr, mais c'est le moment de changer. »

Elle sort une combinaison du placard. « Tiens, mets ça, dit-elle en me détaillant de haut en bas. Elle devrait t'aller. » Elle ne cesse de parler, et je me rends compte qu'elle ne va pas quitter la pièce. Au départ, j'essaie de rester pudique. Je tire la combinaison sous ma jupe. Mais c'est difficile de se glisser dans le tissu serré, élastique, et, très vite, Goofy est face à moi, et elle tire la combinaison sur mes hanches, en disant : « Attends, je vais t'aider. » Ensuite, elle arrange ma poitrine pour la faire entrer dans la combinaison Néoprène, et ça me rappelle un samedi, au grand magasin Gayfer's, quand j'avais douze ans ; une femme en tailleur rouge m'avait aidée à essayer mon premier soutien-gorge. Sans savoir pourquoi, je me mets à pleurer.

« Hé… », dit Goofy en prenant mon visage entre ses deux mains et en essuyant mes larmes avec ses pouces. « Qu'est-ce qui se passe ? Tu veux en parler ?

– Je ne crois pas, non.

– L'eau, ça va te faire du bien, dit-elle, en me retournant. Je sais que ça marche toujours pour moi. » Son doigt suit le contour d'un cercle irrégulier sur mon dos. « C'est une tache de naissance ?

– Non. J'ai pris un mauvais coup de soleil quand j'avais treize ans. Tout mon dos a pelé, sauf cet endroit-là. Tous les ans, il devient plus sombre.

– Comme un souvenir de peau », dit-elle. La fermeture Éclair le long de ma colonne est glacée et je suis tout entière parcourue d'un frisson. « C'est la façon que ton corps a de te rappeler ton idiotie. J'en ai une aussi. »

Elle enfile la jambe droite de sa combinaison, et me montre une profonde cicatrice violette autour de son mollet. « La première fois que j'ai surfé, j'me suis pris une grosse gamelle et je me suis entortillée dans le leash. Il y a eu ce drôle de moment sous l'eau, où j'arrivais pas à savoir où était la surface et où était le fond, et je tournoyais dans la vague, et je sentais le leash m'entailler la peau. J'ai même vu mon propre sang et, je te jure, ç'a été le moment le plus paisible de toute ma vie. Je n'avais absolument aucun contrôle sur la situation, j'étais complètement à la merci de la vague, et c'était une putain de sensation, géniale. »

Nous retournons à la plage à pied en silence. Puis, nous nous installons sur le sable juste sous le parking, faisons quelques étirements ; l'océan paraît vaste et impossible ; je me rends compte que je ne suis absolument pas préparée à ça, et j'essaie de trouver un moyen de dire à Goofy que j'ai tout simplement trop peur d'y aller. Mais je n'ai pas le temps ; tout à coup, elle finit ses étirements et commence à trottiner en criant : « Viens ! » C'est le même petit trot lent et excité que tous les surfeurs semblent partager, comme si tous les muscles de leur corps anticipaient le contact avec l'océan. Je cours derrière elle, jusqu'à ce que le sable laisse la place à l'écume montante ; nous avançons à contre-courant. L'eau est glaciale, un choc brutal qui m'envoie une décharge électrique au cerveau.

« Fais comme moi », dit-elle, et nous voilà sur le ventre, pagayant avec les bras, nous éloignant de la plage. J'ai mal aux bras, mes doigts sont gourds, ma bouche se remplit d'eau de mer – mais, malgré tout, j'ai une bonne sensation. Nous ramons dur pendant dix minutes, puis Goofy se met en position assise sur sa planche. Après quelques tentatives infructueuses, encouragée par les cris de Goofy, je parviens à m'asseoir à califourchon sur la mienne, à bout de souffle.

« Et maintenant ? dis-je.

– On attend.

– Combien de temps ?

– Une minute ou une heure. Détends-toi.

– J'ai une peur bleue.

– Pas la peine. Quand je te le dirai, tu rames vite vite. Ensuite, tu te laisses aller. Tu laisses la vague t'emmener.

– À t'entendre, ça paraît facile. »

Peu à peu, mon corps s'adapte à la température. Goofy reste tout près mais elle ne parle pas. Les nuages glissent rapidement, dévoilant un bout de soleil orange ; quelques instants plus tard, il disparaît. J'entends les vagues se briser sur la plage. L'océan bouge doucement en dessous de nous, monte et descend, monte et descend. Je suis un peu somnolente, mais présente.

« Tu pourrais venir avec moi », dit Goofy au bout d'un moment. Elle est assise sur sa planche, les pieds dans l'eau, les mains posées devant elle avec autant de grâce qu'une jeune fille dans un pensionnat. Elle a l'air à l'aise ici, comme chez elle, comme si c'était l'endroit précis où elle devait se trouver. J'ai du mal à l'imaginer enfermée dans les terres, coincée devant un bureau dans une salle de cours confinée.

« Quoi ?

– Prenons la route. J'ai loué un Ryder, j'ai de la place.

– C'est une proposition tentante, mais je ne crois pas que je sois faite pour l'Arkansas. » Les vagues montent et descendent, montent et descendent.

« Qu'est-ce qui te retient ici ?

– Plein de choses, dis-je, mais je n'arrive pas à trouver une précision à ajouter. Tu veux que je te raconte à quel point ma famille était loufoque ? »

Goofy sourit. « Loufoque ?

– Quand j'étais enfant, ma mère nous achetait des carnets, à ma sœur et à moi, et on devait y écrire une fois par an. Le matin du 31 décembre, après le petit déjeuner, elle nous envoyait chacune dans notre chambre, mon père dans son bureau, et elle allait dans la cuisine. Nous devions passer la matinée à évaluer l'état de nos vies, à consigner les choses significatives que nous avions faites, ou que nous n'avions pas réussi à faire, les trois cent soixante-quatre jours précédents. À midi, elle convoquait une réunion de famille autour de la table de la salle à manger et nous devions chacune lire notre liste.

– Dur.

– Ensuite, elle nous obligeait à dire ce que nous aurions fait différemment si nous pouvions retourner en arrière et recommencer. Nous étions enfants, tu sais, alors, c'était pas tellement intéressant. On avait des trucs du genre “je n'aurais pas dû piquer sa trousse Hello Kitty à Cindy Novak” ou “j'aurais dû mieux m'occuper des crevettes”. Quand ma sœur et moi sommes arrivées au lycée, nous avons commencé à inventer des trucs, juste pour taper sur les nerfs de notre mère, comme “je n'aurais pas dû coucher avec l'équipe de foot”. »

Goofy ne dit rien pendant quelques minutes, elle plonge juste sa main dans l'eau et la promène d'avant en arrière, dérangeant un banc de minuscules poissons. Ils filent à toute vitesse, un rapide éclair de petits corps argentés.

« J'aimerais bien être comme toi, dis-je, avoir le cran de me relever pour prendre un nouveau départ. »

À la vérité, je ne sais pas comment redémarrer et, pourtant, il le faut bien. Pendant si longtemps, il n'y a eu qu'une seule chose qui importait, trouver Emma. Maintenant que c'est fait, je me sens, pour la première fois de ma vie, complètement déboussolée. Dernièrement, je me suis mise à faire des listes, essayant de décider quoi faire ensuite. Chez moi, j'ai tout un tas de pellicules stockées dans mon frigo, des photos que j'ai prises il y a des années et que je ne me suis jamais décidée à développer. Peut-être que je pourrais commencer par là, avec du travail. Et puis, il y a ma petite nièce, Margaret, qui doit arriver dans une semaine à peine. Je suis impatiente de la rencontrer, de la prendre dans mes bras, de la regarder grandir.

Et puis, il y a Nick, qui est toujours un mystère pour moi, une possibilité que je ne sais pas très bien définir. Je me vois dans sa cuisine. Il pourrait faire du pain perdu et je pourrais m'occuper du bacon. Nous pourrions nous installer aux deux extrémités de son immense canapé, face à face, et lire en silence. Ce serait bien.

Il m'appelle depuis que je suis rentrée, mais je ne l'ai pas encore vu. La première fois, c'était deux jours après mon retour. C'était au beau milieu de la nuit, et j'étais assise sur mon canapé en train de regarder un film, incapable de dormir. Entre la première sonnerie et le moment où je décrochai, je parvins à inventer toute une histoire selon laquelle Jake était à l'autre bout. Il m'appelait pour me dire qu'il avait réfléchi, et qu'il se rendait compte qu'il ne pouvait pas vivre sans moi. Il me dirait qu'il avait besoin de moi, qu'Emma avait besoin de moi, est-ce que je pouvais revenir vite ?

Mais ce n'était pas Jake, c'était Nick. « Je pensais bien que vous seriez réveillée, dit-il

– Effectivement.

– Je peux passer ?

– Je suis désolée, je ne crois pas que ce soit une bonne idée. »

Une partie de moi voulait le voir, coucher avec lui, céder à la tentation qui me taraude depuis le jour où je l'ai rencontré. Mais une partie plus importante de moi voulait rester fidèle à la conviction, qui m'avait soutenue pendant tous ces longs mois de désespoir, que je pourrais devenir l'épouse de Jake et la mère d'Emma, que, si j'y mettais assez de clairvoyance et de persévérance, tout se mettrait en place.

« Avez-vous entendu parler des *confabulatores nocturni*, les rhapsodes nocturnes ? demanda Nick.

– De qui ?

– Des *confabulatores nocturni*, des hommes qui racontent des histoires la nuit. Alexandre le Grand s'entourait de ce genre de personnages pour lui raconter des histoires ; il était insomniaque. Si je ne peux pas vous voir, au moins permettez-moi de vous raconter des histoires. Vous les écouterez jusqu'à ce que vous vous endormiez.

– O.K. », répondis-je. J'emportai le téléphone avec moi dans le lit, me glissai sous les couvertures et écoutai. Son histoire cette nuit-là parlait d'un petit village au fin fond du Danemark – Freetown Christiana – et d'un énorme Islandais à barbe rousse qui l'avait attiré dans un étrange bar, où on l'avait obligé à échanger son portefeuille contre une flûte de Pan péruvienne.

« Vous êtes en train d'inventer, dis-je.

– Non, insista Nick, c'est vrai. »

L'histoire continua longtemps. À la fin, il me demanda : « Vous allez dormir, maintenant ?

– Je crois, oui. »

Et je me suis endormie. J'ai raccroché le téléphone et j'ai très bien dormi. Deux autres fois depuis, Nick m'a appelée au milieu de la nuit pour me raconter une histoire. C'est pour moi le cadeau le plus généreux qu'on m'ait jamais fait. Peut-être qu'il avait raison quand il disait que les relations – les relations importantes, celles qui changent notre vie – se ramènent en fait à une histoire de timing. Si j'avais rencontré Nick avant Jake, il est possible qu'aucun des événements de ces deux dernières années ne se serait produit. Je pourrais être en train de vivre dans le loft de Nick sur Harrison, de lire ses livres, d'écouter ses histoires – ne sachant jamais ce que c'est que d'aimer un enfant et de le perdre.

« J'ai eu une idée un peu folle, dit Goofy.

– Laquelle ?

– Laisse tomber. Je ne devrais pas…

– Non, dis-moi.

– Je me disais que, peut-être, on pourrait être comme une famille, tu vois, tu pourrais être genre la sœur que j'ai jamais eue. » Elle plisse les yeux, embarrassée. « Rien de contraignant. On pourrait se téléphoner une fois par mois, s'envoyer des cartes d'anniversaire, tu vois, des choses comme ça. »

Son discours me prend complètement au dépourvu. À la manière dont elle en parle, je vois bien que cela fait un moment qu'elle y pense. « Bien sûr. J'adorerais.

– Cool. »

L'océan bouge, un mouvement lent, hypnotique. Dans mes jambes, une sensation d'immense légèreté. Le docteur Swayze, mon professeur de troisième, sur l'anatomie des vagues : une vague n'est pas de l'eau en mouvement, c'est simplement de l'eau étale avec de l'énergie qui la traverse.

On dirait qu'un long moment a passé quand Goofy, d'un mouvement de la tête, me montre l'horizon. « On y va », et elle commence à ramer dans la direction de la vague qui approche.

La vague prend de la puissance. Mon cœur rate un battement, peut-être même deux. Mes bras se crispent, mes yeux se concentrent. Chaque nerf dans mon corps est aux aguets. Je pense à Emma, à la première fois où je l'ai vue – au petit sac jaune qu'elle portait, à la manière dont elle faisait la queue pour acheter les billets au Four Star, un poing sur la hanche, comme une adulte miniature. Je pense à la première fois que Jake m'a fait l'amour, à son odeur de savon et de gomme. Je pense à Ramon et je me rends compte que je suis plus âgée que lui lorsqu'il est décédé ; il avait toujours paru si adulte, si à l'aise dans le monde et, pourtant, j'ai cinq ans de plus que lui. Je pense à Gulf Shores, à ma mère sur la plage, me faisant signe de la main depuis sa serviette rouge, pendant que, dans l'eau jusqu'aux genoux, je sentais le sable glisser sous mes pieds. Je me souviens d'elle des années plus tard, ne ressemblant plus du tout à la femme que je connaissais, levant vers moi un visage ravagé par la maladie. « Promets-moi une chose, m'avait-elle dit. Promets-moi que tu trouveras quelqu'un et que tu te poseras, que tu fonderas une famille. » Et quand j'avais répondu : « Oui, je te le promets », c'était presque sincère ; je croyais que c'était peut-être à ma portée.

Aucun de ces souvenirs ne paraît complètement vrai ; d'une certaine manière, on dirait ceux d'une autre personne, des clichés pris dans l'album d'un étranger. Je pense à Annabel, la seule, l'unique relation stable que j'aie vraiment réussi à entretenir. Annabel sur la banquette arrière de la voiture, allongée, les jambes sur mes genoux, le souffle régulier de sa respiration. Annabel maintenant, sur le Polaroid qu'elle vient de m'envoyer, son gros ventre, ses cheveux coupés court, à quelques jours de son accouchement.

Hier, j'ai trouvé une pellicule que j'avais oubliée, marquée « Crescent City, Californie ». Dans la chambre noire, j'ai sorti le film, je l'ai enroulé sur la spire, j'ai déposé la spire dans la cuve. Une fois développé, je l'ai laissé sécher, j'ai coupé le négatif en bandes, j'ai disposé les bandes sur une feuille de papier photo et j'ai fait la planche-contact. J'y ai choisi plusieurs photos à tirer. C'était agréable de retrouver la chambre noire, de reprendre la lente séquence, immuable : le fluide de développement, le fixateur, le bain d'arrêt, le bain d'eau, l'agrandisseur.

Une fois les photos sèches, je les ai descendues et je les ai alignées sur le sol – une scène de natures mortes séquentielles, une histoire étalée, factuelle. Jake, Emma et moi, ensemble, dans une petite ville côtière près de la frontière de l'Oregon.

L'appareil a saisi notre arrivée au motel sur la plage. Emma debout à côté de l'enseigne de l'hôtel, la nuit, l'index pointé sur le dauphin en néon. La photo suivante la montre assise à côté d'un gros rocher sur la plage, les jambes enterrées dans le sable, le visage tourné vers le soleil. Sur la troisième, elle et Jake sont en train de descendre le toboggan aquatique à Tsunami Town, un parc d'attractions démodé qui a été bâti à la mémoire du raz-de-marée de 1964. Le toboggan commence à sept mètres de hauteur et descend au-dessus d'une maquette des vingt-neuf bâtiments de la ville qui ont été détruits. Voilà, assis sur un tapis en plastique, Jake, tenant sur ses genoux Emma, en maillot de bain et couettes. Sur une des photos, ils sont minuscules, de tout petits points au sommet du toboggan, et, sur la suivante, ils arrivent tout droit sur l'appareil, les pieds fendant l'eau.

Quelques fois pendant ce week-end-là, j'ai permis à Emma d'essayer l'appareil photo. Il est facile de deviner quelles photos ont été prises par elle ; ce sont des gros plans, souvent en contre-plongée – l'étrange perspective d'un enfant. Ici le pot de glace Vanille aux amandes Häagen-Dazs que nous avons acheté dans une épicerie ouverte la nuit. Là, une photo du lavabo de la chambre d'hôtel, avec le rasoir mouillé de Jake posé à côté d'un minuscule morceau de savon. Il y a l'intérieur glauque du triste aquarium : le ventre lisse d'un requin, le dessous magnifique d'une méduse, plusieurs photos d'un hippocampe – sa queue en accroche-cœur –, une créature multicolore suspendue comme par magie dans un aquarium à l'eau trouble, solitaire.

La dernière photographie a été faite par moi. Je l'ai prise sur le parking du motel au moment du départ. Jake aide Emma à monter dans la voiture. Ses épaules sont brunes, elle est pieds nus, elle se tient de profil. Elle sourit à Jake qui a une main posée sur son dos, mais qui ne la regarde pas. Il fixe une voiture qui est en train de se garer à côté. Je me rappelle le véhicule – une vieille Chevrolet, qui roulait trop vite. Si l'on est un observateur sensible à ce genre d'attentions, on peut voir, sur la photo, un père en action, un père qui contrôle. Il est conscient, immédiatement, de l'endroit exact où se trouve sa fille, de l'endroit exact où se trouve la voiture. Il laisse sa main posée sur l'enfant, il ne détourne pas les yeux de la voiture ; il est constamment aux aguets, prêt à tous les changements possibles. Et là, dans le profil d'Emma, on peut lire un autre morceau de l'histoire : elle est consciente d'une seule présence – celle de son père, en qui elle a une confiance absolue.

La nuit dernière, je suis restée des heures assise par terre, à examiner ces photos. Je n'arrivais pas à en détacher mon regard. Voici la vérité, voici ce que je sais ; nous étions au mois de juin, c'était l'été à Crescent City. Emma avait six ans, Jake et moi étions amoureux, et nous commencions à former une famille.

Nous oublions, nous nous rappelons, l'esprit a sa propre volonté, si tenace.

Maintenant, tandis que la vague approche, je me dis qu'il faut que je me souvienne de ce moment particulier, je me jure de l'écrire noir sur blanc en rentrant à la maison : l'étrange lueur orange du brouillard, éclairé à l'arrière-plan par le soleil ; l'arc formé par le dos de Goofy qui rame ; les lignes brisées de Seal Rock, plus proches que je ne les ai jamais vues ; l'odeur froide, douce du Pacifique.

Je pense à Crescent City, au tsunami qui a englouti la ville. Je pense à ces vingt-neuf immeubles animés par les activités de la journée, aux guichetiers à la banque en train de compter l'argent, aux postiers occupés à trier le courrier, aux écoliers en rang pour aller à la cantine. À des milliers de kilomètres de là, en Alaska, un tremblement de terre secoua les montagnes et fit bouger les plaques sous la croûte terrestre. Dans les profondeurs, l'océan gronda. Les habitants de Crescent City, absorbés par la morne tâche qu'est la vie, n'ont pas senti le changement.

Ils ne se sont pas rendu compte de l'énergie à l'origine d'une vague si gigantesque qu'elle allait raser leur ville.

Même si nos scientifiques devaient résoudre le problème de la mémoire, nous serions toujours perdus. La mémoire, par nature, est seulement rétroactive, rien de plus qu'une manière de connaître la façon dont nous avons atteint le point où nous nous trouvons. Nous ne serons jamais capables de percevoir l'atome de césium, ses formidables oscillations, chaque millionième de seconde nous rapprochant d'un changement extraordinaire. Même si nous pouvons mettre au point une équation parfaite par laquelle nous pouvons évaluer le passé, nous ne serons jamais capables d'en concevoir du même genre pour résoudre l'avenir.

Goofy me fait signe. La vague est plus près maintenant, comme un mur gris, elle monte. Je sens mon corps se déplacer vers le haut, comme un petit bouchon de liège sur la vague. Je sens l'eau qui rassemble ses forces derrière moi.

« Vas-y ! » crie Goofy. D'un mouvement agile, elle se met debout, les genoux fléchis, les bras écartés, comme un oiseau de mer prêt à s'envoler.

Je prends une grande inspiration, je rame furieusement et j'attends que la vague me porte vers la terre ferme. L'eau roule autour de moi, la planche bouge, impossible de le voir, mais, sans bien savoir comment, je sais que j'avance.

Remerciements

Les ouvrages suivants ont joué un rôle déterminant dans mes recherches : *The Art of Memory* (*L'Art de la mémoire*), de Frances A. Yates ; *Memories Are Made of This*, de Rusiko Bourtchouladze ; *Searching for Memory : The Brain, the Mind, and the Past* (*À la recherche de la mémoire : le passé, l'esprit et le cerveau*) de Daniel L. Schacter ; *The Girl's Guide to Surfing*, d'Andrea McCloud ; l'indispensable site internet Surfline ; et *San Francisco's Richmond District* de Lorri Ungaretti. C'est dans l'essai de Jorge Luis Borges intitulé *The Thousand and One Nights* (traduit en français *Sept nuits*) que j'ai découvert les *confabulatores nocturni*, les rhapsodes nocturnes.

Je remercie mon merveilleux agent, Valerie Borchardt, d'avoir cru en ce livre ; mon extraordinaire éditrice, Caitlin Alexander, pour sa patience et sa diligence ; Anne Borchardt et Bill U'Ren pour leurs commentaires constructifs sur les versions antérieures du manuscrit ; Misty Richmond pour ses compétences photographiques ; Erin Enderlin et Jay Phelan pour leurs relectures ; et Jiri Kajane pour ses excellents souvlakis. Je voudrais aussi remercier le réseau Word of Mouth de Bay Area et les gens de Simple Pleasures à San Francisco pour leur soutien moral et leur apport en caféine.

Toute ma gratitude va au regretté Bill White, qui m'a offert un endroit magnifique au Costa Rica pour écrire. Je remercie également Lawrence Coates, Wendell Mayo, et Bowling Green State University qui m'ont donné du temps et de l'espace pour finir ce livre, alors que j'étais invitée chez eux.

Cet ouvrage n'aurait pas vu le jour sans l'aide de Katie Phelan et Purevsuren Sukhbaatar, qui m'ont permis de dégager de précieuses heures de travail en s'occupant de mon jeune fils, Oscar, qui me tire de mon sommeil tous les matins à cinq heures, malgré mes protestations… Mais, surtout, je remercie Kevin.